Jan Aalbach
Abyssos

PIPER

Zu diesem Buch

Der Notarzt Pit Zuckmayer hat den Tod seiner Frau nie überwunden – er fühlt sich schuldig daran. Doch als er beschließt, seinem Leben ein Ende zu setzen, wird er ausgerechnet in diesem Moment zu einem Einsatz gerufen. Offenbar hat sich ein Selbstmörder vor die U-Bahn geworfen. Pit kann den schwer verletzten Mann nicht mehr retten, nur die geheimnisvollen Worte, die er fortwährend wiederholt, erschrecken Pit mehr, als er sich erklären kann. Dann taucht plötzlich eine undurchsichtige Frau auf, die sich als Kommissarin vorstellt und ihn warnt, mit niemandem über den Vorfall zu sprechen. Pit erkennt, dass er unfreiwillig etwas aufgewühlt hat, das älter und mächtiger ist, als er sich vorstellen kann – und das für alle Zeiten unentdeckt hätte bleiben sollen …

Jan Aalbach, geboren in Berlin, wollte schon in der Schule Schriftsteller werden. Als Werbetexter weiß er mit Worten pointiert umzugehen. Seine beruflichen Erfahrungen sammelte er unter anderem in Paris, London und Boston. Später gründete er seine eigene Agentur. Heute lebt der leidenschaftliche Wortjongleur zurückgezogen in Süddeutschland und auf Mallorca. Nach dem Thriller »Phoenix« ist »Abyssos« sein neuer Roman.

Jan Aalbach

ABYSSOS

Thriller

Piper München Zürich

Entdecke die Welt der Piper Fantasy:

Piper-Fantasy.de

Von Jan Aalbach liegen bei Piper vor:
Phoenix
Abyssos

FSC
www.fsc.org
MIX
Papier aus verantwortungsvollen Quellen
FSC® C083411

Originalausgabe
März 2015

Umschlaggestaltung: Guter Punkt, München | www.guter-punkt.de
Umschlagabbildung: Kim Hoang, Guter Punkt unter Verwendung von Motiven von Shutterstock
Satz: Satz für Satz. Barbara Reischmann, Leutkirch
Gesetzt aus der Minion
Papier: Munken Print von Arctic Paper Munkedals AB, Schweden
Druck und Bindung: CPI books GmbH, Leck
Printed in Germany ISBN 978-3-492-26945-2

1

Die Giftspritze zitterte. Genau genommen zitterte der ganze Mann, der sie festhielt – trotz der beträchtlichen Mengen an Alkohol in seinem Blut. Er nahm sich zum ersten Mal das Leben. Verständlicherweise war er aufgeregt.

Besorgt blickte er zur Tür des kleinen Ruheraums. Hast du den Schlüssel rumgedreht?, fragte er. Wenn jetzt ein Rettungsassistent oder sonst jemand von der Feuerwache reinplatzt und dich mit der Spritze erwischt, was sieht er dann? Einen Fixer. Ärzte auf Droge gehörten zum deutschen Gesundheitssystem wie Drogen zum Arzt. Landauf, landab klagten die Kollegen in den Kliniken über unerträglichen Stress. Was sollten da erst die Notfallhelfer sagen!

Der junge Arzt schnippte mit einem Finger gegen die Spritze und entlüftete sie vorschriftsmäßig. Sogar die Haut in der Armbeuge desinfizierte er. Wenigstens heute machst du nichts falsch, beschwor er sich. Wer immer mich später obduziert, darf keinen Kunstfehler entdecken. Im Bericht der Gerichtsmedizin wird stehen: *Nach allen Regeln der ärztlichen Kunst tötete sich Pit Zuckmayer im Alter von achtundzwanzig Jahren.*

Er klopfte sich ein paarmal in die Armbeuge, suchte sich eine pralle Vene und stach die Nadel hinein. Sein Entschluss stand fest. So konnte er nicht weiterleben.

Nicht mit dieser Schuld.

Maja und das Baby wären noch am Leben, hätte er nicht versagt – als Ehemann, als Vater und als Arzt.

Vor allem als Arzt.

Sein Daumen senkte sich auf den Kolben. Die Spritze enthielt einen tödlichen Cocktail aus Morphium, Phenobarbital und einem Mittel gegen Erbrechen. Er würde weit weniger leiden als seine Frau …

Es klopfte an der Tür.

Sein Kopf ruckte hoch.

Abermals pochte es. »Pit? Bist du da drin? Wir haben Alarm.«

Die schrille nasale Stimme hätte er selbst durch die Wand eines Atombunkers erkannt. Sie gehörte Kim Schneidewind: Rettungssanitäterin der Berliner Feuerwehr, tollkühne Fahrerin und seine rechte Hand bei Noteinsätzen. Sollte sie nicht längst auf dem Weg nach Hause sein zu ihrer Schildkröte Cassiopeia und der Kakteensammlung? Vor einer halben Stunde war Schichtwechsel gewesen. Stumm starrte er zur Tür.

Die Klinke senkte sich. »Lulatsch, mach hinne!«, drängte Kim. Den Spitznamen verdankte Pit seiner schlaksigen Statur von immerhin zwei Meter und zwei – er wirkte wie eine Lightversion des Basketballspielers Dirk Nowitzki.

Sein Daumen zog sich vom Spritzenkolben zurück.

Kim rüttelte an der Türklinke. Die Kleine konnte unerbittlich sein. Die Kollegen nannten sie *China Girl,* nach einem Song von David Bowie, obwohl sie mit ihrer Kurzhaarfrisur besser in ein japanisches Manga gepasst hätte – wäre sie nicht blond gewesen. Tatsächlich hatte sie Wurzeln im ehemaligen Indochina. Ihre Mutter war als Jugendliche mit den Boatpeople aus Vietnam geflohen. Solche Leute geben nicht so schnell auf. »Ich weiß, dass du da drin bist, Pit. Komm endlich raus!«

Er stöhnte. »Ich habe Feierabend. Lass mich in Ruhe!«, antwortete er und fügte in Gedanken das Wort *sterben* hinzu.

Sie blieb hartnäckig. »Alle Kollegen sind auf Großeinsatz. *Wir* müssen ausrücken, und zwar sofort. U-Bahnhof Leopoldplatz. Laut Pager ein Schwerverletzter. Immer diese Selbstmörder, die nichts auf die Reihe kriegen!«

Sein Blick wanderte zu der Kanüle im Arm.

»Jetzt mach schon!«

»Scheiße!«, zischte Pit, zog die Nadel heraus und warf sie in den Müll.

Zwischen Pits Entschluss, sich etwas später umzubringen, und dem Öffnen der Tür lagen weniger als sechzig Sekunden. Fast rannte er Kim über den Haufen, als er zum Einsatzfahrzeug eilen wollte. Sie versperrte ihm den Weg, die Fäuste in die Seiten gestemmt, und musterte ihn argwöhnisch. Ihre hübschen Mandelaugen waren bedrohlich schmal.

»Was?«, fragte er nur.

»Hast du wieder getrunken?«, zischte sie.

»Sehe ich so aus?«

»Das ist ja das Schlimme mit dir: Du siehst immer blendend aus. Aber mich täuschst du nicht mit deinem Antonio-Banderas-Lächeln.«

Kim verkürzte sich die nächtlichen Wartezeiten regelmäßig mit Schmachtfetzen, in denen glutäugige Latin Lovers die Herzen schöner Frauen brachen. Vor Pit verbarg sie ihre romantische Ader mehr schlecht als recht, indem sie den hartgesottenen Kumpel spielte. Im Gegensatz zu ihr bekamen die jungen Krankenschwestern auf der Rettungsstelle des angrenzenden Virchow-Klinikums reihenweise weiche Knie, wenn der baumlange, schwarzhaarige und blauäugige Notarzt Pit Zuckmayer die Station betrat. Er hegte indes den Verdacht, die toughe Rettungssanitäterin Kim Schneidewind empfand ihm gegenüber mehr als nur kollegiale Freundschaft. Vielleicht hatte sie ihn deshalb noch nicht gemeldet.

Mit eingezogenem Kopf schob sich Pit unter dem Türsturz hindurch, vorbei an China Girl und hinein in den Gang, der zum Einsatzfahrzeug führte. Er hielt die Luft an, damit sie seinen Atem nicht roch. Hinter sich hörte er ihre schweren Schritte. »Ist unser Famulus noch da?«, rief er ihr über die Schulter zu. Seine Frage galt dem Medizinstudenten Elias Meerbaum, der im Rahmen seiner Famulatur auf dem Rettungswagen mitfuhr, um praktische Erfahrungen in der Erstversorgung von Notfallpatienten zu sammeln.

Kim holte Pit ein. »Er ist heute früher gegangen. Bei seiner Frau haben die Wehen eingesetzt.«

»Hoffentlich geht alles gut«, murmelte Pit. Er sagte nicht, ob er den U-Bahn-Unfall oder die Niederkunft von Elias' Frau meinte.

Mit Blaulicht und Martinshorn raste das Noteinsatzfahrzeug der Feuerwehr vom Campus Virchow-Klinikum der Berliner Charité bis zum Leopoldplatz – nur ungefähr tausend Meter weit. Obwohl Kim sich alle Mühe gab, konnte sie den Motor ihres weißroten Renners während der kurzen Alarmfahrt nicht auf Betriebstemperatur hochheizen. Es blieb ihr gerade genug Zeit, ihren Kollegen ein weiteres Mal misstrauisch von der Seite her anzusehen. »Du hast wieder getrunken«, sagte sie. Diesmal hörte Pit kein Fragezeichen.

»Etwa einen Liter Kaffee«, antwortete er. Das war nicht einmal gelogen. Hinter ihm lag eine Zwölfstundenschicht.

»Man riecht deine Fahne zehn Meilen gegen den Wind. So geht das nicht weiter, Pit.«

»Zu diesem Schluss bin ich auch schon gekommen.«

Sie schüttelte unwillig den Kopf. »Versteh mich bitte nicht falsch. Ich sage das, weil du mein Kumpel bist: Wenn ich dich noch einmal mit einer Fahne im Dienst erwische, bist du fällig. Du brauchst Hilfe, Pit. Geh zu einem Therapeuten.«

»Ich weiß was Besseres.«

»Was …?«

»Lass uns später drüber reden, China Girl.« Er war froh, das unbequeme Thema abwürgen zu können, weil sie soeben den U-Bahnhof Leopoldstraße erreichten. Die Fahrtzeit vom Stützpunkt hierher hatte nur vier Minuten gedauert. Zwei Streifenwagen der Polizei waren ebenfalls schon vor Ort. Kim ließ noch einmal den Motor aufheulen, als sie mit dem Rettungswagen auf den Gehweg fuhr und unmittelbar vor dem Eingang stehen blieb. Ringsum wimmelte es von Menschen. Viele waren kreidebleich. Pit riss die Beifahrertür auf. »Nimm den Defi mit!«

Er rannte mit dem schweren Arztkoffer los, und Kim folgte ihm mit dem Defibrillator. Zwei Streifenbeamte versperrten den

Zugang zu den Treppen. »Oberer Bahnsteig, Richtung Alt-Tegel«, rief einer den Nothelfern zu.

Schon auf dem Weg nach unten hörte Pit die lauten Schmerzensschreie des Verletzten. Sein dröhnendes Organ stach wie eine schroffe Klippe aus dem murmelnden Meer der anderen Stimmen hervor.

Am U-Bahnhof Leopoldplatz kreuzten sich die Linien U6 und U9 auf unterschiedlichen Ebenen. Pit und seine Assistentin erreichten das Ende der Treppe im ersten Tiefgeschoss. Es war eine schmucklose Station mit zitronengelben Wandfliesen und Säulen aus mintgrünen Doppel-T-Trägern. Ein gelber U-Bahn-Zug stand auf dem Gleis.

Auf den beiden Seitenbahnsteigen herrschte das für die abendliche Stoßzeit übliche Gedränge. Neben dem Zug redeten ein Polizeibeamter und seine blonde Kollegin gestikulierend auf die Schaulustigen ein. Sie ermahnten die Fahrgäste, den Nothelfern Platz zu machen und sich geordnet nach draußen zu begeben. Die wenigsten scherten sich darum.

Verständnislos schüttelte Pit den Kopf. Wenn Sensationslust Menschenleben gefährdete, hörte bei ihm der Spaß auf. Er bahnte sich wie ein ruppiger Eishockeyspieler mit vollem Körpereinsatz seinen Weg durch die Gaffer. Kim blieb dicht hinter ihm.

»Ist der Strom abgeschaltet?«, rief er nach etwa zwanzig Metern der jungen Polizistin zu. Sie war auffallend blass.

»Ja, es leistet schon jemand Erste Hilfe.« Sie hielt den Blick starr geradeaus gerichtet und deutete mit dem Daumen über die Schulter zur Unglücksstelle.

Pit kämpfte sich zum Kopf des Zuges durch und sank an der Bahnsteigkante auf die Knie. Unten im Gleisbett sah er zwei Personen. Auf dem Schotter lag rücklings ein dunkelhäutiger Mann, ein Riese, so weit sich das beurteilen ließ – ihm fehlten die Beine. Sie waren etwa zwei Handbreit oberhalb der Knie abgetrennt. Pit konnte sie nirgends entdecken. Andere Verletzungen ließen sich auf die Schnelle nicht feststellen, nicht einmal eine Schramme.

Bei dem Mann kniete eine korpulente Rothaarige, ungefähr

dreißig Jahre alt. Sie drückte ihre Fäuste in die Beinstümpfe, um die Blutung einzudämmen. Als der Verletzte die orangerot gekleideten Helfer bemerkte, verstummte er augenblicklich. Sein glasiger Blick heftete sich auf den Notarzt.

»Besorg uns einen RTW. Danach hilfst du mir«, sagte Pit zu Kim.

Sie nickte. »Die Polizistin kann die Leitstelle anfunken, dann geht's schneller.« China Girl machte kehrt und verschwand in der Menge, um den Rettungstransportwagen anzufordern. Unterdessen schwang sich Pit in das geschotterte Gleisbett hinab.

»Hallo, Doktor Zuckmayer«, begrüßte ihn die Rothaarige. Ihre Stimme klang gepresst. Sie schwitzte vor Anstrengung.

»Kennen wir uns?«, wunderte er sich.

»Ich bin Schwester Luisa. Sie waren mal Assistenzarzt bei uns auf der Inneren.«

»Tut mir leid, ich kann mich nicht ...« Er blinzelte. »Wie geht es unserem Patienten?«

»Grenzt an ein Wunder, dass er noch lebt. Seine Atmung ist okay, so wie er schreit. Mehr konnte ich nicht für ihn tun, da mir die Hände gebunden sind.« Sie blickte auf ihre blutigen Fäuste in den Beinstümpfen des Riesen.

»Danke, Luisa. Sie machen das fabelhaft. Halten Sie bitte noch etwas durch.« Er wandte sich dem Verletzten zu, der ihn nach wie vor anstarrte, als kenne er ihn, erinnere sich aber nicht an seinen Namen.

»Wir helfen Ihnen. Können Sie mich verstehen?«, fragte Pit betont laut und deutlich. Nebenher öffnete er seinen Notfallkoffer und zog sich die Gummihandschuhe über. Er wollte die Ansprechbarkeit des Verunglückten feststellen und ihm Mut machen. Hoffnung war eine starke Medizin.

Der Mann schien Kraft zu sammeln. »Ja«, ächzte er.

»Wie heißen Sie?« Pit band den rechten Stumpf des Verletzten ab, um die Krankenschwester zu erlösen. Danach würde er die Arterienklemmen ansetzen. Kim erschien. Er bedeutete ihr, das andere Bein zu versorgen.

»Zekarias«, antwortete der Schwarze.

Pit bedankte sich mit einem Nicken bei Schwester Luisa. Sie wünschte ihnen viel Glück und zog sich zurück.

»Woher kommen Sie?«, wandte er sich wieder an den Verletzten. Nachdenklich betrachtete er dessen Wunden. Der Anblick abgerissener Gliedmaßen war ihm vertraut, wenngleich er sich nie daran gewöhnt hatte. Von einem Zugrad waren Zekarias' Beine nicht abgeklemmt worden. Die Stümpfe sahen eher aus wie zwei durchgebrochene Baguettes, die jemand in einen roten Dip getaucht hatte.

»Von weit her.«

Wirre Antworten waren bei traumatisierten Patienten nicht ungewöhnlich. Während Pit die Arterien abklemmte, blickte er sich immer wieder nach den vermissten Beinen um. Vergeblich. Er wies Kim an, Blutdruck und Puls des Verletzten zu messen. Dann richtete er sich auf und rief die Polizistin zu sich heran.

Sie trat mit sichtlichem Widerwillen an die Bahnsteigkante.

»Wie heißen Sie mit Vornamen?«, fragte er die Beamtin.

Ein verdutzter Blick. »Jeannine«, antwortete sie dann.

»Sie machen das gut, Jeannine. Ich brauche Ihre Hilfe.«

Sie nickte stumm.

Er senkte die Stimme. »Sollten wir den Mann durchbringen, wäre er bestimmt dankbar, wenn er seine Beine zurückbekäme. Wahrscheinlich liegen sie unter dem Zug. Helfen Sie mir bei der Suche?«

Ihr Unterkiefer sank herab.

»Keine Sorge, Jeannine, Sie müssen sie nicht anfassen. Das erledige ich. Lassen Sie den Zug bitte bis zu der Stelle zurücksetzen, wo er den Mann erfasst hat.«

»Er ist ... ist schon zurückgefahren. Tom ... mein Kollege hat das veranlasst«, stammelte sie.

»War eben nicht weit genug, sonst wären die Beine ja zu sehen.«

»Vielleicht hat sie jemand ... gestohlen«, schlug Jeannine vor.

»Unter den Augen der Polizei?«

Sie wandte sich pikiert von ihm ab und verschwand in der Menge der Schaulustigen.

Pits Blick schweifte noch einmal zum Zug hinüber. Seltsamerweise entdeckte er auf den Gleisen kein Blut. Nur …

Sand?

Er runzelte die Stirn. Da lagen tatsächlich mehrere schwarzgraue Sand- oder Pulverhaufen im Gleisbett.

»Puls schießt gleich durch die Decke, Blutdruck ist irgendwo unten bei Linie U9«, sagte China Girl und brachte ihn wieder zu den wichtigeren Fragen zurück. Als er sich ihr zuwandte, deutete sie mit dem Kinn auf die Rechte des Verletzten. »Hast du das gesehen?«, flüsterte sie.

Zekarias besaß an jeder Hand sechs Finger mit auffallend langen Nägeln. Erstaunlich viel Blut klebte daran.

Pit nickte. Hexadaktylie, die Sechsgliedrigkeit an Händen oder Füßen, war eine Laune der Natur. »Gib mir die Sauerstoffflasche mit der Atemmaske. Danach legst du ihm eine Kanüle. Wenn wir sein Volumen nicht ergänzen, kollabiert er uns, bevor der RTW eintrifft. Aber vorher nimmst du ihm etwas Blut ab, damit die Klinik seine Blutgruppe bestimmen kann.«

Der Stress des Einsatzes, die vielen Merkwürdigkeiten dieses Notfalles – Pit hatte die eigenen Nöte darüber ganz vergessen. Vorübergehend. Er nahm einen Beutel mit Kochsalzlösung aus dem Koffer. Zekarias musste Unmengen von Blut verloren haben – auch wenn seltsam wenig davon zu sehen war. Sein Kreislauf drohte zusammenzubrechen, falls der Flüssigkeitsverlust nicht rasch ausgeglichen wurde. Pits Hände arbeiteten weiter, während er seinem Patienten ins Gesicht sah und lächelte.

»Wie groß sind Sie, Zekarias?«

Der Gefragte benetzte die Lippen mit der Zunge. Erst nach drei Anläufen brachte er endlich eine leise Antwort heraus: »Ich war zwei Meter einunddreißig.«

»An der Uni habe ich Basketball gespielt. Sie auch?« Pit griff nach der Sauerstoffmaske, die Kim für ihn bereitgelegt hatte.

Plötzlich setzten bei dem Mann heftige Zuckungen ein. Die Krämpfe schüttelten seinen ganzen Körper. Er schrie vor Schmerzen und schlug wie von Sinnen um sich.

»Epilepsie?«, rief China Girl.

»Wir müssen verhindern, dass er sich noch mehr verletzt. Halt seinen Kopf fest, ich nehme die Arme!«, rief Pit.

Die Notfallsanitäterin packte entschlossen zu.

Er fing das linke Handgelenk des Riesen ein, der sich mit Bärenkräften gegen den Griff des Arztes wehrte. Pit schnappte nach der Rechten des Mannes. Statt sie zu erwischen, streifte ihn dessen klauenartiger Daumennagel an der Wange …

Es fühlte sich an, als fahre ihm ein giftiger Dorn unter die Haut. Seine linke Gesichtshälfte schien zu explodieren. Pit schrie. Er blinzelte benommen, sah aber nur Sterne. Das Brennen war mörderisch. Einen Moment lang drehte sich alles um ihn: der tobende Riese, China Girl, der Zug, Jeannine, die Gaffer, der ganze Bahnhof …

»Pit!«, drang Kims Stimme durch das Rauschen in seinen Ohren.

Er blinzelte abermals und starrte sie an, als hätte sie ihn aus dem Schlaf gerissen. Sein Blick klarte sich auf.

»Du blutest!«, rief sie. »Er hat dich im Gesicht verletzt.«

»Wir desinfizieren die Wunde später«, antwortete er. Der Patient war jetzt wichtiger. Er hatte sich schlagartig beruhigt. Sein Körper erschlaffte, und die Augen fielen ihm zu.

»Zekarias?«, rief Pit.

Keine Antwort.

Pit tastete nach dem Puls des Mannes.

Plötzlich riss sich Zekarias von ihm los. Er packte ihn am Kragen, zog ihn mit unbändiger Kraft zu sich hinab und starrte ihm wie ein Wahnsinniger in die Augen. »Stoppt die Domen!«, ächzte er.

Pit bekam keine Luft. Er brauchte beide Hände, um sich aus dem Würgegriff des Riesen zu befreien. »Das machen wir«, redete er beruhigend auf ihn ein.

Alle Kraft wich aus Zekarias' Armen. »Folge dem Strom aus Blut«, hauchte er und sank in sich zusammen. Seine Augen blieben auf den Notarzt gerichtet.

Pit kontrollierte den Puls des Mannes und schüttelte den Kopf. »Nichts«, murmelte er.

»Herzstillstand?«, fragte Kim.

Er nickte.

Sie beugte sich zum Defibrillator hinüber.

»Lass gut sein«, sagte Pit. »Er kommt nicht mehr zurück.«

»Bist du so zugedröhnt, dass du nicht mal versuchst, ihn zu reanimieren?«, zischte sie über den Toten hinweg.

Trotzig erhob sich Pit. »Nein. Es wäre nur zwecklos.«

Zornrot richtete sie sich ebenfalls auf. »Ach! Bist du jetzt unter die Hellseher gegangen oder was?«

»Was ich gerade empfinde …« Pit hob die Schultern und schüttelte den Kopf. »Ich kann es nicht beschreiben, Kim. So etwas habe ich noch nie gefühlt. Ich weiß mit Sicherheit, dass sein Herz niemals wieder schlagen wird.«

2

Die Bahnsteige leerten sich nun rascher. Ein halbes Dutzend Ordnungshüter dirigierte die am U-Bahnhof Leopoldplatz gestrandeten Fahrgäste nach draußen. Die erschöpfte Menge war mittlerweile gefügiger. Eine weiße Plane verwehrte ihr den wohlig schaurigen Anblick auf den verstümmelten Leichnam. Und die Hoffnung, sich über ein Paar herrenlose Beine zu entsetzen, konnte man wohl auch begraben – sie blieben unauffindbar. Den schwärzlichen Sand auf den Gleisen beachtete niemand. Zumal er nicht einmal wie richtiger Sand aussah. Es hätte ebenso gut Asche sein können. Wer interessierte sich schon für Asche?

»Soll ich das EDTA-Röhrchen an die Rechtsmedizin schicken?«, riss Kim ihren Begleiter aus den Gedanken. Sie packte gerade die Ausrüstung zusammen und musterte ratlos die Blutprobe, die sie dem Verletzten entnommen hatte.

Pit schüttelte den Kopf. »Die Gerichtsmedizin kriegt den ganzen Leichnam. Das Blut bekommt unser Kliniklabor. Ich möchte eine umfassende Analyse.«

»Und wozu? Der Mann ist tot.«

Er deutete auf die Schramme in seinem Gesicht. »Könnte ja sein, dass er mit HIV, Hepatitis C oder sonst was infiziert war.«

»Dann verstehe ich nicht, warum du die Wunde nicht endlich desinfizierst. Soll ich …?«

»Ich mach das schon«, hielt er sie zurück. Sein baldiger Tod war ohnehin beschlossene Sache. Weder Aids- noch Hepatitisviren würden seine Pläne vereiteln. Trotzdem wollte er wissen, was da gerade eben passiert war. Dieser Zekarias hatte ihm nicht nur eine Schramme verpasst. Da war weit mehr geschehen. Aber was? Vielleicht würde er die Antwort in den Laborergebnissen finden.

Kim ließ das mit Blut und Gerinnungshemmer gefüllte Röhrchen in der Außentasche ihrer orangeroten Jacke verschwinden.

Derweil beugte sich Pit noch einmal zu Zekarias hinab. Behutsam legte er den Arm des Toten neben dessen Körper und deckte ihn mit der Plane zu. Als er sich erhob, entdeckte er über Kims linker Schulter ein Gesicht wie aus *Tausendundeiner Nacht:* exotisch schön, schmal, mit ausgeprägten Wangenknochen, von schwarzen Locken umrahmt und mit geheimnisvoll funkelnden dunklen Augen. Diese waren überwölbt von dichten Brauen und betrachteten den Notarzt.

Pit trat einen Schritt zur Seite, um die Frau in den abgewetzten engen Jeans und der hüftlangen schwarzen Lederjacke besser mustern zu können. Sie war gertenschlank und annähernd zwei Meter groß. Ihr kurzes, in natura vermutlich krauses Haar hatte sie wohl künstlich geglättet, wodurch es ihren Kopf lockig umspielte. In seinem Beruf begegnete er vielen Menschen jeden Alters und Geschlechts. Nur selten waren so ungewöhnlich attraktive Frauen darunter.

Er merkte auf einmal, wie er sie anstarrte. Seine bewundernden Blicke schienen sie zu amüsieren. Ihre Mundwinkel zuckten, als müsse sie sich ein Schmunzeln verkneifen.

»Kann ich etwas für Sie tun?«, fragte er, um sein Staunen zu überspielen.

Sie zog aus ihrer Jacke ein Schlüsselbund. Daran hing eine ovale Dienstmarke aus Messing, die sie ihm entgegenstreckte. »Kriminaloberkommissarin Katharina Nour«, stellte sie sich vor. »Sind Sie der Notarzt, der das Opfer versorgt hat?«

Er nickte und deutete auf seine Assistentin. »Das ist Chin… äh, Kim Schneidewind, Rettungssanitäterin. Ich bin Pit Zuckmayer. Wir haben zusammen die Erstversorgung gemacht.«

»Dürfte ich Sie kurz allein sprechen, Doktor Zuckmayer?«

Pit bat Kim, alles für die Abfahrt vorzubereiten, und schwang sich auf den Bahnsteig hinauf. Er streckte der Kommissarin die Rechte entgegen. Ihr Händedruck war erstaunlich fest. »Wie kann ich Ihnen helfen?«, fragte er ohne allzu große Begeisterung. Was er im Augenblick am wenigsten gebrauchen konnte, war ein Verhör.

»Gehen wir ein Stück auf die Seite!«, antwortete die Polizistin mit rauchiger Stimme. Sie deutete auf eine Vierergruppe gelb lackierter Blechsitze, die an der gefliesten Wand angebracht waren.

Während Pit neben der exotischen Schönheit dahinschritt, beäugte er sie neugierig von der Seite. Unter ihrer kurze Jacke lugte ein Schulterholster mit einer schwarzen Pistole hervor. Katharina Nour war kaum fünf Zentimeter kleiner als er. Ihr unbändiges kohlschwarzes Haar wippte und wogte bei jeder Bewegung. Woher sie wohl stammte …?

»Tuareg«, sagte sie unvermittelt.

»W…wie?«, stotterte er.

»Sie haben sich gerade gefragt, welchen Migrationshintergrund ich habe.«

»Können Sie Gedanken lesen?«

Sie zuckte mit den Achseln. »Das will so gut wie jeder wissen. Ich stamme aus Mali, vom Stamm der Tuareg.« Sie ließ sich auf den ersten Sitz fallen. Einladend deutete sie auf den Platz neben sich und zog dabei ein blutrotes Notizbuch mit farblich passendem Stift aus der Innentasche ihrer Lederjacke.

»Ich stehe lieber. Hab die ganze Zeit gekniet«, erklärte Pit. In Wahrheit wollte er sich keine Schwierigkeiten wegen seiner Alkoholfahne einhandeln. Selbst in nüchternem Zustand hätte er die Nähe dieser exotischen Schönheit gemieden. Unwillkürlich empfand er jede erotische Regung beim Anblick einer attraktiven Frau als Verrat an Maja. Ihr hatte er ewige Treue gelobt – bis über den Tod hinaus.

»Meinetwegen«, sagte Nour und erhob sich wieder. Sie deutete auf die Schramme an Pits Wange, berührte sie gar mit ihren Fingerspitzen. »Ist das Ihr Blut oder seins?«

Rasch zog er den Kopf von ihrer Hand zurück und stellte mit

einem großen Schritt den alten Abstand wieder her. »Keine Ahnung.«

Seine Reaktion schien sie zu amüsieren. »Das sollten Sie schleunigst desinfizieren.«

»Bin ich hier der Notarzt oder Sie?«, entfuhr es ihm. Er rang nach Luft – und atmete vernehmlich aus. »Entschuldigung. Ich hetzte seit dreizehn Stunden von einem Einsatz zum nächsten. Eigentlich sollte ich längst … äh … woanders sein.«

Die Kommissarin nickte. »Ich bin nicht zimperlich. Hat der Mann noch gelebt, als Sie am Unglücksort eintrafen?«

»Ja. Er schrie, wie ich selten einen Menschen habe schreien hören.«

»Was?«

»Wie meinen …?«

»Haben Sie ihn verstanden?«

»Es waren Schmerzensschreie.«

»Ganz sicher?«

»Er könnte sich auch selbst verstümmelt und simuliert haben.«

Die Kommissarin verzog keine Miene. »Stand er unter Schock?«

»Davon können Sie ausgehen.«

»Man sagt, unter Schock empfindet der Mensch keinen Schmerz.«

»Sie dürfen nicht alles glauben, was man sagt. Der Mann hat beide Beine verloren. Das allein zu *wissen* genügt schon, um wie am Spieß zu brüllen.«

»Wie lange lebte er noch nach Ihrer Ankunft?«

»Drei, vier Minuten. Ich habe die Zeit nicht gestoppt.«

»Hat er noch etwas zu Ihnen gesagt, bevor er starb?«

»Lauter Wirrwarr. Das ist nicht ungewöhnlich bei einem solchen Trauma. Er heiße Zekarias, antwortete er auf meine Frage nach seinem Namen.«

Nour kritzelte eine Notiz in ihr Büchlein. »Kein Nachname?«

Pit gab den kurzen Dialog mit dem Verunglückten so wortgetreu wie möglich wieder. Als er die letzten beiden Sätze des Sterbenden wiederholte, verharrte Nours Stift über dem Papier.

Ihre tiefbraunen Augen sahen Pit fragend an. »*Folge dem Strom aus Blut?*«

Er nickte. »Genau das hat er gesagt. Und wissen Sie, was seltsam ist?«

»Nein.«

»Da war keins.«

»Kein was?«

»Blut. Abgesehen von der Hämorrhagie …«

»Bitte sprechen Sie so, dass ich Sie verstehen kann.«

»*Blutungen* der Wunden gab es natürlich.«

»Aber?«

»Sehen Sie sich mal die Gleise und den Zug an. Da ist nichts als Sand.«

»Sand?«

»Sand.«

Nours Blick senkte sich freudlos auf das kleine Buch. Als entledige sie sich einer lästigen Pflicht, schrieb sie das Wort *Sand* hinein. Bevor ihr Stift zur Ruhe kam, sprach sie bereits weiter. »Hat Ihnen dieser Zekarias irgendetwas gegeben?«

»Abgesehen von der Schramme, meinen Sie?« Pit schüttelte den Kopf. »Nichts.«

»Hat jemand versucht, zu dem Verunglückten vorzudringen? Oder ist Ihnen sonst eine verdächtige Person aufgefallen?«

Pit breitete in einer hilflosen Geste die Arme aus. »Ich habe um das Leben des Mannes gekämpft, und der Bahnhof war voller Gaffer. Meinen Sie, da halte ich nach *verdächtigen Personen* Ausschau?«

Die Kommissarin notierte schon wieder irgendetwas. »Beruhigen Sie sich. Ich mache auch nur meinen Job.«

»Wer war der Mann überhaupt? Ein Gauner? Denken Sie, jemand von den Domen hat ihn vor den Zug gestoßen? Ist das eine kriminelle Vereinigung?«

Sie sah Pit an, ohne das Gesicht zu heben. Nur ihre von dichten Brauen überwölbten Augen bewegten sich. »Dazu darf ich nichts sagen, Doktor Zuckmayer.«

»Den Doktor lassen Sie mal weg. Ich habe nie promoviert.«

Nour strich in ihren Notizen ein Wort durch, vermutlich den

akademischen Titel. »Können Sie aus Ihrer Sicht abschätzen, wie sich … das Unglück abgespielt hat?«

Pit hob die Schultern. »Irgendwie ist dieser Zekarias auf die Gleise geraten. Falls er sich das Leben nehmen wollte, hat er es sich im letzten Moment anders überlegt.«

»Interessante These! Wie kommen Sie darauf?«

»Die Umstände haben es mir nicht erlaubt, den Mann gründlich zu untersuchen. Vom Augenschein her konnte ich, abgesehen von seinen unteren Extremitäten …«

»Den Beinen, meinen Sie?«

»Ja. Oberhalb davon schien er keine Verletzungen zu haben. Nicht einmal den kleinsten Kratzer.«

Nour machte eine weitere Notiz und sah Pit erwartungsvoll an. »Ist Ihnen sonst noch etwas aufgefallen?«

»Lediglich der Sand.«

Sie klappte ihr Buch zu.

Just in diesem Moment trat ein hünenhafter Mann mit zerknittertem Sakko und ebenso zerknittertem Gesicht auf sie zu. Seine spiegelnde Glatze umkränzte ein kurz rasierter grauer Resthaarbestand. Nour stellte ihn als ihren Chef vor, Kriminalhauptkommissar Fabian Gallus.

»Haben Sie schon den Fahrdienst der Gerichtsmedizin benachrichtigt?«, fragte er.

»Ja, vor fünf Minuten.« Sie zog ihn einige Schritte auf die Seite, wo die beiden kurz miteinander tuschelten. Gallus nickte Pit zu und entfernte sich wieder. Die Kommissarin kehrte zu ihm zurück. »Wie kann ich Sie erreichen, Herr Zuckmayer?«

»Ich bin Angestellter der Charité, Campus Virchow-Klinikum. Fragen Sie in der Telefonzentrale nach mir.«

Sie zog eine Visitenkarte aus ihrer Jacke und warf mit ihrem blutroten Stift eine Notiz darauf. »Ich hoffe, Sie können meine Hieroglyphen lesen. Das sind meine private E-Mail-Adresse und Geheimnummer. Melden Sie sich bitte, falls Ihnen noch etwas einfällt. Jede Kleinigkeit könnte wichtig sein. Sollte jemand anders abheben, verlangen Sie ausdrücklich *mich*. Sprechen Sie mit niemandem sonst über diesen Zekarias.«

Die Anweisung kam Pit seltsam vor. Doch er fühlte sich viel zu zerschlagen, um sie zu hinterfragen, und nickte nur ergeben. »Sie sollten den Sand analysieren«, sagte er müde.

Katharina Nour stopfte ihr rotes Notizbuch demonstrativ in die Jacke zurück. »Desinfizieren Sie Ihre Wunde. Und vergessen Sie den Sand.«

3

Der Abendverkehr auf der Müllerstraße wälzte sich wie ein tosender Strom aus Blech an dem schwarzen Audi A3 vorbei. Kriminaloberkommissarin Nour schlug die Tür ihres Wagens zu. Im Vergleich zu draußen herrschte hier drinnen eine geradezu himmlische Ruhe. Sie lehnte sich erschöpft zurück und schloss die Augen. Ihre Hände zitterten. Zekarias ist tot, dachte sie. Alles gerät außer Kontrolle …

Ihr Handy quakte.

Sie zog es aus der Innentasche ihrer Jacke und blickte auf das Display.

Anonym

Das Smartphone quakte abermals wie ein Laubfrosch.

Könnte dieser Notarzt sein, überlegte sie: Pit Zuckmayer. Süßer Typ. Sieht dem jungen Omar Sharif ähnlich. Bei einem Casting für *Grey's Anatomy* bekäme er hundertpro eine Rolle. Ist nur ziemlich durch den Wind gewesen. Ob er Zekarias' Blut in sich spürt?

Der *verzauberte Frosch* – ihr Telefon – gab keine Ruhe. Sie atmete tief durch, tippte auf den Bildschirm und hielt sich das Handy ans Ohr.

»Kahina?«, fragte eine ungewöhnlich tiefe Stimme. Der Frosch erzitterte bei ihrem markanten Klang, und selbst der Polizistin lief ein Schauer über den Rücken. Es war der Ahiman.

»Ja, Ehrwürdiger«, antwortete sie so leise, dass sie kaum den Straßenlärm übertönte.

»Du weißt, weshalb ich anrufe?«

»Zekarias Kidane.«

»Ja. Ist er tot?«

»Er zerfällt bereits zu Sand.«

»So schnell? Du hast hoffentlich seine Leiche beseitigt.«

»Es gab einige …« Sie schluckte. »Einige Komplikationen.«

»Welcher Art?«

»Er hat Eure Kriegerinnen bemerkt und sich mitten in einem U-Bahnhof voller Menschen vor einen Zug geworfen.« Kahina wappnete sich gegen einen Zornausbruch des Ahiman.

Das Telefon blieb lange still. Als die tiefe Stimme sich erneut meldete, klang sie ruhig und kalt. »Hat Zekarias uns verraten?«

»Er wurde beschattet, verfolgt und zu Tode gehetzt«, antwortete die Polizistin ausweichend. Sie hatte das Gefühl, ihr wild pochendes Herz springe ihr jeden Moment aus dem Hals. Ihr war heiß, als liefe die Heizung des Wagens auf vollen Touren. Nicht allein die Angst trieb Kahina den Schweiß aus den Poren. Es war der Ahiman, der seine Klauen nach ihr ausstreckte.

»Das war nicht meine Frage. Hat er unser Geheimnis aufgedeckt?«, bohrte seine emotionslose Stimme nach.

Die Polizistin meinte zu ersticken. Sie griff sich an den Hals und rang nach Luft. »Woher soll ich das wissen?«, presste sie hervor. »Ich kann ihn nicht mehr fragen.«

»Wer hat zuletzt mit ihm gesprochen? Du?«

»Ein Notarzt. Ich bin an ihm dran.«

»Wie heißt er.«

Sie schluckte. »Pit Zuckmayer.«

»Was ist mit der Leiche des Verräters?«

»In der Gerichtsmedizin. Die Vorschriften verlangen eine Obduktion.«

»Dazu wird es nicht kommen. Wir beide wissen das. Kannst du Zekarias rechtzeitig aus dem Leichenhaus herausschaffen?«

»Unmöglich. Das würde Verdacht erregen. Meine Tarnung …«

»Uns ist nichts *unmöglich*«, zischte der Ahiman. Kahina spürte seinen zornigen Geist wie einen brennenden Dorn im Kopf. »Dieses Wort ist eine Missgeburt, in die Welt gesetzt von Schwächlingen, für die wir nur Sagengestalten sind. In deinen Adern fließt unser Blut. Muss ich dir das wirklich erklären?«

»Nein, Ehrwürdiger«, flüsterte sie unterwürfig.

»Dann schaff Zekarias aus dem Leichenschauhaus weg. Oder finde eine andere Lösung, bevor jemand seine Lyse beobachtet.«

»Ich lasse mir etwas einfallen, Erhabener Ahiman.«

»Und finde heraus, was der Notarzt weiß. Vielleicht hat ihm Zekarias unser Geheimnis verraten. Dann bringst du ihn um. Falls er ahnungslos ist …« Zwei, drei Sekunden lang hörte sie nur den Atem des Ahiman. »Wir sollten kein Risiko eingehen, nicht zu diesem Zeitpunkt. Töte ihn auf alle Fälle, Kriegerin!«

Es klickte. Die Verbindung war beendet.

4

Träge schloss Pit die Tür seiner Wohnung in der Kreuzberger Hornstraße auf. Das Rasseln des Schlüsselbundes hallte durchs ganze Treppenhaus. Vor zwei Jahren hatten Maja und er den Mietvertrag für die geräumige Altbauwohnung im zweiten Stock des denkmalgeschützten Hauses Nummer 16 ergattert. Sie waren stolz wie Bolle gewesen, hatten Pläne geschmiedet, sich auf Nachwuchs gefreut … Seit dreihundertfünfundsechzig Tagen, neun Stunden und siebzehn Minuten lebte Pit nun allein hier.

Dies war ein guter Ort zum Sterben.

Erschöpft betrat er die dunkle Wohnung. Er fühlte sich wie gerädert. Das Licht ließ er ausgeschaltet. Ihm war nicht nach Licht, ihm war nach Finsternis. Seit dem Aufstehen hatte er sieben Leben gerettet, eins verloren und sein eigenes nicht abschütteln können. Momentan war er zu müde, sich umzubringen.

Deshalb hatte er China Girl nach dem Noteinsatz allein in die Klinik zurückgeschickt. Nicht einmal seine orangerote Jacke hatte er ausgezogen, als er sich ein Taxi rief, um dem Chaos des Tages zu entfliehen. Die Charité zahlte ihm eigentlich nicht genug, um sich solche Extravaganzen zu erlauben. Doch was sollte es! Das letzte Hemd hat keine Taschen.

Wie ein Schlafwandler schlurfte er durch den Flur, ließ seinen Rucksack fallen, die Notarztjacke, den Schlüsselbund und lauschte den Geräuschen des Hauses. Das Knarren der Dielen unter seinen Füßen tat gut. Es weckte den Anschein von Lebendigkeit. Die

Straßenlaterne warf ein schwaches Licht durch die Glasfüllungen der hohen Wohnzimmertür.

Er betrat den dämmrigen Raum. Das Sammelsurium der Möbel darin entstammte dem Spendenaufkommen von Familie und Freunden, die ihm und Maja in der Studienzeit einen Anfang mit Apfelsinenkisten hatten ersparen wollen: ein abgewetztes braunes Ledersofa, zwei orientalische Sitzkissen, ein marmorner Couchtisch, eine mannshohe Standuhr mit eigensinnigem Läutwerk, eine alte, aber liebevoll aufgearbeitete Schubkastenkommode, ein echter Perserteppich mit ebenso echten Mottenlöchern, windschiefe Ikea-Regale voller Fachbücher, der wahrscheinlich einzige Röhrenfernseher im ganzen Kiez, Rudis schwarzer Hi-Fi-Turm mit den monströsen Boxen, deren maximaler Schalldruck das fast hundertvierzig Jahre alte Haus mühelos hätte zertrümmern können.

Pits Blick streifte das Chaos auf dem Tisch, Spuren eines einsamen Abends vor der Glotze. Die Chipstüte war leer. Aber dort stand noch eine halb volle Wodkaflasche … *So geht das nicht weiter, Pit. Wenn ich dich noch einmal im Dienst mit einer Fahne erwische, bist du fällig …* Kims Ermahnungen trieben wie vom Wind losgerissene Banner durch seinen Sinn. Sie hatte ja recht. Es war Zeit, Schluss zu machen.

Vielleicht morgen schon.

Er ließ sich rücklings auf das Sofa fallen und starrte zur Stuckrosette an der hohen Decke empor – der dazu passende Kristallleuchter existierte nicht mehr. Die Augen zu schließen wagte er nicht. Aus irgendeinem Grund fürchtete er sich vor den Bildern, die dann aufsteigen würden: der dunkelhäutige Riese, die blutigen Stümpfe, der Sand … Auch so schon kreisten die seltsamen Ereignisse im U-Bahnhof und das kaum weniger merkwürdige Gespräch mit der Kommissarin wie ein Krähenschwarm in seinem Kopf.

Er zog das Smartphone aus der Hosentasche. Zum tausendsten Mal spielte er das Video von Maja ab, wie sie lachte und sich über den angeschwollenen Bauch streichelte. Am nächsten Tag war sie schwer verletzt ins Krankenhaus eingeliefert worden. Man hatte ihr sofort eine Bluttransfusion gegeben. Wenige Stunden später war sie tot. Der Killer hieß TRALI, transfusionsassoziierte akute Lungeninsuffizienz. Jährlich brachte diese Immunreaktion Hunderte von Menschen um. Wäre er früher bei ihr gewesen, hätte er die Blutung aufhalten können und sie wäre um die tödliche Transfusion herumgekommen.

Pit griff zur Wodkaflasche und startete das Video erneut.

Die Menschenschlange reichte bis zum Horizont. Sie wich abgestorbenen Bäumen aus, senkte sich in dunkle Täler und kroch über Hügel mit verdorrtem Gras. Männer, Frauen und Kinder mit ausdruckslosen grauen Gesichtern standen in der Schlange. Einer von ihnen war Pit.

Er wusste nicht, wie er in diese Wartegemeinschaft geraten war, er wusste nur, dass es ihm nicht gefiel. Vielleicht lag es an dem heißen Wind, der ihm in den Ohren pfiff. Oder an den leeren Blicken der Menschen – sie hatten die Augen von Toten. Er wandte sich um. Das Kopfende der Schlange war nur einen Steinwurf weit entfernt.

Dort stand ein Riese mit glänzendem schwarzem Haar, graubrauner Haut und sechs Fingern an jeder Hand. Seit Pit denken konnte, litt er unter seiner buchstäblich herausragenden Größe. Schon in der Schulzeit hatte man ihn *langer Lulatsch* genannt. Im Vergleich zu diesem Goliath fühlte er sich wie ein Zwerg.

Die Stirn des Giganten war hoch und breit, seine Nase flach, das Kinn spitz, und die Augen standen auffällig weit auseinander. Diese Augen – sie zogen Pits Aufmerksamkeit wie magisch an. Ihn fröstelte. Ihr Blick war so kalt wie Trockeneis. Etwas abgrundtief Böses lag darin. Gerade richtete er sich auf die grauhaarige Frau am Kopfende der Schlange.

Sie begann zu zittern. Erst sah es nur wie der senile Tremor einer Greisin aus, doch dann wurde ein heftiges Schütteln daraus. Die Alte gab einen erstickten Laut von sich und brach zusammen.

Sie war tot. Pit hätte nicht sagen können, woher diese Gewissheit kam, doch er wusste mit jeder Faser seines Ichs, dass nichts und niemand ihr noch helfen konnten.

Zwei dunkelhäutige Frauen, beide ebenfalls auffallend groß und einander so ähnlich wie eineiige Zwillinge, erschienen wie aus dem Nichts. In ihren schwarzen Ledermonturen sahen sie aus wie magersüchtige Motorradfahrerinnen. Sie packten die Greisin an Armen und Beinen. So mühelos, als trügen sie nur eine Strohpuppe davon, schafften sie ihrem Herrn die Leiche aus den Augen.

Goliath wandte sich dem Nächsten in der Schlange zu, einem beleibten Mann mittleren Alters. Alles wiederholte sich: der böse Blick, das krampfartige Zittern, der Tod. Vom gelegentlichen Röcheln des Schlangenkopfes abgesehen, herrschte ringsum Grabesstille. Nichts störte den Ablauf. Die Wartenden warteten und die Sterbenden starben. Kein Aufbegehren, kein Jammern, nur tatenloses Schweigen. Einzig die Motorradfahrerinnen hatten alle Hände voll zu tun.

So ging es weiter, bis Pit an die Reihe kam.

Aus der Nähe betrachtet, wirkte der Gigant erstaunlich jung. Er sah aus wie ein Dreißigjähriger, doch Pit spürte etwas Uraltes in ihm, eine dunkle, verzehrende Macht. Sie flackerte wie ein schwarzes Feuer in den tiefbraunen Augen, die sich nun auf ihn richteten.

Pit fühlte jäh ein unsägliches Ziehen im Kopf. So als führe ihm ein glühender Schürhaken in den Schädel und würde sein Gehirn kremieren und hiernach die Asche aus den Nasenlöchern herausschaben. Es war nicht angenehm.

Plötzlich öffneten sich Goliaths Lippen. Zum Vorschein kamen weder gelbe Zähne noch eine belegte Zunge, nur ein gähnender schwarzer Schlund. Nie hatte Pit solche Furcht empfunden. Wie gelähmt vor Schreck starrte er in den finsteren Rachen. Er hätte Rudis Hi-Fi-Anlage darauf verwettet, im nächsten Moment von dem Riesen aufgesaugt zu werden.

»Was hat dir Zekarias verraten, Pit Zuckmayer?«, dröhnte es stattdessen aus der lichtlosen Schwärze. Es war der tiefste Bass, den Pit je gehört hatte.

»Ze...ze...zekarias?«, stammelte er.

»Der schwarze Mann ohne Beine«, brummte Goliath.

»Ach so, *der* Zekarias. Er hat mir seinen Namen verraten«, antwortete Pit ausweichend. Ein Gefühl riet ihm, die Domen und den Strom aus Blut besser unerwähnt zu lassen.

»Willst du mich zum Narren halten? Ich werde dich lehren, mir den nötigen Respekt zu zeigen!«, donnerte der Riese. Sein böser Blick fraß sich wie ein Schneidbrenner in den widerspenstigen Geist.

Pit verlor die Kontrolle über seinen Körper. Zuletzt hatte er so gezittert, als Maja gestorben war. Nun war die Reihe also an ihn gekommen. Endlich.

»Wir ham nur 'n jemischten Schlafsaal für Männlein und Weiblein«, erklärte Hubert dem Toten im weißen Leichensack. »Aber wennste schon keene Beene hast, kriegste wenichstens Jesellschaft. Eng is jemütlich. Wird 'ne kalte Nacht, det kann ick da versprechen.«

Hubert übte den verantwortungsvollen Beruf des Leichenstaplers aus, so jedenfalls bezeichnete er seine Tätigkeit im Institut für gerichtliche Medizin der Charité Berlin. Sein Arbeitsplatz war das – so der landläufige Name – *Leichenschauhaus* in der Turmstraße 21. Da die meisten Gäste, mit denen er täglich zu tun hatte, nicht sonderlich gesprächig waren, übernahm er oft beide Rollen: die eigene und die des Verblichenen.

»Willste ma nich wenichstens die Hand schütteln?«, fragte der Tote aus dem Sack. Die Wölkchen vor Huberts Mund verrieten den Trick – in der eiskalten Luft kondensierte der Atem des Hobbybauchredners. Das schweigsame Publikum im Kühlraum sah darüber hinweg. Bei gut temperierten Familienfeiern unterliefen ihm solche Schnitzer nicht. Dann benutzte er auch keine Leiche als Gesprächspartner, sondern einen Stoffdrachen namens Gertrud.

»Na jut, ick will mal nich so sein. Keen Wunder, dass de dir schenierst, bei all den Fremden hier in unserer Herberge«, erwiderte Hubert verständnisvoll. Er deutete mit raumgreifender Geste auf die anderen Rollenwagen. Darauf lagen weitere gefüllte Leichensäcke wie in dreistöckigen Etagenbetten. Mindestens dreißig Leichen warteten im Kühlraum auf ihre Sektion. Hubert zog unerschrocken den Reißverschluss des Sacks auf. Er war einiges gewohnt.

»Au Backe!«, entfuhr es ihm, als er den dunkelhäutigen Toten vom Scheitel bis zum Bauch sah. »Det is ja der schwarze Riese!«

Er machte sich auf die Suche nach der Hand des Verblichenen. Dabei griff er zunächst in einen Haufen Sand. »Ick dachte, die ham dich vom Zug abjekratzt. War det am Wannseestrand?«, wunderte er sich.

»Nee, ick bin ne Mumie und viertausend Jahre alt«, erwiderte der Leichnam.

»Det erklärt allet.« Hubert fand endlich die Hand des Toten und schüttelte sie herzlich. »Jute Nacht, Lulatsch. Träum wat Schönet.«

Als der Leichenstapler die aus der Ruhelage bewegten Körperteile des Riesen wieder im Sack verstauen wollte, fiel ihm etwas Seltsames auf. »Meine Scheiße! Wat is 'n det? Wo haste denn den sechsten Finger her?«

»Is ma eenfach so jewachsen«, antwortete der Große.

Hubert schüttelte grinsend den Kopf. »Sachen jibs, die jibs ja nich! Unten zu wenich, oben zu viel. Hoffentlich findste deine Beene wieder, da wo de jetzt hinjehst. Also, tschüss, schwarzer Riese.« Er legte Hand und Arm an ihre Stelle zurück und zog den Reißverschluss zu.

Frohgemut spazierte er wie ein netter Herbergsvater an den Stockbetten vorbei auf den Ausgang zu und winkte den Toten. »Jute Nacht, Leute!«, verabschiedete er sich von ihnen, öffnete die kälteisolierte Tür und bekam einen Schreck.

Es roch nach Rauch.

Vor Aufregung vergaß Herbert, dass hinter ihm wichtige Beweise lagen, die unter Verschluss gehörten. Er musste klären, woher der Brandgeruch kam und lief los.

Trotz seiner einhundertundzehn Kilo Kampfgewicht eilte er beinahe leichtfüßig den Gang entlang. Das Linoleum quietschte unter seinen Kreppsohlen. Wie ein Fährtenhund folgte er der beißenden Witterung; die im Leichenschauhaus so verschwenderisch eingesetzten Desinfektionsmittel blendete seine Nase aus.

Je näher er der Annahme kam, desto stärker roch es nach Rauch. Im *Empfang*, wie er zu sagen pflegte, wurden die Leichen vom Fahrdienst der Gerichtsmedizin abgeliefert, registriert und grob vermessen. Der Korridor knickte vor ihm nach links ab.

Hubert schoss um eine Ecke. Die Tür der Annahme kam in Sicht. Davor lag Dogan, der Empfangschef des Etablissements. Reglos. Der Leichenstapler geriet vor Schreck ins Straucheln, fiel der Länge nach hin und rutschte auf seinen Kollegen zu, bis die beiden fast mit den Nasen zusammenstießen. Dogans Augen waren halb geöffnet.

Ist er tot?, fragte sich Hubert.

Er stemmte seine zwei Zentner auf alle viere hoch und versetzte dem Deutschtürken einige gepfefferte Ohrfeigen. Ist Dogan ein Fall für den Kühlraum, kombinierte der Leichenstapler messerscharf, jucken ihn die Schläge nicht. Falls er gerade am Ableben sein sollte, überlegt er es sich vielleicht anders.

Dogan überlegte nicht lange. Er öffnete blinzelnd die Augen und blickte sich verwirrt um.

Hubert atmete erleichtert auf, beugte sich über den Erwachenden und legte eine Hand an die Tür. Er spürte eine beunruhigende Wärme. »Au Backe, da brennt's!«

»Muss die Flitzerin jewesen sein«, ächzte sein Kollege und rieb sich den Kopf.

»Wat jebrochen?«, fragte Hubert. In seiner persönlichen Hitliste von Katastrophen rangierten Brüche ziemlich weit oben.

»Nee. Ick jlobe nich«, antwortete Dogan.

»Wat'n für 'ne Flitzerin?«

»So 'ne Bohnenstange. Splitternackt und schokobraun war det lange Ende. Hab se nur aus'n Augenwinkeln jeseen.«

»Ach, du meinst Naomi Kämmpell? Wie is 'n die da rinjekommen? Hat se 'n Dietrich dabeijehabt?« Hubert tat so, als glaube er seinem Kollegen, und dachte sich seinen Teil. Der Ärmste sieht nackte Models! Hat wohl wat anne Birne jekriecht.

Dogan setzte sich ächzend auf. »Welcher Dietrich? Det Luder

kam janz alleene hier rin. Hat mir eens überjebraten. *Zack!* Und mir jingen die Lichter aus.«

Hubert holte sein antikes Handy aus der Tasche und ärgerte sich einmal mehr, dass seine Finger nicht zur Größe der Tasten passten.

»Wen rufsten an? Etwa meene Alte?«, fragte Dogan.

»Nee«, antwortete Hubert kopfschüttelnd. »Die Feuerwehr.«

Mit der stillen Urgewalt einer Düne rieselte der Sand in Pits Träume. Das leise Geräusch füllte die Kammern seines Bewusstseins und weckte ihn auf. Er fuhr vom knarrenden Sofa hoch, rang wie ein Ertrinkender nach Luft und riss die Augen auf.

War da am Rand seines Gesichtskreises gerade ein Schatten gewesen? Verwirrt blickte er sich um. Die eigensinnige Standuhr begleitete seine Suche mit ihrem Geläut – diesmal sieben Minuten nach drei. Die Straßenlaterne schwemmte mildes Licht ins Wohnzimmer. Es war hell genug, um sämtliche Schatten als Möbelstücke zu entlarven. Auf dem Teppich neben dem Sofa lag die leere Wodkaflasche. Pit entspannte sich und atmete langsam aus.

Es war nur ein neuer Albtraum gewesen.

Zum Glück.

5

Das Knarzen des alten Sofas weckte Pit. Ihm brummte der Schädel. Er hatte einen grauenhaften Geschmack im Mund und ekelte sich vor seinem eigenen Atem. Und dann der gruselige Albtraum! Ohne den Alkohol im Blut hätte er vermutlich den Rest der Nacht stehend verbracht.

Gähnend blickte er sich um und zog eine Grimasse. Leider waren keine Heinzelmännchen gekommen, um das Wohnzimmer aufzuräumen. Abgesehen von ihm wagte sich nur die Morgendämmerung in dieses Chaos. Sollte er noch aufräumen oder sich lieber gleich umbringen?

Er wälzte sich ächzend von der Couch. Bei der Landung auf dem Teppich stieß er sich das Knie an der leeren Wodkaflasche und fluchte. Er vermochte sich gerade noch zu beherrschen, sie nicht durchs Fenster zu werfen. Die eigenwillige Standuhr schlug neunmal. Vermutlich war es sechs Uhr drei.

Er schlurfte ins Bad und putzte sich die Zähne. Danach sammelte er im Flur sein Zeug auf. Der Schlüsselbund kam in das Lederschälchen, das Maja in den Hallen am Gleisdreieck auf dem Flohmarkt gekauft hatte. Die orangerote Jacke fand ihren Platz an der Garderobe.

Gewohnheitsmäßig untersuchte er mit spitzen Fingern den Inhalt der Taschen. In der Hektik eines Einsatzes steckte er manchmal eine Kanüle oder andere verletzungsträchtige Gegenstände ein, um die Hände für die Notversorgung freizuhaben. Da er Linkshänder war, kontrollierte er zunächst diese Seite. Und wurde fündig.

Er hatte die Visitenkarte von Kriminaloberkommissarin Katharina Nour ganz vergessen. Stirnrunzelnd las er ihre handschriftlich notierte E-Mail-Adresse:

kahina@hotmail.com

»Warum Kahina?«, murmelte er. Vermutlich ein Spitzname für Katharina. Er warf einen Blick in die rechte Außentasche der Jacke. Darin lag ein Schlüssel.

»Wo kommst du denn her?«, staunte er. Warum hing das Ding nicht an seinem prallen Schlüsselbund? Neugierig untersuchte er den Fund und wunderte sich erneut. Der Schlüssel war gar kein Schlüssel. Der Schlüssel war ein USB-Stick, der nur so aussah wie ein Schlüssel. Einem Aufdruck nach besaß der Speicherstick eine Kapazität von acht Gigabyte.

Hat Ihnen dieser Zekarias irgendetwas gegeben?

Die Frage der betörend schönen Polizistin erschien wie ein Pop-up-Fenster auf Pits Gedankendisplay. Konnte das sein? Waren das Umsichschlagen und Würgen des dunkelhäutigen Riesen nur Ablenkung gewesen, um den Stick in die Tasche des Notarztes zu schmuggeln? Der Gedanke war abenteuerlich. Welcher Mensch führt ein solches Theater auf, wenn er gerade beide Beine verloren hat?

»Bist du womöglich doch ein Schlüssel?«, murmelte Pit. »Hütest du ein Geheimnis?«

Die Neugier verscheuchte den Kater und die düstere Stimmung. Auf Pits Frage nach einem kriminellen Hintergrund des Verunglückten hatte die Kommissarin sich bedeckt gehalten. Also war dieser Zekarias ein Gauner.

Oder jemand, hinter dem irgendwelche Verbrecher her waren.

Pit ging in sein Arbeitszimmer. Während er den Computer hochfuhr, schob er Nours Visitenkarte unter die Schreibunterlage. Sein Blick huschte über die Kartons, den Kleiderständer, den Bügeltisch und die Kindertapete. Maja und er hatten hier dem Baby ein kuscheliges Nest gebaut. Mittlerweile war es eine Rumpelkammer mit Internetanschluss.

Nachdem der iMac gebootet und Pit eingeloggt war, steckte er den Stick ein und startete den Finder – das Programm zum Durchforsten von Speichermedien.

»Wow!«

Der USB-Stick war randvoll mit Ordnern und Dateien. Letztere enthielten sowohl Bilder als auch Texte. Über den Inhalt gaben die kryptischen Namen kaum Aufschluss. Das änderte sich schlagartig, als Pit ins erste Unterverzeichnis wechselte. Etliche Dateien begannen mit dem englischen Wort *blood*.

»Blut?« Pit kamen die letzten Worte des sterbenden Zekarias in den Sinn: *Folge dem Strom aus Blut.* Er führte den Mauszeiger zu einem Dokument mit dem Namen *blood_drk_001.pap.pdf* und öffnete es mit einem Doppelklick.

Die Datei enthielt überwiegend Text, ergänzt um Balken- und Tortendiagramme sowie etliche Fotos. Es ging um den Deutschen Roten Kreis, Deutschlands größten Wohlfahrtsverband. Der gemeinnützige Verein deckte ein breites Spektrum an Leistungen ab – von A wie Altenpflege bis W wie Wasserwacht. Das Dokument widmete sich ausschließlich dem Buchstaben B: Es beschrieb, wie der DRK *Blut* sammelte, testete, in seine Bestandteile aufspaltete, abfüllte, lagerte, verwaltete und verkaufte. Beim Endprodukt lag der Schwerpunkt auf Erythrozyten-Konzentraten, landläufig als *Blutkonserven* bezeichnet. Achtzig Prozent der Blutspenden in Deutschland, behauptete der Verfasser, gingen an diese Organisation. Der Rote Kreis sei ein Monopolist in Sachen Blut.

Folge dem Strom aus Blut.

Hatte Zekarias vom Roten Kreis gesprochen?

Pit öffnete willkürlich einige andere Dokumente. Alle beschäftigten sich mit dem Lebenssaft. Dabei kamen auch die Unternehmen der Pharmaindustrie nicht zu kurz. Im Gegensatz zu gemeinnützigen Institutionen wie dem DRK durften Chirion und Rosch und wie sie alle hießen mit Blut Gewinne erzielen. Und es war ein äußerst profitables Geschäft, wie die Dokumente belegten. Dabei spielten Blutspenden eine eher untergeordnete Rolle. Die Platzhirsche der pharmazeutischen Industrie beuteten den

Lebenssaft anders aus. Sie stellten Wundkleber und verschiedenste Medikamente aus Blutplasma her, und sie verkauften Bluttests, etwa zum Nachweis von Hepatitis-C-Viren und HIV und, und, und. Der Strom aus Blut trieb Mühlräder an, die Milliarden von Euros schöpften. So jedenfalls behauptete Zekarias' Blutdossier.

Pit fragte sich, was der Zweck dieser Faktensammlung war. Beim ersten Querlesen zeichnete sie für ihn ein eher verwirrendes Bild. Die Behauptung, der Rote Kreis erziele mit kostenlos gesammelten Blutspenden Millionengewinne, geisterte immer wieder einmal durch die Medien. Pit interessierte sich mehr für die Dokumente über Blutreihenuntersuchungen. Eine Auflistung aus unbekannter Quelle fand er besonders aufschlussreich.

Als Arzt kannte er die üblichen Blutfaktoren und ihre Abkürzungen, die bei solchen Screenings getestet werden. Zwei Werte sagten ihm jedoch gar nichts. Der erste Faktor kam nur zu etwa null Komma eins Prozent in den untersuchten Blutproben vor. Und der zweite nannte sich »∞«.

»Das Zeichen für Unendlichkeit?«, grübelte Pit und schob dabei die Unterlippe vor. Das klang nicht nach einem Krankheitserreger. Null Komma null null Prozent stand hinter der Bezeichnung. Wer immer nach dieser liegenden Acht suchte – er hatte sie noch nicht gefunden.

Stoppt die Domen! Wen hatte Zekarias damit gemeint? Eine kriminelle Vereinigung? Oder war der Name lediglich ein Code für alle, die den *Strom aus Blut* aus irgendwelchen Beweggründen in Gang hielten? War Zekarias der Verfasser des Blutdossiers? Oder hatte er es gar gestohlen und sich damit sein eigenes Grab geschaufelt? Pit stellten sich die Nackenhaare auf. Sollte Letzteres stimmen, war er womöglich in großer Gefahr.

Sein Blick streifte die Zeitanzeige am rechten oberen Bildschirmrand. Ihm fuhr der Schreck in die Glieder. Er hätte längst in der U-Bahn sitzen müssen. Sein Dienstplan in dieser Woche war noch enger als sonst, weil sich mehrere Kollegen krankgemeldet hatten. Um sieben war Schichtwechsel. Das war kaum zu schaffen.

Plötzlich meldete sich die Türglocke. Er zuckte abermals zusammen. Wohlgemerkt, es war nicht der Klingelton, der jemanden *vor* dem Haus ankündigte. Der Besucher stand bereits an der Wohnungstür.

Pit riss den USB-Stick aus dem Computer und steckte ihn in die Hosentasche. Schleichend näherte er sich der Wohnungstür. Eine Diele knarrte unter seinem Gewicht. Er spähte durch den Spion in den Hausflur.

Dort stand Kriminaloberkommissarin Katharina Nour.

Sie verdrehte die kaffeebraunen Augen. »Machen Sie schon auf, Herr Zuckmayer! Ich weiß, dass Sie da sind.«

Er überlegte, ob er sich tot stellen sollte. Da er es ja nicht einmal schaffte, sich umzubringen, ließ er den Gedanken gleich wieder fallen und öffnete die Tür.

»Sie?«, stieß er hervor. Ihm fiel gerade nichts Besseres ein.

Die Polizistin lächelte, nicht spöttisch wie noch vor einigen Stunden, sondern mitfühlend. »Sie sehen grauenvoll aus.«

»Danke.«

»Dürfte ich kurz eintreten?«

»Nein.« Sie will mich überrumpeln, dachte er.

Nour hatte schon zum Schritt über die Schwelle angesetzt, hielt nun aber inne. »Es dauert nicht lange, Herr Zuckmayer. Nach unserem gestrigen Gespräch ergaben sich noch ein paar Fragen …«

»Mein Dienst beginnt um sieben. Ich bin spät dran«, fiel er ihr ins Wort.

»Mein Auto steht vor der Tür. Ich fahre Sie.«

»In den Wedding? Danke. Die U-Bahn ist schneller.«

»Dann bringe ich Sie zum Bahnhof Hallesches Tor. Sie sparen sich das Umsteigen, und ich kriege dafür von Ihnen die gesparte Zeit.«

Er zögerte immer noch. Sie will den Takt angeben, dachte er. Der Zeuge soll sich keine Geschichten ausdenken, sondern spontan antworten.

»Ich könnte Sie auch vorladen, wenn Ihnen das lieber ist«, sagte Nour.

Er stöhnte. »Also schön. Kommen Sie rein. Bleiben Sie hier stehen und stellen Sie Ihre Fragen. Ich ziehe in der Zwischenzeit ein frisches Shirt an.«

»Das ist eine blendende Idee.«

Pit ließ sie in die Wohnung. Er nahm sich vor, wachsam zu sein.

Nour hob die linke Hand und deutete auf die Schramme in seinem Gesicht. »Wie geht es Ihrer Verletzung?« Sie berührte ihn – es fühlte sich an wie ein sanftes Streicheln. »Sah gestern schlimm aus. Gibt es irgendwelche Komplikationen?«

»Alles bestens.« Die Frau war ihm nicht geheuer. Er legte den Rückwärtsgang ein und bewegte sich aufs Schlafzimmer zu.

Sie blieb zum Glück stehen und beobachtete ihn mit besorgter Miene. »Ist etwas von seinem Blut in Ihre Wunde geraten?«

»Es ist nur ein harmloser Kratzer. Ich habe ihn fachgerecht versorgt. Haben Sie schon den Laborbericht? Stand der Mann unter Drogen?«

»Wie kommen Sie darauf?«

Erwischt!, dachte er. Sie hatte ihm etwas entlockt, das er besser nicht gesagt hätte. Noch zwei oder drei solche Schachzüge, und er würde ihr von dem USB-Stick erzählen … Sollte er das nicht sowieso tun? Vermutlich war der Datenspeicher ein wichtiges Beweismittel. Ein Gegenstand, der seinen Besitzern den Tod brachte.

Und wenn Katharina der Todesengel ist?

Der Gedanke traf ihn wie ein Keulenschlag. … *verlangen Sie ausdrücklich* mich. *Sprechen Sie mit niemandem sonst über diesen Zekarias.* Pit erschauderte. Warum spielte ihm sein Gedächtnis Nours Worte ausgerechnet in diesem Moment zu? Um ihn zu warnen? Er beschloss, den Stick vorerst nicht zu erwähnen.

»Wie ich darauf komme?«, fragte er stattdessen, während er im Schlafzimmer verschwand. »Ich finde so einiges merkwürdig an diesem … Fall. Der Mann hatte im Kopf- und Brustbereich sowie an den oberen Extremitäten keine sichtbaren Verletzungen. Außerdem benahm er sich irgendwie seltsam. Könnte natürlich an dem Schock gelegen haben. So, wie ich die Kollegen von der Gerichtsmedizin kenne, haben sie gestern keine Überstunden gemacht und ihn noch nicht obduziert, oder?« Während er sprach, nahm er Geruchsproben von verschiedenen Polo- und T-Shirts aus seinem Kleiderschrank.

»Die Leiche des Mannes ist verschwunden«, antwortete Nour.

Überrascht streckte den Kopf in den Flur. »Verschwunden? Kommt das öfter vor?«

Die Polizistin betrachtete gerade eines von Majas großformatigen Fotos neben der Tür zum Arbeitszimmer. Sie wandte sich ihm zu. »In der Gerichtsmedizin ist gestern Abend ein Brand ausgebrochen. Mitarbeiter haben ihn glücklicherweise früh entdeckt und die Feuerwehr alarmiert. Offenbar haben die Täter – wir gehen davon aus, dass es wenigstens zwei waren – das Durcheinander genutzt, um sich einen bösen Scherz zu erlauben. Sie begnügten sich nicht damit, die Leiche aus dem Kühlraum zu stehlen, sie haben vielmehr den Toten durch etwas anderes ersetzt. Raten Sie mal, was!«

»Sand?« Er hielt den Atem an. Zweiter Schachzug gegen dich, dachte er.

Nour nickte. Ihre Mundwinkel zuckten amüsiert. »Sind Sie der Dieb, Herr Zuckmayer?«

Meinte sie das ernst? Er trat die Flucht nach vorn an. »Klar doch. Dort drüben ist ein Zimmer voller Sand. So was mache ich dauernd.«

Sie lächelte. »Keine Sorge. Sie stehen nicht unter Verdacht. Ich habe übrigens veranlasst, den Sand aus dem U-Bahnhof und den aus der Gerichtsmedizin labortechnisch zu vergleichen.«

Er zog sich wieder ins Schlafzimmer zurück und begutachtete ein olivgrünes Poloshirt. »Dann war mein Insistieren also doch nicht umsonst. Was sagen denn die Augenzeugen? Hat der Mann sich umgebracht, oder wurde er vor den Zug gestoßen?«

»Einige behaupten, er sei freiwillig auf die Gleise gesprungen.«

»Sie klingen nicht gerade überzeugt. Was glauben Sie denn? War es Suizid?« Er schlüpfte in das grüne Shirt, das nach seinem Rasierwasser roch und gut zu den Jeans passte. Wieso ihm das plötzlich wichtig war, darüber wollte er lieber nicht nachdenken. Zufrieden mit seiner Wahl kehrte er in den Flur zurück.

Katharina Nour war nirgends zu sehen.

»Darauf kann ich nicht antworten, ohne Ihnen Einblick in unsere Ermittlungen zu verschaffen«, drang ihre Stimme aus dem Arbeitszimmer.

Pit fühlte sich betrogen. Mit langen Schritten überbrückte er die Distanz zur Rumpelkammer. Durch die offene Tür sah er Nour vor seinem iMac stehen. Sie verschob gerade einen Brief auf seinem Schreibtisch, offenbar in der Absicht, die darunter liegenden Papiere zu lesen. War das nur die pathologische Neugier einer Polizistin? Oder warum schnüffelte sie bei ihm herum?

Er räusperte sich. »Steht mir nicht das gleiche Recht zu, Ihnen den Einblick in meine Privatsphäre zu verwehren?«

Ihr Blick wandte sich ihm zu. Kein hektisches Herumrucken des Kopfes, keine schuldbewusste Miene, nur ein abgeklärtes Lächeln und ein zum Monitor deutender Zeigefinger. »Wenn Sie das nächste Mal einen Speicher aus dem System entfernen, müssen Sie ihn zunächst auswerfen. Sonst gibt es diese unangenehmen Fehlermeldungen, die einem einreden, sämtliche Daten könnten zerstört sein.«

Er schluckte. Schachmatt!, dachte er. Als Nächstes kommt die Frage nach dem Inhalt des Sticks. Pit machte ein erzürntes Gesicht, was allein der Abschreckung diente. Er schob sich forsch an Nour vorbei, um den Computer auszuschalten.

»Etwas eng Ihr … Büro«, sagte sie, ohne ihm auch nur einen Millimeter zu weichen. Ihre Körper berührten sich.

Nours Parfüm roch nach Pfeffer, schwarzem Tee und wildem Farn, eine herbe, fast männliche Duftmischung. Pit schlug einen versöhnlichen Ton an. »Unser Töchterchen sollte hier einziehen. Sie starb letztes Jahr, bevor sie das Licht der Welt erblickte.«

»Das tut mir leid. Ich wollte nicht …« Sie legte eine Hand auf seine Linke und blickte ihm forschend in die Augen. Ihr Mitgefühl wirkte echt. Die Luft zwischen ihnen schien zu knistern. Er hätte nur den Kopf neigen müssen, um ihre betörend vollen Lippen zu küssen …

Mit einem beherzten Schritt rettete sich Pit in die neutrale Zone vor der Tür. Flirtete sie mit ihm? Warum tat sie das? Sie war eine

Kripobeamtin und er ein Zeuge. »Ich wäre dann so weit. Können wir?«, fragte er kühl.

Sie schürzte die Lippen. Diese verführerischen Lippen, die seine Blicke anzogen wie eine rote Blüte die Honigbienen. »Schade. Und ich dachte, die Zeit reicht noch für einen Kaffee.«

»Vielleicht ein andermal«, sagte er und hätte sich am liebsten auf die Zunge gebissen.

»Ich nehme Sie beim Wort.«

Die beiden verließen die Wohnung und das Haus und fuhren in Nours PS-starkem Flitzer entlang des Landwehrkanals zum U-Bahnhof Hallesches Ufer. Unterwegs redeten sie kein Wort miteinander. Pit kämpfte erneut mit wirren Befürchtungen. Ihn beschlich das Gefühl, nicht in einem Audi A3, sondern in einer Venusfliegenfalle zu sitzen. Nour wäre nicht die erste Polizeibeamtin, die für eine kriminelle Organisation die Schmutzarbeit erledigte. Warum sonst hatte sie ihm eingeschärft, nur mit ihr über Zekarias zu reden ...?

Pit fuhr heftig zusammen, als plötzlich die Reifen quietschten.

Die Aktion war nicht wie befürchtet ein Angriff auf sein Leben, sondern lediglich eine maximal negative Beschleunigung, die zum Standardrepertoire von Rennfahrern gehört. Der Flitzer hatte sein Ziel erreicht, den U-Bahnhof Hallesches Ufer.

»Da sind wir«, verkündete Nour. »Sollte Ihr Chef wegen der Verspätung Ärger machen, sagen Sie ihm die Wahrheit.«

Pit reichte ihr verstört die Hand. »Danke. Ich wollte schon immer mal bei der Monte Croce mitfahren.«

»Keine Ursache«, sagte sie schmunzelnd. »Passen Sie auf sich auf, Herr Zuckmayer!«

Er nickte und öffnete die Beifahrertür. Seine rechte Zehenspitze berührte gerade den Asphalt, als Nour ihn plötzlich am Ärmel packte. »Haben Sie gehört, was ich eben gesagt habe? Ich möchte nicht, dass Ihnen etwas passiert«, sagte sie in beschwörendem Ton.

Verwundert blickte er in ihre dunklen Augen. Es war keine Floskel gewesen. Sie hatte es ernst gemeint. Er fröstelte. »Wollen Sie mir etwas Bestimmtes sagen, Frau Nour?«

Sie ließ ihn los und schüttelte den Kopf. Zum ersten Mal, seit er sie kennengelernt hatte, wirkte sie unsicher. »Jedes Menschenleben ist kostbar«, antwortete sie leise. »*Sie* sind kostbar, Pit.«

Katharina Nour beugte sich über den Mitteltunnel und zog die Tür zu. Dann brauste sie mit heulendem Motor davon.

6

Wütend drehte Pit den Schlüssel herum, zur Sicherheit gleich zweimal. Sein Kopf saß trotz der fast halbstündigen Verspätung zwar noch auf den Schultern, doch dafür hätte er lieber selbst gesorgt. Katharina Nour hatte sich eingemischt. Die Kommissarin musste sofort auf der Rettungsstation angerufen haben, nachdem sie ihn am Halleschen Ufer mit einer Vollbremsung fast stranguliert hatte. Pit hasste es, wenn sich jemand in seine Angelegenheiten einmischte.

Sein Blick wanderte durch den Ruheraum und verharrte beim Mülleimer. Seit seinem Selbstmordversuch schienen Tage vergangen zu sein. Er ging zu dem Edelstahlbehälter und betätigte den Fußtritt. Der Deckel öffnete sich. Im Eimer lag keine Spritze. Kein tödlicher Cocktail.

Keine Erlösung?

Er ließ sich auf einen Stuhl fallen und schüttelte den Kopf. Wollte er das überhaupt noch? Im Traum hatte er Todesängste ausgestanden. Sandte sein Unterbewusstsein ihm da ein Signal? *Lebe weiter! Gib dich nicht auf!*

Er zog den USB-Stick aus der Hosentasche und ließ den silbernen Riegel in seinen Fingern kreisen. Warum stellt jemand ein solches Blutdossier zusammen?, fragte er sich. War Zekarias ein Erpresser gewesen, der die Nutznießer des Organhandels melken wollte? Denn das waren die Geschäfte mit Blut: staatlich legitimierter *Organhandel.* Der Deutsche Rote Kreis schmetterte die Vorwürfe, er zahle seinen Blutspendern keinen Cent, stets mit der gleichen Antwort ab: Blut ist ein Organ, und wer Organe spendet, darf damit kein Geld verdienen, denn Geld weckt Gier, und Gier gefährdet die Sicherheit.

Folge dem Strom aus Blut.

Was hatte Zekarias damit gemeint?

So viele Rätsel!, dachte Pit.

Es klopfte an der Tür. Er zuckte unwillkürlich zusammen, mehr aus Gewohnheit denn aus triftigem Anlass. Er war leidlich nüchtern und setzte sich auch gerade keine Todesspritze. »Ja?«, rief er.

»Elias«, antwortete es von draußen.

Pit legte den Stick neben das Telefon, erhob sich und schloss die Tür auf.

Aus dem Flur grinste ihn ein Gesicht an, das ganz Deutschland kannte, zumindest der weibliche Teil der Bevölkerung. Der Mann war jenseits der Dreißig, eins achtzig groß, schlank, durchtrainiert, hellblond und grünäugig. Für ihn schien der Dreitagebart erfunden worden zu sein, so gut stand er ihm. Fiel irgendwo sein Name, seufzten die Frauen oder gerieten ins Schwärmen. Er selbst redete ununterbrochen nur von *einer* Frau, seiner besseren Hälfte Ylang, was in irgendeiner asiatischen Sprache *Blume* bedeutete. Elias Meerbaum war der erstaunlichste Mensch, den Pit kannte.

Das jüngste Projekt dieses vielseitigen Mannes war ein Medizinstudium an der Berliner Charité. Inzwischen näherte sich sein zehntes Semester dem Ende. Auf der Rettungsstation im Wedding absolvierte er gerade seine Famulatur, sein studentisches Praktikum. Seit einer Woche begleitete er die Alarmfahrten des NEF 2505, des am Charité Campus Virchow-Klinikum stationierten Noteinsatzfahrzeugs.

Elias hatte sich als Fernsehkoch einen Namen gemacht. Das Publikum liebte ihn, obwohl er in letzter Zeit nur noch selten öffentlich auftrat. Er war außerdem ein wandelndes Lexikon der Pflanzenheilkunde. Für seinen Beitrag zur Forschung auf diesem Gebiet hatte er sogar einen Ehrendoktortitel erhalten. Doktor Xi Huang, seine aus China stammende Frau, war ebenfalls Medizinerin.

Pit hatte das Paar vor sechs Jahren in Hamburg kennengelernt. Er war nach dem Hammerexamen in die Hansestadt gegangen, um an der Gerichtsmedizin Erfahrungen zu sammeln. Der berühmte Industriemagnat Henning von Bromberg war gerade spektakulär zu Tode gekommen. Pit hatte dem Institutsleiter Professor Lohmann bei der Sektion des Mordopfers assistiert. Seltsamer Fall. Von Bromberg litt an einem Pankreaskarzinom, das schon gestreut hatte. Die Leichenschau ergab, dass sein Geschwür geschrumpft war. Nicht der Bauchspeicheldrüsenkrebs hatte ihn umgebracht, sondern ein Degenstich.

Elias Meerbaum war damals erpicht darauf gewesen, von Pit sämtliche Einzelheiten des Befundes zu erfahren. »Sie sind Arzt«, hatte er zu Pit gesagt. »Wie erklären Sie sich, dass ein Körper voller Metastasen sich von selbst heilt?« Für Pit war der seltsame Fall des Henning von Bromberg ein Rätsel, und das hatte er auch offen eingeräumt. Elias' Antwort bestand in einem lapidaren Kommentar. »Dann studiere ich Medizin und finde es heraus.«

Zur Überraschung aller hatte ihm von Bromberg ein Millionenvermögen vererbt. Elias gründete mit dem Geld eine Stiftung, die seitdem das menschliche Immunsystem erforschte. Seine Vision war ein Wirkstoff, der alle anderen Medikamente überflüssig machte. Wer einmal davon nähme, würde nie wieder krank werden, und sein Körper könnte jeden Schaden selbst heilen. Die pharmazeutische Industrie hatte Elias für verrückt erklärt.

»Was grinst du so?«, fragte Pit seinen *Famulus*, wie er den Studenten und Freund scherzend nannte.

»Dreimal darfst du raten«, antwortete Elias.

»Du bist Papa geworden?«

Der frisch gebackene Vater nickte. »Es ist ein Mädchen. Genauso hübsch wie die Mutter. Wir wollen sie Mai nennen.«

»Warum nicht Oktober?«

»Das ist chinesisch. Jemand, dem Ylang viel verdankt, hieß so.« Elias trat einen Schritt auf den Freund zu und umarmte ihn.

Plötzlich übermannten Pit die Gefühle. Er zitterte am ganzen Leib und sah alles nur noch verschwommen.

Elias klopfte ihm auf den Rücken. »Bist du in Ordnung, Großer?«

Verlegen wischte sich Pit die Tränen von den Wangen, bevor

er sich aus der Umklammerung löste. Er nickte. »Ich bin so froh, dass es deiner Frau und dem Kind gut geht.«

»Du trägst am Tod von Maja und deiner Tochter keine Schuld«, sagte Elias in beschwörendem Ton. Er kannte Pits tragische Geschichte, seine häufigen Gemütsschwankungen, und er hatte ihn schon oft wieder aufgebaut.

Das Telefon im Ruheraum klingelte. »Entschuldige«, bat Pit und nahm das Gespräch entgegen. Es war Hildegard Wolf, die *Wilde Hilde,* die älteste Laborratte, wie die medizinisch-technischen Assistentinnen in der Charité liebevoll genannt wurden.

»Laut meinen Unterlagen hat eine Frau Schneidewind gestern Abend eine Blutprobe bei uns abgegeben«, erklärte die Wilde Hilde auffallend reserviert.

Pit horchte auf. »Das stimmt. Kim Schneidewind ist mein Sani. Wir fahren zusammen auf dem NEF 2505.«

»Ich blicke gerade auf einen Computerbildschirm, und der sagt mir, ein Unfallopfer habe Sie verletzt. Die Analyse der Probe sei dringend, um mögliche Risikofaktoren zu klären.«

»Das ist korrekt. Sagen Sie mir jetzt bitte nicht, Frau Wolf, der Mann hätte HIV gehabt.«

»Nein«, erwiderte die Laborratte frostig. »Als wir den Umschlag öffneten, fanden wir darin nur ein Röhrchen voller Sand.«

Sand? Pit sah erschrocken zu Elias hinüber, der mit einem fragenden Blick antwortete.

»Ich stelle mir gerade vor, wie Sie spitzbübisch grinsen, Doktor Zuckmayer«, sagte die Wilde Hilde mit rapide abkühlender Stimme. Das Telefon drohte jeden Moment einzufrieren. »Ist heute der erste April?«

»Was? Wieso? Meines Wissen haben wir den neunten September.«

»So steht es auch auf meinem Monitor. Und wie alt sind Sie, Doktor Zuckmayer?«

»Ich … äh … achtundzwanzig.«

»Ich hatte eher den Eindruck, dieser verspätete Aprilscherz stamme von einem Achtjährigen. Sie werden die Kosten für die Labortests bezahlen, dafür sorge ich.«

Pit blinzelte verwirrt. »Aber Sie haben doch gar nichts analysiert.«

»Das werde ich sofort veranlassen. Das Ergebnis finden Sie dann auf Ihrer nächsten Gehaltsabrechnung.« Die Laborratte legte auf.

»Stimmt was nicht?«, fragte Elias.

Pit legte das Telefon in die Ladeschale zurück und erzählte seinem Famulus von den Merkwürdigkeiten, die ihn seit dem letzten Noteinsatz wie ein Fluch verfolgten. Er war so durch den Wind, dass er die Domen und manches andere Detail unerwähnt ließ. Die fürchterlichen Albträume und den Besuch von Kommissarin Nour schilderte er ebenfalls. »Sand! Immer wieder Sand!«, jammerte er. »Kannst du dir einen Reim darauf machen?«

Elias zupfte sich nachdenklich am Hals. »Wie sah er denn aus, dieser Sand?«

»Schwarzgrau.«

»So wie Asche, meinst du?«

»Eher wie feiner Zucker.«

»Gab es im U-Bahnhof ein Feuer?«

»Nur in der Gerichtsmedizin.« Pit schüttelte verständnislos den Kopf. »Erst versandet eine Leiche und jetzt eine Blutprobe. Ist doch irre, oder?«

Elias hielt seinem fragenden Blick mit versteinerter Miene stand. Als die Stille unangenehm wurde, brach er endlich sein Schweigen. »Manchmal weigert sich unser Verstand zu akzeptieren, was offensichtlich ist. Es gibt Dinge zwischen Himmel und Erde ...« Woran immer er dabei dachte – er sprach es nicht aus.

»Du bist zu lange durch die Länder der Gurus und Schamanen gereist, Elias. Es gibt für alles eine plausible Erklärung.«

»Da stimme ich dir zu. Nur manche Erklärungen gefallen uns nicht.«

»Vielleicht hat derselbe Witzbold die Blutprobe gegen Sand ausgetauscht, der auch die Leiche dieses Zekarias verschwinden ließ.«

»Falls du dich mit dieser Erklärung wohlfühlst, dann glaub sie ruhig. Wenn nicht, such dir eine bessere. Fällt dir, abgesehen von dem Strom aus Blut, noch etwas ein, das der beinlose Mann getan oder gesagt hat?«

»Ich kann im Moment keinen klaren Gedanken fassen.«

Elias schenkte Pit ein Glas Wasser ein und reichte es ihm. »Du scheinst ziemlich durch den Wind zu sein. Trink erst mal was. Ist besser als Alkohol.«

»Welcher Alkohol?«

»Wodka. Ich tippe auf Smirnoff.«

Pit starrte seinen Freund ungläubig an. »Erzähl mir jetzt nicht, du hättest das wieder gerochen.«

Elias grinste still vor sich hin.

»Raus mit der Sprache?«, hakte Pit nach.

»Du hast gesagt, ich soll's dir nicht erzählen.«

Pit kippte das Wasser in einem Zug hinunter. Manchmal war ihm dieser Elias unheimlich. Er hatte die Nase eines Eisbären und einen unbestechlichen Gaumen.

»Darf ich dir einen Vorschlag machen?«, fragte Elias.

»Klar. Wenn's Ordnung in das Chaos hier oben bringt.« Pit tippte sich an die Stirn.

»Der Mann mit den sechsfingrigen Händen könnte dich infiziert haben. Lass schleunigst dein Blut untersuchen! Soll ich dir gleich welches abnehmen?«

»Mein Famulus braucht wohl ein Versuchskaninchen. Meinetwegen.« Pit setzte sich auf den Stuhl und krempelte den linken Ärmel hoch. Erst als der Student ihm den Stauschlauch anlegte, fiel ihm sein Fehler auf.

»Was ist das für eine Einstichstelle?«, fragte Elias.

»Mach schon! Zapf mir endlich das Blut ab!«, entgegnete Pit unwirsch.

Elias reckte die Nase in den Raum und schnüffelte. Sein Blick wanderte erst zu der Liege, auf der sich Pit tags zuvor hatte umbringen wollen, und hierauf zu dem Mülleimer. Dann wandte er sich wieder seinem Patienten zu und desinfizierte die Haut in der Armbeuge. »Der Tod ist immer die schlechteste aller Lösungen«, sagte er leise.

Pit fröstelte. Hatte er das etwa auch gerochen? »Ich bin darüber hinweg«, murmelte er.

Elias' fast unnatürlich grüne Augen musterten ihn fragend.

»Falls die Schatten zurückkehren, komm zu mir. Oder ruf mich an. Wir finden einen Weg.« Er zog die Kanüle aus dem Arm.

»Wie hast du …?« Pit verschlug es die Sprache. Er hatte weder den Einstich gespürt noch die Blutentnahme. »Aus dir wird mal ein klasse Arzt, Famulus.«

Sein Freund reichte ihm lächelnd ein Stück Mull. »Das bin ich schon lange, Meister.«

Plötzlich meldete sich der Notfallpager. Pit löste ihn vom Gürtel und las die Mitteilung. »Ich muss leider los«, erklärte er und presste sich den Mull auf die Einstichstelle. »Verkehrsunfall. Gib Xi und dem Baby einen Kuss von mir. Sag deiner Blume, wie sehr ich mich für euch freue.«

Elias nickte. »Mach ich. Und dein Blut liefere ich persönlich im Labor ab, damit die Wilde Hilde es nicht sofort entsorgt.«

»Wenn du denkst, das nützt was …« Pit lief durch die Tür nach draußen.

7

Pits erste Alarmfahrt an diesem Tag ging zum Volkspark Rehberge. Die ineinander verkeilten Fahrzeuge waren schon von Weitem zu sehen. Der blaue VW-Golf eines Rentnerehepaars, so der spätere Polizeibericht, hatte vom Dohnagestell in die Transvaalstraße einbiegen wollen und war von einem Lastwagen erfasst worden. Der Fahrer des 7,5-Tonners war mit dem Schrecken davongekommen. Die Insassen des Kleinwagens hatten weniger Glück.

Pits Kollege Tim Sonders machte sich auf der baumgesäumten Fahrbahn an die Verfolgung des Ehemannes der Fahrerin. Er war, wie sich noch herausstellen würde, dement und irrte gerade über das Dohnagestell in Richtung Süden. Die ihm entgegenkommenden Fahrzeuge bildeten rasch einen trötenden, stinkenden und rauchenden Lindwurm aus Blech. Es gab mehrere Auffahrunfälle. Doch der Alte blieb, abgesehen von ein paar Schürfwunden und Prellungen, unverletzt.

Pit kümmerte sich um die Ehefrau des Irrläufers. Die Wucht des Aufpralls hatte ihren Wagen auf der Fahrerseite wie Stanniolpapier zerknautscht. Die grauhaarige Dame war im völlig demolierten Fahrzeug eingeklemmt. Sie blutete stark aus Wunden an der linken Schulter, am Unterbauch und am Becken. Neugierig beobachtete sie den Notarzt, der sich durch das zerstörte Fenster zu ihr hineinbeugte, ihr gut zuredete, sie untersuchte, ihr ein Betäubungsmittel spritzte und sich um ihre Blutungen kümmerte.

»Gleich ist die Feuerwehr mit dem Dosenöffner da, und wir

bringen Sie in ein Krankenhaus«, redete Pit auf die Frau ein. Sie stand unter Schock und starrte ihn nur entgeistert an.

Kurz darauf trafen die Kollegen mit dem schweren Schneidwerkzeug ein. Sie pellten die Frau aus dem zerknüllten Wagen wie eine Garnele aus der Schale.

Inzwischen hatte auch Tim den verwirrten Ehemann eingefangen. Tim Sonders war ein gutmütiger Bär von Mann mit beginnender Stirnglatze, braunem Pferdeschwanz und lustigem Ziegenbart. Er hatte die Figur einer Abrissbirne. Das mochte an den vielen Energieriegeln liegen, die er während der Alarmfahrten vertilgte. Er nannte diese Angewohnheit *Stressbewältigungsstrategie.*

Die Kollegen vom Rettungstransportwagen übernahmen die Frau, um sie ins Virchow-Klinikum zu bringen. Dort war man auf solche schweren Verletzungen vorbereitet. In diesem Fall würden die beste Medizintechnik und die engagiertesten Ärzte nichts nutzen …

Pit erschrak, als ihm diese Erkenntnis ins Bewusstsein stieg. Er wandte sich sofort an den Ehemann. »Bleiben Sie bei Ihrer Frau! Sie wird heute um drei Uhr sterben.«

Der Alte starrte ihn fassungslos an und brach in Tränen aus. Ein Helfer vom Transportteam führte ihn fort.

Tim schüttelte den Kopf. »Det war ja feinfühlich hoch drei.«

»Es ist die Wahrheit«, verteidigte sich Pit. »Du hast noch nicht erlebt, wie sich das anfühlt, wenn der Partner von einem geht.«

»Mag ja sein. Kim hat mir schon jewarnt, dass du den ersten Todestag deiner Frau nich jut verkraftest. Ick jib dir 'n Tipp: Mach, wat alle Ärzte machen.«

»Und das wäre?«

»Meide Prognosen über den Sterbezeitpunkt deiner Patienten. Wann eener den Löffel abjibt, weeß nur der liebe Jott.«

Und sie wird trotzdem um drei Uhr sterben, dachte Pit. Er klappte seinen Notarztkoffer zu und schleppte ihn zum Rettungswagen zurück.

8

Möglicherweise beobachteten sie ihn. Unsichtbar lauerten sie irgendwo, um ihm den USB-Stick abzujagen. Mit allen Mitteln. Pit malte sich einige Szenarien aus, wie die Domen ihm Zekarias' Blutdossier abnehmen könnten. Die freundlicheren Versionen dieser Hirngespinste liefen auf eine blutige Nase oder den Verlust mehrerer Zähne hinaus. Seine Phantasie hatte auch etliche Steigerungen in petto, die alle tödlich endeten und für Pathologen eine echte Herausforderung darstellen würden.

Pit blickte sich unauffällig um, bevor er das Bürohaus am Tempelhofer Ufer betrat. Zweifellos hätte sich ein Geheimagent dabei geschickter angestellt. Das Gebäude lag nicht weit von seiner Wohnung entfernt. Im Parterre verrieten weder Namensschild noch Logo, was sich hier im siebten Stock verbarg: eine Sicherheitszentrale. Eine Leitstelle, in der die Bilder von über tausend Videokameras zusammenliefen.

Er ging zum Fahrstuhl. Kaum hatte er die richtige Taste gedrückt, öffnete sich der Lift mit einem freundlichen *Pling!* Gleich bekommst du Antworten, dachte er. Gleich wirst du sehen, warum dieser Zekarias sterben musste. Und vor allem, *wie* er gestorben ist. Pit war nur eine einzige Organisation in der Stadt eingefallen, die ihm diese brisanten Informationen liefern konnte. Wie der CIA verbarg sie ihre Aktivitäten hinter drei Buchstaben: BVG. Diese Abkürzung stand – die wenigsten kannten den Grund – für Berliner Verkehrsbetriebe.

Während die Stockwerkanzeige sich zur Sieben hocharbeitete,

ging Pit in Gedanken noch einmal seine Strategie durch. Ein Kontrollzentrum, das so großen Wert auf Diskretion legte, würde nicht jedem Dahergelaufenen sein Videoarchiv öffnen.

Pling! Der Fahrstuhl hatte sein Ziel erreicht.

Pit betrat einen schmucklosen Empfangsbereich: graues Linoleum, graue Eisentür, weiße Wände, einige unbequeme Stühle, ein Panzerglasfenster, durch das er in ein leeres Büro sah. Daneben befand sich eine Sprechanlage. Er drückte die Ruftaste.

»Ja?«, schnarrte kurz darauf eine männliche Stimme von bestürzender Unfreundlichkeit.

Jäh verpufften alle so gründlich zurechtgelegten Worte. »Äh ... Pit Zuckmayer«, begann er zögernd. »Ich komme wegen der Videoaufzeichnungen vom gestrigen Unglück im U-Bahnhof Leopoldplatz.«

»Hätten Sie das nicht gleich sagen können? Warten Sie!«, blaffte ihn die Stimme an.

Mit dieser Entwicklung hatte Pit nicht gerechnet.

Er hörte Schritte. In dem Büro jenseits des Panzerglases erschien ein Bulle von Mann in der dunklen Uniform des BVG-Sicherheitspersonals. Er drückte hinter dem Fenster eine Taste, und erneut schnarrte seine Stimme im Lautsprecher. »Ihren Ausweis bitte!«

»Meinen ...?« Pit war verwirrt. Eigentlich hatte er sich darauf eingestellt, zunächst über den Grund seines Besuchs zu dozieren. Er nestelte seine Brieftasche aus der marineblauen Jacke und hielt seinen Personalausweis gegen die Scheibe.

»Was soll ich damit?«, fragte der Sicherheitsmann schnippisch.

»Äh ... Ich verstehe nicht ...«

Der Bulle verdrehte die Augen. »Den *Dienst*ausweis will ich sehen.«

»Ach so.« Pit wurde noch nervöser, als er ohnehin schon war. Welchen Dienstausweis? Für wen hält der mich? Er griff in die Brieftasche, zog die Mitarbeiterkarte der Charité heraus und zeigte sie dem BVGler. Jetzt kommt der Rausschmiss, dachte Pit. Er sollte sich abermals täuschen.

»Na also. Warum nicht gleich?«, sagte der Bulle erleichtert. Er verschwand aus dem Fenster, um mit seinem Schlüssel an der schweren Eisentür zu rasseln. Die öffnete sich dann auch. »Sie wurden uns schon angekündigt. Kommen Sie rein!«

Ich?, wunderte sich Pit und trat durch die Tür. Genauso lange brauchte er auch, um sich zu sammeln und in einen geschäftigen Ton zu wechseln. »Na, dann hat wenigstens das geklappt. Ich dachte schon, wir kriegen die Überprüfung heute nicht mehr hin. Bei wem darf ich mich bedanken?«

»Mein Name ist Siggi Ehrlich, diensthabender Einsatzleiter.«

»Ich meinte eigentlich denjenigen, der meinen heutigen Besuch doch noch möglich gemacht hat.«

»War 'ne Frau vom LKA. Hat angerufen und 'n Fax geschickt. Hier geht's lang.« Ehrlich führte den Gast in einen kurzen Flur. Er steuerte auf eine Tür genau gegenüber zu.

»Vom Landeskriminalamt?«

»Die sind für die Identifizierung unbekannter Toter zuständig.«

»Ist schon klar«, behauptete Pit und wagte einen Schuss ins Blaue. »Dann hat Katharina Nour Sie angerufen?«

»Korrekt. Hatte 'ne sexy Stimme.«

Pit gab sich brüskiert. »Das habe ich nicht gehört.«

Ehrlich räusperte sich und öffnete rasch die Tür. »Nach Ihnen bitte, Doktor Zuckmayer.«

Pit verzichtete auf einen Hinweis bezüglich seines nicht vorhandenen Doktortitels – der mochte ihm ja noch nützlich sein. Er zog den Kopf ein und betrat die Leitstelle. Darin saßen Männer und Frauen an sieben Arbeitsplätzen, vor sich je eine Reihe von Flachbildschirmen. Er entdeckte eine Polizeiuniform und sechs von Mitarbeitern der BVG und einer Sicherheitsfirma. Hinter den Monitoren befand sich eine in sechs Einzelbilder unterteilte große Videowand. Die Kameraausschnitte wechselten offenbar nach dem Zufallsprinzip und zeigten zumeist Bahnsteige auf U-Bahnhöfen.

»Beeindruckend«, murmelte Pit.

Ehrlich nickte stolz. »Wir rüsten gerade mit modernster Videotechnik auf. Die neuen Kameras liefern nicht nur schärfere Bilder, sie sind auch von hier aus steuerbar.«

»Frau Nour hat Ihnen sicher gesagt, worum es mir geht.« Pit wartete gespannt, denn ihn interessierte brennend, wie die Kripobeamtin sein Kommen begründet hatte.

»Sie hat was von Sand erzählt. Ich hab's nicht wirklich verstanden«, antwortete Ehrlich.

»Sandwürmer«, behauptete Pit und nickte wissend.

»Sind das Verwandte des Wattwurms?«

»Der Sandwurm ist ein Überträger gefährlicher Krankheiten. Er befällt Menschen jeglichen Alters und verursacht Diarrhö. Die Mortalität liegt bei über fünfzig Prozent.«

»Nee! Die Hälfte der Leute scheißt sich zu Tode?«

Pit verzog das Gesicht. »Ich will Ihnen die hässlichen Details ersparen. Der Wurm ist … äh … mikroskopisch klein und lässt sich ohne technische Hilfe nur durch seine Ausscheidungen nachweisen.«

»Meine Fresse! Hört sich ja grauenvoll an.«

»Ist es auch – falls der Parasit sich ausbreiten kann. Hat man am Unfallort Sand gefunden?«

»Keine Ahnung! Ich sitze den ganzen Tag hier und koordiniere Einsätze. Mikroskopische Probleme sind auf den Monitoren schwer wahrzunehmen.«

»Ich sähe mir trotzdem gern das Video an.«

»Selbstverständlich. Gehen wir in mein Büro.« Der Einsatzleiter führte Pit in ein schlichtes Arbeitszimmer, dessen Fenster zum Landwehrkanal hinausblickten. »Einen Moment, bitte«, sagte Ehrlich und suchte im Computer nach der betreffenden Datei.

»Wie lange werden die Aufnahmen bei Ihnen archiviert?«, erkundigte sich Pit.

»Achtundvierzig Stunden.«

»Hat Frau Nour Sie gebeten, das Video für weitere Ermittlungen zu kopieren?«

»Das wollte sie von Ihrem Urteil abhängig machen.«

Pit wunderte sich immer mehr.

»Ich bin so weit«, sagte Ehrlich. »Nehmen Sie meinen Stuhl. Ich kenne den Mitschnitt schon. Ist besser, wenn Sie sitzen.«

Pit wechselte mit dem Einsatzleiter den Platz. Mit der Steuerung des Videoplayers kam er auf Anhieb zurecht. Er startete den Film.

Es dauerte einen Moment, bis er sich an die Schwarz-Weiß-Darstellung und die erhöhte Kameraperspektive gewöhnt hatte. Das Fehlen des Tons verlieh den Bildern etwas Unwirkliches. Der Kameraausschnitt reichte von dem rechten Bahnsteig über die beiden Gleise hinweg bis zu einem schmalen Streifen der linken Plattform. Zunächst sah Pit nur Unmengen von Menschen. Ein Zug fuhr ein, spuckte neue Fahrgäste aus und verließ den Bahnhof wieder.

»Da kommt er. Ist nicht zu übersehen«, sagte Ehrlich. Seine Hand schob sich an Pits Kopf vorbei und deutete am linken Bildschirmrand auf eine Person, die alle Umstehenden weit überragte. Es war Zekarias.

Er bewegte sich parallel zu den Gleisen und sah sich ständig um. So als würde er verfolgt. Dann blieb er stehen. Er blickte zu einer Stelle außerhalb des Sichtfeldes der Kamera. Nach kurzem Zögern wandte er sich der Bahnsteigkante zu und sprang in das Gleisbett. Pit hielt den Atem an.

Zekarias schritt über die Schienen hinweg. Zwischen den beiden Fahrbahnen verlief eine Säulenreihe auf einem erhöhten Sockel. Auch diesen überquerte der riesenhafte Mann. Jetzt näherte er sich der Stelle, an der Pit ihn gefunden hatte. Zekarias blieb mitten im Gleisbett stehen.

»Geh weiter!«, murmelte Pit, obwohl er genau wusste, dass der Riese es nicht tun würde.

Und dann überraschte ihn Zekarias.

Er sprach mit einer Frau. So wie er war sie dunkelhäutig und überragte alle anderen Menschen auf dem Bahnsteig. Pit konnte sie nur im Profil sehen. Die Unbekannte redete ebenfalls. Sie gestikulierte erregt, wirkte geradezu verzweifelt. »Ich wüsste zu gern, was sich die beiden zu sagen haben«, murmelte er.

»Leider gibt es keinen Ton«, erklärte Ehrlich aus dem Hintergrund. Der Monitor zeigte, wie etliche Fahrgäste in helle Aufregung gerieten. Einige winkten Zekarias, er solle die Gleise verlassen. Die Stimme des Einsatzleiters meldete sich erneut. »Der Zug kommt.«

Pit ballte unwillkürlich die Fäuste. Er hatte Tote seziert, hatte in seinem praktischen Jahr erlebt, wie Patienten auf dem Operationstisch starben, doch dies hier war etwas anders. Es war das konservierte Grauen.

Zekarias drehte sich zu dem einfahrenden Zug um und lief darauf zu. Ruhig und besonnen schritt er über die Schwellen. Plötzlich wirbelte etwas empor und der Zug verdeckte seine Gestalt.

Pit blinzelte benommen. »Haben Sie die Wolke bemerkt?«, fragte er den Einsatzleiter.

»Was für eine Wolke?«, brummte Ehrlich.

»Kann die Software auch Zeitlupe?«

»Mir ist jetzt schon schlecht.«

»Kann sie, oder kann sie nicht?«

»Wenn Sie wollen, zeigt das Programm Ihnen bis zum Abkotzen jedes einzelne Bild. Darf ich?« Ehrlich schob sich an Pit vorbei, griff nach der Maus und klappte auf dem Bildschirm ein Menü auf. »Hier finden Sie alle erweiterten Steuerfunktionen.«

Pit prägte sich die Tastenkürzel ein und setzte zu der Stelle kurz vor dem Zusammenstoß von Zug und Mensch zurück. Von dort aus ließ er den Film langsam weiterlaufen. Erneut sah man den Zug, den Mann – und eine Wolke.

»Meine Fresse, Sie haben recht!«, entfuhr es Ehrlich. »Wo kommt die Staubwolke her?«

»Ich vermute eher, es ist eine Sandwolke«, erklärte Pit tonlos.

»Und woher kommt der Sand?«

»Das wüsste ich auch gern.«

Er setzte das Video erneut zurück. Diesmal stoppte er es kurz vor dem Zusammenprall und ließ es Bild für Bild weiterspringen. »Das gibt es nicht«, flüsterte er.

»Die Wolke scheint den Mann zu umhüllen, *bevor* ihn der Zug erwischt«, sprach Ehrlich aus, was Pit dachte.

Der sah sich die Stelle noch mindestens zehnmal an. Es waren nur drei unscharfe Bilder, die den Moment eingefangen hatten.

Sie zeigten, wie sich Zekarias *vor* dem Zusammenprall in Sand auflöste.

Nur – warum finde ich dann später einen zerstückelten Riesen?, fragte sich Pit.

Schließlich gab er es auf, das Rätsel anhand der Bilder zu lösen. Er ließ den Film weiterlaufen, bis zu der Stelle, wo er und Kim die Bühne des Geschehens betraten.

»Und?«, meldete sich erneut die Stimme von hinten.

Pit wandte sich zu Ehrlich um. »Wie bitte?«

»Kriegen wir eine Sandwurmepidemie?«

»Möglich wär's. Ich muss noch mal zum Anfang springen.«

Der Einsatzleiter verdrehte die Augen. »Wenn's hilft.«

Abermals sah sich Pit die Sequenz von Zekarias' erstem Auftritt an. Als der Hüne unvermittelt stehen blieb, hielt auch Pit das Video an. »Irgendetwas sieht er da. Lässt sich feststellen, was oder wer das ist?«

»Es gibt eine zweite Kamera auf dem anderen Bahnsteig.«

»Das hätten Sie auch früher sagen können.«

»Sie hätten auch früher danach fragen können. Soll ich das Video starten?«

»Ich bitte darum.«

Wenige Sekunden später betrachtete Pit dieselbe Szene aus der neuen Perspektive. Wieder bahnte sich Zekarias seinen Weg durch die Menschenmenge, wie ein Erwachsener inmitten einer Kinderschar. Diesmal war er größer und deutlicher zu erkennen. Ja, dachte Pit, du fühlst dich beobachtet. Dennoch wirkte der Riese nicht gehetzt. Fast sah es so aus, als wolle er die Aufmerksamkeit der Verfolger auf sich lenken. Dann blieb er jäh stehen. Hätte er nicht so reagiert, wäre er nach wenigen Schritten einer hochgewachsenen, schlanken, dunkelhäutigen Frau begegnet. Ruhig stand sie da und erwiderte seinen Blick mit ernster Miene. Sie trug enge Jeans und eine kurze Lederjacke.

Es war Kriminaloberkommissarin Katharina Nour.

9

Pits Hände zitterten, als er die Haustür in der Hornstraße 16 aufschloss. Nicht nach Alkohol verlangte sein Körper, sondern nach Geborgenheit. Nach der erlösenden Stille, die man nur jenseits von Ängsten und Sorgen fand. Solche Ruhe kannte er lediglich als ferne Erinnerung. Nach Majas Tod war er sogar froh gewesen über die Doppelschichten, weil sie ihn von der Trauer und den Selbstvorwürfen abgelenkt hatten. Und nun war eine neue Angst hinzugekommen.

Mit hängendem Kopf machte er sich an den Aufstieg in den zweiten Stock – das Bild eines alten Mannes, dem die Kräfte schwinden. Jeder Schritt pumpte quälende Fragen in seinen Sinn: Wer war Zekarias? Und wer die Domen? Warum sollte ausgerechnet er, ein Gefühlskrüppel mit Staatsexamen, dem Strom aus Blut folgen?

Und was um Himmels willen hatte Katharina Nour mit alldem zu tun?

Ihm wollte einfach kein vernünftiger Grund einfallen, warum eine Kripobeamtin sich so verhalten könnte, wie es diese Frau seit ihrer ersten Begegnung …

»Ich dachte schon, Sie kommen gar nicht mehr.«

Pits Kopf ruckte hoch. Auf dem Treppenabsatz über ihm saß sie: Katharina Nour. Unwillkürlich wich er einen Schritt zurück. »Was wollen Sie?«, fragte er lauernd.

Sie erhob sich und lächelte. »Sie sehen mich an wie ein Gespenst. Haben Sie wieder getrunken?«

»Ich bin stocknüchtern«, erwiderte er zornig. Er fühlte sich ertappt. »Warum mischen Sie sich ständig in mein Leben ein?«

»Tue ich das?«

»Heute früh haben Sie in der Rettungsstation angerufen und später in der Sicherheitszentrale der BVG. Woher wussten Sie überhaupt, dass ich da aufschlagen würde?«

»Das war nicht schwer zu erraten. Sie sind verwirrt und haben Fragen. Für jemanden wie Sie ist die Leitstelle der Verkehrsbetriebe die einzige Hoffnung auf Antworten.«

»Für jemanden wie mich? Heißt das, *Sie* kennen die Antworten bereits? Haben Sie sich deshalb gar nicht erst die Mühe gemacht, in die Sicherheitszentrale zu fahren? Sie wissen ja sowieso, was auf dem Video zu sehen ist.« Er dachte dabei an Nours Zusammentreffen mit Zekarias unmittelbar vor dem Unglück.

Im Obergeschoss öffnete sich klappernd eine Wohnungstür. »Könnta euer Schäferstündchen nich andaswo abhalten?«, keifte die Gostomski. Die Nachbarin war sehr geräuschempfindlich.

Nour lächelte ihn an. »Wäre ohnehin besser.«

Das Hauslicht erlosch.

Pit erschauderte. Im Dunkeln war ihm diese Frau noch unheimlicher als bei Licht. »Bekomme ich von Ihnen diesmal Antworten? Oder tragen Sie immer noch Ihren behördlichen Maulkorb?«, raunte er.

»Ich schlage Ihnen einen Handel vor«, erwiderte sie leise. »Sie erzählen mir, was *Sie* auf den Videos der Überwachungskameras gesehen haben, und ich beantworte Ihnen einige Fragen.«

Er ließ den Atem vernehmlich durch die Nase entweichen. »Meinetwegen. Ich bin Ihnen ja sowieso noch einen Kaffee schuldig.«

»Machen Sie's sich bequem. Ich bin gleich bei Ihnen«, sagte Pit und wies auf die Wohnzimmertür. Er hängte seine Jacke an die Garderobe. Nour hatte die ihre anbehalten wollen, wohl um die einschüchternde Dienstwaffe zu verdecken.

»Danke«, antwortete die Kommissarin und schlug die bedeutete Richtung ein.

Pit eilte in die Küche. Er zerrte an seinem grünen Poloshirt herum, um die Achselhöhlen auf Schweißgeruch zu kontrollieren. Das Testergebnis erschien ihm akzeptabel. Als er den Blick hob, bemerkte er die Stapel ungespülten Geschirrs. Ihn durchfuhr ein kochend heißer Schreck. Er hatte die Unordnung im Wohnzimmer völlig vergessen. »Mein Aufbruch heute früh war ziemlich überstürzt!«, rief er zu seiner Entschuldigung.

»Ich kenne ja den Grund«, kam Nours Antwort zurück.

Ungeduldig entlockte er seinem Kaffeeautomaten die bestellte Tasse Espresso und lief damit in das Chaos.

Katharina Nour saß bereits auf dem Sofa. Sie stellte gerade mit ausdrucksloser Miene die leere Wodkaflasche auf den Tisch.

Pit wäre am liebsten im Boden versunken. Wie macht sie das nur?, durchzuckte es ihn. Die Frau zerrt jede deiner Schwachstellen ans Licht. Er reichte ihr über den Marmortisch hinweg die Espressotasse.

»Danke«, sagte sie mit bestrickendem Lächeln. »Setzen Sie sich doch zu mir! Dann plaudert's sich besser.«

Er wollte nicht unhöflich sein. Also nahm er am gegenüberliegenden Ende des Sofas Platz.

Nour rückte näher an ihn heran. Sie pustete mit schmalen Augen in die Tasse, trank dann aber doch nichts. »Sie haben gestern gefeiert?«, fragte sie. Ihr Blick sprang deutend zu der leeren Schnapsflasche.

»Gestern vor einem Jahr sind meine Frau und meine Tochter gestorben.«

Sie griff spontan nach seiner Linken und drückte sie. »Das haben Sie heute früh nicht gesagt. Ich war so taktlos. Bitte entschuldigen Sie.«

Er wich ihrem mitleidvollen Blick aus und betrachtete ihre schmalen dunklen Finger auf seiner Hand. Die Wärme eines mitfühlenden Menschen tat ihm gut. Er brachte es nicht fertig, davor zu fliehen so wie am Morgen. Stattdessen nickte er nur und kämpfte gegen die Tränen an. »Ist nicht Ihre Schuld. Ich bin im Moment nur ein Schatten meiner selbst.«

Nour stellte die Tasse auf den Tisch und baute mit ihren Händen ein Nest, in das sie seine Linke bettete, als wäre sie ein verängstigtes Küken. »Das kann ich verstehen, Pit«, hörte er ihre rauchige Stimme sagen. Sie klang so sinnlich, wenn sie seinen Vornamen aussprach. So viel Nähe durfte er sich wohl ebenfalls erlauben.

»Katharina, ich habe meine Frau geliebt. Ich liebe sie immer noch.«

Ihr Daumen streichelte seinen Handrücken. Sie lächelte bezaubernd. »Treue ist heutzutage ein seltenes Gut. Ich wünschte, mir wäre je so ein Mann wie Sie begegnet.«

Er räusperte sich. »Die Domen«, sagte er, um nicht völlig in Katharinas Bann zu geraten. »Wer sind sie?«

Ihre Miene verhärtete sich. »Eine Gruppe, die unerkannt unter den Menschen lebt.«

Diese Antwort steigerte eher seine Verwirrung. »Meinen Sie einen Geheimbund?«

»Geheimbund, Bruderschaft – diese Namen beschreiben die Natur der Domen nur unvollkommen. Sagen wir, sie sind ein sehr altes Geschlecht.«

»Eine Familie also.«

»Geht man weit genug in die Vergangenheit zurück, sind wir alle miteinander verwandt.«

»Was haben die Domen mit dem *Strom aus Blut* zu tun?«

»Das Blut erhält sie am Leben.«

»Was?«, entfuhr es ihm. »Sie wollen mir doch keine Vampirgeschichte auftischen.«

»Nein«, beruhigte sie ihn. »Es ist ein wenig … komplizierter.«

»Nicht nur Kriminalbeamte, auch Notärzte besitzen die Fähigkeit zu komplexem Denken. Welcher Zusammenhang besteht zwischen Blut und den Domen?«

Katharina zögerte, so als ringe sie um verständliche Worte. »Deine Frau ist an einer Wasserlunge gestorben, nicht wahr?«

Mit dem Wechsel ins vertraulichere Du wollte sie das sensible Thema wohl verdaulicher machen. Er schreckte trotzdem zusammen und versuchte seine Hand aus dem Nest zu befreien. Es kam ihm plötzlich wie eine Falle vor. Die Polizistin hielt ihn fest. »Haben Sie mir nachspioniert?«, zischte er.

»Ich habe heute ein paar Erkundigungen über dich eingezogen. Reine Routine«, antwortete sie ruhig.

»Was hat Majas Tod mit den Domen zu tun?«

»Nichts. Und alles. Die Verbindung ist das Blut. Gleich wirst du mich verstehen. Maja litt unter akuter Atemnot, richtig?«

Er schluckte. Darüber zu reden fiel ihm immer noch schwer. »Sie hatte einen Autounfall und viel Blut verloren. Im Krankenhaus bekam sie die übliche Transfusion. Dabei hätte sie kein Fremdblut kriegen müssen. Heute bietet die Medizin in den meisten Fällen bessere Alternativen. Sie bergen weniger Risiken und die Patienten erholen sich schneller. Ich hätte meiner Frau eine ungefährlichere Therapie verordnet, schon um des Kindes willen. Aber ich war nicht da, als die zwei mich am dringendsten gebraucht hätte. Sechs Stunden später waren sie tot.«

»Somit hat sie das Blut getötet?«

Pit begann zu zittern. »Im Spenderblut waren Antikörper. Der Vorgang ist kompliziert ...«

»Erklär's mir bitte in einfachen Worten.«

Er holte tief Luft, sein Atem flatterte. »Maja ist an TRALI gestorben, einer akuten Atemnot infolge einer Bluttransfusion. Ihre Granulozyten – bestimmte weiße Blutkörperchen – haben sich verklumpt und die haarfeinen Blutgefäße in der Lunge verstopft. Blutplasma drang durch die Kapillaren in das Zwischengewebe und die Lungenbläschen. Ihr Blut bekam nicht mehr genug Sauerstoff.« Er brach in Tränen aus und verlor die Kontrolle über sein Gesicht. »Maja und unser Kind sind jämmerlich erstickt, weil ich versagt habe«, war alles, was er mit schmerzverzerrter Miene aus sich herauspressen konnte. Danach weinte er hemmungslos.

Katharina rückte näher an ihn heran und umarmte ihn. Ihr warmer Atem umstrich sein Ohr, während ihre rauchige Stimme ihm Trost einträufelte. »Dich trifft keine Schuld, Pit. Du bist ein liebender Ehemann und wärst ein wunderbarer Vater geworden.«

Ihre Worte taten ihm so gut! Sie straften seine Selbstzweifel Lügen, waren Balsam für seine wunde Seele. Katharinas würziger Duft umhüllte ihn wie ein Traum vom Paradies. Er vergaß das Chaos im Wohnzimmer, vergaß seine Zweifel und Ängste, vergaß, dass es nicht seine Frau war, die er so stürmisch umarmte, vergaß sogar sich selbst. In seinem Paradiestraum war er wieder mit Maja zusammen. Er drückte sie, hörte sie, schmeckte sie, atmete sie. Er streichelte ihre Brüste, zerwühlte ihr Haar, berauschte sich an ihren Lippen …

Ein plötzlicher Schmerz riss ihn aus dem Traum, und die Illusion zerplatzte wie eine Seifenblase. Es war *nicht* Maja, die er umarmte, sondern eine Fremde. Was ist nur in dich gefahren?, klagte ihn sein Gewissen an. Er befreite sich aus der Umarmung und fasste sich an den Mund. Ein Tropfen Blut glänzte auf seiner Fingerkuppe. »Du hast mich gebissen!«, rief er fassungslos.

»Tut mir leid. Mir sind die Sicherungen durchgebrannt«, behauptete Katharina und griff nach seiner Hand.

Pit entzog sie ihr. Er war verwirrt. Was hast du getan?, warf ihm die innere Stimme vor. Maja ist erst seit einem Jahr tot. Du hast ihr ewige Treue geschworen. Und jetzt wirfst du dich der Erstbesten in die Arme …

»Du musst loslassen«, sagte Katharina. »Maja hätte sicher nicht gewollt, dass du für den Rest deines Lebens als Mönch lebst.«

»Was willst du *wirklich* von mir?«, entgegnete er kühl. »Darf eine Kommissarin überhaupt mit Zeugen rummachen? Es gibt doch sicher Dienstvorschriften …« Er verstummte, weil er plötzlich Gefahr witterte. Bislang hatte er die Existenz solcher Vorahnungen stets abgestritten. Nun aber fühlte er die gleiche Gewissheit wie am Morgen, als er einem alten Mann den baldigen Tod seiner Frau prophezeit hatte.

»Stimmt etwas nicht?«, fragte Katharina. Ihr Blick huschte zu den Fenstern. Pits merkwürdiges Verhalten schien sie mehr zu ängstigen als zu überraschen. Sie zog ihre Dienstwaffe.

Plötzlich drang das Geräusch splitternden Holzes herein. Kein Krachen, kein Lärm, der sämtliche Nachbarn alarmiert hätte, nur ein hässliches Knirschen und Prasseln.

Jemand brach die Wohnungstür auf.

Pit und Katharina sprangen von der Couch hoch.

Schnelle Schritte waren zu hören, so leichtfüßig, dass die Dielen im Flur kaum knarrten. An der Wohnzimmertür erschien eine dunkelhäutige Riesin mit anrasiertem Kurzhaarschnitt. Über dem Schädeldach glich ihre Frisur einem Landeplatz für Modellhubschrauber. Sie trug einen knöchellangen Ledermantel und darunter einen engen Overall aus dem gleichen Material. Im Dunkel des wallenden Gewandes blitzten allerlei Accessoires auf, deren Zweck sich bald zeigen würde. Die Fremde war deutlich größer als Katharina. Ihr verstörender Anblick – androgyn, schön und gefährlich böse – erinnerte Pit unwillkürlich an die Sängerin Grace Jones in ihren wildesten Jahren.

Der Frau folgten drei weitere Amazonen, zwar von unterschiedlicher Hautfarbe, doch genauso gekleidet und beinahe so groß wie die Vorkämpferin. Zuletzt betrat ein Mann mit eingezogenem Kopf das Wohnzimmer, bei dessen Anblick Pit das Blut in den Adern stockte.

Es war der Gigant aus dem Albtraum der letzten Nacht. Der Riese, dessen böser Blick Menschen tötete.

Kein Zweifel, sein Gesicht wies die gleichen Merkmale auf, wie Pit sie von Patienten mit dem Sotos-Syndrom kannte: breite hohe Stirn, flache Nase, spitzes Kinn und weit auseinanderstehende Augen. Auch die gewellten Haare, die wie Rabenfedern glänzten, entsprachen dem Vorbild im Traum. Als der Gigant sich im Zimmer aufrichtete, stockte Pit der Atem. Der Kerl hatte die Statur eines Zehnkämpfers, aufgeblasen auf eine Körpergröße von mindestens zwei Meter vierzig.

Er heftete seinen stechenden Blick auf den einzigen anderen Mann im Raum, während er sich ihm ohne Eile näherte. Die Kleidung des Giganten hätte von einem Rockerausstatter stammen können: grobstollige Stiefel, enge schwarze Lederhose und ein langärmeliges T-Shirt, das seine Muskeln wie eine zweite Haut umspannte und mit einem grinsenden Totenkopf dekoriert war.

Er baute sich vor dem Wohnzimmertisch auf und verschränkte die Arme vor der Brust. Nun erst fielen Pit die sechsfingrigen Hände des Kolosses auf – ebenfalls wie im Traum. Bei den vier Amazonen ergab der rasche Hexadaktylie-Check einen weiteren Treffer: Auch der Grace-Jones-Verschnitt besaß zwölf Finger. Pits

Erstaunen über den unverhofften Besuch steigerte sich noch, als sich Katharina vor dem Giganten verneigte.

»Der ehrwürdige Ahiman hätte sich nicht herbemühen müssen. Ich hatte alles im Griff«, erklärte sie unterwürfig.

Entsetzt rückte Pit einen Schritt von ihr ab und starrte die Hand mit der Pistole an. Ja!, schrie es in ihm. Und wie du mich im Griff gehabt hast!

»Du bist also Pit Zuckmayer«, sagte der ehrwürdige Ahiman – Pit war sich nicht sicher, ob diese Bezeichnung ein Titel oder ein Name war. Die Stimme des Giganten brummte so tief, dass die eigensinnige Standuhr mit zitterndem Läutwerk dagegen aufbegehrte.

Die Amazonen fuhren herum, und Grace Jones schleuderte aus dem Dunkel ihrer Mantelschatten einen Metallstern hervor. Das Wurfgeschoss blieb im Ziffernblatt stecken und brachte die Uhr zum Schweigen.

Der Ahiman schüttelte sein schweres Haupt. »Spar dir deine Kräfte für echte Gegner auf, Zafirah.« Er deutete auf Rudis Hi-Fi-Anlage. »Wir wollen die Nachbarn nicht mit weiterem Lärm stören. Spiel ein Lied auf!«

Die Amazone mit der platten Frisur entschied sich für die CD *Slave To The Rhythm* von Grace Jones und startete den Titelsong in einer Endlosschleife. Bald füllte die tiefe Stimme der Jamaikanerin den Raum.

Pit hatte den Moment der Ablenkung genutzt und einen wütenden Blick auf Katharina abgeschossen. Das Echo aus ihren Augen war weit weniger böse. Sah er da einen Anflug von Reue?

»Antworte auf meine Frage!«, herrschte ihn der Gigant unvermittelt an.

Damit brachte er Pit heftig in die Bredouille. Er wusste nicht, was er sagen sollte. Hilflos starrte er seinen Besucher an. Dessen kantige, mit schwarzen Bartstoppeln gespickte Visage wirkte wie die grob geschnitzte Maske eines afrikanischen Dämons. Gleichwohl deuteten der Schnitt seines Gesichts und die graubraune Haut eher auf einen Migranten aus dem Nahen Osten hin. »Ich kann mich an keine Frage erinnern«, gestand Pit schließlich.

»Ich sagte: Du bist also Pit Zuckmayer.«

»Das ist eine Feststellung.« Er merkte am sich verdüsternden Gesichtsausdruck des ehrwürdigen Ahiman, wie wenig dieser von Besserwissern hielt. »Eine Feststellung, die zutreffend ist«, ergänzte Pit rasch.

»Gestern hast du einem Mann geholfen«, sagte der Gigant. Seine Augen schienen geradewegs in Pits Kopf zu leuchten.

Die echte Grace Jones sang dazu den Refrain.

Never stop the action,
Keep it up, keep it up.

»Ist das jetzt eine Frage?«, erkundigte sich Pit ohne langes Nachdenken. Der böse Blick des ehrwürdigen Ahiman sollte sich gar nicht erst entfalten können und ihn womöglich umbringen. Ein bedrohliches Knurren aus dem Brustkorb des Riesen spornte Pit zur Improvisation an. »Also, *wenn* es eine Frage war, beziehe ich sie auf jenen Mann, den gestern am Leopoldplatz ein U-Bahn-Zug erfasst hat. Er nannte sich Zekarias.«

»Was hat Zekarias dir erzählt?«

»Das habe ich Ihrer Spionin schon gesagt«, antwortete Pit und blitzte Katharina ein weiteres Mal an.

»Wiederhol es!«, insistierte der ehrwürdige Ahiman.

In Pit sträubte sich alles dagegen, sein Wissen mit diesem unheimlichen Gast zu teilen. Die Verweigerungshaltung schlug nach ungefähr drei Sekunden um. Der Blick des ehrwürdigen Ahiman schien sich in dieser Zeit aufzuheizen, bis er sich wie ein Laserskalpell anfühlte, das im Kopf die geforderten Erinnerungen freilegte. Pit hustete sie heraus wie blutigen Auswurf. Er war nicht imstande, etwas zurückzuhalten. Erst als er sein Gedächtnis gründlich ausgeräumt hatte, fühlte er sich besser.

»Folge dem Strom aus Blut?«, wiederholte der unheimliche Besucher die letzten Worte.

»Ja, das hat er gesagt«, keuchte Pit. Auf seiner Stirn perlte der Schweiß. Wie schafft er das?, fragte er sich. Wie kann dieser Kerl in meinen Gedanken herumwühlen wie in meiner Schreibtischschublade?

In Pits echter Schreibtischschublade und seinem Gemütszustand herrschten gleichermaßen die Gesetze der Chaostheorie: Jeder Versuch, ihnen Informationen zu entlocken, führte zu unvorhersehbaren Ergebnissen. Das schien auch dem ehrwürdigen Ahiman aufzufallen, denn seine ohnehin umwölkte Laune verdüsterte sich weiter.

»Was hat Zekarias dir gegeben?«, brummte er drohend. Die Glasfüllung in der Tür der eigensinnigen Standuhr klirrte.

»Er hat mir eine Ohrfeige gegeben«, antwortete Pit. Damit wollte er weder respektlos noch unpräzise sein. Er hatte vor Aufregung den USB-Stick in seiner mentalen Schublade verkramt.

Grace Jones feuerte ihn an.

Never stop the action,
Keep it up, keep it up.

»Wo hast du den Datenspeicher verloren?«, fragte der ehrwürdige Ahiman und versetzte seinen Gastgeber in neue Nöte.

Pit erinnerte sich wieder an den Stick und war darüber entsetzt. Er lehnte den Glauben an Telepathie rigoros ab. Es gab keine Gedankenübertragung, Schluss, aus, basta. Nur – wie hatte dieser Kerl gerade sein Unterbewusstsein angezapft? »Ach, dieses USB-Dingsbums, meinen Sie?«, druckste Pit herum und versenkte beide Hände in den Hosentaschen.

Die Amazone Zafirah langte blitzschnell in ihren Mantel.

Pit erstarrte. »Ich suche nur den Stick.«

Der ehrwürdige Ahiman bedeutete ihr, ihn am Leben zu lassen.

Die Hände gruben sich eine Zeit lang durch die Taschen und kamen wieder zum Vorschein. Leer. »Er ist weg«, kommentierte Pit das Ergebnis seiner Nachforschungen. »Ich muss ihn tatsächlich verloren haben.«

»Ich glaube dir nicht. Du hast ihn irgendwo versteckt und versperrst deinen Geist vor mir«, knurrte der Gigant. »Öffne dich mir, damit ich die Wahrheit sehe! Sonst …« Er warf Zafirah einen Blick zu.

Pit zermarterte sich das Hirn. Wo habe ich das dämliche Ding gelassen? Ihm brach der Schweiß aus. Er wollte seine Gesundheit nicht für einen USB-Stick opfern. Verstohlen äugte er zu der Uhrenmörderin hinüber.

Zafirahs riesige Hand schlich in die Schattenwelt ihres Mantels. Pit sah darin etwas aufblitzen. Einen Dolch …?

»Er ist gegen Euren Blick immun. Dieser Mann könnte uns alle töten!«, schrie Katharina plötzlich. Sie trat mit einem raschen Schritt auf Pit zu, umfasste seinen Nacken, zog ihn zu sich heran und drückte ihm den Lauf ihrer Dienstwaffe auf die Brust. »Stirb, du Verräter!«, hörte er sie rufen.

Sie feuerte ihre Pistole zweimal ab. *Wumm! Wumm!* Die aufgesetzten Schüsse klangen wie ein Schlagzeug. Und Grace Jones sang dazu ihre Durchhalteparolen.

Die Kugeln traten an Pits Rücken wieder aus. Er hörte, wie sie hinter ihm Bücher aus dem Regal fegten.

»Verzeih mir«, hauchte Katharina ihm ins Ohr und ließ ihn los.

Er starrte erst sie verdutzt an, danach das blutige Loch in seiner Brust. Sein letzter Gedanke war eher banal.

Hätte ich gewusst, dass Sterben so einfach ist …

Eine schwarze Wolke senkte sich auf ihn herab. Keine Seele, die vom Körper gen Himmel schwebte. Kein Licht am Ende des Tunnels. Er hörte nur die aufgeregten Stimmen seiner Mörder und die von Grace Jones.

Never stop the action,
Keep it up, keep it up.

Pit war außerstande, sich weiter aufrecht zu halten. Ihm knickten die Knie ein. Wie er auf das Sofa fiel, merkte er nicht mehr.

10

»Was hast du getan, Kahina?«, brüllte der Ahiman.

Die Gefragte breitete die Arme aus. »Ihr habt gesagt: *Töte ihn auf alle Fälle, Kriegerin.* Ich habe nur Euren Befehl befolgt.«

»Seit wann befehle ich die Hinrichtung von Menschen, während ich mit ihnen rede?«

Die Amazonen wechselten betretene Blicke.

Der Ahiman stöhnte. »Wohl wahr! Es mag schon sein, dass ich ab und an hart durchgreifen muss. Aber in diesem Fall geht es um alles. Zekarias hat uns verraten. Wenn sein ruchloses Machwerk in falsche Hände gerät, waren die Mühen von Jahrzehnten umsonst. Es könnte den Untergang der Domen bedeuten.«

Kahina senkte den Blick. »Ich bitte um Vergebung, ehrwürdiger Ahiman.«

Sie spürte, wie der Geist des Fürsten in ihr Bewusstsein fuhr. Übelkeit stieg in ihr auf. Sie hatte dieses heiße Herumbohren schon früher ertragen müssen. Doch nie war er so tief in sie eingedrungen und nie zuvor so brutal. Sie wagte nicht, von der SIG Sauer P6 aufzublicken, die sie immer noch in der Linken hielt. Sollte sie …?

»Ergreift sie!«, rief der Ahiman plötzlich. Er hatte ihren Gedanken erkannt.

Kahina riss die Pistole hoch und schoss. Sie war selbst eine Kriegerin und fast übermenschlich schnell. Trotzdem schaffte sie es nicht, den ersten Domenfürsten zu treffen. Onyxia warf sich in die Schusslinie und fing das Projektil mit ihrem Körper auf.

Dann war auch schon Zafirah zur Stelle. Ihre Faust sauste auf Kahina zu. Die duckte sich, trat nach dem Knie der Angreiferin, hörte es brechen. Im nächsten Augenblick traf Zafirah sie im Genick, und es knackte abermals.

Kahinas Rückenmark zerriss wie ein morscher Bindfaden. In diesem Moment starb sie zum ersten Mal.

11

Die Geräusche kamen alle gleichzeitig: Stimmen, klingelnde Handys, knarrende Dielen, Schritte, Klappern, Rumpeln. Und dann gab auch noch die eigenwillige Standuhr ihren Senf dazu: Sie schlug genau elfmal.

»Ein Wunder, dass sie noch funktioniert«, sagte eine dumpfe männliche Stimme.

Pit öffnete die Augen. Was für ein verdammter Albtraum!

Er lag beim Sofa rücklings auf dem Teppich. Der Marmortisch stand in einigem Abstand neben ihm. So hatte er einen unverstellten Blick auf den Mann neben der Standuhr. Der Fremde trug einen weiten weißen Overall mit Kapuze, einen Mundschutz und Gummihandschuhe. In der Rechten hielt er einen Wurfstern. Dem Ziffernblatt neben seinem Kopf nach zu urteilen, hatte das Geschoss die Uhr drei nach acht angehalten. Nun tickte und läutete sie wieder, als wäre nichts geschehen.

»He, Lulatsch! Wie wär's, wenn du mal deine Lebensretterin ansiehst, statt auf die blöde Uhr zu starren?«

Er riss sich von dem Beamten der Spurensicherung los und suchte nach der Sprecherin. Seine Wohnung sah aus, als hätte darin ein Tornado gewütet. Offenbar hatte jemand sie gründlich durchsucht. Als Pit den Kopf in den Nacken legte, entdeckte er Kim Schneidewind.

Sie kniete neben ihm nieder und lächelte. Es war ein hübsches Lächeln, obwohl es nicht ganz unbeschwert wirkte. Daneben schob sich das Gesicht von Elias ins Blickfeld.

»Hallo, China Girl, hallo Famulus«, sagte Pit leise. Er fühlte sich elend und zerschlagen. »Nette Party hier. Was ist der Anlass?«

»Dein Tod«, antwortete Elias mit ernster Miene.

»Dein *Beinahe*tod«, kam sogleich der Einspruch von Kim.

Elias schwieg dazu, doch ihm war anzusehen, dass er anders darüber dachte.

Tod?, grübelte Pit. Was meinten die zwei damit? Und dann fiel es ihm wieder ein. So als ziehe jemand einen Vorhang zur Seite, kamen die Erinnerungen zurück: der überraschende Besuch von Katharina, die leidenschaftliche Umarmung, der Überfall des Ahiman und seiner Amazonen, die Schüsse ...

Er tastete nach seiner Brust.

»Ich musste leider dein Lieblingspolo aufschneiden«, entschuldigte sich Kim. »Schusslöcher sind momentan ohnehin nicht en vogue.«

Pit drückte das Kinn auf die Brust und betastete die Stelle, an der Katharina ihre Pistole aufgesetzt hatte. Dort befand sich ...

»Eine Narbe?«, wunderte er sich.

»Hinten hast du sogar zwei«, bemerkte Kim. »In meiner Ausbildung hat man uns nie erklärt, dass es so was gibt. Wie nennt ihr Ärzte das? Spontaner Wundverschluss?«

Pit sah seinen Freund an, der sehr ernst und sehr schweigsam war. »Wie kommst du eigentlich hierher? Ich dachte, du bist bei Frau und Kind und wechselst Windeln.«

»*Ich* habe dich gefunden«, antwortete Elias. »Wollte dir die Ergebnisse der Bluttests vorbeibringen, bevor ich zu Ylang in die Charité Mitte fahre.«

»Welche ...? Du meinst *mein* Blut? Hat man etwas entdeckt?«

Elias blickte kurz in Kims Richtung.

»Du kannst es ruhig sagen. China Girl gehört zur Familie«, beschwichtigte ihn Pit.

»Die Wilde Hilde hat mich zur Schnecke gemacht. Sie behauptet, ich hätte ihr Sand abgeliefert. Und zum zweiten Mal stand auf der Probe dein Name. Sie will den Fall melden und nicht eher ruhen, bis du eine Abmahnung bekommst.«

»Sand?«

»Sand. Ich habe Hilde überredet, beide Proben auf ihre chemische Zusammensetzung und auf Mikroben untersuchen zu lassen. Die Kosten will sie dir sowieso aufs Auge drücken.«

Pit starrte erst Elias, dann Kim und schließlich wieder Elias an. »Welcher Idiot streut uns da ständig *Sand* ins Getriebe?«

»Ich fürchte, die Erklärung ist nicht so einfach, Pit.«

»Ich kann die Wahrheit vertragen«, behauptete er. Zum Beweis seiner Belastbarkeit stellte er sich auf. Das heftige Ziehen in der Brust überspielte er mit einem schiefen Grinsen. »Und nun ...« Ihm blieb das Wort im Hals stecken.

An der Wand, die bis eben außerhalb seines Blickfeldes gelegen hatte, verschlossen gerade zwei Männer mit roten Jacken einen Zinksarg. Pit konnte noch erkennen, dass Katharina Nour darin lag. Kreidebleich. »W...was ...?«

Ein großer Mann mit Halbglatze betrat den Raum und kam auf ihn zu. Es war Kriminalhauptkommissar Fabian Gallus. Mit bitterböser Miene musterte er Pit. »Sie sind also von den Toten auferstanden, Herr Zuckmayer. Wie erfreulich!«

»Sieht wohl so aus. Was ist passiert?«, fragte Pit.

»Meine Kollegin, Frau Katharina Nour, wurde auf bestialische Weise ermordet. Das ist passiert.«

»Ermordet?« Er schüttelte verständnislos den Kopf. »Das verstehe ich nicht.«

»Was gibt es daran nicht zu verstehen? Die erste Leichenschau hier vor Ort spricht für sich: Ihr Kollege von der Gerichtsmedizin erklärte mir, Katharina sei nach fachgerechter Öffnung ihrer Hauptschlagader im Bauchraum verblutet. Alles sei sehr schnell gegangen, sagte er. Art und Ausführung der Tötung wiesen nach seiner Einschätzung auf profunde medizinische Kenntnisse hin.«

Pit blinzelte entgeistert. »Denken Sie etwa, *ich* hätte sie umgebracht?« Fassungslos schüttelte er den Kopf. »Frau Nour hat versucht, *mich* zu ermorden.« Er deutete auf seine Brust. »Zweimal hat sie auf mich geschossen.«

»Ich sehe nur eine Druckstelle.«

»Und die blutigen Löcher in meinem Poloshirt? Vorn und hinten? Wie erklären Sie sich die?«

»Das werden die weiteren Untersuchungen ergeben. Ich muss Sie vorläufig wegen des dringenden Tatverdachts festnehmen, Kriminaloberkommissarin Katharina Nour ermordet zu haben. Sie werden zunächst unter polizeilicher Aufsicht in einem Krankenhaus durchgecheckt. Wenn Ihnen nichts Ernstes fehlt, übernachten Sie in der JVA Moabit.«

»In der Justizvollzugsanstalt?«

»Untersuchungshaft hört sich freundlicher an.« Gallus belehrte Pit über seine Rechte und Pflichten als Beschuldigter. Als er die Handschellen hervorholte, erhob Kim Einspruch.

»Ich muss noch mal seinen Puls und Blutdruck messen. Wenn Herr Zuckmayer unter Schock steht, müssen wir ihn erst medikamentös versorgen.«

»Machen Sie schnell!«, knurrte Gallus und wandte sich einem Kollegen von der Spurensicherung zu.

»Ich habe sie nicht umgebracht«, raunte Pit seinen Freunden zu.

»Das weiß ich«, sagte Elias.

Kim nickte nur, während sie ihm die Druckmanschette des Blutdruckmessers anlegte.

Zweifelt sie an meiner Unschuld?, grübelte Pit.

»Woher hast du das gewusst?«, flüsterte sie beim Aufpumpen der Manschette.

»Was?«

»Tim Sonders erzählte mir beim Schichtwechsel, du hättest heute früh einem Mann vorausgesagt, seine Frau werde um drei Uhr sterben.«

»Ja. War vielleicht etwas vorschnell ...«

»Sie ist um Punkt drei gestorben«, unterbrach ihn Kim. »Woher hast du das gewusst?«

Die Mitteilung verunsicherte ihn noch mehr. »Zufall?«, schlug er vor.

»Sind Sie so weit?«, rief Gallus von der Flurtür herüber.

»Sofort«, gab Elias zurück. Er wandte sich an Pit und überraschte ihn mit einer Umarmung. Dabei flüsterte er ihm etwas höchst Verwirrendes ins Ohr.

»Du bist kein Mörder. Für das alles hier gibt es eine unglaubliche Erklärung. Wir müssen unbedingt darüber reden. Du bist in Gefahr …«

12

Wie eine schwarze Basaltfigur stand Enak am Rand des Hochhausdaches. Der Wind mühte sich vergeblich, sein pomadisiertes Haar zu zerzausen. Der Domenfürst war vor die Tür seines Penthouses getreten, um sich an der Nachtluft abzukühlen. Zorn ist ein schlechter Ratgeber, beruhigte er sich.

Verdrossen blickte er in die Tiefe hinab. Auf dem Potsdamer Platz tummelten sich einige Nachtschwärmer. Die Entfernung stutzt die Menschen dort unten auf das rechte Maß zusammen, dachte er. Die Zwerge bilden sich so viel auf ihr Können ein, auf ihre Zivilisiertheit, auf ihre Wissenschaft. Dabei wissen sie gar nichts! Sie entrüsten sich über Menschenfresser, die sich zum eigenen Überleben von ihresgleichen ernährten. Und gleichzeitig verleibten sich diese Kannibalen das Blut ihrer Artgenossen ein, um ihr jämmerliches Leben zu retten. »Welche Heuchelei!«, murmelte der Ahiman. Ein diabolisches Lächeln kräuselte seine Lippen. »Und so gereicht ihre Verblendung uns zum Nutzen.«

»Vater«, sagte eine leise Stimme hinter ihm.

»Zafirah!«, antwortete er und beobachtete weiter die menschlichen Ameisen. »Wie geht es deinem Knie?«

»Der Knochen wächst zusammen. Ich spüre kaum noch etwas.«

»Und Onyxia?«

»Ist auch schon auf den Beinen. Kahina war eine schlechte Kriegerin. Sie hat keine Hauptschlagader getroffen.«

»Unterschätze nie deinen Feind, Zafirah!«

»Die Verräterin ist tot, Vater. Und diesen Arzt sind wir auch fürs Erste los. Wir haben es so hingestellt, als hätte er den Verstand verloren und Kahina im Blutrausch umgebracht.«

Enak nickte gewichtig. »Aber wir ließen ihn am Leben. Sogar mich hat Kahina getäuscht. Mit ihrem Tod hat sie sein Leben gerettet.«

»*Was?*« Er hörte, wie Zafirah hinter ihm nach Luft rang. »Ich wünschte, sie würde wieder erwachen. Beim nächsten Mal ließe ich sie länger leiden.«

»Würdest du? Was hast du dabei empfunden, ihre Aorta zu öffnen? Hast du überhaupt etwas gefühlt, als sie den Großen Tod starb?« Enak drehte sich um und sah seiner Tochter unverwandt in die Augen. Sie zögert, stellte er fest. Vielleicht lernt sie doch noch Besonnenheit.

»Kahina hat versucht, auf Euch zu schießen, Vater. Sie hat den Großen Tod verdient. Niemand erhebt sich gegen den Ahiman. Es erfüllt mich mit Stolz, ihre Richterin gewesen zu sein.«

»Stolz?« Enak lachte leise in sich hinein. »Stolz. Welch hehres Wort! Mir genügte es schon, auf dich stolz zu sein. Zeig mir, dass du Enaks Tochter bist! Erklär mir, wie es sein kann, dass Pit Zuckmayer noch lebt.«

Der Ahiman beobachtete Zafirahs Grübeln und erwog, ihre Gedanken zu erforschen. Sie würde es merken, doch nicht wagen, ihn daran zu hindern. Nein, hielt er sich zurück. Sie ist meine beste Kriegerin, ist mir treu ergeben. Ihr gewisse Eigenarten zuzugestehen, ist nur recht und billig. Ich ertrage selbst diese grauenhafte Frisur, ihren Tribut an dieses singende Model Grace Jones. Nur Dummheit ertrage ich nicht. »Nun?«, drängte er ungeduldig.

»Er ist ein Domen«, erklärte Zafirah.

»Das war nicht schwer zu erraten. Nur – warum wissen wir nichts von ihm? Alle Domen brauchen regelmäßig den Trank der Hoffnung. Wir müssten ihn kennen.«

»Nicht, wenn er ein Bastard ist. Oder gar ein Titan.«

Enak entfernte sich von der Dachkante und blieb dicht vor seiner Tochter stehen. So war sie gezwungen, zu ihm aufzublicken.

»Ein *Titan?* Das hieße – Zekarias hat uns seine Existenz verschwiegen.«

»Was erwartet Ihr, Vater? Er war ein Verräter.«

»Ja«, knirschte Enak. »Wir sollten das Blut dieses Arztes gründlich untersuchen.«

»Schon erledigt.«

»Könnte er tatsächlich ein Mischling sein, Zafirah? Ein verbotenes Kind? Das hieße ja …« Der Ahiman rieb sich das Kinn.

»Kahinas Mutter hat ihre Tochter heimlich in Äthiopien zur Welt gebracht. Wieso sollten nicht andere Abtrünnige hier in Berlin ein Kind ohne Euer Wissen gezeugt und aufgezogen haben?«

»Das wäre Hochverrat!«, donnerte Enak. Es kostete ihn Mühe, sich zu beherrschen. Doch Zorn war ein schlechter Ratgeber. »Und trotzdem nicht ausgeschlossen«, fügte er hinzu. »Zekarias' Schwester könnte davon erfahren haben. Das würde erklären, was die Abhörmikrofone aus Zuckmayers Wohnung aufgefangen haben. Kahina hat sich ihm an den Hals geworfen wie eine Hure. Ob sie glaubte, er sei der Auserwählte?«

Zafirah riss den Mund auf. »Dann ergäbe alles einen Sinn! Sie schläft mit ihm, heftig und leidenschaftlich. Während ihr Blut in seinen Kreislauf gerät, verwandelt sie es mit der Kraft ihres Willens. Und der Prometheuskomplex erwacht. Zwar würde ihn das zu einem von uns machen, doch er wäre Wachs in den Händen dieser Verräterin gewesen.« Sie schüttelte den Kopf. »Zum Glück haben wir das verhindert.«

Enak starrte in die Augen seiner Tochter und drang in ihren Geist ein.

Sie rang nach Luft. »Und wenn Zekarias den Arzt schon vorher verwandelt hat?« Mit diesen Worten sprach sie aus, was er ihr eingegeben hatte.

Er nickte mit versteinerter Miene. »Bringt mir diesen Pit Zuckmayer!«

»Er sitzt im Gefängnis. Ihn da herauszuholen würde Aufsehen erregen.«

»Für meine vier besten Kriegerinnen sollte das kein Problem sein. Aber denkt daran: Kein Mensch darf je von den Domen erfahren! Geh jetzt und arbeite einen Plan aus. In der Zwischenzeit versuche ich aus Pit Zuckmayer das Versteck des Datenspeichers herauszukitzeln. In vierundzwanzig Stunden bringst du mir den Mann. Ist das nicht möglich, tötest du ihn. Wichtig ist nur eins: Wir brauchen sein Blut.«

13

Pit schreckte schweißgebadet hoch und riss die Augen auf. Die Dunkelheit ringsum fühlte sich an wie ein dichter schwarzer Sack, der ihm den Atem raubte. Dieser Ahiman hatte ihn wieder besucht. Im Schlaf. Er hatte nach dem USB-Stick gefragt und seinen Laserblick auf maximale Leistung eingestellt.

Orientierungslos sah Pit sich um und entdeckte über sich einen Hoffnungsschimmer: ein vergittertes Fenster. Jenseits davon zwang eine Mauer den Blick himmelwärts. Einige Sterne glitzerten dort oben. Es war eine mondlose Nacht. Pit schüttelte den Kopf. Was für ein Albtraum!

Du bist in Gefahr.

Die beunruhigenden Worte, die Elias ihm zugeflüstert hatte, hallten wie Sturmglocken in Pits Kopf. Eine Erklärung war sein Famulus ihm leider schuldig geblieben. Kommissar Gallus hatte Verdunkelungsgefahr gewittert, die Umarmung der Freunde jäh unterbunden und den Tatverdächtigen abgeführt. Seitdem quälte Pit die Angst, Opfer eines Anschlags zu werden. Kein Wunder, dass ihn Albträume plagten!

Im Krankenhaus war man überrascht gewesen über den kerngesunden Mann, den die Polizei da anschleppte. Seine Narben seien kaum noch zu erkennen, die Schussverletzung müsse uralt sein, konstatierte der diensthabende Arzt. Er stempelte Pit zum Simulanten ab und empfahl ihm eine Luftveränderung. »Sie gehören nach Moabit. Eine Schande für den ganzen Berufsstand sind Sie«, ereiferte er sich und rauschte ab zum nächsten Notfall.

»Ich sitze im Knast, Zelle eins drei drei«, flüsterte Pit. Nun war er hellwach. Zumindest hatte er seinen Anwalt anrufen dürfen, einen Sportskameraden, mit dem er einmal die Woche Basketball spielte. Als Rettungshelfer steht man ständig mit einem Fuß im Gefängnis. Vermeintliche Fehlentscheidungen bei einem Noteinsatz ziehen immer häufiger Klagen nach sich. Schon zweimal hatten Angehörige von Unfallopfern ihn der fahrlässigen Tötung bezichtigt. In beiden Fällen hatte ihn Simon Schäfer vor Gericht herausgepaukt.

»Klingt alles ziemlich verworren«, hatte der Strafverteidiger Pits Schilderung kommentiert und versprochen, seinen Klienten am nächsten Tag in der JVA zu besuchen.

Wo er recht hat, hat er recht, dachte Pit, ließ sich auf sein Bett zurücksinken und schloss die Augen.

Selten hatte Pit die Sonne so angeschmachtet. Er saß erst seit wenigen Stunden in U-Haft und fühlte sich wie ein im Käfig gealterter Vogel. Nach dem Frühstück durfte er sich im Hof die Beine vertreten. Es war ein sonniger Spätsommertag. Er schnupperte noch nicht lange die frische Morgenluft, als ein uniformierter Aufseher seinen Namen rief und ihn zu sich winkte. Es war kurz nach neun.

»Se haben Besuch«, erklärte der Schließer.

»Ah!« Pits Miene hellte sich auf. »Mein Anwalt.«

»Sollte ick je hinter schwedische Jardinen kommen, will ick ooch so eenen Anwalt.«

Pit wunderte sich. »Sieht er aus wie ein Miesepeter im Körper einer Stabheuschrecke?«

»Er?«, lachte der Wärter. »Is der etwa 'ne Transe? Ick dachte eher, Sara Nuru sei uff Besuch.«

»Wer ist Sara Nuru?«

»Na, die niedliche Äthiopierin mit der Kakaohaut aus *Germany's Next Topmodel.* Muss allerdings seit ihrem letzten Fernsehauftritt jewachsen sein. Die Schnecke is fast so jroß wie Sie. Jetzt kommn Se schon, Doktor! Nach ner Stunde muss ick die Süße wieder wegschicken. Mit der würd ick mir keene Minute enjehn lassen.«

Grübelnd folgte Pit dem Vollzugsbeamten in die Besuchszelle, einen schmucklosen, erschreckend engen Raum mit kahlen Wänden, einem Tisch, auf dem Getränke standen, vier Stühlen und Glasbausteinen an einer Seite. Unter der Decke hing eine Kamera, an der ein rotes Lämpchen leuchtete. Darunter stand ein Engel.

Pit blieb wie angewurzelt an der Tür stehen. Er hatte selten etwas Schöneres gesehen als diese junge Frau. Sie war etwa Mitte zwanzig und ähnelte entfernt Katharina Nour: samtig braune Haut, große schwarze Augen, schlanke Statur, hoher Wuchs ... Ihr ernstes Gesicht war weicher, stellte er fest, das Kinn ein wenig spitzer. Etwas Katzenhaftes lag in ihren schräg stehenden Augen. Daraus musterte sie Pit mit neugierigem Blick, so als frage sie sich, ob er eine Gefahr darstellte oder eine Beute war.

»Hab ick Ihnen zu viel versprochen?«, fragte der Schließer grinsend.

Pit ging auf die Bemerkung nicht ein. Wie gebannt starrte er die Frau an. Er hatte sie schon einmal gesehen, wenn auch nur in Schwarz-Weiß. Jetzt – live und in Farbe – entfaltete ihre flippige Erscheinung erst die volle Wirkung. Auf dem Monitor im Büro von Siggi Ehrlich war ihr krauses Haar ebenfalls mit unzähligen bunten Haarspängchen um den Kopf drapiert gewesen. Sie trug offenbar auch dieselben schwarzen Stiefel, dieselben blutroten, duftig leichten Pumphosen mit der dazu passenden Zipfelbluse und der schwarzen Jacke, die ebenso gut ein Seidenponcho sein mochte. Ihr extravagantes Aussehen passte durchaus zu einem Fotomodell oder einer Künstlerin ...

Der Aufseher räusperte sich. »Also, denken Se an die Besuchsrejeln: eene Stunde, keene Sauereien, jeder behält für sich, wat a bei sich trägt. Allet klar?«

Pit betrat wie unter Trance die Zelle. Während hinter ihm die Tür abgeschlossen wurde, kam ihm die Besucherin entgegen. Sie reichte ihm die Hand. »Ich bin Nasrin Nafil.«

Insgeheim zählte er ihre Finger. Mehrmals. Es blieben fünf. Erleichtert schlug er ein. »Meinen Namen kennen Sie ja.«

»Nich anfassen, nich knutschen, keen Jeschlechtsverkehr«, knarrte es aus einem Lautsprecher minderer Güte.

Pit ließ die Hand rasch wieder los. »Was führt Sie zu mir?«

»Sie kannten meinen Bruder. Er war genau dreiunddreißig Zentimeter größer als ich – bis er seine Beine verlor.« Ihre Stimme klang wie Samt.

»Sie sind seine Schwester?«, fragte er überrascht.

Sie nickte ernst.

»Es tut mir so leid. Ich kann nachempfinden, wie Sie sich fühlen. Mir ist im letzten Jahr selbst …« Er schluckte. Sein Blick verschleierte sich hinter Tränen. Reiß dich zusammen, Pit!

Nasrin Nafil wirkte verunsichert. Kein Wunder, dachte er. Ärzte, die so dicht am Wasser gebaut sind, trifft man nicht oft. Sie deutete zum Tisch. »Wollen wir uns nicht setzen? Man hat mir erlaubt, für uns ein paar Getränke zu kaufen. Möchten Sie Cola, Selters oder Kaffee?«

»Wasser. Danke.« Er rückte sich einen Holzstuhl zurecht und ließ sich darauf nieder. Wie gebannt beobachtete er Nasrin Nafil. Sie strahlte eine natürliche Anmut aus, der er sich nicht entziehen konnte. Ihre Haut war heller als die von Zekarias.

Die hochgewachsene Grazie nahm ihm gegenüber Platz, die Überwachungskamera im Rücken, und schenkte ihm Wasser ein. »Sie fragen sich, ob ich echt bin«, setzte sie die Unterhaltung fort. Sie schob ihm den Becher über den Tisch zu.

»Äh … Wie meinen Sie das?« Er griff nach dem Pappgefäß und nippte daran.

»Weil ich anders bin als mein Bruder. Er hatte sechs Finger an jeder Hand, ich nur fünf. Bei meinen Zehen ist es genauso. Soll ich Sie Ihnen zeigen?« Sie machte Anstalten, sich den rechten Stiefel auszuziehen.

»Schtrippties is ooch vaboten«, schnarrte es aus dem Off.

Verwirrt blinzelte Pit zu dem Lautsprecher an der Wand hinüber. Gleich darauf musterte er wieder die junge Dame, an der ihm allmählich nicht nur die Kleidung verrückt vorkam. »Hexadaktylie wird autosomal dominant vererbt«, sagte er, um das Gespräch auf eine sachliche Ebene zurückzuführen. »Wenn sie bei einem Ihrer Eltern auftrat, hatten Sie eine Fifty-fifty-Chance, das Syndrom zu bekommen.«

Ein zartes Lächeln huschte über ihr Gesicht. »Machen Sie das absichtlich, oder ist das eine Berufskrankheit?«

»Was?«

»Den Arzt raushängen lassen.«

»Verzeihung. Ich versuche zwar immer, mich allgemein verständlich auszudrücken, aber bisweilen geht mir der Gaul durch ...« Er schloss den Mund, um den Schwall von Unsinn zurückzuhalten, der gerade aus ihm hervorsprudelte. Nichts verunsicherte ihn so immens wie die Gegenwart einer schönen Frau. Und die verrückte Nudel auf der anderen Seite des Tisches hatte das Potenzial, ihn in den Wahnsinn zu treiben. Er schüttete sein Wasser hinunter wie Wodka und drückte innerlich die Reset-Taste.

»Ihr Bruder«, begann er von vorn, ruhig und einfühlsam. »Er hat mir erlaubt, ihn Zekarias zu nennen. Ich sah, wie er mit Ihnen sprach, bevor ... es passierte.«

Überrascht beugte sich Nasrin Nafil vor und legte eine Hand auf den Tisch. »Sie haben das *gesehen?* Wie ...?«

»Im U-Bahnhof hängen Überwachungskameras. Die Bilder werden zentral aufgezeichnet«, antwortete Pit, während er ihre schmalen Fingernägel bewunderte. Sie waren recht kurz, aber sauber manikürt. Im roten Nagellack glitzerten Strasssteinchen. »Ich habe Sie in einem der Videos gesehen, Frau Nafil.«

»Wenn mein Bruder für Sie Zekarias ist, dann bin ich Nasrin.« Sie lehnte sich auf ihrem Stuhl zurück und streckte die langen Beine aus. »Das mit den Kameras hätte ich mir auch denken können. Und was Sie sagen, stimmt: Ich flehte Zekarias an, von den Gleisen runterzukommen. Er hat auf stur geschaltet. *Mir wird nichts geschehen,* sagte er. Dieser Idiot!«

Pit sah Tränenglitzern in ihren Augen. Sie war wie Kim: nach außen tough, nach innen verletzlich. Er dachte über ihre Worte nach. »Wie kann er das gemeint haben? Niemand, der noch am Leben hängt, stellt sich einem Zug in den Weg.«

Sie schnaubte. »Sie haben ja keine Ahnung!«

Es schien, als redeten sie in zwei unterschiedliche Sprachen –

Pit verstand kein Wort. »Nur fürs Protokoll: Zekarias hatte gar nicht vor, sich umzubringen?«

»Mein Bruder? Nie! Ich nehme an, er wollte nur Kontakt aufnehmen.«

»Mit dem Zug?«

»Mit Prometheus. Oder einem, der ihn kennt.«

»Wer soll das sein?«

»Prometheus war der Typ, der den Göttern das Feuer klaute.«

Jetzt stand für ihn fest, dass sie durchgeknallt war. »Ihr Herr Bruder wollte wohl kaum einen Titanen kontaktieren. Das waren Abkömmlinge der Götter …«

»… und Riesen. Wie groß sind Sie, Pit?«

»Zwei Meter und zwei. Was hat das damit …?« Er stockte. »Sie denken doch nicht, er hat das Zugunglück inszeniert, um *mich* zu treffen?«

»Ehrlich gesagt weiß ich das nicht. Deswegen bin ich hier.« Nasrin schenkte ihm wie selbstverständlich von dem Wasser nach. »Hat er Ihnen irgendetwas mitgeteilt oder gegeben, bevor …?« Auch sie brachte das Schreckliche nicht über die Lippen.

Pits Augen schnurrten zusammen, und er musterte argwöhnisch die geheimnisvolle Schöne jenseits des Tisches. Hatte ihm der Ahiman nach Katharina eine noch verführerischere Spionin geschickt? Sollte er ihren Reizen erliegen und sich ihr rückhaltlos ausliefern – den USB-Stick inbegriffen?

Nasrin sagte etwas, doch er hörte es nicht. Sie bewegte nur die Lippen.

Er runzelte die Stirn. Was bezweckte sie damit? War das ein Spleen?

Sie wiederholte ihre stumme Mitteilung.

Ich?, überlegte Pit. Ja! Das erste Wort war *ich*. Mal sehen, wo das Spiel hinführte. Katharina hatte ihm von den Domen erzählt. Vielleicht verriet ihm Nasrin etwas über Zekarias' Blutdossier. Er führte den Becher zum Mund und sah sie über den Rand hinweg fragend an.

Ihre große Augen rollten nach rechts oben, um ihn an die Überwachungskamera und das Mikrofon zu erinnern.

»Es tut mir leid. Ihr Bruder ist mir, wie man so unschön sagt, unter den Händen weggestorben«, beantwortete er ihre letzte Frage. Er beugte sich vor und deutete auf ihren sinnlichen Mund. »Ich glaube, Sie haben da etwas zwischen den Zähnen.«

Ein Blitzen in ihren Seelenspiegeln, diesen betörenden Augen, signalisierte ihm: *Ich habe verstanden.* »Wo?«, fragte sie und tat so, als stochere sie mit den Fingern im Mund herum. In Wahrheit schirmte sie ihre Lippen nur gegen die Kamera ab und wiederholte ihre Mitteilung, diesmal hauchte sie die Worte.

»Ich hole Sie hier raus.«

Ihm war, als hätte sie ihm einen Kübel Eiswasser übergeschüttet. »Ein Stückchen weiter oben«, sagte er benommen. Flucht? Wollte sie ihn tatsächlich zur Flucht aus der U-Haft bewegen? »Wie wollen Sie ... äh ... *das* nur herauskriegen?«, erkundigte er sich, darauf hoffend, dass sie seinen Code verstand.

»Ich habe ... gewisse Möglichkeiten«, antwortete Nasrin, während ihr eine halbe Hand im Mund steckte.

»Also, ich vertraue meinem Anwalt ... äh ... ich wollte sagen, Zahnarzt. Der holt jeden ... Fremdkörper raus.«

Sie nahm die Hand aus dem Mund, was ihre Verständlichkeit phänomenal verbesserte. »Und was machen Sie in einem Notfall? Wenn Leben auf dem Spiel steht?«

Er blinzelte verwirrt. »Weil mir etwas zwischen den Zähnen klemmt?«

Sie verdrehte die Augen zur Decke. »Es kommt immer darauf an, wer einen plagt. Haben Sie Ahimanfüllungen?«

Sie hatte den Namen oder Titel des Giganten undeutlich ausgesprochen. Der Vollzugsbeamte im Kontrollraum würde denken, sie spräche von *Amalgam.* Selbst so verstümmelt trieb das Wort noch Pits Puls in die Höhe. »Ahiman?«, wiederholte er nuschelnd.

Nasrin nickte bedeutungsvoll. »Das quält einen sogar im Schlaf. Und dann bringt es einen um.«

Bei dem letzten Wort zuckte er unwillkürlich zusammen. Wollte sie ihn vor einem Anschlag warnen. »Wie würden Sie ... *es* denn herausholen?«

Ihre Hand verschwand erneut im Mund. »Haben Sie kürzlich an sich irgendetwas Ungewöhnliches beobachtet? Vorgänge, die Ihnen rätselhaft erscheinen oder … übernatürlich?

Er trank hastig einen Schluck aus seinem Becher. »Ich glaube nicht an die Zahnfee.«

»Hören Sie die Gedanken anderer Menschen?«

»Jetzt ist aber gut! Ich bin völlig gesund.«

»Oder verheilen Wunden bei Ihnen rasend schnell?«

»Ich weiß nicht, was das mit Zahnhygiene zu tun hat«, wich er ihrer Frage aus und deutete auf die Schramme in seinem Gesicht.

Sie beugte sich vor und legte ihre Hand an seine verletzte Wange. Als er ihre Wärme spürte, kam es ihm vor wie ein Déjà-vu.

Der Lautsprecher an der Wand knackte. »Finger weg! Abstand halten! Und wenn ihr zwei Täubchen noch wat anderet als Zähneputzen zu beturteln habt, dann macht hinne! Die Zeit läuft.«

Nasrin lehnte sich zurück und deutete mit dem Kinn auf Pits Wange. »War das mein Bruder? Ist etwas von seinem Blut in die Wunde geraten?«

»Woher wissen Sie …? Sie waren im Bahnhof! Da haben Sie alles beobachtet.«

»Nein. Ich bin kurz nach dem Unglück geflohen. Und was Ihre Verletzung betrifft – sie heilt langsamer als andere Wunden, weil einer der *Domen* sie Ihnen zugefügt hat. Sagt Ihnen dieses Wort etwas?«

Ihm rann es kalt den Rücken hinunter. Er presste die Lippen zusammen.

Sein Schweigen war Nasrin Antwort genug. Sie nickte verstehend. »Bitte denken Sie noch mal nach: Ist Ihnen nach Zekarias' Tod wirklich nichts Ungewöhnliches aufgefallen?«

»Nun ja«, druckste er herum. »Ich spüre Gefahr, bevor sie greifbar wird.«

»Wie bei Zekarias«, bestätigte sie nickend. »Noch etwas?«

»Gestern früh habe ich einem Mann gesagt, seine Frau werde um drei Uhr sterben. Und so kam es auch.«

»Mein Bruder besaß dieselbe Gabe. Ist das alles?«

Pit fasste sich an die Stirn. Ihm schwirrte der Kopf. »Sein und mein Blut verwandeln sich außerhalb des Körpers in schwärzlichen Sand.«

Nasrin beugte sich vor, faltete die Hände über dem Tisch und sah ihm tief in die Augen. »Wissen Sie, was ich glaube? Sein Blut hat Sie in einen Domen verwandelt. Ja, so muss es gewesen sein: Das Zusammentreffen zwischen meinem Bruder und Ihnen war kein Zufall. Er ist vor den Zug gesprungen, damit Sie zu ihm kommen und er Sie unauffällig verwandeln kann.«

»Da bin ich aber froh, dass er es nicht auffällig getan hat!«

»Und er hat Ihnen gar nichts gegeben?«

Pit schluckte. »Hätte ich etwas von Zekarias bekommen, könnte ich es seiner Schwester kaum vorenthalten.«

Unvermittelt stocherte sich Nasrin wieder im Mund herum. »Es muss raus«, klagte sie in deutlich verzweifelterem Ton. »Der Ahiman kennt keine Gnade. Es bringt einen im Traum um.«

Pits Hand fühlte sich plötzlich feucht an. Blut!, schoss es ihm durch den Kopf. Doch es war nur Wasser. Er hatte den Pappbecher zerquetscht. »Ich habe auch ... Ahiman«, nuschelte er. »Seit zwei Nächten. Wie werde ich es los?«

»Schon zweimal?« Sie war darüber sichtlich beunruhigt. »Dann muss es noch heute Nacht heraus, bevor der Schlaf kommt.«

»Und wie?«

»Sand.«

Ein zweiter imaginärer Eiskübel entleerte sich über ihm. Sand? »W...was für Sand?«, stammelte er.

Sie zog die Hand aus dem Mund. »Haben Sie Ihre Zähne noch nie sandstrahlen lassen?«

»W...wie?« Er hatte gerade den Schlüssel zum Code verloren.

Nasrin lächelte geheimnisvoll. »Vertrauen Sie mir. Der Sand wird Sie befreien.«

14

Die beiden Beamten der Justizvollzugsanstalt Moabit waren überrascht, als in ihrer Wachstube ein Sandsturm ausbrach.

»Wat is denn det?«, hustete der Diensthabende.

»Na wat schon?«, keuchte sein Kollege. »Seit se die Klimaanlage repariert haben, spinnt die doch ständig.«

»Ruf ma den technischen Dienst an! Die sollen sofort eenen vorbeischicken.«

Die Hand, die nach dem Telefonhörer griff, erstarrte jäh.

Im Sandsturm erschienen vier menschliche Umrisse. Sie verdichteten sich binnen weniger Augenblicke zu vier hünenhaften Gestalten. Und diese wiederum verwandelten sich in vier erschreckend schöne Frauen.

Schon Karneola, Methysta und Onyxia waren machtvoll und konnten sich samt ihrer Gewandung und den Waffen verwandeln. Enaks Tochter übertraf sie alle in Kraft und Vielfalt der Talente. Deshalb beendete sie auch als Erste die Metamorphose.

Die beiden Schließer starrten sie an wie eine Fata Morgana. Sie hatte dieses ungläubige Entsetzen schon oft gesehen. Zafirah funkelte die Wächter nur kurz aus ihren dunklen Augen an. Sie keuchten, griffen sich an die Brust und fielen tot um.

Den *bösen Blick* hatte sie von ihrem Vater geerbt. Zum Glück, dachte Zafirah. Die Anführerin von Enaks Leibgarde hatte beschlossen, es auf die altmodische Art zu machen. Auf die Domenart. Zweifellos müsste sie später ihrem Vater dafür Rechenschaft ablegen.

Ich habe mich ernsthaft bemüht, es unauffälliger anzustellen, ging sie in Gedanken noch einmal ihre Verteidigung durch. Aber dieser Knast ist das größte Untersuchungsgefängnis Deutschlands. Die Sicherheitsvorkehrungen zu knacken, hätte tagelange Vorbereitungen erfordert. Ihr habt uns jedoch nur vierundzwanzig Stunden gewährt, ehrwürdiger Ahiman. Und die waren fast um. Zafirah fand ihre Argumentation ziemlich überzeugend.

»Sieh nach, ob es hier Überwachungskameras gibt, Onyxia! Falls ja, müssen wir die Speicher für die Videodaten finden und zerstören.«

»Schon erledigt«, antwortete die aus Indien stammende Kriegerin. Sie bewegte sich so geschmeidig wie eh und je. Dabei hatte Kahina ihr gestern erst das Rückenmark zerschossen.

Zafirah nahm den toten Aufsehern die Schlüssel, Codekarten und Waffen ab.

»Keine Spione«, meldete Karneola. Sie hatte spanisch-arabische Wurzeln und war mit knapp zweihundert Jahren die älteste der vier Leibwächterinnen des Ahiman.

Zafirah kontrollierte ihren Chronografen: In zwei Stunden brauchte sie den *Trank der Hoffnung*. Er hemmte die Alterung ihrer Zellen. Ohne diese Krücke würde sie binnen Kurzem vergreisen und sterben. Für die Lösung des Problems Pit Zuckmayer reichte die Zeit allemal. Er musste sterben. Sollte Zekarias den Mann tatsächlich in einen Domen verwandelt haben, dachte sie, kann er selbst mir gefährlich werden. Wozu das Risiko eingehen, wenn ein paar Tropfen seines Blutes auch genügen?

»Nehmt Maß bei den zwei toten Zwergen!«, befahl Zafirah ihren Kameradinnen. »Drei von euch spielen die Gefängniswärter. Ich bin eure Gefangene.«

Karneola, Methysta und Onyxia modellierten die Materie ihrer Körper um. Rasend schnell veränderte sich dabei ihr Aussehen. Sie schrumpften, vermännlichten, alterten. Ihre Ledermäntel verwandelten sich in Uniformen von Schließern, die Domenwaffen in Gürtel, Handschellen und Schlagstöcke. Zur Sicherheit nahmen sie die echten Pistolen der Getöteten mit – bei einer Geistformung gab es keine Garantie, ob alles so gut funktionierte, wie es aussah.

Zafirah beschränkte sich auf einige wenige kosmetische Korrekturen. Ihre androgyne Erscheinung machte es ohnehin schwer, ihr Geschlecht zu bestimmen. Domen ihres Kalibers konnten mit jedem Gegenstand verschmelzen – die Kleidung inbegriffen. Daher kostete es sie nur eine kleine Willensanstrengung, und ihre Garderobe hatte sich in einen blauen Overall verwandelt. Nun sah sie aus wie ein hochgeschossener Monteur. Oder Einbrecher. Selbst die Handschellen, die sie sich anlegte, waren falsch.

Die vier Domenkriegerinnen drangen tiefer in den Gebäudekomplex ein. Ihre Tarnung war perfekt: Drei Aufseher liefern einen riesigen, extrem gefährlichen Häftling ein, den kein Polizeirevier auch nur eine Nacht lang bei sich haben will. Im U-Haft-Flügel konnten weit über tausend Untersuchungsgefangene gleichzeitig einsitzen. Eine der schwierigsten Aufgaben hatte darin bestanden, unauffällig die Nummer und Lage der richtigen Zelle herauszufinden. Keine Spur durfte zu Enak führen, dem ehrenwerten, millionenschweren Geschäftsmann aus Saudi-Arabien, wie alle Welt glaubte.

Plötzlich spürte Zafirah eine Erschütterung im Gefüge von Zeit und Raum. »Jemand formt die Materie um«, zischte sie wütend.

»Ich fühle es auch«, kam Onyxias Stimme von links. Und von der anderen Seite brachte sich die schlaue Karneola ein.

»Entweder hat der Arzt gerade seine Geistesgaben entdeckt, oder es gibt noch andere Domen hier.«

»Planänderung!«, stieß Zafirah hervor. »Haltet die Tarnung aufrecht, aber *beeilt euch!*«

Die spätere Auswertung der Überwachungsvideos durch die im Mordfall der beiden Wachleute ermittelnden Beamten würde einen überraschenden Stimmungsumschwung bei dem riesenhaften schwarzen U-Häftling ergeben. Weiter hieß es in dem Bericht:

Er löste sich spontan von seinen Bewachern und rannte wie von Sinnen den Gang entlang. Dem Anschein nach konnte er es gar nicht abwarten, in seine Zelle (Nr. 133) zu gelangen.

Bevor die drei Schließer ihn einholten, hatte er sich bereits gegen die Zellentür geworfen. Eine solche muss gemäß den geltenden Vorschriften körperlichen Attacken mühelos standhalten. Der vorliegende Fall wird zweifellos zu einer Reform der bisherigen Grenzwerte führen. Dem riesenhaften Gefangenen hatten drei Versuche genügt …

Einmal mehr war Zafirah die Erste. Sie warf sich mit aller Kraft gegen die Zellentür. Diese war zum Gang hin zu öffnen und mit schweren Eisenbändern gesichert. Sie mit schierer Körperkraft aufzurammen schien völlig ausgeschlossen. Die Kriegerin wusste nichts davon, deshalb versuchte sie es trotzdem. Das Holz knirschte.

Natürlich hätte Zafirah warten können, bis ihre Kameradinnen mit dem Schlüssel kamen. Aber dann war es vielleicht schon zu spät. Sie spürte – in der Zelle walteten Kräfte, die sich nur mit der Anwesenheit von Domen erklären ließen. Das konnte zweierlei bedeuten: Entweder floh Pit Zuckmayer mithilfe eigener Geistesgaben, von denen er bislang wohl nichts wusste, oder ein Rebell half ihm dabei. Keine der beiden Möglichkeiten durfte gelingen.

Wütend warf sich Zafirah abermals gegen die Barriere. Das Mauerwerk der Türeinfassung bröckelte. Der Jähzorn vernebelte ihren Verstand, sonst hätte sie sich anders Zutritt verschafft. »Ich muss da jetzt rein«, knurrte sie und nahm Anlauf zum dritten Versuch. In diesem Moment trafen ihre Kameradinnen in den Körpern der bierbäuchigen Kerkermeister ein.

»Hier ist der Schlüssel!«, rief Karneola und reckte diesen in die Höhe.

Zafirah nahm den nützlichen Hinweis nicht wahr. Sie rannte bereits wie ein schnaubender Stier auf die Tür zu, krachte dagegen und brach sie samt den Armierungen aus dem Mauerwerk. Keuchend starrte sie in die Zelle. Da war nichts als Staub.

15

Das Gefängnis kam Pit unheimlich still vor. Kaum ein Geräusch drang in die Zelle, obwohl er das Fenster angekippt hatte. Es war kurz nach Mitternacht. »Nicht einschlafen!« Immer wieder redete er zu sich selbst. Die Müdigkeit hing ihm wie Blei in den Gliedern. Seine Träume öffneten dem Ahiman Tür und Tor. Nasrin hatte ihn unmissverständlich davor gewarnt. Und auch Elias war besorgt um ihn gewesen, als wisse er mehr, als er hatte sagen können.

Du bist in Gefahr.

Pit schwang die Beine aus dem Bett. Bis auf Schuhe und Strümpfe war er voll bekleidet. Bereit zur Flucht. Am Nachmittag hatte ihn Simon besucht. Wie meistens war sein Anwalt schlecht gelaunt. Er hatte sich Pits Version der Ereignisse des vergangenen Abends angehört. »Riesige sechsfingrige Migranten haben deine Wohnung gestürmt, und du bist erschossen worden, bevor du jemandem ein Haar krümmen konntest«, hatte er gesagt. »Na prima! Jetzt müssen wir deine Story nur noch beweisen, und du bist ein freier Mann.«

Zugegeben, dachte Pit, die Geschichte klingt ein wenig unglaubhaft. Er stemmte sich aus dem Bett hoch und trat ans Fenster. Diese Nacht erschien ihm noch düsterer als die vergangene: kein Mond, keine Sterne, kein Leben. Nur wenige Konturen seiner kargen Zelleneinrichtung malte der rötliche Widerschein der Stadtlichter ins Dunkel.

Die Finsternis schärfte Pits Sinne. Ein Geräusch sickerte in sein

Bewusstsein. Es war ein leises Rascheln oder Knistern oder … Es fiel ihm schwer, dem kaum wahrnehmbaren Laut einen Namen zu geben. Er wandte sich dem Raum zu. Aus dem Kohlenkellerschwarz hob sich das Grafitschwarz seines Lagers, des winzigen Tisches, des Stuhles und des Waschbeckens an der gefliesten Wand ab. Was sollte da zischen? Strömte vielleicht irgendwo Gas aus? Sarin und andere Nervengase waren völlig geruchlos.

Du bist in Gefahr.

Pit vermochte sich nicht länger gegen den Gedanken zu wehren. Sein Herzschlag beschleunigte sich mit der Anzahl unerfreulicher Erklärungsvorschläge, die sein Gehirn abfeuerte. Eine Giftschlange war, vom Sarin abgesehen, die beunruhigendste Option. Er hasste Schlangen, hatte eine regelrechte Schlangenphobie.

Bei der Vorstellung, eins der Reptile könne da in der Dunkelheit lauern, wich er unbewusst zurück. Er stieß mit dem Rücken an die Wand. Unter den Sohlen spürte etwas Weiches.

Seine Füße standen in Sand.

Was um alles in der Welt hatte das zu bedeuten? Draußen wehte allenfalls ein leichtes Lüftchen. Trotzdem blies etwas weiteren Nachschub durch das gekippte Fenster herein. Und vom schmalen Sims aus rieselten die Körnchen dann auf den Boden. Pit musste unwillkürlich an Nasrin Nafils rätselhafte Worte denken. *Der Sand wird Sie befreien.* Er bückte sich und ließ seinen gestaltlosen *Befreier* durch die Finger rieseln. Es war ein seltsames Gefühl. Irgendwie … lebendig, dachte er, und zugleich wie feiner Zucker.

Argwöhnisch trat Pit von der Wand zurück, erst einen, dann einen weiteren Schritt. Die Zelle war so klein, dass er damit fast schon in der Mitte des Raumes stand. Die Zufuhr an Sand wollte kein Ende nehmen. Schließlich türmte sich ein ganzer Haufen unter dem Fenster.

Und plötzlich bewegte sich der Sand. Er wirbelte in die Höhe, zischte lauter und verdichtete sich. Was im Dunkeln zunächst nur einer Säule glich, bildete rasch Konturen aus: sanfte Schwünge, lange Beine, üppige Hüften, eine schmale Taille, weniger üppige

Brüste, gerade Schultern und einen selbstbewusst erhobenen Kopf. Ihr Haar trug sie nun offen, es umflammte ihr Haupt wie eine Löwenmähne.

»Du wirkst überrascht«, sagte die Stimme von Nasrin Nafil aus der Dunkelheit.

Er starrte sie an wie *die Venus, die geboren wird*, mit den Lüftchen und Winden, die sie auf die Erde bringen. So hatte Maja einmal das berühmte Bild Botticellis beschrieben, an das Pit unwillkürlich denken musste.

»Bist du bereit?«, versuchte Nasrin ihn abermals aus dem Schockzustand zu befreien.

Er schüttelte den Kopf. »Nein. Das ist physikalisch unmöglich.«

Sie stöhnte. »Lässt wieder den Arzt heraushängen, was?«

»Ich muss träumen.«

»Hoffentlich ist der Traum angenehmer als das, was der Ahiman dir zugemutet hat.«

»Viel angenehmer!«, antwortete er wie aus der Pistole geschossen und räusperte sich verlegen. »Äh ... Aber warum hast du nichts an?« Ohne es zu merken, verfiel er in denselben vertrauten Ton, den auch sie angeschlagen hatte.

»Das erkläre ich dir später.« Sie streckte ihm die Linke entgegen. »Wir sollten gehen. Stell dir einfach vor, ich sei eine Patientin, die du durchchecken sollst.«

»Meine Patienten pflegen nicht als Sandhaufen zu erscheinen«, antwortete er kühl. Sein Blick wechselte zu ihrer Hand. Das alles roch ihm doch sehr nach der Großen Versuchung Teil zwei – die Venus machte dort weiter, wo Katharina Nour aufgehört hatte.

»Es tut nicht weh. Komm!«, hörte er sie säuseln. Ihre samtene Stimme klang ja so verführerisch!

Von draußen drang ein Geräusch herein. Pit fuhr herum. Ein schmaler Lichtstreifen sickerte unter der Tür hindurch. Im Zellengang hatte jemand die Beleuchtung eingeschaltet.

»Die Kriegerinnen kommen, um dich zu holen. Wir haben keine Zeit mehr«, drängte Nasrin.

Bevor er sich ihr wieder zuwenden konnte, hatte sie schon

seine Rechte gepackt. Er sträubte sich dagegen, doch ihr Griff war erstaunlich fest.

Schritte hallten durch den Gang, schwere Stiefel stampften über den Boden des Zellentraktes.

»Meine Macht reicht nicht aus, dich allein zu tragen. Du musst mir freiwillig folgen«, ächzte Nasrin.

Er wehrte sich immer noch. Die Schritte hatten seine Zelle erreicht.

Auf einmal war es still.

»Komm!« Nasrins Raunen klang zunehmend verzweifelt.

Plötzlich krachte es an der Tür.

Pit zuckte heftig zusammen. Er wandte sich zu Nasrin um und bekam gleich den nächsten Schreck.

Vom Kopf an abwärts verwandelte sie sich gerade in eine Sandwolke.

Abermals donnerte die Zellentür. Putz spritzte in den Raum.

Pit wählte das kleinere von zwei Übeln. »Ich gehe mit dir!«, rief er und schloss ergeben die Augen.

Sobald er seinen inneren Widerstand aufgegeben hatte, begann die Metamorphose: Sein Körper löste sich in Sand auf. Es fühlte sich an wie ein Bad in einem Ameisenhaufen – unter Vollnarkose. Er spürte die Lyse zwar, doch Nasrin hatte die Wahrheit gesagt: Es tat nicht weh. Die zwei vereinten sich zu einem schwarzgrauen Sandsturm und wirbelten zum Fenster in die Nacht hinaus.

Bei Zafirahs drittem Versuch flog die Tür aus den Angeln.

16

Der Sandschleier trieb über die Dächer Berlins hinweg wie eine verirrte Wolke. Wohl niemand nahm von ihm Notiz – er war zu unscheinbar. Das gefiel Pit. Er hatte sich als kleiner Junge oft eine Tarnkappe gewünscht. Sich einmal unerkannt zwischen Erwachsenen zu bewegen und ihre Gespräche zu belauschen – davon hatte er geträumt. Nun hätte er es tun können, wäre Nasrin Nafil nicht gewesen. Sie blieb während der Flucht immer bei ihm, um ihn herum und sogar in ihm.

Wie das mit den Sinnen und dem Bewusstsein funktioniert, nahm Pit sich vor, muss ich sie unbedingt fragen. Er hatte weder Augen noch Ohren, weder Nase noch einen Tastsinn, und trotzdem nahm er seine Umgebung wahr. Sein Verstand arbeitete ebenfalls weiter. Und hätte seine Führerin ihn gelassen, wären wohl auch Richtungswechsel kein Problem gewesen.

So aber steuerten sie zielstrebig auf einen Backsteinbau in der Moabiter Turmstraße 21 zu. Pit kannte das zweistöckige T-förmige Gebäude noch aus seiner Studienzeit. Es lag hinter dem Institut für gerichtliche Medizin der Charité Berlin, in dem Nasrins toter Bruder versandet war.

Die Wolke fand ihren Weg durch ein defektes Rundbogenfenster ins dunkle Innere des leer stehenden Hauses. Es war nur eins von vielen breiten Lichteinlässen in dem ausgedehnten hohen Saal. Früher hatte man hier in großem Stil gekocht. Über einem riesigen verbeulten Edelstahlherd wirbelte die Sandwolke noch einen Moment lang herum. Dann formten sich aus den schwarzgrauen Körnchen wieder zwei eigenständige Körper – der eine kam diesseits, der andere jenseits des Herdes zum Stehen. Dieses Arrangement hatte Nasrin wohl mit Rücksicht auf sein Schamgefühl gewählt – denn Pit war splitterfasernackt.

Erschrocken bedeckte er seine Blöße mit den Händen.

Nasrin kicherte. »Für einen Arzt bist du ziemlich verklemmt.«

Durch die großen Fenster drang erschreckend viel Licht in den Raum, viel mehr als zuvor in seine Zelle. Daher blieben Pit die vollendeten Formen der dunkelhäutigen Schönheit nicht verborgen. Rasch kniff er die Augen zu. »War das unbedingt nötig gewesen?«

»Dir gleich beim ersten Date die Kleider vom Leib zu reißen?« Sie kicherte erneut, wurde aber sofort wieder ernst. »Glaub mir, ich hätte dir das erspart, wäre ich dazu fähig gewesen. Leider kann ich als Bastard nur unsere Körper umformen und bestenfalls ein paar Zahnfüllungen. Ich hätte dich fragen sollen, ob du einen Herzschrittmacher trägst. Der wäre nämlich auch zurückgeblieben.«

»Den hab ich letzte Woche bei eBay vertickt.« Pit erschrak. Versuchte er gerade Sympathiepunkte bei einer Traumfrau zu sammeln? Reiß dich zusammen, sei auf der Hut!, ermahnte er sich.

»Du kannst ja sogar witzig sein«, staunte Nasrin.

»Wenn ich erst mal was anhabe, bin ich ’ne richtige Spaßkanone.«

Sie deutete nach links. »Hinter dir steht eine Kiste. Ich habe dir ein paar Anziehsachen besorgt. Ist im Preis für die Fluchthilfe mit inbegriffen. Hoffentlich passen die Klamotten.«

Pit fand in der Kiste abgewetzte Jeans, ein ausgefranstes mintgrünes Sweatshirt und zerschlissene Sportschuhe aus blauem Stoff und weißem Gummi. Einen viel zu knappen Slip gab es auch. Auf Socken hatte seine Fluchthelferin verzichtet. Die Kleidungsstücke passten wie angegossen. »Todschick«, brummte er. »Hast du einen Altkleidercontainer überfallen?« Er wagte einen Seitenblick zur anderen Seite des Herdes.

Nasrin streifte sich gerade einen weichen roten Wollpullover über – von BHs hielt sie augenscheinlich nichts. »Die Sachen sind nagelneu. Extra für dich gekauft«, protestierte sie. Während sie ihre Mähne mit einem Haargummi zusammenfasste, trat sie hinter dem Herd hervor. Jenseits des Bauchnabeläquators kam eine schwarze Hose zum Vorschein, die oben eng und an den Beinen weit geschnitten war. Dazu trug sie rote Ballerinas.

Pit riss sich von dem atemberaubenden Anblick los und zupfte an seinem Schlabbershirt. »Alle Achtung! Bist wohl in der Modebranche.«

»Ja. Ich bin Model: Foto, Catwalk – das ganze Programm.«

»Hätte ich mir denken können.«

»Wieso?«

»Du bist … äh … so hübsch.«

Sie schmunzelte. »Danke.«

Er räusperte sich. »Hab nur ich so einen Mordsdurst, oder geht es dir genauso?«

»Das ist eine Nebenwirkung der Lyse. Der Körper verliert immer einige Mineralstoffe. Im Auto habe ich etwas zu trinken.«

»Ich kann's kaum erwarten.« Er schob die Unterlippe vor. »Sag mal, wie hast du das eben gemeint, du seist ein Bastard?«

»Maged, der Vater von Zekarias und mir, gehört dem Geschlecht der Domen an. Nardos Nafil, meine Mutter, ist eine Zwergin aus Eritrea.«

Er runzelte die Stirn. »Definiere *Zwergin.*«

»So nennen die Domen gewöhnliche Menschen. Mama war eins achtzig groß. Der Ahiman verbietet solche Mischehen. Er behauptet, sie seien am Niedergang der Domen schuld.«

»Entschuldige, aber das ist doch derselbe Mist, den die Nazis verbreitet haben. Halten sich die Domen für eine Herrenrasse?«

»Da kannst du Gift drauf nehmen. Leider ist mein Wissen über sie nur lückenhaft. Zekarias hätte dir viel mehr über sie erzählen können. Er war *von reinem Blut,* wie die Domen sagen. Gewöhnlich töten sie Bastarde wie mich. Deshalb hat mich meine Mutter vor ihnen versteckt. Ich habe meine ersten Lebensjahre an der Quelle des Blauen Nils im äthiopischen Hochland verbracht. Als ich dreizehn war, stand auf einmal Zekarias vor mir. Er nahm mich mit nach Europa.« Nasrin deutete zur Tür. »Lass uns verschwinden! Manche Domen haben Spürnasen wie Bluthunde. Wäre nicht gut für uns, wenn sie plötzlich hier hereingeschneit kämen.«

Pit zögerte. »Ehrlich gesagt weiß ich nicht, wo ich hin soll.«

Sie verschwand nochmals hinter dem Herd und erschien wieder mit einer sackartigen Handtasche aus weichem Leder. »Du kommst erst einmal mit zu mir. Ich habe eine Wohnung am Gendarmenmarkt.«

»Oha! Verdient man so gut als Model?«

Sie lächelte. »Ich hatte Glück.«

Die beiden schlichen ins Freie. Das Areal des verlassenen Backsteinbaus war umzäunt, doch Nasrin kannte eine Lücke, durch die sie nach draußen schlüpften.

»Warum hat dir dein Bruder nicht mehr über die Domen erzählt?«, fragte Pit, während sie in Richtung Turmstraße gingen.

»Es ist den Domen verboten, ihre Geheimnisse an Zwerge zu verraten. Zekarias sagte einmal, es gebe einen *inneren Zirkel* – nur wer dazugehört, kennt die ganze, die *wahre* Geschichte des Riesengeschlechts.« Nasrin schmunzelte. »Aber ich bin geschickt darin, Dinge zu erfahren, die ich eigentlich nicht wissen darf. Bis ich volljährig war, hat Zekarias mich in seinem Haus in Potsdam versteckt. Da hatte ich trotz seiner Geheimniskrämerei ausreichend Gelegenheit, so manches über Papa und seine Sippe herauskriegen.«

Die beiden überquerten die Turmstraße. Nasrin steuerte zielstrebig auf den Kleinen Tiergarten zu.

»Du willst nachts in den Park?«, argwöhnte er. »Sollen wir nicht lieber außen herumgehen? Wir sind hier nicht im äthiopischen Hochland.«

Nasrin hakte sich bei ihm unter und behielt ihren Kurs bei.

»Also doch Angst«, sagte er und nutzte den Moment, um ihren aufregenden Duft einzuatmen. Sie roch nach reifen roten Früchten, Pralinen und Patschuli.

»Tarnung«, antwortete sie. »Als Pärchen fallen wir weniger auf.«

Es war, als würfe sie ihm einen Ball zu. Er brauchte ihn nur aufzufangen, um mit ihr zu flirten. Doch etwas in ihm hielt ihn zurück, und dieses Etwas packte fester zu, als sie in die Schatten der Bäume eintauchten. Es gab ja nicht nur die Bedrohung durch Junkies oder andere finstere Elemente. Ebenso unwägbar war Nasrin für ihn. Ihre Offenheit und ihre erfrischende, etwas ausgeflippte Art mochten Täuschung sein. Das Abenteuer mit Katharina Nour sollte dir eine Warnung sein, ermahnte er sich zur Wachsamkeit und führte das Gespräch wieder in unverfänglichere Bahnen zurück.

»Bisher weiß ich nur, dass die Domen ein sehr altes Geschlecht und irgendwie auch so etwas wie eine geheime Gesellschaft sind.«

»Völlig richtig«, bestätigte sie, während beide dem Weg durch die Dunkelheit folgten. Wie Rettungsinseln des Lichts kamen Pit die vereinzelten Laternen vor. Die Domen, erklärte Nasrin, seien eine hochstehende, uralte Zivilisation. Jeder von ihnen habe einst außergewöhnliche geistige Fähigkeiten, eine enorme Langlebigkeit und eine fast unverwüstliche Konstitution besessen. Manche wurden fast tausend Jahre alt. Sie zu töten war nahezu unmöglich. Nur wenn sie schneller verbluteten, als der Körper die Wunden verschließen konnte, vermochte der Tod sie zu besiegen. Sie waren *die Starken, die von alters waren, die Männer von Ruhm*, wie es in der Bibel heißt. In der Heiligen Schrift werden sie *Nephilim* und *die dem Enak Geborenen* genannt oder jene, *die von den Rephaïm geboren worden waren.* Die griechische Mythologie kennt ihre Nachkommen als Titanen, als riesige Göttersprösslinge in Menschengestalt. Bei den Chinesen finden sie Widerhall im Mythos des kriegswütigen Riesen Xing Tian. »Die Domen haben in die Überlieferungen vieler Völker Einzug gehalten«, resümierte Nasrin.

»Aber das sind doch nur Sagen und Legenden«, wandte Pit ein.

Sie lächelte. »Ja. Sie haben im Zeitalter der Aufklärung alles getan, um ihre Spuren zu verwischen. Doch es gibt sie noch, wie du inzwischen wohl weißt. Viele erkennt man an einem langen Hals, dem Riesenwuchs oder den sechsgliedrigen Händen und Füßen. Einige sind kaum von gewöhnlichen Menschen zu unterscheiden. Ihre besonderen Geistesgaben bleiben dem Auge sowieso verborgen. Damit haben sie sich von jeher Macht und Einfluss verschafft.«

»Komm mir jetzt bitte nicht mit der großen Weltverschwörung! Die hat man den Illuminaten angedichtet, den Freimaurern, den Juden und was weiß ich, wem nicht noch alles.«

»Davon hat Zekarias nie etwas erwähnt. Ich kann nur sagen, dass sie um ihre Existenz fürchten.«

Unvermittelt trat hinter einem Busch eine finstere Gestalt hervor, der Statur nach ein ziemlich großer Mann. Die aus seinem kurzen schwarzen T-Shirt herausragenden Oberarme wirkten abgemagert. Er hatte sich eine Pudelmütze mit Seeschlitzen übers Gesicht gezogen. In seiner knochigen Hand blitzte eine schlanke Klinge auf. »Jeld her!«, zischte er.

Pit legte einen Arm auf Nasrins Schulter. »Tu, was er sagt.«

Sie öffnete den Reißverschluss ihrer Umhängetasche.

»Willste ma verarschen?«, flüsterte der Maskierte. »Nachher haste da ne Knarre oder Fefferschprey drin. Schütt den janzen Sack aus!«

Nasrin zögerte.

»Mach schon!«, drängte Pit. »Die paar Piepen sind ein Leben nicht wert.«

Sie stülpte den Sack um. Ein ganzes Universum entleerte sich auf den Schotterweg. Zwischen diversen Kosmetika, Nähzeug, Tampons, Smartphone, Tic Tacs, Autogrammkarten, einem rosa Plüschschwein mit Reißverschluss im Bauch, einer kompletten Erste-Hilfe-Ausstattung und anderen ominösen Gegenständen fand sich auch ein quietschbuntes Portemonnaie. Sie fischte es mit spitzen Fingern aus dem Haufen heraus und reichte es dem Dieb.

»Det iPhone will ick ooch haben!«, verlangte der Räuber.

»Ist aber nicht mehr das neueste Modell«, erklärte ihm Nasrin, während sie die Beute aushändigte. Pit bemerkte ein bedrohliches Timbre in ihrer bisher so samtweichen Stimme.

»Wat is in dem Schwein drin?«

»Meine Wohnungsschlüssel.«

»Keen Schmuck?«

»Der wäre heute Abend unpassend gewesen«, knurrte sie.

»Mann!«, beklagte sich der Dieb. »Wo soll det allet nur hinführen?« Ihm ging die Verschlechterung seiner Einkommensverhältnisse sichtlich an die Nieren. Wütend stopfte er Geld und Handy in die Außentaschen seiner Cargohose und wandte sich Pit zu. »Jetzt du! Beeil dir, ick brauch 'n Schuss.«

»Ich habe nichts.«

»Willste mir verkackeiern?«

»Das liegt mir fern.«

Die Enttäuschung über die karge Beute brachte den Parkräuber vollends in Rage. »Wat soll denn det heißen?«, brüllte er. »Jetzt rück endlich die Kohle raus, Mann! Du führst doch nich so 'ne heiße Maus Gassi und hast keen Schotter dabei.«

»Ich habe wirklich nichts. Nur die Kleider, die ich auf dem Leib trage«, beteuerte Pit. »Aber ich könnte Ihnen einen Therapieplatz besorgen.«

Das hätte er besser nicht sagen sollen, denn nun rastete der Drogensüchtige völlig aus. »Von mir bekommste die Therapie gleich hier, Eierkopp.« Mit einem schnellen Schritt suchte er Tuchfühlung zum Geldverweigerer und stach zu. Seine Hand tauchte samt Messer bis zum Ellbogen in die Brust des Opfers.

Vom Schreck wie gelähmt, starrten sich die zwei an.

Pit spürte keinen Schmerz.

Entsetzt riss der Junkie die Augen auf. Ein gequälter Schrei entrang sich seiner Kehle. Er stieß sich mit der Linken von Pit ab, um sich aus dem Körper des anderen zu befreien. Entgeistert starrte er auf seinen Arm.

Er war grau wie Stein.

Knirschend öffnete sich die Hand mit der Waffe, das Stilett fiel zu Boden. »Wat haste mit mir jemacht?«, brüllte der Dieb.

»Tut mir leid, ich ... ich hab mich nur gewehrt«, entschuldigte sich Pit.

Der Junkie bückte sich nach dem Messer und hob es mit der Linken auf. »Det wird dir jleich leidtun«, knurrte er und stürzte sich mit erhobener Waffe auf Nasrin.

Die wich dem niederfahrenden Arm seitlich aus und nutzte den

Schwung des Angreifers für einen Wurf. Der Dieb wirbelte herum, landete auf dem Rücken und starrte fassungslos die schwarze Furie an.

Nasrin winkte ihm mit seiner Pudelmütze zu. »Deine dunklen Augenringe sehen grauenhaft aus«, sagte sie und lächelte katzenhaft. »Der Heroin-Chic ist out. Du solltest unbedingt das Therapieangebot meines Freundes annehmen.«

Der Junkie spuckte, wohl um seine Gegnerin zu treffen, bekam infolge der Schwerkraft aber nur seinen eigenen Speichel ins Gesicht. Wütend versuchte er sich herumzurollen und wieder hochzukommen, doch Nasrin war schneller. Wie eine Raubkatze fuhr sie auf ihn hinab. Es waren nicht die geschmeidigen Bewegungen eines Models, die Pit da sah, sondern die Kampfkunst einer Kriegerin. Er fürchtete um das Leben des Mannes. Doch sie setzte nur an Hals und Arm des Junkies einen erkennbar schmerzhaften Hebel an, der ihn entwaffnete und gleichzeitig am Boden festnagelte.

Sie beugte sich zu ihm hinab. »Dein Mineralstoffhaushalt ist aus den Fugen geraten«, zischte sie ihm ins Ohr. »Lauf sofort in ein Krankenhaus und lass dir massenhaft Elektrolyte geben, hörst du? Vielleicht kannst du deinen Arm so noch retten.«

Nasrin ließ ihn los und trat zwei Schritte zurück.

Der Dieb starrte erst sie, dann seinen irgendwie versteinert aussehenden Arm an. In die Tiefen seines heroinverseuchten Bewusstseins drang die Erkenntnis, dass er gerade noch eine Chance bekommen hatte. Er rappelte sich ächzend und jammernd hoch und rannte in Richtung Turmstraße davon.

17

»Wer bist du?«, brummte Pit, während er immer wieder seine Brust betastete. Nicht das kleinste Loch war da zu fühlen.

»Ich bin immer noch Nasrin Nafil, die Schwester von Zekarias und ein Domenbastard«, entgegnete sie gereizt. Gerade schaufelte sie ihr Universum in die Sacktasche zurück.

»Ach, und wo hast du gelernt, so zu kämpfen?«

»In Äthiopien. Meine Mutter fürchtete, die Domen könnten uns irgendwann finden und töten. Deshalb hat sie meine Schwester und mich von Meistern alter afrikanischer Kampfkünste ausbilden lassen. Du weißt schon: Capoeira und Nebbut, das Stockfechten der Fellachen.«

»Du hast schon als Dreizehnjährige Männer flachgelegt?«

Seine missverständliche Wortwahl entlockte ihr ein Kichern. »Zekarias hat meine Ausbildung später vervollkommnet. Bei ihm habe ich Tazouri n Tammazla gelernt, wie die Berber zur *Kunst des Kampfes* sagen.«

Er betastete erneut seine Brust. »Was ist da eben passiert, Nasrin? Wieso steckte der Arm des Mannes in meinem Körper?«

»Du hast dich unbewusst gegen seinen Angriff gewehrt. Wir nennen es *Durchdringung.* Einige Domen können so durch Wände gehen.«

»Das ist physikalisch unmöglich.«

Sie zog den Reißverschluss ihrer Tasche zu und verdrehte die Augen. »Jetzt geht das wieder los!«

»Bitte erkläre es mir!«

Nasrin hakte sich wie selbstverständlich bei ihm ein und übernahm die Führung, so als wäre nichts geschehen. »Was da genau passiert, kann ich dir nicht sagen. Zekarias nannte die Auflösung unserer Körper *Lyse*. Unser Geist ist an die Materie gebunden, doch er kann wohl irgendwie die Atome austauschen.«

»So wie sich die Zellen im menschlichen Organismus ständig erneuern, meinst du?«

Sie zuckte mit den Achseln. »Könnte sein. Um sich wieder eine Gestalt zu geben, braucht unser formloser Leib sämtliche Elemente, die in einem Körper vorkommen. Wer wie du die Gabe des Durchdringens besitzt, lässt an einem Hindernis immer etwas zurück und ersetzt es durch Atome aus der Barriere. Deshalb erkennt man eine Mauer, die von einem Domen durchdrungen wurde, an dem schwärzlichen Sand, der davor liegt. Und die Wand selbst wird … morsch.«

»Du meinst instabil, porös.«

»Lernt ihr das eigentlich auf der Uni?«

»Was?«

»Unverständlich zu reden.«

»Ach so, ja. Gleich in der Vorklinik. Das Seminar nennt sich *Medizinische Terminologie*.«

»War ja klar. Wer sich für was Besseres hält, lässt es die anderen spüren, indem er sich einer Geheimsprache bedient, die nur Eingeweihte verstehen. Ärzte und Domen sind sich gar nicht so unähnlich.«

»Jetzt hör aber auf! Instabil und porös sind Allerweltswörter. Jeder Maurer benutzt sie.«

»Einigen wir uns auf *manche* Maurer. Mich nerven nur Typen, die quatschen, als würde der Knoten in der Zunge sie zu besseren Menschen machen. Wer weiß, was er sagen will, braucht keine Fremdwörter.«

»Dann erklär mir bitte – möglichst *verständlich* –, warum ich plötzlich ein Durchdringer bin.«

Sie blieb stehen, wandte sich zu ihm um und legte eine Hand an seine Wange. Sanft tippten ihre Finger auf die Schramme. »Deshalb, Pit. War das verständlich genug?«

»Äh …?« Ihre Nähe, ihr Duft, ihr forschender Blick – das alles machte ihn nervös. »Geht es vielleicht ein wenig genauer?«

Nasrin zog ihn weiter mit sich. »Die Art, wie wir Menschen uns fortpflanzen, ist für die Domen nur eine von vielen Möglichkeiten. Sie können auch etwas von ihrem Wesen in einen anderen hineinlegen.«

»Durch eine Infektion oder spontane Genmanipulation?«

Nasrin seufzte nur.

Pit schüttelte fassungslos den Kopf. »Du meinst, wegen der paar Tropfen seines Blutes, die er auf mich übertragen hat, bin ich plötzlich ein … Übermensch?«

»Ihm hätte sogar ein einziges, winziges Tröpfchen dazu genügt, dich umzuwandeln. Sein Geist war außergewöhnlich stark. Das Blut ist für die Domen nur der Träger des Lebens, doch sie erneuern es aus der Kraft ihres Willens heraus.« Sie lächelte traurig. »Ich weiß. Das zu akzeptieren fällt schwer. Ich habe Jahre dafür gebraucht.«

Er schluckte. »Du sagtest vorhin, die Domen fürchten um ihre Existenz. Wie war das gemeint?«

Während sie dem Südausgang des Parks entgegenstrebten, erzählte Nasrin die Geschichte eines dem Untergang geweihten Geschlechts. Die Ursache sei jahrhundertelange Inzucht. Um das Unheil abzuwenden, hätten sich einige Vorausschauende schon früh über das Verbot der Mischehen hinweggesetzt. In den Nachkommen dieser Bastarde finde sich immer noch ein Echo der ursprünglichen Macht des Domengeschlechts. Im Mittelalter habe man diese Abkömmlinge Hexen und Zauberer genannt. In neuerer Zeit sprach man lieber von PSI-Kräften.

»Verstehe ich das richtig?«, hakte Pit nach. Sie hatten gerade den Park verlassen, und Nasrin steuerte rechter Hand auf einen silbernen Porsche Boxster mit rotem Verdeck zu. »Das alte Volk stirbt aus?«

Sie nickte. »Es ist ein schleichender Prozess, der sich über Jahrtausende hinzieht. Ebenso lange kämpfen sie mit ihrem uralten Wissensschatz bereits gegen den Verfall an. Zekarias sagte, die Domen hätten vor über viertausendsechshundert Jahren ein Lebenselixier erschaffen. Sie nannten es die *Asche des Phönix*. Es sollte die schwächelnden Selbstheilungskräfte des Körpers wiederherstellen, damit sich die Zellen ewig erneuern.«

»Klingt so, als hätte es nicht geklappt.«

»Das Elixier kehrte das innere Wesen jener nach außen, die davon tranken. Die wenigsten verwandelten sich zum Besseren. Ein Mann namens Enkidu – der *Sprössling der Stille* – verbarg die Asche daraufhin. Bis heute hat er sie den Domen nicht zurückgegeben.«

Zu Pits Bedauern ließ seine Begleiterin ihn nun los. Aus ihrem rosa Plüschschwein förderte sie eine Fernbedienung zutage, öffnete damit den Porsche und deutete einladend auf die Beifahrertür.

Grübelnd nahm er in dem Sportwagen Platz. Sie hatte ihm da gerade eine Kröte zu schlucken gegeben, die nur schwer hinunterzuwürgen war. Phönixe, Lebenselixiere, der jahrtausendealte Hüter eines Geheimnisses – das alles klang so … esoterisch!

»Ist es den Domen nie gelungen, ein neues Heilmittel herzustellen?«, fragte er schließlich. Nasrin hatte den Wagen inzwischen gestartet, mit quietschenden Reifen eine Hundertachtziggradwende hingelegt und rollte nun Richtung Stadtmitte.

»Doch«, antwortete sie, »aber diese Medizin hat andere Nebenwirkungen. Sie verlangsamt nur den Verfall – wer davon nimmt, kann viele Hundert Jahre alt werden. Es ist ein schleichender Tod, der einen hohen Preis fordert: Sollte jemand einmal nicht rechtzeitig an Nachschub herankommen, würde er rasend schnell vergreisen. Zekarias sagte, ihm blieben dann bestenfalls Minuten, bis er an Altersschwäche stürbe. Er war von dem Mittel so abhängig wie der Junkie im Park.«

Pit lag der Einwurf auf der Zunge, dass ein so rapide beschleunigter Alterungsprozess schlechterdings kaum möglich sei. Er verkniff sich die Bemerkung jedoch. »Wie kommt das?«

Nasrin brauste über eine Kreuzung hinweg. »Je öfter Domen von dem Mittel nehmen, desto rascher schreitet nach dem Absetzen der Verfall voran. Es ist wie eine Sucht. Ich bin froh, ein Bastard zu sein. Dadurch bleibt mir diese Abhängigkeit erspart. Die Medizin wird aus Menschenblut gewonnen.«

Pit klammerte sich schaudernd am Türgriff fest. »Blut?«

»Die Domen sind keine Vampire, falls du das denkst. Es ist nur ein verschwindend kleiner Anteil, der aus menschlichem Blut extrahiert wird. Man nennt es … Global… äh, Globus, nein …«

»Globuline?«

Sie nickte. »Mein Bruder hat mir zwar davon erzählt, aber ich habe nicht alles verstanden.«

»Die Globuline gehören zu den Proteinen. Du findest sie im Blutplasma, in Pflanzen, in Milch oder in Eiern. Das menschliche Blut enthält mehrere Tausend unterschiedliche Eiweiße. Die Forschung hat erst einige Hundert davon identifiziert. Meines Wissens gehört ein *Domen-Globulin* nicht dazu.«

»Mein Bruder meinte, die Domen würden das Globulin mit Spaltpilzen aus ihren Körpern verändern.«

»Bakterien, meinst du?«

Sie hob die Schultern. »Zekarias sagte, ich solle mir das wie die Herstellung von Joghurt vorstellen: Die Spaltpilze verändern die Globuline in eine Substanz, die sich der *Trank der Hoffnung* nennt. Aber wie gesagt, diese Medizin ist nur eine Krücke. Deshalb suchen die Domen nach etwas, das alle Probleme auf einen Schlag lösen könnte. Zekarias nannte es den *Prometheus-Komplex.*«

Nachdenklich schob Pit die Unterlippe vor. »Du erwähntest gestern, er habe sich mit einem Prometheus treffen wollen. Damit kann er ja kaum mich gemeint haben, oder?«

»Die Wahrscheinlichkeit liegt bei eins zu einer Milliarde.«

»Da bin ich aber beruhigt.«

Der Porsche röhrte am Brandenburger Tor vorbei. Nasrin warf ihm einen schnellen Seitenblick zu. »Die ersten Domen unterschieden sich von den übrigen Menschen durch einen bestimmten Abschnitt ihres Erbgutes.«

»Eine Gensequenz?«

»So hat es Zekarias auch einmal genannt. Er sagte, durch die Mischehen sei dieser Abschnitt in den Genpool der Menschheit geraten. So richtig habe ich das nicht verstanden.«

»Stell dir den Genpool als großen Karpfenteich vor und die Erbanlagen als Fische. In dem See schwimmen sämtliche Spielarten von Karpfen, die es gibt – vereinfacht ausgedrückt.«

»Danke, Herr Doktor.«

»Ich bin kein Doktor.«

»Jedenfalls hielt Zekarias dich wohl für den Koikarpfen. Den einen von einer Milliarde, in dessen Erbgut noch das Vermächtnis der ersten Domen schlummert.«

»*Mich?*«

»Ist nur eine Vermutung. Fände sich in deinen Zellen die extrem seltene Kombination von Genen, ließe sich daraus ein Heilmittel für die Domen herstellen. Dessen genaue Wirkung war selbst Zekarias nicht bekannt. Wahrscheinlich brächte es den körperlichen Verfall zum Stillstand. Die Domen könnten leben bis in alle Ewigkeit«

Die Unendlichkeit, dachte Pit. Auf dem USB-Stick hatte er das ∞-Symbol in den Statistiken der Reihenuntersuchungen gesehen. »Ich glaube, mir wird schlecht.«

»Halt durch! Wir sind gleich da.« Der Porsche flitzte gerade die Friedrichstraße entlang. »Mein Bruder meinte dem Sinn nach, die Prometheus-Gene seien auf Stand-by und müssten irgendwie eingeschaltet werden. Verstehst du, was er damit meinte?«

»Vermutlich *gene silencing*, auch Gen-Suppression genannt. Damit ist die Unterdrückung von DNA-Abschnitten gemeint. Das ist so, als würdest du dein Handy stumm schalten: Der Lautsprecher und die Schaltkreise zum Abspielen der Klingeltöne sind weiterhin da, werden aber gehemmt. In deinem Körper switchen chemische Verbindungen die verschiedenen Zustände um. Beim *gene enhancing* werden die Abschnitte in der DNA aktiviert und entfalten ihre Wirkung.«

Nasrin nickte verstehend. Sie legte den Blinker ein und bog rechts ab. »Zekarias nannte mir keinen Namen. Ich kann also nicht sagen, ob er dich für den Prometheus hielt. Doch er war überzeugt, den einen aus einer Milliarde endlich entdeckt zu haben. *Ich werde ihn zu mir rufen,* sagte er zu mir, als er im U-Bahnhof auf den Gleisen stand.«

Der Wagen hielt an. In einem schick renovierten Gebäude öffnete sich das Gittertor zu einer Tiefgarage.

Pit schüttelte ungläubig den Kopf. »Wieso sollte er ausgerechnet mich ausgewählt haben?«

»Bist du Blutspender?«

»Davon gibt's Millionen. Was hat das damit zu tun?«

»Bist du oder bist du nicht?«

»Als Student habe ich regelmäßig in der Charité Blut gespendet. Hat mir jedes Mal zwanzig Euro gebracht. Konnt's gut gebrauchen. Im Lauf des Studiums hat sich meine Meinung dazu geändert.«

Nasrin fuhr in die Garage. »Wie kam es dazu?«

»Ich las Studien, denen zufolge Patienten ohne Bluttransfusion schneller genesen und seltener sterben. Auf so vielen Gebieten strebt die Medizin ständig nach Fortschritt. In dieser Beziehung nicht. Ich hatte mein Staatsexamen noch nicht abgelegt und stand plötzlich vor einem ethischen Dilemma. Im Geist des hippokratischen Eides wollte ich nie zum Nachteil und Unrecht eines Kranken handeln oder ihm ein tödliches Gift verabreichen.« Er schluckte. »Maja ... Meine Frau ist an den Folgen einer Bluttransfusion gestorben.«

Inzwischen hatte Nasrin den Porsche in einer Parkbucht zum Stehen gebracht. Sie schaltete den Motor aus und legte ihre Rechte auf Pits Hand. »Du hast sie sehr geliebt, nicht wahr?«

Er nickte. An diesem Punkt hat mich Katharina gekriegt, schoss es ihm durch den Kopf. Er zog seine Hand zurück, räusperte sich und schlug wieder einen nüchternen Ton an. »Jedenfalls bin ich nach dem Examen mit Maja nach Hamburg gegangen, als Assistent von Professor Rudi Lohmann, einem der bedeutendsten Rechtsmediziner des Landes. Unsere Patienten waren die Leichen in der Gerichtsmedizin. Die brauchten keine Bluttransfusionen. Als Maja und ich später nach Berlin zurückkehrten, bewarb ich mich um eine Stelle als Notarzt. Bei den Rettungseinsätzen verwenden wir Volumenexpander wie Kochsalzlösung, um den Kreislauf nach starkem Blutverlust zu stabilisieren. Langer Rede kurzer Sinn: Es ist schon lange her, dass ich zuletzt Blut gespendet habe.«

»Um den Suchern der Domen zu entgehen, nicht lange genug, fürchte ich.«

»Sucher?«

Sie nickte. »Mein Bruder sagte einmal zu mir, die Geschichte der Bluttransfusionsdienste sei mit dem Überlebenskampf der Domen untrennbar verbunden. Sie kontrollierten seit mindestens fünfzig Jahren alle großen Organisationen, die Blutspenden sammeln, aufbereiten und weiterverkaufen. Auch die Blutbanken haben sie infiltriert. Sie führen fortlaufend Reihentests durch, um nach dem Prometheus-Komplex zu suchen. Zekarias war dafür verantwortlich. Er hatte ihn entdeckt. Doch er hielt sein Wissen geheim.«

Pit starrte mit glasigem Blick vor sich hin. Er musste das Gehörte erst einmal verdauen. Bisher konnte er in Nasrins Ausführungen – so bizarr sie auch klangen – keinen Widerspruch erkennen. Sogar Zekarias' Blutdossier auf dem USB-Stick fügte sich in ihre Erklärungen.

»Hier könnte man uns sehen«, sagte Nasrin. »Besser, wir gehen nach oben.«

Er nickte nur. Nachdenklich folgte er Nasrin zu den Aufzügen. »Wer ist der ehrenwerte Ahiman?«, fragte er, während sie auf den Lift warteten.

Sie legte einen Finger an die Lippen und antwortete betont leise. »Einen Ehrentitel muss man sich verdienen. Deshalb nenne ich ihn nur Ahiman.«

»Soll mir recht sein. Das beantwortet aber nicht meine Frage.«

»Zekarias wollte mir nie verraten, ob Ahiman ein Titel, ein Eigenname oder ein Amtsname wie bei den Päpsten ist. Jedenfalls ist er der erste Fürst der Domen. Sozusagen ein König, der von ihnen durch Zuruf gewählt wird.«

»Eine Wahl per Akklamation?«, wunderte sich Pit. »Meines Wissens hat man im Mittelalter auf diese Weise Könige und Päpste ins Amt gehoben.«

Mit einem freundlichen Gong öffnete sich die Fahrstuhltür. Die beiden betraten den Lift. Nasrin drückte die Vier und sah ihn erwartungsvoll an. Die Türen schlossen sich. Pit beschloss, ein wenig mehr von sich preiszugeben.

»Ich hatte neulich Besuch von vier sehr stattlichen Damen. Eine sah aus wie Grace Jones.«

»Das war Zafirah, die Tochter des Domenfürsten«, antwortete Nasrin leise. »Sie ist die Anführerin seiner Leibgarde, die aus mächtigen Kriegerinnen besteht. Ob Ahiman ihren Schutz tatsächlich braucht, wage ich zu bezweifeln. Zekarias sagte, er habe den bösen Blick. Du weißt, was das bedeutet?«

Pit fröstelte. Er hatte es im Traum gesehen. »Ein Aberglaube. Der böse Blick soll Unglück und Tod bringen.«

Sie nickte. »Der Volksglaube hat einen wahren Kern: Ahiman. Ein Blick von ihm könne einen Menschen töten, behauptete mein Bruder. Zekarias war dagegen allerdings gefeit.«

»Und wie steht es mit uns? Sind wir oder andere Domen auch gegen seinen Blick immun?«

»Ich würde es lieber nicht ausprobieren.«

Der Fahrstuhl hatte sich ins vierte Obergeschoss geschlichen und öffnete mit einem heiteren Gong die Türen.

Pit folgte Nasrin zu einer dunkelbraunen Holztür mit einem Türknauf aus Messing. Auf dem Namensschild, ebenfalls aus Trompetengold, standen nur zwei Buchstaben:

N. N.

»*Nomen nescio*«, murmelte er. Wieder regte sich Argwohn in ihm. War Nasrin tatsächlich diejenige, für die sie sich ausgab?

Sie hatte gerade eine Ziffernkombination in ein Zahlenschloss eingetippt und wandte sich zu ihm um, während die Tür mit leisem Klicken aufsprang. »Wie bitte?«

Er deutete auf das ominöse Schild. »Das ist lateinisch. Es bedeutet *den Namen weiß ich nicht.*«

Sie kicherte. »Komischer Zufall, was?«

»Ja«, brummte er.

Nasrin betrat die Wohnung, und er folgte ihr. Hoffentlich bin ich kein Lamm, das gerade zur Schlachtbank geführt wird, dachte Pit.

»Ich hätte es nie für möglich gehalten, dass ein Model kochen kann. Dachte, die hungern immer nur«, gestand Pit mit vollem Mund. In der Hand hielt er ein Fladenbrot, mit dem er Pfannengemüse und gebratene Fleischwürfelchen in sich hineinschaufelte.

»Ich bin in Äthiopien aufgewachsen, nicht in Berlin, London oder Paris«, antwortete Nasrin von der anderen Seite des Tisches. Mit ihrem zufriedenen Lächeln fand Pit sie noch schöner, als sie ohnehin schon war.

Dies alles war *zu* schön, um wahr zu sein.

Seine Gastgeberin hatte das Nachtmahl mit flinken Händen zubereitet, dazu eine gute Flasche Roten geöffnet und trotz der fortgeschrittenen Stunde – es war kurz nach zwei Uhr – sogar den Esstisch vor dem Fenster mit einem weißen Tischtuch und mit Kerzen geschmückt. Zum Greifen nahe war auf der anderen Straßenseite der Gendarmenmarkt zu sehen mit dem stilvoll beleuchteten Französischen Dom und der Friedenskirche.

Pit fragte sich zum hundertsten Mal, ob er längst, ohne es zu merken, in einem Spinnennetz hing. Bis zu diesem Zeitpunkt hatte Nasrin geduldig alle seine Fragen beantwortet. Ob Zekarias ihm irgendetwas gesagt oder gegeben hatte, schien sie nicht mehr zu interessieren. Aber konnte das sein? Vielleicht ließ sie die Maske fallen, wenn er ihr eine Falle stellte.

»Ich verstehe immer noch nicht, warum dein Bruder seine Entdeckung geheim gehalten hat.«

Nasrin legte ihr angebissenes Fladenbrot auf den Teller zurück. Ihr hübsches Gesicht wirkte auf einmal hart. Und so klang auch ihre Stimme, als sie antwortete. »Er vertraute mir ein Geheimnis an. Demnach hat Ahiman für den Tag, an dem die Domen wieder ihre alte Stärke zurückerlangten, etwas Furchtbares geplant. Es muss so schrecklich sein, dass Zekarias vom Glauben abfiel. *Wir Domen und die Zwerge sind ein Geschlecht,* sagte er. *Deshalb sollten wir nicht länger zwei Völker sein, sondern nur eins.* Er wollte den Prometheus-Komplex, sollte er ihn je finden, nicht Ahiman überlassen. Obwohl er weiter die Sucher anführte, hatte er sich insgeheim auf die Seite der Gegner des Fürsten gestellt.«

Pit schob die Unterlippe vor. Grübelnd betrachtete er den modern eingerichteten, zu Küche und Flur hin offenen Wohnbereich. Sein Bewusstsein registrierte weder das spiegelnde Parkett noch die weißen Ledermöbel oder die riesige Plüschgiraffe. Erst auf einem wandhohen Foto gegenüber kam sein Blick zur Ruhe. Es zeigt Nasrin Nafil barfuß am Meeresstrand. Sie trug ein duftiges orientalisches Gewand, in dem die Sonne ihre sinnlichen Formen nachzeichnete.

»Pit?«, hörte er sie plötzlich fragen.

Er blinzelte. »Entschuldige. Ich war kurz … in Gedanken. Dieses *Furchtbare*, das Ahiman geplant hat – was könnte das sein?«

Sie blies sich eine Strähne aus dem Gesicht, die sich aus ihrem Zopf gelöst hatte. »Keine Ahnung. Aber es muss grauenvoll sein. Zekarias sagte, ein neuer Prometheus müsse den selbst ernannten Göttern das Feuer entreißen und es den Menschen zurückgeben.« Ihr Blick wanderte von Pits Augen zu der Schramme an seiner Wange.

Unwillkürlich berührte er die Verletzung, so sacht, wie es zuvor Katharina und Nasrin getan hatten. Der Schorf war abgefallen. Es ließ sich kaum noch eine Unebenheit auf der Haut ertasten. »Ich kann schlecht leugnen, dass ich mich verändert habe. Mir will nur nicht in den Kopf, wie er das angestellt hat.«

Sie lächelte müde. »Weil deine Gedanken in einem Käfig gefangen sind. Was würdest du sagen, wenn ich dir erzählte, dass Zekarias verschiedene Gestalten annehmen konnte?«

Er griff unsicher nach seinem Weinglas. »Du meinst … nicht bloß den amorphen Körper, in dem wir aus dem Knast geflohen sind?«

»Mein Bruder konnte Faun sein, Zentaur und auch die eine oder andere uralte Sagengestalt. Domen wie er sind der Ursprung dieser Geschichten.«

Pit kippte den Wein hinunter. »Ziemlich starker Tobak.«

»Aber so real wie die Lyse und die Durchdringung. Finde dich damit ab, Pit! Sein Blut hat sich mit dem deinen vermischt und dadurch etwas Neues erschaffen. Oder etwas Uraltes wiedererweckt. Du kannst dich der Verantwortung nicht entziehen.«

»Verantwortung? Welche Verantwortung?«

»Das Vermächtnis und wohl auch die Macht, die Zekarias dir hinterlassen hat, weise zu gebrauchen. Gebiete Ahiman Einhalt! Rette das Geschlecht der Domen auf friedlichem Weg vor dem Untergang!«

Entrüstet stellte er sein leeres Glas auf den Tisch zurück. »Du hättest erleben sollen, wie dieser ehrenwerte Ahiman und seine Bauchtanztruppe mit mir umgesprungen sind. Was heißt umgesprungen? Sie haben mich umge*bracht!* Einmal genügt mir. Wenn die Domen jahrtausendelang unerkannt unter uns gelebt haben, dann können sie meinetwegen auch still und heimlich untergehen. Ich mische mich da nicht ein.«

Nasrin nippte nachdenklich an ihrem Glas. Sie wartete, bis Pits Zorn verraucht war. Erst dann antwortete sie. »Zekarias hat herausgefunden, dass du den Prometheus-Komplex in dir trägst. Denkst du, der mächtige Domenfürst ist dazu nicht in der Lage?«

Pit schenkte sich mit zitternder Hand von dem Wein nach und nahm einen großen Schluck. »Ich habe in meiner Wohnung viel Blut verloren.«

Sie nickte. »Ahiman wird sich Proben davon besorgen. Er lässt es untersuchen, und dann bist du für ihn der meistgesuchte Mensch auf Erden.«

»Du meinst …« Er trank das Glas abermals leer und stellte es wie in Zeitlupe auf den Tisch zurück. »… diese Grace-Jones-Imitatorin und ihre Groupies wollten mich aus dem Knast entführen?«

Nasrin beugte sich unvermittelt vor und umfasste seine Hand. »Zekarias hat mir Ahimans Tochter anders beschrieben. Ich denke, sie beschränkt sich auf das Wesentliche: Sie wird ihrem Vater nur dein Blut bringen. Sechs Liter dürften ihr genügen. Falls sie so viel aus dir herauspressen kann.«

18

Verdammter Biorhythmus!, dachte Pit, als er aufwachte. Er fühlte sich wie gerädert. In wenigen Minuten sollte er feststellen, dass es erst sechs Uhr morgens war und er nur drei Stunden geschlafen hatte. Sofort sprang in seinem Schädel die Gedankenmaschinerie an. Er versuchte sich aus dem Bett zu rollen und prallte mit dem Kopf gegen ein Hindernis. Glücklicherweise war es weich und gepolstert …

Bin ich in einer Gummizelle?, schoss es ihm durchs Hirn. Er riss die schlafverklebten Augen auf. Seine Befürchtung erwies sich als falsch. Die nachgiebige Wand entpuppte sich als die Rückenlehne einer weißen Ledercouch. Er hob den Kopf, um darüber hinwegzusehen.

Von der anderen Seite der Lehne beäugte ihn eine Giraffe. Er wischte sich den Schlaf aus den Augen, um die Savannenbewohnerin genauer zu betrachten.

Da stand nur ein riesenhaftes Steifftier.

Die Sonne war bereits aufgegangen, und seine Erinnerung dämmerte nun ebenfalls. Er befand sich im Wohnzimmer von Nasrin Nafil. Sie hatte ihm auf dem wuchtigen Sofa ein provisorisches Nachtlager hergerichtet. Leider konnte sie ihm keinen Pyjama anbieten. Er entsann sich auch nicht mehr, womit er stattdessen unter Nasrins weiche Kuscheldecke geschlüpft war. Aber das ließ sich ja diagnostizieren.

Der Tastbefund ermittelte viel Haut und zwei Brustwarzen – also kein Oberteil. Da Pit nicht zu jenen Männern gehörte, die sich südlich des Bauchnabels während der Morgenerektion selbst befummelten, hob er die Decke nur vorsichtig an und spähte in die Schatten. Er trug nach wie vor den Slip, der ihm momentan noch knapper vorkam als letzte Nacht.

Besser als nichts, sagte er sich erleichtert und quälte sich auf die Füße. Er schlang sich die Kuscheldecke um den Leib und trat ans Fenster. Es reichte fast bis zum Parkettboden hinab. Auf dem Gendarmenmarkt herrschte trotz der frühen Stunde bereits reges Leben.

Pit fragte sich, ob er je wieder dort unten sitzen und einen Cappuccino schlürfen würde. Nasrin hatte ihm unmissverständlich klargemacht, dass die Partei Ahimans ihm diese Gnade kaum gewähren würde. So wenig Pit der Sinn danach stand, er musste den Ball auffangen, den Zekarias ihm zugeworfen hatte.

Folge dem Strom aus Blut.

Wenn ihm nur einfiele, wo er den USB-Stick verloren hatte! Er beschloss, ihn zu suchen. Am besten fing er damit im Virchow-Klinikum an, genauer gesagt am Stützpunkt des Noteinsatzfahrzeuges. Vielleicht hatte Kim den Stick irgendwo gefunden.

Pit schlurfte ins Bad, um zu duschen. Er war ein überzeugter Warmduscher. Der perlende heiße Regen auf der Haut tat ihm gut. Als er das Wasser fünf Minuten später wieder ausstellte und in der beschlagenen Kabine nach einem Ausgang suchte, hörte er es plötzlich klappern. Eine braune Hand schob sich zu ihm herein. Sie bot ihm ein strahlend weißes Badelaken an.

»Suchst du das?«, fragte Nasrin mit schlaftrunkener Stimme.

Er entriss ihr das Handtuch und schlang es sich rasch um die Lenden. »D…danke«, stotterte er.

Der Duschnebel lichtete sich. Nasrin stand in einem langen T-Shirt vor ihm, das knapp ihren Po bedeckte. Ihre Beine waren hinreißend. Sie gähnte ausgiebig, womit sie Pit die Gelegenheit gab, sich auch ihr strahlend weißes Gebiss anzusehen. Daran hatte er gleichfalls nichts auszusetzen.

»Darf ich?«, fragte sie und schob sich zu ihm in die Dusche.

»J…ja klar«, stammelte er, wand sich hinaus und suchte das Weite.

Etwa fünfzehn Minuten später saßen beide am Esstisch. Pit hatte Kaffee gekocht und dem Toaster einige halbwegs unverbrannte Weißbrotscheiben entlockt. Nasrin war inzwischen endlich wach und entschuldigte sich für ihr Benehmen im Bad.

»Nicht, dass du einen falschen Eindruck von mir bekommst.«

»Äh, wer? Ich? Ist doch nichts passiert«, behauptete er.

Sie winkelte die Beine an, umschlang sie mit den Armen und musterte ihn über die Knie hinweg. »Wie willst du die Operation Prometheus angehen?«

»Die …? Ach so! Du meinst die Vereitelung von Ahimans Plänen. Ich finde, wir sollten zunächst herausfinden, was er überhaupt vorhat.«

Nasrin rollte die Augen himmelwärts. »Schon klar. Aber *wie* oder *wo* fangen wir an?«

»Wir? Heißt das, du hilfst mir? Hast du keine Shootings oder Shows oder …?«

»Ich sage alle Termine ab. Mein Bruder ist gestorben. Die Agentur wird das verstehen. Und wenn nicht, ist es auch egal. Ich lasse dich nicht allein auf Ahiman und seine … wie hast du sie genannt?«

»Bauchtanztruppe?«

Sie krauste die Nase und kicherte. »Merkst du eigentlich, wie komisch du manchmal bist? Richtig süß!« Sie senkte verlegen den Blick und biss in ihren Toast mit Orangenmarmelade.

Pit beobachtete sie über den dampfenden Rand seiner Kaffeetasse hinweg. Sah er da einen Anflug von Röte auf ihren Wangen? Nasrins Aufrichtigkeit, ihre Freundlichkeit, ihr Mut und ihre Entschlossenheit ihm zu helfen – konnte das alles gespielt sein?

Er entschied sich für einen behutsamen Wechsel der Strategie. Natürlich musste er weiterhin auf der Hut bleiben, doch … »Vertrauen gewinnt nur, wer Vertrauen schenkt«, murmelte er – das Credo seines mittlerweile achtzigjährigen Vaters.

»Entschuldige, ich habe dich nicht verstanden«, sagte Nasrin.

Er räusperte sich. »Du meintest gestern, wir müssten herausfinden, welche Katastrophe uns droht, wenn Ahiman der Prometheus-Komplex in die Hände fällt. Dein Bruder hat mir etwas gegeben, das uns dabei helfen könnte.«

Ihr fiel der Toast aus der Hand, und ihre Füße rutschten vom Stuhl. »Warum sagst du das erst jetzt?«

»Weil …«, druckste er. »Wegen Katharina Nour.«

Nasrins Augen weiteten sich. »Du kennst *Kahina?*«

Pit erzählte ihr von den schicksalhaften Begegnungen mit der Kommissarin. »Sie hat mich getäuscht, verraten und ermordet. Du bist ihr in vielem ähnlich. Da dachte ich …« Er brachte es nicht fertig, seinen Verdacht auszusprechen.

Nasrins Gesicht wirkte wie versteinert, ihr Blick wie gefrorener Zorn. Plötzlich traten ihr Tränen in die Augen. Ihre Unterlippe zitterte. »Du hast ja keine Ahnung«, schluchzte sie. Ihre Hand suchte und fand eine Kleenexbox, aus der sie ein Papiertuch zupfte und sich die Nase betupfte.

»Könntest du mich aufklären?«, fragte er behutsam.

Sie hob die tränenfeuchten Augen. »Kahina Hamdi war meine Halbschwester, das Ergebnis einer Affäre meines Vaters mit einer von Ahimans Nebenfrauen. Damit der Fürst das Kind nicht tötete, gab Vater es in die Obhut meiner Mutter. So wuchsen wir zehn Jahre lang wie Schwestern in Äthiopien auf, bis sie eines Tages verschwand. Ihr Stammesname bedeutet *Kriegerin.*«

»Mir scheint, das war sie auch: eine Kriegerin des Domenfürsten.«

»So ist es ja auch«, schluchzte Nasrin. »Wegen ihrer unklaren Abstammung gehörte sie aber nicht zum engen Kreis seiner Leibwächterinnen. Ahiman hat sie unter dem Namen Katharina Nour den Berliner Polizeiapparat ausspionieren lassen. In Wahrheit stand sie auf der Seite unseres Bruders. Sie dachte wie er.«

Ungläubig starrte Pit in seinen schwarzen Kaffee. »Sie war auf dem Bahnhof, bevor Zekarias …«

»Sie war da, um ihn zu beschützen«, brach es aus Nasrin hervor. Ihre Tränen flossen in Strömen, sie war kaum zu verstehen. »Kahina hätte es mit jeder von Ahimans Leibwächterinnen aufgenommen. Sie kannte ihre Geheimnisse und Strategien. Mit ihrem Wissen hätte Zekarias am Tag der Entscheidung den erwarteten Angriff der Amazonen zurückschlagen können.«

Pit sprang vom Stuhl auf, umrundete den Tisch und strich

Nasrin mitleidig über den Rücken. »Ich bin ein solcher Idiot! Als ich sie auf dem Überwachungsvideo sah, dachte ich, sie sei die Jägerin und er das Opfer, das vor ihr auf die Gleise flieht. Ich verstehe nur nicht, warum sie mich verführen wollte.«

»Sie hat dich auf die Lippe gebissen, sagst du?«

»Ja. Es hat sogar geblutet.«

»Ich schätze, sie war sich nicht sicher, ob Zekarias dich umgewandelt hat. Sie hätte das vielleicht auch geschafft. Deshalb vermischte sie wohl ihr Blut mit dem deinen.«

»Und wieso schießt sie dann auf mich?«

»Um dich vor Ahiman zu retten. Er konnte von deiner Umwandlung nichts wissen und hielt dich für mausetot. Kahina muss gespürt haben, dass die Schüsse dir nur den Kleinen Tod bringen würden – einen tiefen, todähnlichen Schlaf, aus dem du wieder erwachen würdest.«

»Du meinst, sie hat mich aus der Schusslinie genommen, indem sie mich erschoss?« Er blinzelte verwirrt.

»Wenn du das so ausdrücken willst. Ihre Kugeln waren mit Absicht so platziert, dass es keine allzu starken Blutungen gab.«

»Aber warum bringt Ahiman dann seine eigene Kriegerin um?«

Nasrin tupfte sich die Tränen aus den Augenwinkeln. »Ich weiß es nicht, Pit. Er kann in unsere Gedanken blicken. Nicht Wort für Wort, doch unsere Absichten liest er wie ein Buch. Vielleicht hat er Kahinas Verrat entdeckt. Oder sie hat sich ganz bewusst für dich geopfert.«

»Für mich? Wir kannten uns kaum.«

»Wenn sie dich für Prometheus hielt, hätte sie alles für deine Rettung getan. Bist du sicher, dass sie ganz blutleer war?«

»Ich bemerkte nur einen riesigen Blutfleck auf dem Boden. Und ihre Leiche sah ziemlich anämisch aus – völlig bleich.«

Nasrin suchte nach Pits Hand auf ihrer Schulter und drückte sie. Sie hatte eine Gänsehaut und zitterte. »Dann ist meine Schwester den Großen Tod gestorben: Ihr Körper kann sich von dem Blutverlust nicht mehr erholen. Sobald ihre Zellen absterben, verwandeln sie sich in Sand.«

»So wie bei deinem Bruder?«

Sie nickte. »Das ist wohl bei allen so, in deren Adern Domenblut fließt. Was hat er dir gegeben?«

»Zekarias?« Pit erzählte von dem USB-Stick.

»Weiß der Fürst davon?«, erkundigte sich Nasrin.

»Ahiman? Er fragte mich über einen Datenspeicher aus. Hat er wohl in meinen Gedanken gefunden. Wo sich der Stick befindet, weiß weder er noch ich. Ich muss ihn verlegt oder verloren haben.«

»Er wird danach suchen – mit allen Mitteln, die ihm zur Verfügung stehen.«

Pit nickte grimmig. »Dann sollten wir ihm zuvorkommen. Ich habe so eine Ahnung, wo ich den Stick finden könnte.«

19

Elias Meerbaum summte eine sanfte Melodie, während er den Säugling in den Armen wiegte. »Ich glaube, unser kleiner Schatz ist eingeschlafen«, sagte er zu Xi. Es war Freitagmorgen. Er hatte seine Frau und das Baby gerade aus der Entbindungsklinik nach Hause geholt, in die Villa, die sie im Berliner Stadtteil Dahlem bewohnten. Dort saßen sie im sonnendurchfluteten Wintergarten und genossen ihr erstes gemeinsames Frühstück als Eltern.

Xi Huang – für Elias war sie einfach Ylang, die *Blume* – lächelte auf jene stille, sanfte Art, wie seiner Meinung nach nur Menschen aus China lächeln konnten. »Mai fühlt sich geborgen bei dem alten Brummbären. Ich hätte nie gedacht, dass wir beide jemals selbst Kinder haben würden.«

»Vermutlich liegt es daran, dass wir endlich akzeptiert haben, wer wir sind. Und vor allem, *was* wir sind. Ich muss dir etwas erzählen, Ylang. Bis heute habe ich dich damit verschont. Die Geburt, das Kind – das alles war ziemlich belastend für dich.«

»Für dich etwa nicht?«, erwiderte sie schmunzelnd. »Gib's zu: Du hast befürchtet, ich könnte ein kleines Monster zur Welt bringen, einen geflügelten Bären vielleicht.«

Elias legte Mai in die Wiege, die neben dem Tisch stand. Nein, wie ein Monster sah sie nicht aus. Sie war so schön wie ihre Mutter. Er setzte sich neben Ylang und nahm ihre Hand. »Es ist etwas mit Pit passiert.«

»Pit Zuckmayer?«

»Ja«, sagte Elias leise. »Jemand hat ihn vorgestern Abend in seiner Wohnung erschossen …«

»Was?« Ylangs Finger verkrampften sich in seiner Hand. »Das ist ja schrecklich …«

»Warte!«, unterbrach er sie. »Pit lebt wieder.«

Seine Frau sah ihm tief in die Augen. Das genügte ihr, um seine Worte zu begreifen – die beiden kannten sich lange genug. »Er ist den Kleinen Tod gestorben?«, fragte sie dennoch.

Elias nickte vielsagend.

»Warum ist uns in den letzten sechs Jahren nie etwas an ihm aufgefallen?«, wunderte sich Ylang.

»Offenbar wusste er nichts davon. Und er will es immer noch nicht wahrhaben.«

»Er könnte wie du schon einmal gestorben sein und seine Erinnerungen verloren haben.«

»Eben nicht. Ich war dabei, als er zu sich kam. Wegen der Polizisten konnte er nicht viel sagen, aber er wusste definitiv, wer er ist. Kim und mich erkannte er sofort wieder.« Elias konnte sehen, wie es in Ylangs Kopf arbeitete. Sie griff mit glasigen Augen nach der Teetasse, nippte daran und stellte sie punktgenau auf die Untertasse zurück.

»Das kann nur eines bedeuten.«

Sein Puls beschleunigte sich. »Denkst du, er könnte zu den Domen gehören? Du kennst die Geschichte ihrer Ursprünge besser als ich. Wäre das nicht ein unfassbarer Zufall: Er und ich fahren im selben Auto zu Noteinsätzen?«

»Das klingt tatsächlich unglaublich. Doch unsereiner kann den Kleinen Tod nicht überstehen, ohne wenigstens zeitweilig die Erinnerungen einzubüßen. Für die Domen sind wir nur entartete Bastarde.«

»Ich habe in Pits Wohnung noch etwas gewittert, das unsere Vermutung zu bestätigen scheint.«

»Gerochen oder *gesehen?*«

»Beides: Mein innerer Sinn hat mir die Szene gezeigt, die sich bei Pit zu Hause zugetragen hat. Da waren vier Riesen – drei

Frauen und ein Mann. Zwei von ihnen hatten sechs Finger an jeder Hand.«

»Das kommt bei den Domen und ihren Nachkommen oft vor.«

Manchmal zeigte ihm sein außergewöhnlicher Geruchssinn Dinge, die sich unterschiedlich deuten ließen. Elias schilderte seiner Frau, was er von den gesehenen Bildern hielt. Auch von Pits Verhaftung berichtete er ihr.

Danach versank Ylang in tiefe Nachdenklichkeit.

»Wir müssen unbedingt mit Pit reden«, sagte sie schließlich.

»Das dürfte schwierig werden«, murmelte er. Geistesabwesend schaukelte er die Wiege mit dem schlafenden Kind.

»Schatz?«, holte ihn Ylang wieder ins Hier und Jetzt zurück.

Er blickte ihr blinzelnd in die Augen. »Hör mir gut zu! Nun wird die Sache kompliziert.« Er berichtete ihr von den zwei weiteren Morden im Gefängnis Moabit und dem spurlosen Verschwinden ihres Freundes. »Er ist auf der Flucht. Wenn ihm jemand helfen kann, dann wir.«

Sie streichelte seine Hand. »Das Dumme ist nur – er hat keine Ahnung, dass wir ihm überhaupt helfen können. Und ihn zu finden, dürfte ein Ding der Unmöglichkeit sein, selbst für eine Spürnase wie dich.«

»Es sei denn, er nimmt mit uns Kontakt auf.«

»So enge Freunde seid ihr zwei auch wieder nicht. Wieso sollte er das tun?«

Er reckte sich im Korbstuhl und griff in seine Hosentasche. »Um das hier zurückzubekommen. Pit hat es im Ruheraum der Station liegen gelassen.« Elias zog die Hand aus der Tasche und öffnete sie.

Darin schimmerte im Sonnenlicht ein silberner USB-Stick.

20

Einhundertachtundneunzig Zentimeter pure Sinnlichkeit hatte ein Boulevardblatt geschrieben. Es gab Topmodels, die bekannter waren als sie. Und jünger. Mit sechsundzwanzig hatte sie das branchenübliche Best-before-Datum bereits überschritten. Dabei sah sie nicht älter aus als zwanzig. Ihre unschuldige Schönheit war sogar ihr Markenzeichen. Sie trug ihr regelmäßig bewundernde, manchmal auch neidvolle Blicke ein, und das nicht nur von Männern. Als Nasrin an diesem Freitagmorgen am Virchow-Klinikum durchs offene Rolltor des Rettungsstützpunkts spazierte, war das nicht anders.

»Guten Morgen«, sagte sie lächelnd zu dem Notarzt, einem gemütlich runden Vollbartträger, der gerade den Rettungswagen ausräumte. Er ließ seinen Koffer zu Boden sinken, richtete sich auf und starrte sie an, als wäre sie eine Seejungfrau auf Landgang. Dabei hatte Nasrin für die Phase eins der Operation Pegasus bewusst nichts Aufreizendes angezogen: schwarze Stiefeletten, eine luftige, schwarz-weiß gemusterte Berberhose, ein schwarzes T-Shirt mit Spitzeneinsätzen und eine kurze graue Jacke. Ihre Mähne hatte sie wie meist mit zwei Dutzend Glitzerspängchen hochgesteckt.

»Guten Morgen, schöne Frau. Was kann ich für Sie tun?«, erkundigte sich Pits Kollege.

»Ich bin Nasrin Nafil. Ist zufällig Kim Schneidewind hier? Ich müsste sie kurz sprechen.«

»Die ist hinten. Wir sind gerade vom Einsatz zurückgekommen. Soll ich sie rufen?«

»Ich kann auch zu ihr gehen, wenn Sie erlauben, Herr Doktor.« Seine Antwort war ihr schon vorher klar. Gutes Aussehen öffnet Türen – das hatte sie schon unzählige Male erfahren.

»Am besten ich zeige Ihnen, wo sie ist«, erklärte der Arzt charmant und deutete zu einer Tür.

Er führte Nasrin in den etwas beengten Wartebereich für die Rettungssanitäter und Notärzte. Von einem kurzen Flur gingen mehrere Türen ab. Links lag ein Aufenthaltsraum mit einem Tisch, vier Stühlen, einem Sofa, einem Fernseher und einer Kaffeemaschine. An letzterer hantierte eine blonde Frau mit explosionsartiger Frisur – ihre kurzen Haare standen in sämtliche Richtungen vom Kopf ab. Sie drehte sich um, als Nasrin und der Arzt an der Tür erschienen. Ihre Mandelaugen verwandelten sich in Pflaumenaugen.

»Nasrin Nafil?«, quietschte sie.

»Du kennst sie?«, wunderte sich der Arzt.

Kim bekam nur mit Mühe den Mund wieder zu. »Aber hallo! Sie ist ein Topmodel, Fritz.«

»Jetzt, da du es sagst …« Der Arzt wandte sich an Nasrin. »Fand ich toll, wie Sie bei Heidi Klum alle anderen Konkurrentinnen vom Laufsteg gefegt haben.«

»Das war Sara. Sara Nuru«, korrigierte Nasrin schmunzelnd. »Die ist zweiundzwanzig Zentimeter kleiner als ich.«

Der Charité-Arzt hüstelte. »Na, dann mach ich mal weiter. War nett, Sie kennengelernt zu haben, Frau Nuru.« Er zog sich zurück.

Sein Versprecher entlockte Nasrin ein Schmunzeln. Diese Verwechselungen war sie gewohnt. Sie betrat den Aufenthaltsraum und deutete auf die Stühle. »Darf ich mich setzen?«

»Sicher. Bekomme ich ein Autogramm?«

»Nur wenn ich einen Kaffee kriege.«

»Abgemacht.«

»Ohne Milch und Zucker, bitte.« Nasrin nahm am Tisch Platz, öffnete ihre Sacktasche und suchte nach den Autogrammkarten.

Die Sanitäterin schenkte einen Becher voll, gab ihn ihr und setzte sich ebenfalls an den Tisch. »Ich bin baff«, sagte sie kopfschüttelnd. »Wie kommt ein Topmodel wie Sie dazu, unseren Stützpunkt zu besuchen?«

Nasrin drückte die Kappe auf den dicken Filzstift, mit dem sie gerade ihr Foto signiert hatte, und reichte es Kim. »Ich bin eine Freundin von Pit Zuckmayer. Er schickt mich zu Ihnen.«

Es sah aus, als würde Kims Gesicht schockgefrieren. »Eine … *Freundin?*«, wiederholte sie kühl.

»Es ist eine rein platonische Freundschaft«, beeilte sich Nasrin zu versichern.

Kim entriss ihr die Autogrammkarte und schnaubte. »So wie Sie aussehen!? Zeigen Sie mir *einen* Mann, bei dem nicht die Hormone schießen, wenn er in Ihre Nähe kommt.« Sie wedelte mit dem Foto in Richtung Tür. »Haben Sie nicht gemerkt, wie Doktor Brahms eben gesabbert hat?«

»Doch. Aber was soll ich tun? Mir eine Burka überwerfen?«

Die Feuerwehrfrau verdrehte die Augen. »Ihre Sorgen möchte ich haben! Ich wette, Pit sieht Sie ganz anders an als mich.«

Nasrin horchte auf. »Sie mögen ihn?«

Kim seufzte. »Für mich ist er der tollste Mann von ganz Berlin. Oder wenigstens im Wedding. Leider hängt er immer noch an Maja, obwohl die seit einem Jahr tot ist.«

Nasrin nickte verständnisvoll. »Kim … ich darf Sie doch Kim nennen, oder?«

»Klaro. Pits Kumpels sind auch meine Kumpels.« Kim legte die Autogrammkarte auf den Tisch und bedeckte sie mit den Händen. Dann beugte sie sich vor, warf Nasrin einen verschwörerischen Blick zu und senkte die Stimme. »Hat er Sie wirklich geschickt? Dann wissen Sie, wo er steckt?«

»Ja. Eigentlich wollte er unbedingt selbst mit Ihnen reden. Zum Glück konnte ich ihm das ausreden. Er ist immerhin ein gesuchter Ausbrecher.«

»Ausbrecher?«, schnaubte Kim. »Das dürfte derzeit wohl seine kleinste Sorge sein. Die Polizei beschuldigt ihn des dreifachen Mords. Sogar Europol sucht nach ihm, steht heute in der *Morgenpost.* Er gelte als *extrem gefährlich,* schreibt die Zeitung.« Sie schüttelte den Kopf.

»Trauen Sie ihm einen Mord zu?«, fragte Nasrin frei heraus.

»Pit?« Kim lachte. »Der nimmt seinen ärztlichen Eid ernster als der Papst seinen Amtsschwur.«

»Das denke ich auch.«

»Als ich ihn neben der ausgebluteten Leiche sah, kam es mir gleich so vor, als wolle ihm da jemand was in die Schuhe schieben. Ich dachte, er sei tot. Und dann springt er plötzlich auf wie ein Schachtelteufel. Können Sie sich das vorstellen?«

»Mich dürfen Sie nicht fragen. Ich bin Model. Sie würden ihn also nicht verraten, wenn er zu Ihnen käme?

Die Sanitäterin blickte sich um, als könne Pit plötzlich aus irgendwelchen Ritzen quillen. »Ist er etwa hier?«, flüsterte sie.

Nasrin nickte. »Ganz in der Nähe. Er will sich mit Ihnen in dem abschließbaren Ruheraum der Station treffen. Sie müssen ihm nur den Hintereingang öffnen.«

»Sie meinen den Ausgang zum Klinikgelände?« Kim riss die Augen auf. »Der Irre hält sich doch nicht etwa auf dem Campus auf!«

»*Das* konnte ich ihm leider nicht ausreden. Sobald ich ihn auf dem Handy anrufe, kommt er her.«

»Was, wenn die Polizei den Stützpunkt überwacht?

»Er hat sich verkleidet. Sieht aus wie ein Raumpfleger nach einer Hamburgerdiät.«

Kim grinste. »So viel Verschlagenheit hätte ich ihm gar nicht zugetraut. Warten Sie!« Die Sanitäterin zog ihr Handy aus der Tasche, entfernte die hintere Abdeckung samt Akku und verstaute die Teile in unterschiedlichen Hosentaschen. »So, das müsste ausreichen, um den Brahms für eine Weile zu beschäftigen. Er kramt sowieso für sein Leben gern im NEF herum.«

Kurz darauf war Kim wieder zurück. »Ich habe Brahms mein halbes Handy gezeigt und ihn gebeten, im Wagen nach dem Rest zu suchen. Wie ich ihn kenne, haben wir die nächsten zehn Minuten Ruhe. Kommen Sie!«

Die beiden wechselten in den Ruheraum. Nasrin wählte die Nummer des Handys, das sie vor kaum einer Stunde samt Prepaidkarte für Pit gekauft hatte.

»Ja?«, meldete sich seine Stimme.

»Es geht los«, antwortete sie und legte wieder auf. Das Gespräch hatte keine fünf Sekunden gedauert. Nasrin nickte seiner Kollegin zu.

»Schließen Sie hinter mir ab«, sagte Kim und verließ den Raum.

Nasrin tat, wie ihr geheißen. Sie hatte ein mulmiges Gefühl in der Magengrube. Pit hätte ihr die Suche nach dem USB-Stick überlassen sollen.

Sie sah sich in dem winzigen Zimmer um. Die Sonne mühte sich redlich, durch das kleine Fenster hindurch hier und dort fröhlich Akzente zu setzen. Allein, es nutzte nicht viel. Nach Nasrins Geschmack ließ sich die Einrichtung nur als trostlos beschreiben: grünliches Linoleum auf dem Boden, Leuchtstoffröhren an der Decke, ein Bett, auf einem Wandboard ein kleiner Fernseher, ein Sessel, ein Tisch und ein Telefon – das war's. Wahrscheinlich dient der Raum nur als Alibi, um irgendwelche Richtlinien zu erfüllen, dachte Nasrin. Pit hatte ihr erzählt, dass sein Noteinsatzfahrzeug mit viertausendzweihundert Einsätzen im Jahr den Berliner Rekord hielt. Das entspreche, so hatte er ihr vorgerechnet, etwa einem Alarm alle zwei Stunden. Wann sollte man da zur Ruhe kommen?

Es klopfte an der Tür. »Frau Nafil?«, sagte Kim förmlich.

Nasrin öffnete den beiden, ließ sie herein und schloss gleich wieder ab. »Hat dich jemand gesehen?«, fragte sie Pit.

»Wenn, dann nur eine Reinigungskraft«, antwortete er. Sein langer Körper steckte in einer grauen Latzhose, die ihm deutlich zu kurz war. Außerdem trug er ein kurzärmeliges blaues T-Shirt und auf dem Kopf eine Baseballkappe der gleichen Farbe. Den Schirm der Mütze hatte er sich tief ins Gesicht gezogen. Nun nahm er sie ab.

Kim fiel ihm um den Hals. »Ich bin fast gestorben vor Angst, als ich von dem Ausbruch erfuhr.«

Nasrin fühlte sich unwohl, die Vertrautheit der beiden zu beobachten. Beneidest du sie etwa?, fragte sie sich. Pit war so anders als die Kerle in ihrem Beruf. Oberflächlichkeit gehörte zur Modebranche wie Diskretion zum Bankenwesen. Das färbte auf die Menschen ab, die in diesem Haifischbecken ums Überleben kämpften.

Nach spätestens drei Sekunden beschlich Nasrin das Gefühl, Pit sei die stürmische Begrüßung seiner Kollegin unangenehm. Kim benahm sich wie eine Geliebte, er eher wie ein großer Bruder. Beruhigend tätschelte er ihr den Rücken. Auffällig rasch schob er sie, wenn auch sanft, an den Schultern von sich und blickte ihr tief in die Augen. »Ich bin hier, um eine Verschwörung aufzudecken, China Girl«, sagte er leise. »Falls mir das gelingt, hoffe ich auch meine Unschuld zu beweisen. Hilfst du mir dabei?«

Kim versteifte sich erkennbar. Ihr schien es auf einmal peinlich zu sein, wie sie sich ihm an den Hals geworfen hatte. »Klaro. Wen soll ich umbringen?«, fragte sie.

»Ich suche einen silbernen USB-Stick. Hast du ihn vielleicht irgendwo gefunden?«

Sie dachte kurz nach und schüttelte den Kopf. »Nö. Was war denn drauf? Schweizer Kontonummern von Mafiabossen?«

»Nur Dokumente über das Blutspendewesen und alles, was damit zusammenhängt. Klingelt's da vielleicht bei dir?«

»Nee, wirklich nicht. Aber ich kann ja mal Doktor Brahms fragen. Der ist schlimmer als 'ne Putze. Jede freie Minute kramt er im NEF herum. Wenn du den Stick im Wagen verloren hast, findet er ihn. Garantiert. Ich gehe gleich …«

»Warte!«, raunte Pit und hielt sie zurück. »Zuerst sollten wir hier nachsehen. Ich erinnere mich, dass ich den USB-Stick noch hatte, als ich vorgestern früh hier … wartete. Dann kam der Alarm. Ob ich ihn eingesteckt oder irgendwo hingelegt habe, weiß ich nicht mehr.«

»Ich helfe mit«, erbot sich Nasrin.

»Nicht nötig«, widersprach Pit. »Ist ja nur eine Besenkammer.«

Die Frauen durchstöberten trotzdem mit ihm den Raum. Schnell wurde klar, warum Pit die Aufgabe hatte allein erledigen wollen.

»Vier leere Flachmänner und kein USB-Stick«, fasste Kim das Ergebnis der Suche zusammen. »Wann fängst du mit der Therapie an, Pit?«

»Ich habe nur getrunken, als es mir wegen Maja und dem Kind schlecht ging«, verteidigte er sich lahm.

»Jeder Alki zählt dir tausend Gründe auf, weshalb er trinkt.«

»Ich bin kein Alkoholiker.«

»Vielleicht. Aber bald wirst du es sein.«

Während die beiden Pits Suchtpotenzial diskutierten, wunderte sich Nasrin über die dunklen Flecken in der Neonleuchte an der Decke. Groß, wie sie war, reckte sie sich zur Kunststoffabdeckung hinauf und löste sie aus der Halterung. In der Plexiglasschale fand sie etliche tote Motten und …

»Eine Wanze.«

Pit und Kim verstummten und sahen sie entgeistert an.

Nasrin hielt den winzigen elektronischen Spion hoch, der mit seinen Antennendrähten eher einer Kakerlake glich. »Ich schätze, unser Besuch hier ist nicht länger geheim.« Sie ließ den Sender fallen und traktierte ihn mit dem Absatz ihrer Stiefelette.

»Das hat bestimmt dieser Kommissar Gallus veranlasst, der Chef der ermordeten Polizistin«, mutmaßte Kim und schüttelte fassungslos den Kopf.

»Da bin ich mir nicht so sicher«, antwortete Nasrin. »Wir müssen sofort …«

»Pscht!«, unterbrach Pit sie. Er legte einen Finger auf die Lippen und spähte zur Tür.

Nasrin stellten sich sämtliche Härchen auf. »Was ist?«

»Ich spüre Gefahr«, antwortete er flüsternd.

Kim runzelte die Stirn. »Bist du mittlerweile ein Medium oder was?«

»Das gleiche Gefühl hatte ich in meiner Wohnung, bevor Ahiman und seine Bauchtanztruppe aufkreuzten.«

»Wer sind Sie?«, hallte es dumpf herein. »Was suchen Sie hier? Bleiben Sie augenblicklich …« Die Stimme verstummte jäh.

»Das war Brahms«, wunderte sich Kim.

Pit bedeutete ihr zu schweigen und schüttelte den Kopf. »Da verschafft sich gerade jemand Zugang zur Station«, flüsterte er.

Nasrin konnte sich die Szene lebhaft vorstellen: Bewaffnete Männer eines Spezialeinsatzkommandos dringen in die Rettungsstation ein, bedeuten dem Notarzt, die Klappe zu halten, und bereiten sich auf den Sturm des Ruheraumes vor.

»Ich halte sie auf. Klettert durchs Fenster und flieht über den Campus!«, zischte Kim. Sie drehte schon den Schlüssel im Türschloss herum. Bevor die beiden anderen etwas sagen konnten, war sie nach draußen geschlüpft und drückte die Tür wieder zu.

»Das hätte sie nicht tun sollen«, murmelte Nasrin. Sie war innerlich hin und her gerissen. So musste sich Kahina gefühlt haben, als ihre Loyalität gegenüber Prometheus sie zu einer schrecklichen Tat zwang.

»Was meinst du?«, fragte Pit.

Sie lief zum Fenster, öffnete es und schleuderte mit enormer Kraft ihre Handtasche hinaus – sie landete etwa zehn Meter weiter in einem Gebüsch.

»Wären die Eindringlinge Polizisten, würden sie sämtliche Ein- und Ausgänge bewachen«, gab Pit zu bedenken.

»Eben«, stimmte sie ihm zu und griff nach seiner Hand. »Lyse! Sofort!«

»Was?«

»Wir müssen uns auflösen. So wie gestern. Schnell!«

Als er die Todesangst in ihren Augen sah, zögerte er nicht so wie in der letzten Nacht. Sogleich übergab er sich ihrer Führung.

Ein greller Schrei hallte durch die Station. Es war Kim.

Nasrin löste sich in eine Sandwolke auf und riss ihren Schützling mit sich.

21

Karneola eilte in den Salon, in dem sich Zafirah gerade ernste Vorhaltungen ihres Vaters anhören musste. Methysta und Onyxia spähten neugierig durch die zweiflüglige Tür herein, die sie bewachten. Die älteste der vier Kriegerinnen verneigte sich.

»Verzeiht, Ehrenwerter Ahiman. Unsere Wanzen haben soeben etwas aufgefangen. Offenbar wird Pit Zuckmayer jeden Moment an seinem Arbeitsplatz erscheinen.«

Enak schüttelte ungläubig den Kopf. »Dieser Mann macht den Domen Schande. So töricht handeln sonst nur Menschen.« Seine riesige Hand gab Zafirah einen Wink. »Eile, Tochter! Hol mir den Narren!«

Zafirah stand bereits. »Wenn er noch dort ist, bringe ich ihn Euch. Oder wenigstens sein Blut.«

Die vier Kriegerinnen lösten sich in grauschwarze Sandwolken auf und stoben davon.

Wenige Minuten später zog in der Garage der Rettungsstation ein Sandstürm auf. Zafirah nahm gerade ihre Domengestalt an, als ein vollbärtiger Männerkopf aus der offenen Tür des Rettungswagens herauslugte.

»Bringt mir Zuckmayer!«, befahl sie ihren Kameradinnen und deutete auf eine Tür, die offenbar ins Innere der Station führte.

Der Notarzt stieg aus seinem Fahrzeug. »Wer sind Sie? Was suchen Sie hier?«, rief er und winkte den drei davonlaufenden Kriegerinnen hinterher. »Bleiben Sie augenblicklich ...!«

In diesem Moment trat Zafirah zwischen ihn und die Tür. Der Mann verstummte sogleich, starrte ihr entsetzt in die Augen und fiel tot um.

Sie folgte den Kameradinnen. Noch bevor sie die Tür erreicht hatte, gellte ein Schrei durchs Haus. Zafirah stürzte in einen kleinen Flur, von dem mehrere Türen abgingen. Karneola und Methysta hielten eine kreischende blonde Zwergin fest, die augenscheinlich asiatischer Herkunft war. Zafirah packte sie am Hals und drückte zu. Der Schrei verging in einem Gurgeln, und dann starrten sie nur noch die zornigen Augen der Asiatin an.

»Wo ist Pit Zuckmayer?«, fragte Zafirah in drohendem Ton. Anders als ihr Vater vermochte sie die Absichten von Menschen oder Domen nicht zu lesen. Sie lockerte den Würgegriff ein wenig.

Die Feuerwehrfrau spuckte ihr ins Gesicht.

Zafirah versetzte ihr eine Ohrfeige.

Die Gefangene sank ohnmächtig in sich zusammen.

»Die Zwerge halten nichts aus. Du musst viel vorsichtiger schlagen«, bemerkte Onyxia grinsend.

»Ich schlage gleich *dich*«, zischte Zafirah und funkelte ihre Kameradin zornig an.

Deren Grinsen schrumpelte zusammen wie Dörrobst. Den bösen Blick forderte niemand heraus, selbst wenn Onyxia ihm hätte standhalten können. Die damit verbundenen Herzbeklemmungen waren einfach zu unangenehm.

Zafirah schloss die Augen und atmete tief durch. Sie spürte die Nähe der anderen Domen. Zwei oder drei Herzschläge später wandte sie sich einer Tür zur Rechten zu und trat dagegen. Ihr gestiefelter Fuß schlug ein ansehnliches Loch ins Holz. Sie spähte hindurch. Der kleine Raum dahinter war menschenleer. Auf dem Boden lag der Lampenschirm, in dem die Domen eine der Wanzen versteckt hatten. Daneben waren die zermalmten Überreste des Geräts zu erkennen. Das Fenster stand offen. Auf dem Boden davor häuften sich zwei Kleiderhügel.

Zafirah brüllte laut vor Zorn. »Schon wieder sind sie uns entwischt!« Sie wandte sich zu der Gefangenen um, die wie ein nasser

Sack zwischen den beiden Kriegerinnen hing, immer noch besinnungslos.

»Räumt hier auf! Wir unternehmen jetzt eine Alarmfahrt mit dem Rettungswagen. Unsere übrigen Wanzen, alles, was uns noch verraten könnte, was euch verdächtig oder wichtig erscheint, wird eingepackt. Die Frau nehmen wir ebenfalls mit. Ihr habt zwei Minuten. Dann verschwinden wir.«

Die Kriegerinnen setzten den Befehl mit eiskalter Präzision um: Onyxia brach die Tür zum Ruheraum auf, Methysta fesselte die Geisel und Karneola eilte in die Garage.

Zafirah nahm sich den Aufenthaltsraum vor. Sie entfernte die Wanze aus dem Fernsehapparat. Eine Minute war verstrichen. Rasch lief sie durch den Raum, drehte Kissen um und zerwühlte Magazine. Plötzlich jedoch verharrte ihr suchender Blick auf dem Tisch. Dort lag ein Foto von der Art, wie Künstler es an ihre Fans verteilten. Sie hob die Autogrammkarte auf und las die Widmung:

Für Kim
Alles Liebe!
Nasrin Nafil

»Sieh an!«, murmelte Zafirah und lächelte.

22

Das weite Areal des Gendarmenmarktes war ein Spielfeld des Windes, auf dem er manche Possen trieb. Immer wieder einmal verirrten sich Staubwolken hierher. Die Touristen, Cafébesucher und Geschäftsleute beachteten daher kaum das dunkle Gewirbel, das über ihren Köpfen hinwegfegte. Nur eine Besucherin aus Japan schoss ein Foto, als die Wolke in einer Wohnung auf der gegenüberliegenden Straßenseite verschwand.

Pit presste sich flugs die Giraffe an den Leib, um seine Blöße zu bedecken.

Nasrin legte weniger Hast an den Tag, als sie ihre Kuscheldecke vom Sofa aufnahm und sich wie ein Badelaken um den Körper schlang. Sie umrundete das weiße Ledersofa und musterte missbilligend den Mann hinter der Giraffe. »Das sieht albern aus. Und unanständig«, lautete ihr Urteil. Sie befreite sich aus der Kuscheldecke und reichte sie Pit. »Nimm lieber die hier, bis ich für dich was Neues zum Anziehen gefunden habe.«

Stumm wie ein Fisch glotzte er ihr hinterher, während sie im Evaskostüm davonschritt.

»Und starr mir nicht auf den Hintern!«, rief sie ihm über die Schulter zu und verschwand.

Rasch wickelte er sich die Kuscheldecke um die Lenden. Nasrin hatte definitiv ein anderes Körperbewusstsein als er. Wahrscheinlich liegt es an ihrem Beruf, redete er sich ein. Models müssen in den Massenumkleiden der großen Modenschauen x-mal ihr Outfit wechseln, während tausend Leute um sie herumspringen. Da darf man nicht zimperlich sein.

Er betrat die zum Wohnbereich hin offene Küche, um seinen Mordsdurst zu löschen. Auch daran musste er sich noch gewöhnen. Ob häufige Gestaltwechsel gesundheitsschädlich waren? Pit setzte eine Flasche Evian an die Lippen und trank sie zur Hälfte leer.

Sein Verstand kam allmählich wieder auf Touren. Was er gerade erlebt hatte, war grauenhaft. Hoffentlich taten Ahimans Kriegerinnen Kim kein Leid an. Die ganze Vormittagsaktion war eine einzige Katastrophe gewesen. Wenn er im gleichen Stil mit der Operation Prometheus fortfuhr, würden er und Nasrin die längste Zeit frei herumlaufen.

Ein Arm schob sich an ihm vorbei und nahm ihm die Wasserflasche ab. Nasrin trank die zweite Hälfte in einem Zug aus. Sie reichte ihm einen rosafarbenen Jogginganzug.

»Der ist von mir. Was anderes habe ich nicht. Wir müssen erst für dich einkaufen.« Sie selbst war in Windeseile in eine taubenblaue Hose mit weiten Beinen geschlüpft. Darüber trug sie ein Twinset aus ockerfarbener, erkennbar weicher Wolle. Die Füße steckten in bequemen Sneakers aus blauem Segeltuch.

Angewidert starrte Pit den Anzug an. »Das ist nicht dein Ernst, oder?«

»Du kannst auch eins von meinen Kleidern anziehen.« Sie deutete an sich hinab. »So eine Marlene-Hose und ein Strickjäckchen mit passendem Pullover in Kirschrot habe ich auch noch anzubieten.«

Pit riss ihr den Sportdress aus den Händen. »Wir müssen Kim helfen.«

Nasrins Miene verhärtete sich. »Ich wüsste nicht wie. Entweder hat Zafirah sie längst mit dem bösen Blick getötet oder sie verschleppt.«

»Das Grace-Jones-Double meinst du? Sie könnte Kim doch auch freilassen.«

Ihre Hand legte sich auf seine Wange. »Es tut mir leid, Pit, aber darauf solltest du besser nicht hoffen. Zafirah wird Kim so lange quälen, bis sie ihr dein Versteck verrät.«

»Das kennt Kim doch gar nicht.«

»Eben. Darum wird sie sterben. Sie hat ihr Leben schon verwirkt, als sie sich den Domen in den Weg stellte. Das alte Volk existiert nicht. Deshalb töten sie jeden, der glaubhaft das Gegenteil behaupten ...« Nasrin brach mitten im Satz ab und starrte mit glasigem Blick vor sich hin.

»Was ist?«, fragte Pit.

Ihre Augen wandten sich ihm zu. Panik lag in diesem Blick. »Ich habe Kim eine Autogrammkarte gegeben. Schnell, zieh dich an! Ich packe inzwischen ein paar Sachen ein. Wir müssen weg sein, bevor die Kriegerinnen hier aufkreuzen.«

Pit zog den Jogginganzug gleich in der Küche an. Der elastische Stoff passte sich wie eine zweite Haut seiner Basketballerfigur an. Da Nasrin nur vier Zentimeter kleiner war als er, hielt sich sogar der Hochwassereffekt der Hosenbeine in Grenzen. »Die werden mich für schwul halten!«, rief er in die Wohnung.

»Da wärst du nicht der Einzige in der Stadt«, hallte es von irgendwo zurück.

»Hast du Schuhe?«

»Ich hätte ein Paar schicke High Heels aus Schlangenleder.«

»Vergiss es! Ich gehe barfuß.«

Nasrin erschien wieder auf der Bildfläche und warf ihm ein Paar Badeschuhe zu. Kommentarlos huschte sie an ihm vorbei und fegte wie ein Wirbelwind durch den Wohnbereich. Über ihrer Schulter hing eine große Segeltuchtasche, in die sie Pässe, Geld, Schmuck und andere unverzichtbare Utensilien stopfte. »Kennst du jemanden im Virchow-Krankenhaus, dem du vertrauen kannst? Außer Kim, meine ich?«

»Höchstens Elias Meerbaum, einen Studenten, der älter ist als ich. Wieso fragst du?«

»Ich würde gern nachsehen lassen, ob meine Tasche noch in dem Gebüsch liegt.«

»Du meinst, ich soll ihn anrufen? Auf keinen Fall! Am Ende wird er auch noch in die Sache reingezogen. Dann gehe ich lieber selbst. Auf dem Campus kenne ich mich aus wie in meiner Westentasche. Ich nehme denselben Versorgungstunnel für die Haustechnik, durch den ich vorhin gegangen bin. Gleich hinter der Station gibt es einen Ausstieg.«

Nasrin kehrte mit ihrem Gepäck zur Küchenzeile zurück und ließ die schwere Tasche fallen. »Fertig. Jetzt muss ich nur noch eins erledigen, und dann können wir uns verdünnisieren.«

Er zog eine Grimasse. »Aus deinem Mund klingt das irgendwie beängstigend.«

Sie lief zum Sofa, nahm von einem Beistelltisch ein schnurloses Telefon auf, wählte eine kurze Nummer und lauschte.

»Wen rufst du an?«, fragte Pit argwöhnisch.

»Ja? Ist da die Polizei?«, fragte sie, statt zu antworten, aufgeregt, verzweifelt und erschreckend naiv ins Telefon. »Hier spricht Nasrin Nafil. Ich wohne Charlottenstraße Ecke Jägerstraße, vierter Stock. Da ist jemand in meinem Appartement. Ich habe Angst. Sie müssen sofort komm…« Sie legte auf und lächelte diebisch.

Er starrte sie verständnislos an. »Ich werde wegen dreifachen Mordes gesucht, und du rufst die Polizei?«

»Wenn die kommen, sind wir längst weg. Sollen sich Zafirah und ihre Killerbienen mit ihnen die Zeit vertreiben. Komm!«

Sie hatten die Wohnungstür gerade erreicht, als Pit plötzlich ein Schauer über den Rücken lief. Er blieb stehen und drehte sich zu den Fenstern um.

»Was ist?«, fragte Nasrin.

»Sie kommen«, flüsterte er. »Geschwind wie der Wind.«

Der Lift glitt lautlos in die Tiefgarage hinab. Pit starrte mit leerem Blick vor sich hin. Seine Gedanken waren bei Kim. Sie in den Händen der Domen zu wissen und nichts gegen ihren Tod unternehmen zu können, war kaum zu ertragen.

»Du lernst dazu«, sagte Nasrin.

Er blinzelte. »W…was?«

»Du spürst die Gefahr immer früher. Das hat uns gerettet.«

»Noch sind wir nicht in Sicherheit.«

»Wir sollten möglichst bald deine verschiedenen Gaben erforschen und systematisch schulen. Als Erstes musst du lernen, die Lyse ohne meine Hilfe herbeizuführen.«

»Du meinst, damit ich mich aus dem Staub machen kann, wenn's brenzlig wird?«

Mit einem freundlichen Gong öffnete der Fahrstuhl die Türen.

Pit hievte Nasrins Reisetasche hoch und folgte ihr in die Garage. Wenige Sekunden später saßen sie im Boxster. Nasrin ließ den Motor aufbrüllen und brachte den Porsche mit quietschenden Reifen auf Touren.

Der Wagen raste auf das Rolltor zu, das sich träge öffnete. Pits Rechte umklammerte den Türgriff, die Linke stützte sich am Armaturenbrett ab. Passen wir da durch?, fragte er sich.

Um Haaresbreite. Offenbar praktizierte Nasrin solche Notstarts des Öfteren. Der silberne Sportwagen mit dem roten Verdeck bremste ab und reihte sich in den Verkehr ein.

Pit hörte einen heulenden Signalton. Wahrscheinlich die von Nasrin gerufene Polizei. Er ließ die Seitenscheibe herunter, streckte den Kopf aus dem Wagen und blickte zurück.

Über dem Gendarmenmarkt trieb der Wind seine Possen. So jedenfalls sah es aus, als eine dunkle Sandwolke auf das Haus mit Nasrins Wohnung zuraste.

23

Die rasiermesserscharfe gezackte Klinge schlitzte den Bauch der Giraffe auf. Es gab keinen besonderen Grund dafür, von Zafirahs unbändigem Zorn einmal abgesehen. Sie schlug dem Stofftier die Beine weg, wandte sich um und ließ den Blick durch die großzügig geschnittene Wohnung schweifen. »Durchsuchen!«, befahl sie ihren Amazonen. »Und ich will Musik hören. Grace Jones könnte mir gefallen.«

Die bei den Tuareg aufgewachsene Methysta machte sich über die Stereoanlage her.

»Du glaubst doch nicht ernsthaft, die haben den Datenspeicher zurückgelassen«, gab Onyxia zu bedenken.

Die erste Kriegerin rammte ihr gebogenes Kurzschwert in das Futteral unter dem Mantel zurück. »Man kann nie wissen. Mir würde fürs Erste ein Hinweis genügen, wo wir Zuckmayer und das Mädchen finden.« Sie wandte sich ihrer erfahrensten Kriegerin zu. »Such nach Haarbüscheln des Models oder anderem Material, von dem wir DNA-Proben nehmen können. Ich wüsste gar zu gern, wer diese Nasrin Nafil ist.«

»Wird erledigt«, bestätigte Karneola vom Fenster her. Ihr Blick war nach unten gerichtet. »Da tut sich was.«

Zafirah lief zu einem anderen Fenster und spähte zur Straße hinab. Vor dem Gebäude hielt gerade ein silber-blauer Streifenwagen der Polizei.

Mit rotem Blinklicht und heulender Sirene raste durch die Charlottenstraße ein zweites Einsatzfahrzeug herbei. Männer in blauen Uniformen sprangen aus den Wagen. »Die kommen wegen uns«, knurrte Zafirah.

Onyxia zog ihr Schwert unter dem Mantel hervor. »Mit denen werden wir spielend fertig.«

»Mein Vater reißt mir den Kopf ab, wenn wir so viel Aufsehen erregen.« Zafirahs Augen tasteten wie ein Laserscanner den Raum ab. Ihr Blick verharrte auf der schwarzen Granitplatte des Küchenblocks. Sie deutete auf die flauschige Wolldecke, die dort lag. »Die nehmen wir mit. Und dann nichts wie weg! Wollen doch mal sehen, ob die kleine Asiatin uns etwas über Zuckmayer erzählen kann.«

24

Der *Schleusenkrug* war eine Oase der Stille im Herzen der Großstadt. Das Gartenlokal lag an einer Schiffsschleuse am Landwehrkanal, am westlichen Ende des Tiergartens. Von der benachbarten Fasanerie des Berliner Zoos hallten Vogelstimmen herüber. Pit hörte sie kaum. Missmutig starrte er in seinen Kaffee. Sie waren aus reiner Verzweiflung hierhergekommen. In dem verschwiegenen Winkel hatte er viele schöne Stunden mit Maja verbracht. Nun saß er hier in einem rosafarbenen Strampelanzug und musste die lasziven Blicke zweier Tunten vom Nebentisch ertragen.

»Ich komme mir vor wie Doktor Kimble – auf der Flucht«, brummte Pit.

»Und ich schätze, meine Karriere als Model kann ich begraben«, seufzte Nasrin. Sie saß ihm gegenüber an dem Gartentisch, das schwule Pärchen im Rücken, und klammerte sich an einem Glas mit Mineralwasser fest.

»Tut mir leid, dich da reingezogen zu haben.«

»Dich trifft keine Schuld. *Ich* habe dich aus dem Knast herausgeholt. Und die Schlamperei mit der Autogrammkarte geht auch auf mein Konto.«

»Hast du Kim gegenüber deinen richtigen Namen genannt?«

»Ja. Sie hat mich ja sofort erkannt …« Nasrin hielt inne und verdrehte die Augen himmelwärts. »Die Wanzen! Zafirah hätte mich sowieso auf dem Schirm gehabt. Das blöde Foto hat ihr die Arbeit nur erleichtert.«

Pit zog den Kopf ein und senkte die Stimme. »Unsere Wohnungen werden vermutlich überwacht. Wo sollen wir hin? Und vor allem: Wie geht's jetzt weiter? Die einzigen Domen, die sich gegen Ahiman zu erheben wagten, sind tot. Wir sind völlig auf uns gestellt.«

»Es gibt noch andere, die Ahimans Regiment über die Domen ablehnen.«

»Na prima. Dann bring uns zu den Rebellen! Vielleicht können sie uns helfen.«

»Ich kenne keine. Wie gesagt: Ich musste Zekarias alles aus der Nase ziehen, was ich über das alte Volk weiß.«

Pit versenkte den Blick erneut im Kaffee. Er überlegte, ob er sich Ahiman stellen sollte. Vielleicht konnte er den Domenfürsten mit einigen Röhrchen Blut besänftigen. Immerhin wäre er dem Überbringer des Prometheus-Komplexes doch zu Dank … »Kahinas Visitenkarte!«, brach es aus ihm hervor.

Die Tunten vom Nachbartisch starrten ihn erschrocken an.

»Geht's noch lauter?«, flüsterte Nasrin.

»Deine Schwester hat mir ihre Karte gegeben«, raunte er, »mit einer handschriftlichen Notiz: ihre private E-Mail-Adresse und Telefonnummer.«

»Ja, und? Sie hatte einen Account bei einem amerikanischen Provider: kahina@hotmail.com. Ihre Handynummer kenne ich auch auswendig: 0172 …«

»Sie fing anders an«, unterbrach Pit sie.

»Dann muss sie die Nummer geändert haben, ohne mir Bescheid zu sagen.« Nasrin führte ihr Glas zum Mund.

»Sie sagte ausdrücklich, es sei eine Geheimnummer. Und sie hat mich geradezu beschworen, nur mit ihr über Zekarias' Fall zu sprechen. Ergo könnte auch jemand anders abheben, einer der Domen vielleicht, ein Freund deiner Geschwister, der uns weiterhelfen könnte.«

Das Glas sank wieder auf den Tisch. »Wo ist diese Visitenkarte?

»In meiner Wohnung. Warte …« Pit schloss die Augen und versuchte sich zu erinnern. »Ich habe sie mit ins Arbeitszimmer genommen … Jetzt weiß ich's wieder! Sie liegt unter meiner Schreibunterlage.«

»Falls die Polizei sie nicht mitgenommen hat.«

»Es ist die Kontaktkarte einer Kripobeamtin. Kahina hatte bestimmt Dutzende davon in ihrer Jacke. Wieso sollten die Polizisten das Ding mitnehmen? Ich muss in die Wohnung und nachsehen.«

»Hundertpro, dass die Polizei sie observiert. Und vermutlich hat Zafirah auch die eine oder andere Wanze zurückgelassen.«

»Wir machen's wie gerade eben: schneien als Sandwolke rein und verkrümeln uns gleich wieder, alles ganz lautlos.«

»Das könnte klappen. Wir müssten uns nur die Nummer gut einprägen, denn mitnehmen können wir die Karte nicht.«

Sein Blick huschte über Nasrins Schulter hinweg zu den beiden Schwulen am Nachbartisch. Der eine musterte ihn mit schlüpfrigem Schlafzimmerblick und leckte sich wollüstig die Lippen. »Am liebsten würde ich auf der Stelle versanden«, brummte Pit. »Ich komme mir in deinem Jogginganzug vor wie ein rosa Bunny.«

»Daran solltest du nicht einmal denken«, warnte ihn Nasrin. »Bleib nie länger als einige Minuten in deinem körperlosen Zustand.«

Er schluckte. »Dachte ich mir doch, dass die Lyse Nebenwirkungen hat.«

»Weit schlimmere als der Verlust von ein paar Spurenelementen und das schreckliche Durstgefühl«, pflichtete sie ihm bei. »Verstreicht zu viel Zeit, kannst du dich nicht mehr zurückverwandeln. Dann erlischt dein Geist. Zurück bleibt nur Sand.«

Verdrossen starrte er in seine Tasse. Der Kaffee war mittlerweile kalt. »Kennst du einen guten Herrenausstatter? Wir sollten dringend einkaufen gehen.«

Nasrin spazierte zum Reisedienst von American Express hinein, knallte ihre Platinum Card auf den Tisch und verlangte von dem pickelgesichtigen Typen am Computer so viel Bares, wie sie dafür bekommen konnte. Pit hielt sich still im Hintergrund, so diskret, wie es einem Zweimetermann in einem rosafarbenen Strampelanzug möglich war. Als die Blicke des Personals unerträglich wurden, fühlte sich das Model gemüßigt, eine Erklärung abzugeben.

»Wir sind überfallen worden. Ich musste meinem Freund einen Sportdress von mir ausleihen.«

»Das kommt vor«, erwiderte der Reisefachmann, dessen Namensschild ihn als Dominik Bamensank identifizierte.

Mit großer Geste deutete Nasrin zur Wand über dem Kopf des Pickelgesichts, womit sie die ungefähre Lage des berühmten Nobelkaufhauses KaDeWe angab. »Wir wollen ihn neu einkleiden.«

Herr Bamensank warf einen argwöhnischen Blick auf Pit, dann auf seinen Monitor und hüstelte schließlich. »Eine Platinum Card hat kein Ausgabelimit, Frau Nafil. Sie müssten mir schon sagen, wie viel Sie in die Garderobe Ihres ... Freundes investieren möchten.« Seine piepsige Stimme war obszön freundlich.

»Hunderttausend Euro«, antwortete Nasrin wie aus der Pistole geschossen.

Das Pickelgesicht erblasste. »Dafür bekommen Sie aber eine Menge Krawatten.«

»Mein Freund hat einen exquisiten Geschmack.«

»Wieso bezahlen Sie im KaDeWe nicht gleich mit Ihrer Kreditkarte?«

»Muss ich Ihnen das jetzt erklären, Herr Bamensank, oder darf ich das selbst entscheiden?«, entgegnete sie eisig.

Der Travel Assistant bekam einen Schluckauf. »Natürlich nicht, Frau Nafil. *Hicks!* Bitte entschuldigen Sie. Wir sind nur immer um die Sicherheit unserer – *Hicks!* – Kunden bemüht. Es wird einen Moment – *Hicks!* – dauern, bis ich Ihnen das Geld auszahlen kann.«

»Kein Problem. Wir gehen derweil ins Kaufhaus um die Ecke und horten unsere Einkäufe an der Sammelkasse.«

Nasrin erhob sich, stolzierte im Cat-Walk-Schritt zu ihrem *Freund* bei der Tür und hauchte ihm einen Kuss auf die verschrammte Wange. »Kommst du, Schatz?«

»Was war das eben?«, brummte Pit, als sie wieder unter freiem Himmel standen. Er rieb sich die Wange, die Nasrin gerade geküsst hatte. Tastbefund unauffällig, konstatierte der Arzt in ihm. Trotzdem meinte er, in Flammen zu stehen.

Nasrin schmunzelte. »Ich habe mich nur benommen, wie man es von internationalen Topmodels erwartet.«

»Die heben *einhunderttausend* Euro von ihrem Kartenkonto ab?«

»Wenn Naomi oder Heidi so richtig shoppen gehen, dürfte das nicht reichen. Leider gehöre ich nur zur zweiten Garde und muss sparen.«

»So sieht das aus, wenn du *sparst?*« Mit seinem kargen Notarztgehalt sparte er auf weitaus niedrigerem Niveau.

Nasrin hakte sich bei ihm unter. »Ich weiß nicht, wie lange ich noch meine Kreditkarten benutzen kann, ohne die Polizei oder Ahimans Kriegerinnen auf uns aufmerksam zu machen. Das Geld dient uns als Kriegskasse im Kampf gegen den Domenfürsten. Er ist nicht die NSA und kontrolliert nicht sämtliche Datenströme dieses Planeten. Trotzdem sollten wir vorsichtig sein. Bargeld ist unauffälliger.«

»Kommt auf die Summen an, würde ich sagen.« Pit sah skeptisch an sich hinab. »Und auf unser Outfit.«

Sie lächelte. »Das wird sich jetzt ändern. Vertrau deiner Modeberaterin.«

Die blutjunge Verkäuferin am Ralph-Lauren-Stand hatte ihre Mundwinkel nicht unter Kontrolle. Sie bemühte sich aufrichtig, jegliches Lachen zu unterdrücken, während sie ihre Kunden beriet, doch ganz überzeugend gelang ihr das nicht.

»Wie finden Se det hellblaue Baumwollhemd?«, kicherte sie. »Fühlen Se mal die Qualität. Is superweich.«

Nasrin rümpfte die Nase.

»Ich will nicht aussehen wie ein Lackaffe«, knurrte Pit. Er hatte sich ausdrücklich konservativ-sportliche Kleidung ausbedungen.

Die Verkäuferin brach in schallendes Gelächter aus. »Nee«, japste sie. »Nee, det kann man nu wirklich nich sagen. Wenn ick mir Sie so ankieke – n Lackaffe wäre lange nich so … sportlich.« Sie wischte sich die Tränen aus den Augenwinkeln.

»Ich nehme das Hemd«, entschied Pit. »Die Segelschuhe, vier Hosen und sechs Polos ebenfalls.« So, jetzt hatte er sich aber durchgesetzt.

Nasrin verdrehte die Augen. »Warum verstehen immer nur schwule Männer was von Mode?«

Die junge Verkäuferin wedelte protestierend mit der Hand. »Lassen Se sich nischt einreden! Sie sind der lebende Jejenbeweis.«

Einige Zeit später betrat ein unverschämt gut aussehender, schwarzhaariger, blauäugiger Zweimeterriese das Büro des Reisedienstes von American Express. Der Amex-Mitarbeiterin Melanie Nick fiel sofort sein sportliches Outfit auf: Segelschuhe, kakifarbene Baumwollhose und hellblaues Hemd – auf der Brust war ein rosafarbener Polospieler eingestickt. In der Linken trug er lässig eine große, offenkundig prall gefüllte Reisetasche. Rechts hatte sich bei ihm das Model Nasrin Nafil eingehakt. Ja, dachte Melanie, das sind die Schönen und Reichen dieser Welt! So gut wie die möchte ich's auch mal haben.

»Ist Herr Samenbank zu sprechen?«, fragte die trotz ihrer Größe mädchenhaft wirkende Beauté.

»Bamensank«, korrigierte Melanie und kassierte dafür einen eisigen Blick des Models. »Wie auch immer. Mein Kollege holt gerade seine Mittagspause nach, aber ich kann Ihnen auch helfen. Ihr Geld liegt bereit. Ich müsste nur noch Ihren Ausweis oder Pass sehen. Das ist bei Beträgen dieser Höhe üblich. Dann quittieren Sie uns die Summe und können bummeln gehen.«

»Was ist Ihnen lieber, mein äthiopischer oder der deutsche Pass?«

»Solange der Name mit dem auf Ihrer Amex-Karte übereinstimmt, spielt das keine Rolle.«

Melanie bot den Kunden einen Sitzplatz und Getränke an. Das Model wickelte die Formalitäten ab, als jongliere sie täglich mit sechsstelligen Geldbeträgen. Nachdem sie die Bündel mit den Fünfhundertern ihrem Freund übergeben hatte, verabschiedete sie sich mit ihrem Kameralächeln. Die beiden wandten sich dem

Ausgang zu, und Melanie hörte Frau Nafil etwas sagen. Es hörte sich an wie: *Jetzt können wir abtauchen.* »Sagten Sie etwas zu mir?«, rief sie den beiden hinterher.

Das Model drehte sich um. »Nein. War für meinen Freund bestimmt. Ich sagte: *Jetzt gehen wir tauchen.*«

25

Keine zehn Minuten später betrat eine andere dunkelhäutige Riesin das American-Express-Büro. Melanie hielt noch allein die Stellung, weil Dominik wieder einmal seine Mittagspause überzog. Sie fand, die Frau hatte eine frappierende Ähnlichkeit mit einer Sängerin, deren Name ihr gerade nicht einfiel. Bevor sie ihr Begrüßungssprüchlein aufsagen konnte, hielt ihr die Kundin eine Autogrammkarte unter die Nase.

»Kennen Sie diese Frau?«, fragte sie mit einem Minimum an Herzlichkeit.

»Das ist Nasrin Nafil«, antwortete Melanie. Von der Riesin ging etwas Bedrohliches aus, und sie fühlte sich eingeschüchtert.

»Und woher wissen Sie das?«, hakte die Kundin nach.

»Weil es auf dem Foto steht«, entgegnete Melanie. Sie deutete auf den eingedruckten Namen und lächelte verkniffen.

»War Sie eben hier?«

»Ähm ... Das darf ich Ihnen eigentlich nicht sagen.«

Blitzschnell schoss die Hand der Riesin vor und umklammerte Melanies Hals. »Hör gut zu, Kindchen! Ich bin heute mit dem linken Fuß aufgestanden und etwas reizbar. Also sag mir einfach, was ich wissen will.«

»Sie war da«, krächzte Melanie, weil sie kaum Luft bekam.

»Allein?«

»Ein Mann war dabei: so groß wie Frau Nafil, schlank, schwarze Haare, blaue Augen. Sah aus wie ein Basketballer.«

»Hat er auch einen Namen?«

»Nein … Ich meine, er hat ihn nicht genannt.«

»Sagten sie, wozu sie die hunderttausend Euro brauchen?«

Melanie fiel das Atmen immer schwerer. Sie kniff die Augen zu, weil sie sonst nur Sterne sah. Der Druck ließ etwas nach. Ein unangenehmer Gestank wehte ihr in die Nase. Als sie die Lider hob, blickte sie in die riesigen dunklen Augen der Fremden. Sie waren kaum eine Handbreit von ihrem Gesicht entfernt. Dieser kalte, gefühllose Blick – er schien geradewegs in Melanies Herz zu dringen und es zu vereisen. »Woher wissen Sie …?«, röchelte sie.

»Ich bin von der Kontrollabteilung«, behauptete die schwarze Riesin. »Der Computer hat eben die Abhebung von Nasrin Nafils Kartenkonto ausgespuckt. Wir verfolgen verdächtige Transaktionen. Das *war* eine verdächtige Transaktion. Haben die zwei ein Hotel genannt, wo sie abgestiegen sind?«

»Nein.«

»Weißt du sonst etwas über ihren derzeitigen Aufenthaltsort?«

»Wirklich nicht. Ich würde es Ihnen sagen, wenn …« Melanie hatte das Gefühl, der Blick der Kontrolleurin könnte ihr jeden Moment das Herz zertrümmern.

»Denk nach, Kleine, wenn du morgen noch an deinem Schreibtisch sitzen willst!«, säuselte die Riesin mit gespielter Freundlichkeit.

Melanie krächzte. »Mir ist gerade etwas eingefallen.«

»Spuck's aus!«

»Sie wollten tauchen gehen.«

»Tauchen?«

»Ich schwör's, das hat Frau Nafil gesagt.«

»Verflucht!«, fauchte die Riesin. Sie ließ Melanies Hals los und stürmte aus der Tür.

Die Zwergin baumelte an Ketten unter der Decke des gefliesten Raumes. Zwischen ihren nackten Füßen und dem Boden klafften einhundert Zentimeter Luft. Ihre blonde Manga-Frisur war gründlich ruiniert. Auch sonst sah sie nicht mehr ganz frisch aus.

Zafirah hielt den verlassenen Schlachthof für einen idealen Ort, um sie ungestört auszuquetschen. Die Kleine hatte alles Mögliche erzählt: von ihrer Schildkröte Cassiopeia und der Kakteensammlung, von ihren vietnamesischen Wurzeln und sogar von ihrer unerfüllten Liebe zu Pit Zuckmayer. Doch wo der Bastard sich gerade versteckte, wollte sie nicht verraten.

Onyxia kehrte endlich zurück. Sie schleppte eine große grauschwarze Kunststoffwanne, aus der Wasser herausschwappte. »Unsere Verhörspezialisten sind da!«, verkündete sie fröhlich.

»Ich dachte schon, du kommst gar nicht mehr«, nörgelte Zafirah. Die lange Kette von Fehlschlägen der letzten Tage hatte sie reizbar gemacht. Sie wandte sich der Feuerwehrfrau zu und gab sich mitfühlend. »Hör mir zu, Kim. Mir widerstrebt es, dir Unannehmlichkeiten zu bereiten. In der Wanne dort« – sie deutete auf das Behältnis – »warten ein paar sehr durstige …« Sie sah Onyxia an. »Wie viele Egel hast du mitgebracht?«

»So um die zweihundert.«

Zafirah lächelte die Gefangene an. »Du hast es gehört, Kleine. Zweihundert durstige Blutegel. Sie haben seit fast einem Jahr kein Futter mehr bekommen. Falls du dich mit dem Schröpfen nicht auskennst: So ein Tier saugt dir ungefähr fünfzig Milliliter Blut aus. Macht bei zweihundert Egeln stolze zehn Liter. Hast du zehn Liter Blut, Kim?«

Die Zwergin funkelte sie nur böse an.

»Ich schätze mal, du kommst gerade auf fünf Liter«, fuhr Zafirah im Plauderton fort. »Wenn wir dir also die zweihundert kleinen Vampire auf den Körper setzen, wirst du sterben. Willst du sterben, Kim?«

»Nein«, hauchte sie. Die erste Fragerunde hatte sie erschöpft.

»Ginge mir genauso«, sagte Zafirah verständnisvoll. »Also verrat mir doch einfach, wo ich deinen Freund Pit finde, und ich hänge dich ab.«

Kim schüttelte hektisch den Kopf.

Zafirah seufzte. Jäh riss sie der Gefangenen die Kleider vom Leib, so als handele es sich nicht um die robuste Dienstmontur einer Feuerwehrretterin, sondern um ein morsches Nachthemd. Dann gab sie Onyxia und Methysta einen Wink. »Setzt ihr zunächst nur fünfzig Egel an. Sie soll Zeit zum Nachdenken haben.«

Die Domen fischten einige schwarzbraune Tiere aus dem Wasser und hefteten sie der Gefangenen auf die nackte Haut. Sobald der erste Egel sich festgebissen hatte, begann Kim zu schreien und zu zappeln. Onyxia und Methysta setzten ihr Werk mitleidlos fort.

So werden meine Kriegerinnen ausgebildet, dachte Zafirah zufrieden. Sie hoffte inständig, den Willen der zähen Zwergin zu brechen. Andernfalls musste sie ihren Vater herbitten, damit er den Sinn des Mädchens ausleuchtete. Ihr Widerwille, sich diese Blöße zu geben, war grenzenlos.

Bald war Kims Körper von Blutegeln übersät. Zafirah baute sich vor ihr auf und sah sie flehentlich von unten herauf an. »Fällt dir vielleicht doch ein, wo wir deinen Freund finden?«

Kim spuckte auf sie herab.

Zafirah holte blitzschnell zum Schlag aus.

»Halt!«, rief Karneola.

Die erhobene Hand verharrte mitten in der Bewegung. Zafirah erinnerte sich, was ihre letzte Ohrfeige bei dieser Frau angerichtet hatte. Die Kriegerin ließ den Zorn mit dem Atem aus ihrem Körper strömen. »Du hast recht. Danke, Karneola«, sagte sie und wischte sich den Speichel aus dem Gesicht. Sogar ein Lächeln für die widerborstige Zwergin brachte sie zustande.

»Wenn du nichts sagst, werden die Blutegel dich bis auf den letzten Tropfen aussaugen.«

Kim starrte sie nur wie eine Furie an.

Zafirah seufzte. Sie war es leid, Freundlichkeit zu heucheln, und wandte sich um. »Erhöht die Zahl der Egel auf einhundert!«, befahl sie ihren zwei Folterknechten.

Kim hatte nie zuvor so gefroren. Dank ihrer medizinischen Ausbildung kannte sie die Folgen einer Blutungsanämie. Verwirrend war nur, was die hundert Wurmvampire mit ihrem Speichel bewerkstelligten. Kim fühlte kaum die in ihre Haut einschneidenden Ketten, an denen sie hing. Ihr war, als ob sie schwebe. Die Egelspucke schien eine sedierende Wirkung zu haben. Kim wusste, sie würde sterben, bevor die Egel sich satt gesaugt hätten. Trotzdem war sie darüber nicht sonderlich beunruhigt.

Das änderte sich, als ein bronzehäutiger Riese das alte Schlachthaus betrat. Kim nahm ihn nur als kolossalen Schemen wahr. Der Typ musste größer sein als die vier Schlampen, die ihn wohl zur Verstärkung herbeigerufen hatten.

»Ich hörte, du bist ein zäher, wortkarger Zwerg«, eröffnete der Besucher die Unterhaltung. Seine Stimme brummte so tief, als wolle sie die dreckigen Kacheln von den Wänden sprengen.

Kim antwortete nicht. Sie war viel zu müde.

»Ich müsste ein dringendes Gespräch mit Pit Zuckmayer führen«, erklärte der Riese mit dem bebenden Organ.

»Das haben deine Tussis schon erwähnt«, presste Kim hervor.

»Willst du es mir nicht freiwillig sagen?«

»Verpiss dich!«, flüsterte sie. Aus den Augenwinkeln sah sie, wie die Chefhexe ein mordsmäßiges Messer unter dem Mantel hervorriss und herbeisprang.

»Du wagst es, dem Ehrenwerten …«

»Zurück!«, rief der Koloss.

Die Walküre zog den Kopf ein und ging auf Abstand.

Der Riese schnaubte. »Dein Jähzorn wird dir eines Tages das Genick brechen. Aber du wirst die Domen nicht mit in den Untergang reißen. Dafür sorge ich, Zafirah.«

»Ja, Ehrenwerter«, katzbuckelte die Oberschlampe.

Geschieht dem Drachen recht, dachte Kim. Ein heftiges Zittern schüttelte ihren Körper. »Schalt doch mal einer die Heizung ein«, hauchte sie.

Der Lulatsch, den sie den Ehrenwerten nannten, nahm Kims Gesicht in seine Riesenhände. Einen winzigen Moment lang kam sie sich wie das kleine Mädchen vor, dessen Mutter es auf diese Weise getröstet hatte. Dann aber legten sich zwei Daumen auf ihre Lider und schoben sie nach oben.

Kim erschauerte, als sie den Blick des Riesen sah. Er war heiß und kalt zugleich, Feuer und Eis fraßen sich in ihr Bewusstsein.

Ihr Körper erbebte erneut, doch diesmal kamen die Erschütterungen von außen, von diesen grauenhaften Augen. Kim stieß einen erstickten Schrei aus.

»Wo finden wir Pit Zuckmayer?«, dröhnte der Koloss.

Sie merkte, wie ihre Lippen sich bewegten – ganz von allein. Mit aller Macht wollte sie es verhindern, doch es gelang ihr nicht.

»Hornstraße sechzehn, zweiter Stock«, wälzten sich die Worte über ihre Zunge und tropften aus dem Mund heraus. Ihr ausgelaugter Körper erschlaffte. Die Augen fielen ihr zu. Ist das schon das Ende?

Nein. War es nicht. Sie spürte noch, wie die großen Hände sie losließen. Und hörte, wie der Riese sich an die Oberschlampe wandte.

»Hornstraße sechzehn? Kennst du die Adresse, Zafirah?«

»Ihr selbst seid mit uns dort gewesen, Ehrenwerter«, antwortete sie. »In dem Haus wohnt Zuckmayer. Der Bastard wird doch nicht so töricht sein und in seine eigene Wohnung zurückkehren.«

»Vielleicht ist er gar kein so großer Narr«, murmelte der Riese. Und lauter fügte er eine Frage hinzu. »Haben wir dort unsere Spione?«

»Die Räume sind komplett verwanzt.«

»Gut. Ich möchte trotzdem, dass ihr euch gleich hinbegebt. Diesmal darf Zuckmayer nicht entkommen.«

»Und Nafil?«

»Sie kann uns vielleicht etwas über die Freigeister erzählen, die sich meiner Führung widersetzen. Bringt sie mir lebendig! Bei dem Mann reicht notfalls sein Blut.«

Das Gehörte war wie ein Luftzug, der Kims erlöschendes Bewusstsein neu entfachte. Sie wollen Pit abschlachten wie die Kommissarin, blitzte es ihr durch den Sinn. Die letzten Adrenalinreserven ergossen sich in ihren versiegenden Lebensquell. Sie riss die Augen auf, sah, wie die Tochter des Riesen auf sie deutete.

»Was fangen wir mit der Zwergin an?«

»Lasst sie noch eine Weile hängen, bis unsere kleinen Helfer ihre Mahlzeit beendet haben. Dann werft sie auf die Straße, als Warnung für Zuckmayer und alle, die mich herauszufordern wagen.«

Kims Muskeln erschlafften jäh, ihr Kopf sank auf die Brust. Die Stimmen der Domen schienen in einen Brunnen zu fallen. Das Licht hinter ihren Augenlidern dämmerte hinweg in eine sternenlose Nacht.

26

Pit hätte sich keine schönere Lehrerin vorstellen können und war trotzdem nicht zufrieden. Der Klassenraum gefiel ihm nicht, und an das Gefühl der Nacktheit in ihrer Gegenwart mochte er sich erst gar nicht gewöhnen. Wenigstens nahm Nasrin auf seine Befindlichkeiten Rücksicht, obwohl sie seine Abneigung gegen das Adamskostüm nicht nachempfinden konnte. Dieses Outfit habe der liebe Gott ihm geschneidert, da müsse sich Pit nicht schämen, erklärte sie ihm.

»Und? Hat es geklappt?«, rief sie. Nasrin hatte das verlassene Gebäude hinter dem Leichenschauhaus für ihren Crashkurs in Lyse ausgesucht.

»Ich denke, alle Teile sind noch dran«, antwortete Pit. Er hatte eben unter ihrer Anleitung die Außenmauer durchdrungen, war draußen in der Abenddämmerung einmal über das Gerichtsmedizinische Institut hinweggebraust und dann wieder durchs Dach in das alte Gemäuer zurückgekehrt. Er bedeckte sich mit seinem nigelnagelneuen Ralph-Lauren-Hemd und dankte insgeheim den Schatten, die mittlerweile den einstigen Küchentrakt beherrschten.

»Später bist du ganz auf dich allein gestellt. Falls die Polizei oder Ahimans Kriegerinnen aufkreuzen, musst du dich auflösen, ohne nachzudenken. Besser, du übst es noch einmal.«

Pit seufzte. Sie hatte recht. Lieber kein Risiko eingehen. Er schloss die Augen und sammelte seinen Willen.

Mit jedem Versuch fiel es ihm leichter, seine Zellstruktur aufzulösen und sich in Sand zu verwandeln. Er merkte, wie sein Hemd zu Boden glitt, während er sich emporhob. Sein amorpher Körper strebte in alle Richtungen gleichzeitig.

»Lass die Wolke nicht auseinandertreiben!«, rief Nasrin.

Rasch fing er die Körnchen wieder ein. Seine Lehrmeisterin hatte ihm erklärt, ein Gestaltloser könne sich selbst verlieren, wenn er zu weit auseinanderdriftete.

Kurz unter der Decke blieb Pit stehen. Was ihm besonders an dem amorphen Zustand seines Sandkörpers gefiel, war die Rundumsicht. So ungefähr mussten Libellen ihre Umgebung wahrnehmen. Bei ihm arbeiten sogar sämtliche Sinne im Dreihundertsechzig-Grad-Modus.

Er schwebte sanft zu Nasrin hinüber und blieb über ihrem Kopf stehen. Dann ließ er sich fallen.

Sie verschwand in seiner Wolke.

»Sehr witzig«, hustete Nasrin. »Weg von mir, Pit, oder ich verschlucke dich!«

Bei ihr war er sich nie sicher, ob sie scherzte oder es ernst meinte. Deshalb löste er sich flugs aus ihren Kleidern und ihrem Haar und stieg abermals auf. Es war ein überraschendes Gefühl gewesen, ihr so nahe zu sein.

Pit flog in der alten Küche einige Figuren: Kreise, Achten, Dreiecke und Quadrate. Er kam sich vor wie ein Haufen Eisenspäne, die von einem Magnet angezogen werden. Allein, es war sein Geist, der die Richtungswechsel steuerte. Obwohl alles so spielerisch erschien, musste er immer an Nasrins Warnung denken, den körperlosen Zustand nicht länger als unbedingt nötig auszudehnen. Er kehrte zu seinen Kleidern jenseits des Herdes zurück und formte aus dem Sand wie der sagenhafte Prometheus einen Menschen: Pit Zuckmayer, wie er leibte und lebte.

Nasrin klatschte Beifall. »Bravo! Ich glaube, du bist so weit.«

Seine Hände zuckten nach unten. »Könntest du dich bitte trotzdem umdrehen?«

Sie rollte die Augen nach oben, wandte sich um und verschränkte die Arme vor der Brust. »Du solltest unbedingt öfter in die Sauna gehen.«

Er schlüpfte in seinen Slip. »Deine tolerante Haltung zur Freikörperkultur in allen Ehren, Nasrin, aber Toleranz ist nur, wenn man den andern anders sein lässt.«

»Ich lasse dich ja. Ich finde dich nur so ulkig. Während du dich anziehst, kannst du unsere heutige Lektion noch einmal zusammenfassen.«

Pit zog den Reißverschluss seiner Hose zu. »Bei den Domen hat der Geist Gewalt über die Materie und ist trotzdem immer an sie gebunden.«

»Gut. Weiter.«

»Wer diesen Grundsatz missachtet, indem er den Halt zu seiner materiellen Komponente vernachlässigt, verliert beides: Körper *und* Geist – er stirbt.« Pit arbeitete sich an der Knopfleiste ab. »Du kannst dich wieder umdrehen.«

Sie tat es und lächelte zufrieden. »Du bist mein erster Schüler. Lernst schneller als gedacht.«

»Bin wohl ein Naturtalent.«

»Ich denke eher, es liegt an dem Vermächtnis der Domen, das Zekarias in dir geweckt hat. In der nächsten Lektion üben wir die anderen Zustandsformen.«

Er blinzelte verdutzt. »Wie bitte?«

»Gasförmige und flüssige Körper.«

Pit brauchte einen Augenblick, um sein Erstaunen zu überwinden. »Du kannst dich *verflüssigen?*«

»Und in Luft auflösen.«

»Das glaube ich nicht.«

Plötzlich fielen Nasrins Kleider in sich zusammen, und warmes Nass spritzte daraus hervor. Es traf Pit mitten ins Gesicht. Verwirrt suchte er nach einer dunklen Staubwolke, vergeblich.

Die Feuchtigkeit zog sich von ihm zurück. Sie sammelte sich als Pfütze zu seinen Füßen und floss unter dem alten Herd hindurch. Einen langen Atemzug später erhob sich dahinter eine lächelnde Nasrin – so wie Gott sie erschaffen hatte.

Pit schlug sich die Hand vor die Augen, um ihren vollkommenen Körper nicht bewundernd anzugaffen. »Das ist unglaublich.«

»Du gewöhnst dich dran. Wenn wir uns verflüssigen, entsteht eine Suppe, die alle unsere Elemente enthält, und genauso ist es auch im gasförmigen Zustand. In jedem Aggregatzustand sieht das Resultat immer etwas … schmutzig aus.«

Das verstand sogar Pit. »So schön und prachtvoll Farben auch sein mögen – mischt man sie zusammen, entsteht immer Grau oder Schwarz.«

Er hörte Nasrin kichern und blinzelte durch seine Finger. Sie hatte sich gerade die Strickjacke angezogen und schlüpfte in ihre Segeltuchschuhe.

»Was habe ich jetzt wieder gesagt?«, wunderte er sich.

»Etwas Süßes«, antwortete sie schüchtern und umrundete den Herd. Ihre großen Augen sahen ihn forschend an. »Oder findest du mich nicht schön und prachtvoll?«

Ihm entglitt die Kontrolle über seinen Unterkiefer. Er nickte ihn sich wieder zurecht, um antworten zu können. »Doch. Du bist … atemberaubend. Aber versteh mich bitte nicht falsch. Maja …«

Nasrin legte ihm rasch den Finger auf den Mund. »Sag jetzt bitte nichts, was du später bereuen könntest, Pit! Ich weiß, wie sehr du noch immer deine Frau liebst. Das achte und bewundere ich. Doch vor uns liegt ein Weg, auf dem wir zusammenhalten müssen, den wir nur als Freunde und Kameraden bis zum Ende gehen können. Deshalb musst du kein schlechtes Gewissen bekommen, wenn du mir etwas Nettes sagst.« Sie ließ die Hand sinken. »Deine Farben gefallen mir übrigens auch.«

Er räusperte sich verlegen. Um ihrem hypnotischen Blick zu entkommen, konzentrierte er sich ganz auf seine Segelschuhe. Während er sich die Schnürsenkel zuband, kam ihm eine Frage in den Sinn. »Hast du – abgesehen von der Lyse und deinem Talent, Männern den Kopf zu verdrehen – noch andere außergewöhnliche Begabungen?«

»Nicht viele. Ich kann mein Äußeres ein wenig verändern. Aber es ist sehr anstrengend und entgleitet mir gelegentlich.«

Er fuhr überrascht auf. »Definiere *ein wenig.*«

Sie tippte sich mit dem Zeigefinger auf die niedliche kurze

Nase und drückte sie platt. Und so blieb sie auch, als Nasrin den Finger wegnahm. Dann zog sie ihre Ohren in die Breite, bis sie wie Mickymaus aussah. »So was halt«, erklärte sie schulterzuckend.

Pit starrte sie sprachlos an. Er wagte sogar, die Nase anzufassen und die Ohren vor- und zurückzubewegen …

Plötzlich schnellten die Körperteile wieder in ihre ursprüngliche Form zurück.

Erschrocken zog Pit die Hand ein. »Puh! Das ist gruselig.«

Nasrin lachte wie ein kleines Mädchen, dem ein famoser Streich gelungen war. »Ich kann sogar meine Augen, Haar- und Hautfarbe ändern.«

»Lass es sein! So wie du bist, gefällst du mir am besten.«

Sie senkte scheu den Blick.

»Was ist? Habe ich etwas Falsches gesagt?«

Nasrin schüttelte den Kopf. »Ich bin nur noch nie einem Mann wie dir begegnet. In der Modebranche turnt nur ein Haufen Lackaffen herum. Du bist so anders. Es ist …« Sie holte tief Luft. »Es tut gut, dich bei allem, was uns bevorsteht, an meiner Seite zu wissen. Du weißt, wie die Weißen uns Schwarze früher wie Tiere gejagt, versklavt und nach Gutdünken ermordet haben. So empfinden Ahiman und die meisten seiner Domen gegenüber dem Rest der Menschheit. Denk daran, wenn wir jetzt deine Wohnung aufsuchen.«

27

Der silberne Porsche kam in der nördlichen Schleife der Hornstraße in einer Parkbucht zum Stehen. Nasrin war das asphaltierte U zunächst einmal abgefahren, um nach verdächtigen Fahrzeugen Ausschau zu halten. Weder sie noch Pit hatten irgendetwas Besorgniserregendes entdeckt. Das Karree, in dem er wohnte, gruppierte sich um einen winzigen Park herum, nicht mehr als ein schmales grünes Handtuch im Kreuzberger Kiez.

»Die Bäume geben dir Deckung«, erklärte er seine Wahl des Parkplatzes. Er hatte Nasrin überreden können, im Wagen auf ihn zu warten.

»Soll ich nicht doch mitkommen?«, fragte sie zum wiederholten Mal.

»Ich schaffe das schon.«

Sie ließ das Fenster auf der Beifahrerseite etwa zwei Fingerbreit herab. »Genügt dir das zum Aus- und Einsteigen?«

Er nickte.

Nasrin legte ihre Rechte auf seine Hand. »Du bist ein Seher, gebrauche diese Gabe.«

Pit blinzelte. »Ich bin *was*?«

»Du siehst die Gefahr, bevor sie da ist. Das können nur wenige von uns. Die alte Kraft unserer Urahnen wirkt in dir. Nutze sie.«

»Ich wünschte nur, die Ahnen hätten mir ein etwas stärkeres Fernglas spendiert. Wenn überhaupt, sehe ich höchstens fünf Sekunden in die Zukunft.«

»Fünf Sekunden, die über Leben und Tod entscheiden können.

Wenn dir irgendetwas nicht ganz geheuer vorkommt, dann verschwindest du sofort, verstanden?«

»Aye, aye, Sir.«

»Ich mein's ernst, Pit«, sagte sie streng. »Und vergiss nicht: Durchquere die Mauern so rasch, wie es dir nur möglich ist. Wenn du ihnen zu viele Mineralien entziehst, verlieren sie ihre Festigkeit, und das ganze Haus könnte über dir zusammenstürzen.«

Er schluckte. »Ich denke dran.«

Sie drückte seine Hand. »Viel Glück.«

Pit brauchte nicht einmal mehr die Augen zu schließen, um sich besser zu konzentrieren. Er löste sich, während Nasrin ihn noch festhielt, in Sand auf. Als dunkle Wolke zog er durch den Fensterschlitz nach draußen und verschwand im Park.

Trotz aller Vorsicht war zu befürchten, dass Polizei oder Domen das Haus beobachteten. Daher hatte Pit zusammen mit Nasrin die sicherste Route in sein Arbeitszimmer ausbaldowert. Sie führte über eine Baulücke in der Häuserzeile zunächst ins Nachbargebäude. Von dort ging es weiter durch die Keller in die Nummer 16 und dann erst im Hausflur hinauf in seine Wohnung. So würde ein Spion, der das Haus im Visier hatte, von seinem Eindringen nichts bemerken. Hoffentlich.

In der Grünanlage stieg Pit senkrecht nach oben und flog über die Bäume hinweg nach Westen bis zur Möckernstraße. Dann machte er eine Kehrtwende, schoss über das Dach des Hauses Nummer 14 in die Lücke hinein. Dort tauchte er, ohne innezuhalten, schräg in den Boden hinab, bis er auf die Grundmauern des Gebäudes stieß. Jetzt nur nicht zögern!, dachte er. Das Haus zum Einsturz zu bringen, hieß Menschen zu töten, für Pit ein unerträglicher Gedanke.

Es fühlte sich merkwürdig an, mit dem Mauerwerk zu verschmelzen, sich auf die Eigenresonanz ihrer Elemente einzustellen, sich mit dem Ton der alten Backsteine auszutauschen und dann wieder aus der Wand herauszuquellen. Noch seltsamer war für ihn die Vorstellung, sich bei jeder Durchdringung zu erneuern, indem er vor und in jeder Wand einige Körnchen von sich zurückließ. Er werde danach jedes Mal einen Moment lang orientierungslos sein, hatte ihn Nasrin gewarnt. Zum Glück verschwand diese Nebenwirkung bereits nach zwei, drei Sekunden.

Die beiden Gebäude stammten noch aus der Gründerzeit, und so sahen auch die Keller aus. Seit Ewigkeiten schien hier kein Mensch mehr aufgeräumt zu haben. Durch spinnwebverseuchte Verschläge gelangte er schließlich in den eigenen Hausflur. Kein Licht brannte, keine Menschenseele war zu sehen, keine Gefahr zu spüren. So weit, so gut, dachte er, schwebte im Treppenhaus bis zu seiner Wohnungstür und zwängte sich durchs Schlüsselloch.

Sich wieder durch die Räume zu bewegen, in denen er so Schreckliches erlebt hatte, war ein beklemmendes Gefühl. Die Oase des Friedens und Glücks hatte endgültig ihre Unschuld verloren. Dennoch konnte er dem Drang nicht widerstehen und sah sich um.

Vom Flur aus betrachtet, wirkte alles wie immer. Im Wohnzimmer freilich änderte sich das. Was er dort sah, erinnerte ihn an den beinlosen Riesen Zekarias: Ein riesiger *Sandfleck* markierte die Stelle von Kahinas schrecklichem Ende. Hier hatte Ahiman seine Kriegerin regelrecht schächten lassen. Weniger spektakulär waren die Verschmutzungen beim Sofa, wo Pit der Kleine Tod ereilt hatte. Und dann bemerkte er, vielleicht anderthalb Meter daneben, einen dritten Fleck aus Sand.

Die Entdeckung verwirrte ihn. Offenbar hatte es in dem Zimmer einen Kampf gegeben, nachdem er bereits abgetreten war. Pit blähte sich auf, als würde die Sandwolke nach Luft schnappen. Ob die Proben der Spurensicherung rechtzeitig analysiert worden waren? Womöglich konnten sie seine Unschuld beweisen …

Rasch zog er sich wieder zusammen, um sich nicht selbst zu verlieren.

Mit einem klammen Gefühl in den Körnern verließ er das Wohnzimmer und trieb durch den Flur in die Rumpelkammer. Sein iMac war verschwunden, vermutlich von der Kripo beschlagnahmt. Hatte die Polizei auch sämtliche Umzugskartons geöffnet und den Inhalt im Raum verstreut? Die Schreibunterlage lag ebenfalls auf dem Fußboden. Der Tisch darunter war leer.

Pit übermannte schiere Verzweiflung. Was jetzt? Er hatte sich an die Hoffnung geklammert, Kim doch noch aus den Fängen der Domen zu befreien. Kahinas Geheimnummer hätte ihn zur Opposition führen können, zu Leuten, die ihm und Nasrin halfen. Nein, dachte er, so schnell darfst du nicht aufgeben.

Er zog sich zusammen und nahm seine menschliche Gestalt an.

Sogleich überkam ihn unbändiger Durst, heftiger als nach allen bisherigen Rückverwandlungen. Vielleicht lag es an der Durchdringung der vielen Hindernisse. Im Dunkeln eilte Pit in die Küche. Gut, dass Nasrin im Wagen geblieben ist, dachte er angesichts seiner Nacktheit. Er öffnete den Kühlschrank.

Die Innenbeleuchtung ging an.

Sofort knallte er die Tür wieder zu. Bange blickte er zum Fenster. Hoffentlich hatte draußen niemand das Licht gesehen.

In der Speisekammer fand er einen halb vollen Kasten Mineralwasser. Er nahm eine Flasche heraus, und während er sie aufschraubte und in gierigen Schlucken daraus trank, kehrte er in sein Arbeitszimmer zurück.

Durch das Fenster drang das Licht der Straßenlaterne herein. Für eine gründliche Durchsuchung des wüsten Durcheinanders war es zu dunkel. Auf dem Schreibtisch stand eine kleine Taschenlampe. Manchmal benutzte er sie, um in dem Chaos nach Verlorenem oder Vermisstem zu suchen. Er zog die Vorhänge zu und schaltete die Handlampe ein.

Die Suche auf dem Schreibtisch förderte keine Visitenkarte zutage. Auch im Papierkorb und auf dem Fußboden lag sie nicht. Ob er sämtliche Kartons durchwühlen sollte? Vielleicht doch erst einmal unter dem Tisch nachsehen, dachte er, und siehe da! Hinter der Scheuerleiste blitzte etwas Weißes auf. Pit reckte den Arm und bekam den Fund zu fassen.

Es war tatsächlich die Visitenkarte von Katharina Nour. Sie musste beim Wegnehmen der Schreibunterlage hinter den Tisch gerutscht sein und hatte sich zwischen Wand und Sockelleiste verklemmt.

Er richtete den Lichtkegel der Taschenlampe auf Kahinas geheime Telefonnummer. Würde er sie sich merken können? Er war sehr aufgeregt und hatte, obwohl im Kopfrechnen ein Ass, kein gutes Zahlengedächtnis. Sollte er sich nicht lieber ein paar Sachen zum Anziehen suchen und sich mit der Karte aus dem Haus schleichen?

Nein, entschied er. Nasrin hatte ihn angefleht, kein unnötiges Risiko einzugehen. Er würde sich die Nummer fünfzigmal vorsagen und dann wieder hinter der Scheuerleiste verstecken. So konnte er jederzeit zurückkehren. Notfalls würde er jede der fünfzehn Ziffern einzeln nach draußen tragen.

Pit setzte sich auf den Schreibtischstuhl und murmelte die Geheimnummer vor sich hin, einmal, fünfmal, zehnmal … Als er sie sich knapp dreißigmal vorgesagt hatte, fühlte er plötzlich eine beklemmende Unruhe. Vor jedem Überfall von Ahimans Bauchtanztruppe hatte er das gleiche ahnungsvolle Unbehagen gespürt. »Verdammter Kühlschrank!«, zischte er und sprang vom Stuhl auf.

Im selben Moment erschienen Grace Jones alias Zafirah und ihre Amazonen an der Tür zur Rumpelkammer. Vor Schreck über ihr lautloses Eindringen verpasste Pit die Chance zur Flucht.

Die Anführerin ging blitzschnell in die Hocke. Über sie hinweg flog etwas Schwarzes.

Dann sah Pit nichts mehr. Er spürte im Gesicht und an den Händen den dichten Stoff eines leichten Tuchs, so fein wie Mikrofaser, so eng gewebt, dass kein Sand hindurchrieseln konnte.

Er verwandelte sich trotzdem, so wie Nasrin es ihn gelehrt hatte.

Die Stoffdecke fiel in sich zusammen.

»Schnell!«, hörte er Zafirahs Stimme wie eine mächtige Glocke tönen. »Er darf sich nicht unter dem Fangnetz befreien.«

Also, das ist doch mal ein hilfreicher Hinweis, dachte Pit. Er suchte unter dem Tuch nach einer Falte. Die Decke hob sich über ihm. Er sah Licht …

Dann drückte jemand die Ränder wieder auf den Boden. Die Finsternis kehrte zurück.

Pit versuchte, den Stoff zu durchdringen. Doch es gelang ihm nicht, sosehr er sich auch dagegenstemmte. Das feine Tuch musste aus einem Material gewebt sein, mit dessen Atomen er sich nicht austauschen konnte.

»Warte, Zuckmayer!«, rief Zafirah. »Lass mich dir etwas sagen.«

Er zögerte.

»Wir wollen dich nicht töten«, erklärte die Riesin. »Der Ahiman braucht nur dein Blut. Wenn du freiwillig mit uns kommst und ihm ein wenig Blut spendest, geschieht dir nichts.«

Pit drückte erneut gegen die Decke.

Plötzlich merkte er, wie sie sich unten zusammenzog. Jetzt schließen sie den Sack!, schoss es ihm durch den Kopf. Mach dich aus dem Staub!

Er änderte blitzschnell die Richtung und tauchte in den Fußboden ein.

Herr und Frau Kampinski saßen aneinandergekuschelt auf dem Sofa, 3-D-Brillen auf der Nase, und sahen sich die Neuverfilmung von *Der Wüstenplanet* an. Die Szene mit dem Sandsturm war dreidimensional noch realistischer als in der alten Fassung.

»Unglaublich, Mausebär!«, hustete Pits Nachbarin. »Da hat man echt det Jefühl, mittendrin zu sein.«

Ihr Mann riss sich die Brille vom Gesicht und starrte entgeistert auf den Sandwirbel im Wohnzimmer. »Ick gloob, meen Schwein pfeift! Wir *sind* mittendrin, Schatz. Wat die heute mit der 3-D-Technik machen, is ja so wat von abjefahrn!«

Zu Pits Entsetzen hatte er sich durch seinen spontanen Rückzug noch lange nicht in Sicherheit gebracht. Die Amazonen verfolgten ihn. Auch sie hatten sich versandet, was das Gewirbel im Wohnzimmer der Kampinskis entsprechend spektakulär gestaltete. Er durchdrang den Fußboden und quoll aus der Decke des Erdgeschosses.

Hier war Frau Hohnlächner, Physiotherapeutin, gerade dabei, ihrem Mann eine Spezialmassage zu verabreichen. Die beiden waren zu beschäftigt, um von dem Gewirbel im Zimmer Notiz zu nehmen.

Pit spürte ein Brennen in den hinteren Ausläufern seiner Wolke. Hatte Zafirah ihn schon eingeholt? Was würde geschehen, wenn ihr amorpher Leib über ihn herfiel? So glimpflich wie bei Nasrins sandigen Umarmungen käme er wohl nicht davon. Er wich zur Seite aus und fuhr in die Mauer unter dem Fenster.

Einige Sekunden lang verharrte er auf der Stelle. Hatte er die Amazonen mit seiner Finte abgehängt?

Plötzlich spürte er sie wieder, die Gefahr. Diesmal bildete er sich sogar ein, die vier Verfolgerinnen voneinander unterscheiden zu können. Zafirah war ihm am nächsten. Sie kroch durch den Fußboden auf ihn zu.

Pit schoss unter dem Fenstersims nach draußen.

Aufgrund seiner hervorragenden Rundumsicht sah er hinter sich die Mauer zusammenbrechen. Das Fenster, vor dem Frau Hohnlächner ihren Mann massierte, reichte nun gewissermaßen bis zum Boden. Und aus diesem fuhr eine dunkle Sandwolke hervor.

Der Drang, bei Nasrin Hilfe zu suchen, und die Sorge, sie zu gefährden, rissen Pit förmlich auseinander. Eine Bö wirbelte ihn empor. Ihm entglitt die Kontrolle über seinen Leib. Panik breitete sich in ihm aus. *Du verlierst dich!* Immer höher trieb ihn der Luftstrom, immer weiter zerstreute er ihn. Die Häuser und der schmale Grünstreifen in der Hornstraße stürzten unter ihm hinweg. Seine Sinne verblassten. Er hörte nichts mehr, sah fast nichts mehr, spürte …

… etwas, das nach ihm griff! Das Gefühl war ähnlich wie bei dem Domennetz, mit dem die Amazonen ihn hatten fangen wollen. Hat dich Zafirah also doch erwischt, dachte er.

Die gestaltlose Kraft umhüllte ihn und zog sich um seine Millionen Körnchen zusammen. Mit wachsender Dichte erstarkte auch Pits Bewusstsein wieder. Erst dadurch erkannte er die Kraft, die ihn vor dem Tod gerettet hatte.

Es war Nasrin.

28

Zafirah stand in der erleuchteten Rumpelkammer an Pits Schreibtisch und funkelte wütend ihre drei Kriegerinnen an. »Was hat er hier gesucht? Warum ist er das Risiko eingegangen?«

»Weil er ein Zwerg ist?«, schlug Methysta vor. Sie stand im Flur, da der Raum für alle vier zu eng war.

»Er ist kein Zwerg«, knurrte Zafirah. »Weder äußerlich noch in seinem Wesen. Ihr habt erlebt, wie schnell er sich verwandelt hat. Und plötzlich verschwindet er vor unseren Wolken. Wie hat er das angestellt?«

»Wir haben Zuckmayer unterschätzt«, konstatierte Karneola. Sie lehnte am Türrahmen.

Für diese Bemerkung wäre ihr Zafirah am liebsten an die Gurgel gesprungen. Doch die erfahrene Kriegerin hatte recht. Die Anführerin sah sich im Chaos des kleinen Zimmers um. »Die Kartons sind durchwühlt worden.«

Onyxia hüstelte. »Das waren wir.«

»Und warum habt ihr dann nicht gefunden, wonach er gesucht hat?«, donnerte Zafirah.

Die Gescholtene wich vor ihrem glühenden Blick zurück. Dabei verhedderte sie sich in dem Fangtuch, das immer noch auf dem Boden lag, und verlor das Gleichgewicht. Karneola fing sie auf und grinste.

»Gemach, Mädchen! In der Ruhe liegt die Kraft.«

»Riskier hier nicht die große Lippe, nur weil du hundert Jahre älter bist als ich.«

»Still jetzt!«, unterband Zafirah das Gezänk der beiden. Ihr Blick war gerade auf etwas Helles gefallen, das unter dem verrutschten Fangnetz hervorlugte. Sie bückte sich danach und hob es auf.

»Sieh an!«, freute sie sich. »Ein Gruß von unserer Schwester aus dem Jenseits. Ich wüsste zu gern, wer bei dieser Nummer abhebt.«

29

Auf der Suche nach einem Schlafplatz im Grünen torkelte Hein Nießen mit seiner Kornflasche durch den Kiez. Von dem schmalen Baumbestand, den er gerade durchquerte, versprach er sich Schutz und Stille. Die guten Spendeneinnahmen an diesem Tag hatten ihn zu einem spontanen Saufgelage animiert. Nun war er voll und seine Kasse wieder leer. Durch den Querweg fiel sein Blick in die nördliche Schleife der Hornstraße.

Dort stand ein silberner Porsche Boxster, in dem ein Sandsturm tobte.

Skeptisch musterte Hein die fast leere Flasche in seiner Hand, dann wieder den Sportflitzer. Es schien, als kämpfe das dunkle Gewirbel gegen das Licht der Straßenlaterne. Rasch zeichneten sich in dem Wagen die Konturen zweier Menschen ab. Offenkundig ein Pärchen. Beide waren unbekleidet.

»Heidenei!«, keuchte Hein. »Die treiben's aber wild.«

Der Stadtstreicher machte auf dem Absatz kehrt und suchte sich einen anderen Schlafplatz. Er wollte endlich seine Ruhe haben.

Pit saß auf dem Beifahrersitz und bedeckte sich mit seinem Hemd. Nachdem Nasrin sich hinter dem Steuer verkörpert hatte, verfuhr sie ebenso mit ihrer Strickjacke. Sie wich seinem fragendem Blick aus und studierte scheinbar höchst interessiert den Drehzahlmesser. Warum ist sie plötzlich so schamhaft?, wunderte sich Pit.

Er räusperte sich. »Danke.«

Sie nickte nur.

»Ich hätte mich verloren. Du hast mich gerettet. Wieder einmal.«

»Schon okay.«

»Was ist?«, fragte er. Ihm fiel auf, wie schuldbewusst er klang.

Ihr Kopf fuhr herum, und sie funkelte ihn zornig an. »Du wärst fast draufgegangen«, schimpfte sie und war sichtlich den Tränen nahe. »Ich hab dir gesagt, du sollst vorsichtig sein. Ich hab dir gesagt, du sollst nicht allein reingehen. Warum hast du's trotzdem getan? Weil du Angst hattest, ich könnte deine edlen Teile sehen?«

Verlegen betrachtete er seine Hände, die schützend über der von Nasrin erwähnten Körperregion lagen. »Äh ... Ich wollte dich nicht in Gefahr bringen.«

»Ist dir ja prima gelungen«, schnaubte sie.

Pit blickte von unten zu ihr auf. »Wie hast du mich überhaupt gefunden?«

Ihre Augen funkelten zwar noch, aber sie klang nun spürbar sanfter. »Ich spürte die Nähe von Domen. Da habe ich hohl gedreht. Ich hielt es nicht mehr aus und bin losgezogen, um dich zu suchen. Dein Geruch hat mich zu dir geführt ...«

»Mein *Geruch?*«, echote er.

»So nennen die Domen die typische Aura jedes Gestaltlosen.«

»Ach, deshalb habe ich die Grace-Jones-Attrappe selbst in der Sandversion wiedererkannt!«

Nasrin nickte. »Kann sein. Mein Gespür dafür ist jedenfalls nicht besonders stark ausgeprägt. Außer bei dir. Seltsamerweise nehme ich deinen Duft deutlich wahr.« Sie lächelte verlegen. »Trotzdem habe ich dich fast nicht gefunden. Je geringer die Dichte in einem gestaltlosen Leib, desto schwächer der Geruch. Ich sah nur, wie die Mauer unter dem Fenster herausbrach, und dachte mir meinen Teil. Da bin ich den Luftströmungen gefolgt und fand dich.«

Pit griff nach ihrer Rechten, zog sie an den Mund und küsste sie. »Ohne dich wäre ich verloren gewesen. Danke.«

Sie nickte, betrachtete lächelnd die ineinander verschlungenen Hände und wurde auf einmal ernst. »Hast du Kahinas Nummer?«

Er blinzelte sich in die Wirklichkeit zurück und ließ Nasrin erschrocken los. »Schnell, gib mir etwas zu schreiben!«

»Im Handschuhfach.«

Mit Notizblock und Bleistift machte sich Pit an die Rekonstruktion seiner Erinnerung. Er musste sich jede der fünfzehn Ziffern einzeln aus dem Hirn klauben. »Ich glaube, die Lyse hat meine Neuronen verwürfelt«, klagte er.

»Deine *was*?«

»Die Gehirnzellen.«

»Eine gewisse Verwirrtheit ist nach längerer Gestaltlosigkeit ganz normal.«

»Das müsste stimmen«, sagte Pit und zeigte ihr die Ziffernfolge.

0194 00 644 755 000

»Ob sie richtig ist, finden wir leicht heraus. Aber nicht hier. Womöglich geistern irgendwo noch Zafirah und ihre Killerbienen herum.« Nasrin drückte den Startknopf für den Anlasser.

Pit räusperte sich.

Sie sah ihn fragend an.

»Sollten wir uns nicht erst anziehen?«

Pit verließ den Campus des Virchow-Klinikums in einem Arztkittel. Etwas Besseres war ihm auf die Schnelle nicht eingefallen, um sich zu verkleiden. Aber es hatte funktioniert. Er schritt so beherrscht wie möglich zu dem Porsche Boxster, der im Schatten einer Kastanie parkte, öffnete die Beifahrertür und schlüpfte hinein.

»Hier«, sagte er und legte Nasrin ihre Sacktasche in den Schoß.

»Danke. Das war mutig von dir«, antwortete sie.

»Oder dumm«, brummte er. »Wenigstens kann die Polizei die Tasche jetzt nicht finden. Oder Grace Jones.«

»Wir brauchen eine Bleibe für die Nacht und zum Telefonieren. Ist dir da schon was eingefallen?«

Er schob die Unterlippe vor. »Du kennst also niemanden?«

»Modeleute sind Marktschreier. Die können nichts für sich behalten.«

»Ich wüsste vielleicht etwas. Mein Vater ist Laubenpieper ...«

»Du meinst, er hat einen Schrebergarten?«

Pit nickte. »In Britz. Kolonie Goldregen. Papa ist im Januar achtzig geworden. Da steht das Gartenhäuschen die meiste Zeit leer. Ich weiß, wo der Schlüssel liegt.«

»Die Polizei sucht dich wegen dreifachen Mordes. Meinst du nicht, dass sie auch deine Familie durchleuchten?«

»Schon möglich. Aber die Parzelle ist auf den Namen eines alten Freundes meines Vaters eingetragen. Die zwei haben das per Handschlag besiegelt.«

Nasrin startete den Motor. »Das hört sich doch gut an.«

Sie parkten den Wagen bei der Britzer Mühle und gingen das Stück bis zur Laubenkolonie zu Fuß. Die Laube war ein ausgewachsenes Haus, nicht groß zwar, aber sogar winterfest. Die Statuten des Laubenpiepervereins verboten ausdrücklich allzu üppige Baumaßnahmen auf den kleinen Parzellen, doch die Kolonisten nutzten alle Tricks, um trotzdem ein Maximum an Komfort herauszuholen.

»Gemütlich«, sagte Nasrin, als sie mit eingezogenem Kopf die holzgetäfelte Bauernstube betrat.

Pit deutete auf die Sitzecke. »Ich nächtige auf der Bank. Ist ausklappbar. Papa hat sie eigens für mich bauen lassen, als ich noch aufs Gymnasium ging. Du bekommst das Schlafzimmer. Bad und Küche haben wir auch. Ich sehe gleich mal nach, ob irgendwo noch eine Dose Ravioli ist, doch zuerst probieren wir Kahinas Nummer aus.«

»Kannst mein iPhone nehmen. Aber setz die Prepaidkarte ein, die wir vorhin besorgt haben.«

Nachdem das Handy umgerüstet war, wählte Pit die notierte Ziffernfolge.

»Die gewählte Nummer ist nicht vergeben«, behauptete eine emotionslose weibliche Stimme und wiederholte die Ansage gleich noch einmal auf Englisch. *The number you've dialed is not assigned.*

Pit legte auf. »Hm«, grübelte er. »Nummer ist nicht vergeben?« Er versuchte es nochmals – mit dem gleichen Ergebnis. Auch als er die Ländervorwahl voranstellte, bekam er keinen Anschluss.

»Bist du sicher, dass die Nummer stimmt? Sie kommt mir ziemlich lang vor.«

Er lachte freudlos. »Ich habe sie mir mindestens dreißigmal vorgebetet. Dann ist Grace Jones mitten in meine Andacht gestürmt. Schon möglich, dass es da in meinen Synapsen ein paar Kurzschlüsse gegeben hat.«

»Wo?«

»Bei den Telefonfräuleins im Gehirn, die für den reibungslosen Nachrichtenfluss zwischen den Nervenzellen sorgen.«

»Telefonzellen.«

»Was?«

»Dein Bild ist schief.«

»Bild?«, murmelte er und betrachtete noch einmal die Ziffern. Er sah sich wieder im U-Bahnhof Leopoldplatz im Gespräch mit der hübschen Polizistin. *Ich hoffe, Sie können meine Hieroglyphen lesen. Das sind meine private E-Mail-Adresse und Geheimnummer.* »Kahina hat etwas gesagt, als sie mir die Karte gab. Sie sprach von Hieroglyphen. Könnte sie mir damit einen Hinweis gegeben haben?«

Nasrin zog sich einen Kiefernholzstuhl heran und ließ sich darauf nieder. »Kahina wurde in Ägypten geboren, in der Oase Siwa. Ihre Mutter stammte von dort.«

»Welche Ländervorwahl hat Ägypten?«

»Auf dem Handy? Plus zwanzig. Ich kann mir nicht vorstellen, dass sie dir eine ägyptische Telefonnummer aufgeschrieben hat.«

»Hast du einen besseren Vorschlag? Wenn ich die korrekte Ziffernfolge vergessen habe, können wir bis zum Sankt-Nimmerleins-Tag probieren und finden den richtigen Anschluss trotzdem nicht.« Er wählte einfach die Nummer.

Wieder meldete sich eine weibliche, recht mechanisch klingende Stimme. Pit verstand kein Wort.

Er reichte Nasrin das Telefon. »Sprichst du Arabisch?«

Sie lauschte der Ansage und nickte. »Die gewählte Nummer ist nicht vergeben.«

»Hätte mich auch gewundert, wenn's anders wäre! Und jetzt?«

»Hieroglyphen«, murmelte Nasrin. »Das sind Zeichen in Bilderschrift.«

»So wie Kahina es gesagt hat, bedeutet es wohl eher schwer lesbare Schriftzeichen.«

»Weil sie irgendetwas verändert oder verschlüsselt hat«, grübelte Nasrin. Aufgeregt entriss sie ihm den Notizzettel. »Zeig noch mal her!« Ihr Finger fuhr die Ziffernfolge nach. »Fünfzehn Stellen. Für eine Telefonnummer ziemlich lang …«

»Du wiederholst dich«, nörgelte er.

»Warte mal! Ich muss was googeln.« Sie rief den Internetbrowser des Smartphones auf, legte die Stirn in Falten und tippte auf dem Bildschirm herum.

Pit setzte sich auf die Eckbank und beobachtete sie über den Tisch hinweg. Es war faszinierend, wie flink Nasrins Daumen auf der winzigen virtuellen Tastatur herumhüpften.

Schon nach kurzer Zeit erschien ein Lächeln auf ihrem Gesicht. »Das ist gar keine Telefonnummer.«

Er sprang von der Bank auf, stellte sich hinter sie und blickte ihr über die Schulter. »Wie kommst du ausgerechnet auf IBAN-Nummern?« Seit 2014 war die International Bank Account Number der Standard im weltweiten Zahlungsverkehr.

»Ich bin Model. Mein Geld fließt mir aus aller Herren Länder zu. Da muss man sich zwangsläufig mit internationalen Kontonummern und dem ganzen Zeug herumschlagen.« Nasrin deutete aufs Handy. »Kahina hat getrickst. Setzt man eine weitere Null vor die Nummer, beginnt sie mit null null eins.«

»Die Vorwahl der USA?«

»Die Kennung der Banque et Caisse d'Epargne de l'Etat – der

Luxemburger Sparkasse. Eigentlich gehören noch die Länderkennung *LU* und ein zweistelliger Kontrollschlüssel vor die Nummer. Aber die hat Kahina weggelassen, damit es wie eine Telefonnummer aussieht.«

»Bist du dir sicher? Das Konto könnte doch ebenso gut in der Schweiz oder in Liechtenstein sein.«

Nasrin schüttelte den Kopf. »Mein Bruder erzählte mir, er habe ein Bankschließfach in Luxemburg. Normalerweise musst du auch ein Konto haben, um so ein Fach zu mieten.« Sie zeigte Pit den Zettel. »Das ist die Nummer, da gehe ich jede Wette ein.«

»Wieso sollten er oder Kahina mir eine Schließfachnummer in Luxemburg zuspielen?«

»*Kontonummer*«, korrigierte Nasrin. »Die Nummer des Schließfaches lautet eins neun acht neun – neunzehnhundertneunundachtzig, mein Geburtsjahr. Und was deine Frage betrifft: Er befürchtete, die Domen könnten ihm eines Tages auf die Schliche kommen. Das hätte sein Todesurteil bedeutet. Aber vorher hätte Ahiman ihn verhört und von Zekarias' beiden Schwestern erfahren. Deshalb hat er für den Tag X vorgesorgt und uns ein *Überlebenspaket* geschnürt: Geld, falsche Pässe, für Kahina einen Jahresvorrat vom Trank der Hoffnung ...«

»Moment, Moment!«, unterbrach Pit sie. »Warum hat Katharina dann *mir* die Schließfach... sorry ... die Kontonummer zugespielt? Ich hätte gedacht, dass sie als Handyanschluss nichts taugt und ...«

»Und was hättest du danach getan?«

»Die Nummer gewählt, die auf der Karte aufgedruckt ist. Ihren Dienstanschluss.«

Nasrin deutete vielsagend mit dem Zeigefinger auf Pit. »Siehst du? So blieb sie für dich erreichbar und hat dir zugleich unauffällig Zekarias' Kontonummer zum Schließfach eins neun acht neun zugespielt.« Ihre Miene verdüsterte sich, und ihre Stimme klang auf einmal traurig und dunkel. »Sie muss geahnt haben, dass ihr etwas zustoßen könnte. Zekarias wird sie gebeten haben, dem neuen Prometheus auf diese Weise zu helfen.«

»Meinst du jetzt mich? Denkst du, das Bankschließfach enthält Informationen über Ahimans perfiden Plan?«

Nasrin nickte ernst. »Der Tag X ist gekommen. Lass uns nach Luxemburg reisen und feststellen, was sich in dem Schließfach befindet!«

30

Elias konnte es nicht abwarten, die Zeitung zu lesen. Es war gerade zehn vor sechs. Ylang und Mia schliefen noch. Nachdem er sich einen starken Kaffee gekocht hatte, verzog er sich mit der Morgenlektüre in den Wintergarten. Er hatte nach wie vor keine Ahnung, wie er zu Pit Kontakt aufnehmen sollte. Ihm gefror das Blut in den Adern, als er die Lokalnachrichten der *taz* sah.

Mysteriöser Todesfall im Wedding

Ein Observationsteam der Polizei fand gestern um 9.50 Uhr am Campus Virchow-Klinikum der Berliner Charité die Leiche des Notarztes Dr. Ferdi B. Der Polizeisprecher Herman Nolte will nicht ausschließen, dass sich am Stützpunkt des Noteinsatzfahrzeugs (NEF) ein Verbrechen ereignet hat, das mit dem flüchtigen Arzt Dr. Pit Z. im Zusammenhang steht. Z. arbeitete im selben Stützpunkt wie B. Er war am Mittwochabend wegen des Verdachts des Mordes an der Kripobeamtin Katharina N. verhaftet worden. In der Nacht zum Freitag entwich er aus der JVA Moabit. Dabei kamen zwei Vollzugsbeamte zu Tode. Seitdem befindet sich Z. auf der Flucht.

Ferdi B. sei neben dem NEF 2505 tot aufgefunden worden, schilderte Nolte den bisherigen Ermittlungsstand. Die gerichtsmedizinische Leichenschau vor Ort habe keine Anzeichen äußerer Gewalteinwirkung feststellen können. Außerdem sei die Rettungssanitäterin Kim S. spurlos verschwunden. Rätsel gebe den Ermittlern eine zertrümmerte Tür im Ruheraum der Station auf. Die Polizei schließe eine Täterschaft des als psychisch labil geltenden Notarztes Z. bei der Entführung von S. nicht aus. Möglicherweise handele es sich um ein Eifersuchtsdrama.

Elias las den Bericht zweimal und war immer noch fassungslos. Er kannte die meisten in dem Artikel Genannten persönlich. Klar, Kim verzehrte sich nach dem schlaksigen Arzt, das hatte Elias sofort gerochen, doch ein Eifersuchtsdrama …? Sein Freund war den Kleinen Tod gestorben und hatte trotzdem seine Erinnerung nicht verloren. In seinen Adern floss offenbar Domenblut. Das hätte auch die Anwesenheit der zwölffingrigen Riesen erklärt. Elias schwante, dass die verhängnisvolle Kette von Todesfällen ebenfalls mit den Domen zusammenhing.

Inzwischen hatte er den Inhalt des USB-Sticks gründlich gesichtet. Das Material zeichnete ein deutliches Bild: Seine Kollegen verordneten Tausende und Abertausende von Bluttransfusionen, obwohl die Patienten in den allermeisten Fällen ohne fremdes Blut bessere Heilungs- und Überlebenschancen hätten. Den Nachschub lieferten die Blutspendedienste, allen voran der Deutsche Rote Kreis. Zwischen Spende und Verabreichung stand eine Wertschöpfungskette, die unter dem Strich nur in Deutschland die Milliardengrenze überstieg. Alles zum Gemeinwohl, versteht sich. Ein Schelm, wer dabei Böses dachte.

Gab es einen Zusammenhang zwischen dem brisanten Inhalt des USB-Sticks und den Todesfällen? War Pit da irgendwem in die Quere gekommen, der ihm nun reihenweise Morde in die Schuhe schob? Hatte er sich gar mit den Domen angelegt? Sie lebten unerkannt auf Erden. Auf dem Stick fand sich kein unmittelbarer Hinweis auf sie. Elias zweifelte nicht daran, dass sie immer noch die Asche des Phönix oder irgendeinen anderen Weg zur Unsterblichkeit suchten.

»Wo bist du, Pit?«, murmelte er. Wie schaffte er es nur, zu ihm Verbindung aufzunehmen?

Elias holte sich seinen Tabletcomputer und gab die Namen von Pit und Kim in die Suchmaschine ein. In den aktuellsten Nachrichten stieß er auf eine schockierende Meldung. *Mordserie,* kündete eine rote Dachzeile auf dem Onlineportal der *BZ* an. Der Titel darunter: *Rotes Rathaus: Blutleere Leiche gefunden*

Als Elias den Bericht las, packte ihn die Wut. Auf seinem Handrücken sprossen dunkle Haare, und aus seinen Fingern wuchsen spitze Krallen. Er musste seinen ganzen Willen aufbringen, um die Verwandlung zurückzuhalten und den Artikel zu Ende zu lesen.

Die niedliche, freche Kim war tot. Passanten hatten sie in der vergangenen Nacht am Roten Rathaus gefunden: Nackt, kalkweiß und mit Hunderten kleiner Bisswunden übersät, hieß es im Text. Natürlich wurde auch dieser Todesfall Pit angelastet, ihm gar unterstellt, er sei ein Vampir. Als *extrem gefährlich* stufe ihn die Polizei ein, behauptete die Onlineredaktion.

»Das nimmt kein gutes Ende«, murmelte Elias und schaltete angewidert das Tablet aus. Ich muss mehr tun, um Pit zu finden, dachte er und suchte sich Stift und Papier. Darauf schrieb er für Ylang eine kurze Nachricht.

Liebes!

Pit steckt in großen Schwierigkeiten.
Bin in die Station gefahren.
Muss Witterung aufnehmen.

Alles Liebe, Elias

31

Das Radio spielte lustige Schnulzen. Pit war zum Heulen zumute. Er stand vor dem offenen Kühlschrank im Gartenhäuschen seines Vaters und starrte die randvolle Flasche Kirschwasser an. Aller Mut hatte ihn verlassen. Er war verzweifelt, deprimiert, hoffnungslos. Gerade kam es in den Nachrichten.

Die Domen hatten Kim zu Tode gequält.

Der Nachrichtensprecher war berufsbedingt vorsichtiger in der Wortwahl gewesen, doch als Arzt vermochte Pit eins und eins zusammenzuzählen: *Unbekleidete Leiche, unzählige Bisswunden, blutleer.* Die *wenigen Stichwörter hatten ihm genügt, um sich den Rest zusammenzureimen. Er hatte Kim sehr gemocht. Sie war der feinste Kerl, der ein Mädchen nur sein konnte.*

Und nun suchte man ihn wegen fünffachen Mordes.

Er streckte den Arm aus. Seine Hand umschloss die Flasche …

»Willst du das wirklich?«, fragte plötzlich eine samtige Stimme hinter ihm.

Erschrocken wandte er sich um. An der Küchentür stand Nasrin in ihrem weiten Schlaf-T-Shirt. Ihre Miene war ernst, traurig, und sie wirkte irgendwie enttäuscht. »Warum sollte ich nicht?«, erwiderte er bitter. »Kim …«

»Ich hab's gehört, Pit«, unterbrach sie ihn sanft. »Maja und Kim und alle anderen werden nicht wieder lebendig, wenn du dich betrinkst. Du zerstörst damit nur dich.«

»Aber das will ich ja«, klagte Pit. Er merkte, wie sich sein Mund verzog, weil er am liebsten heulen und schreien und jammern wollte, es aber trotzdem nicht fertigbrachte. Er stand nur da und klammerte sich an der Flasche fest, als wäre er daran festgefroren.

Nasrin ging zu ihm und legte ihre Rechte auf seine Hand. »Du bist mehr als das«, sagte sie sanft und deutete mit dem Kinn auf die Schnapsflasche. »Du bist Hoffnung – vielleicht für Millionen. Du bist Prometheus. Ich …« Sie senkte den Blick und schluckte. »Du bist der Einzige, der mir noch geblieben ist.«

Pits Hand glitt von der Flasche. Sie umfasste nun etwas Besseres, Wärmeres, Schöneres. »Dir … liegt wirklich etwas an mir?«, fragte er ungläubig.

Nasrin löste sich aus seinem Griff. Sie nahm sein Gesicht in beide Hände, reckte sich zu ihm hoch und küsste ihn auf den Mund.

Diesmal wehrte sich Pit nicht dagegen. Er hieß diesen verwirrenden Moment willkommen, der so anders war als der Kuss mit Kahina. Sie hatte er für Maja gehalten und sich im Rausch der Leidenschaft fast vergessen. Nasrin wollte er einfach nur spüren: ihre Wärme, ihre Zuneigung, die Geborgenheit, die sie ihm schenkte. Als sie ihre Lippen von den seinen löste, tat es ihm regelrecht weh. Enttäuscht blickte er in ihre magischen Augen.

»Besser?«, fragte sie leise.

Er nickte schüchtern. »Viel besser«, antwortete er und stieß mit dem Fuß die Kühlschranktür zu.

Bei Trier verließen sie die Autobahn. Nasrin steuerte einen stillen Waldparkplatz an. Hier konnten sie ihre unterwegs eingekaufte Wegzehrung vertilgen und sich die Beine vertreten. Wenn alles gut ging, würden sie bei Einbruch der Dunkelheit in Luxemburg sein. Pit wollte die fast achthundert Kilometer von Berlin endlich hinter sich bringen. Für ihn war es weniger der Aufbruch zu neuen Ufern als vielmehr eine Flucht.

Da ihn die Polizei mittlerweile europaweit suchte, hatte sich die Reise per Flugzeug oder Bahn erübrigt. Doch trotz des viel beschworenen grenzenlosen Europas war der Wechsel nach Luxemburg auch mit dem Auto nicht ganz unbedenklich. Die Hauptstadt des Großherzogtums gehörte zu den Topadressen der internationalen Finanz. Steuerflüchtlinge aus Deutschland liebten dieses Ausflugsziel. Der Zoll hatte sich auf die *Wildwechsel* eingestellt und kontrollierte stichprobenhaft die Fahrzeuge – oft schon Kilometer vor der eigentlichen Grenze.

»Wenn dich irgendein Polyp erkennt, veranstalten sie ein Preisschießen auf dich. Du musst unauffälliger werden«, sagte Nasrin mit vollem Mund. Sie hatte gerade in ein vegetarisches Vollkornbaguette gebissen, aus dem Massen von Salatblättern quollen.

»Soll ich mir die Nase platt drücken und mir Segelohren zulegen?«, brummte Pit. Ihm als *mutmaßlichen Serienkiller* – so hatte der Berliner Rundfunk ihn genannt – leuchteten ihre Bedenken natürlich ein.

»Käme auf einen Versuch an. Probier's mal.«

»Ich denke nicht …«

»Du hast dir auch nicht vorstellen können, als Sandsturm durch die Gegend zu fegen, und trotzdem kannst du es. Stell dir einfach vor, wie du aussehen möchtest, und stülp dein Innerstes nach außen. Die Nase ist dafür ein dankbares Versuchsobjekt.«

Er seufzte. Innerstes nach außen, maulte er im Stillen. Leichter gesagt als getan. Lustlos drückte er sich auf den Riechkolben, so wie Nasrin es ihm vorgemacht hatte, und versuchte angestrengt, das Bild einer Boxernase im Sinn festzupinnen. Zur Sicherheit hielt er gleich noch die Luft an.

Als er den Finger von der Nase nahm, blieb sie platt.

»Bravo!«, freute sich Nasrin. »Du kannst …«

Er ließ die Luft entweichen, und im selben Moment stülpte sich die Nase wieder aus.

»Dir fehlt nur Übung«, ermutigte ihn Nasrin. Sie öffnete den vorderen Kofferraum, kramte in ihrer Sacktasche und reichte ihm ein Puderdöschen. »Probier mal was anderes!«

»Was soll ich damit? Mich als Tunte schminken?«, fragte Pit.

»Da ist ein Spiegel drin. Klapp's auf, guck rein, stell dir vor, deine Augen wären orangefarben!«

»Orange? Das nennst du unauffällig?«

»Ist ja nur ein Test. Komm, mach schon!«

Ergeben fügte er sich der Meisterin und färbte seine Augen

orange. »Unglaublich!«, staunte er und strahlte Nasrin begeistert an.

Sie machte einen Schmollmund. »Leider ist ein Auge gerade wieder blau geworden. Du musst dich fester konzentrieren.«

»Was denkst du, was ich die ganze Zeit tue?«

»Jetzt ist auch das andere blau«, bemerkte sie enttäuscht. »Ich glaube, das müssen wir noch üben.« Sie griff erneut in den Wagen, holte eine halb leere Plastikflasche heraus, schraubte sie auf und schüttete das stille Wasser auf den stillen Parkplatz. Dann reichte sie Pit die Flasche.

»Soll ich da reinpinkeln?«, wunderte er sich.

»Wenn du es so nennen willst. Verflüssige dich. Ich habe dir ja gezeigt, wie es geht.«

»Das ist jetzt nicht dein Ernst. Ich bin doch kein Dschinn in der Flasche. Kann ich nicht als Sandwolke durch den Fußraum wehen?«

»Wenn du dich verflüssigst, bist du kompakter. Vor allem hat es den Vorteil, dass du länger – wie nennst du das? – amorph bleiben kannst. Du verlierst dich nicht so schnell. Versuch es!«

»Aber versprich mir, dass du mich bald wieder aus der Flasche lässt, sonst bin ich nur noch als Durstlöscher zu gebrauchen.«

»Keine Sorge. Dazu bist du mir zu kostbar.«

Pit musterte sie nachdenklich. Hatte da gerade ihr Verstand gesprochen oder ihr Herz? Seit dem Kuss am Morgen hatte er viel darüber nachgedacht, ob sich Maja wohl im Grab umdrehen würde, falls er eine neue Verbindung einging. Was hatte Katharina noch gleich zu ihm gesagt? *Du musst loslassen. Maja hätte sicher nicht gewollt, dass du für den Rest deines Lebens als Mönch lebst.*

»Warum guckst du so?«, fragte Nasrin verunsichert.

Er blinzelte. »Schon gut. Lass mich mal probieren, ob ich durch den Flaschenhals passe.

Der Porsche Boxster rollte langsam am Straßenrand aus.

»Rühr dich jetzt nicht!«, flüsterte Nasrin der Flasche auf dem Beifahrersitz zu.

Pit hätte Blut und Wasser geschwitzt, wenn dies in seiner derzeitigen Zustandsform möglich gewesen wäre. Er fühlte sich als Sandwolke eindeutig besser denn als eingeweckte Ursuppe. Die Lyse in den ungewohnten Aggregatzustand hatte nicht auf Anhieb geklappt. Der erste Versuch war versandet, beim zweiten verwandelte er sich in einen Schneehaufen, und erst im dritten Anlauf hatte er sich verflüssigt. Wenigstens war die Evian-Flasche transparent, sodass er die Zollkontrolle mitverfolgen konnte.

Nasrin betätigte die elektrische Öffnung des Verdecks, um ein Maximum an Transparenz zu signalisieren. »Guten Abend, meine Herren, was kann ich für Sie tun?«

Die Zollbeamten trugen grellgelbe Warnwesten. An ihren Gürteln hingen Handschellen und Pistolen. Einer der Männer platzierte sich vor dem Wagen, der andere, ein gutmütiger Typ mit Schnauzbart, neben der Fahrertür. Er tippte sich an die Mütze. »Guten Abend, Gnädigste. Zollkontrolle. Weiter Weg von Berlin hierher. Darf ich fragen, wohin Sie fahren?«

»Nach Luxemburg, Herr Zollinspektor«, antwortete Nasrin mit dem süßesten Lächeln, das sie zustande brachte.

Der Schnauzbart lächelte nicht. »Sind Sie nicht das Mannequin?«

»Welches?«

»Das von der Klum. Sara Nubuk oder so ähnlich.«

»Die bin ich nicht.«

»Schade. Meine Tochter hätte sich über ein Autogramm gefreut.«

»Ich kann Ihnen trotzdem eins geben.«

Der Zöllner konnte sich für den Vorschlag nicht recht erwärmen. Sein Gesicht nahm einen förmlichen Ausdruck an, und dann sagte er etwas, das er dem monotonen Klang seiner Stimme nach schon eine Million Mal gesagt hatte. »Bitte zeigen Sie alles mitgeführte Bargeld an, das den Wert von zehntausend Euro hat oder überschreitet. Das gilt auch für Wechsel, Schecks, Wertpapiere, Gold und Silber.«

»Da müsste ich mal nachsehen. Darf ich kurz aussteigen?«, fragte Nasrin. Sie spielte das hübsche Dummchen, das merkte selbst ein Geist in der Flasche.

»Nur zu«, ermunterte sie der Zöllner.

Die Tür öffnete sich, und Pit verlor seine Fahrerin aus dem Blickfeld. Er sah nur, wie der Schnauzbart irgendetwas mit großen Augen anglotzte. Ob es Nasrins Hinterteil war, ließ sich nicht feststellen.

Kurz darauf war sie wieder da, ließ ihre Sacktasche auf den Sitz fallen und holte ihr quietschbuntes Portemonnaie heraus. Sie reichte es ungeniert dem Zollbeamten. »Zählen Sie bitte selbst nach.«

Der Zöllner warf nur einen Blick in die Geldbörse. »Das sind nicht mal dreitausend. Ich frage Sie noch einmal im Beisein meines Kollegen …« Er wiederholte seinen Spruch.

»Ich kann Ihnen leider nicht mehr zeigen, Herr Zollinspektor«, antwortete Nasrin und verdrehte ihre hübschen Augen. »Sie kennen das ja: Das Geld zerrinnt einem zwischen den Fingern.«

»Dann werden wir Ihre Angaben jetzt überprüfen.«

»Meinetwegen. Es wäre nett, wenn Sie sich etwas beeilen könnten. Ich bin in einer dringenden Familienangelegenheit unterwegs. Mein Bruder und meine Schwester sind gerade dahingeschieden.« Sie schluchzte.

Die Zollbeamten legten die für ihren Beruf sprichwörtliche Eile an den Tag. Etwa eine halbe Stunde lang filzten sie Jacken, Reisetaschen, sämtliche Ablage- und Stauräume des Wagens, blickten unter die Fußmatten, bewunderten den Motor, kontrollierten den Verbandskasten und inspizierten einiges andere mehr. Pit fühlte sich umso beklemmter, je länger die Untersuchung dauerte. Er fürchtete, sich in der Flasche zu verlieren. Und dann hörte er auch noch einen Satz, bei dem er am liebsten geplatzt wäre.

»Wir müssten nun abschließend eine … äh … Leibesvisite vornehmen.«

Das überraschte selbst Nasrin. »Ich sehe keine Kollegin, die sich darum kümmern könnte, Herr Zollinspektor.«

»Das ist richtig. Deshalb sollten Sie mit auf die Zollstation kommen, wo ein weiblicher Beamter Sie abtasten wird. Oder wir machen's gleich hier mit einem Minimum an … äh … Aufwand.«

»Muss ich mich ausziehen?«, fragte Nasrin kühl.

»Das wird nicht nötig sein. Stellen Sie sich einfach breitbeinig an den Wagen und stützen Sie die Hände an die Tür. Den Rest erledige ich.«

»Warum du?«, hörte Pit die Stimme des anderen.

»Weil ich älter bin«, schnauzte der Schnauzbart.

Man musste ihm zugutehalten, dass er Nasrin tatsächlich nur oberflächlich abtastete. Dennoch verkniff er es sich nicht, ihr an die Brüste zu fassen. Pit hatte das Gefühl zu kochen.

»Was ist das?«, fragte der Zöllner plötzlich. Er deutete auf Pit oder vielmehr auf die Flasche.

»Darf ich mich wieder aufrichten, Herr Zollinspektor?«, fragte Nasrin gereizt.

»Ja. Wir sind fertig. Bis auf die Flasche da.«

»Was ist damit?«

»Da steht Evian drauf. Ist aber kein Evian drin. Außerdem sieht es aus … als würde die Brühe kochen.«

»Das ist ein Spezialtrunk«, improvisierte Nasrin, beugte sich in den Wagen und hob die Flasche samt Pit heraus. Dann schraubte sie auch noch den Verschluss ab. »Enthält alle lebenswichtigen Mineralstoffe, Herr Oberzollinspektor. Wollen Sie einen Schluck?«

Der Zöllner verzog angewidert das Gesicht. »Nä! Lassen Sie gut sein. Sie dürfen weiterfahren. Und …« Er tippte sich an die Mütze. »… herzliches Beileid.«

32

»Die Kerle zeige ich an, alle beide!«, fauchte Pit. Obwohl das Verdeck aufgeklappt war und er erst seine Unterwäsche angezogen hatte, kochte er noch immer.

»Lass es bleiben! Ich könnte den Zöllnern sowieso nichts beweisen«, beschwichtigte ihn Nasrin. Es klang ziemlich desillusioniert.

Er musterte sie von der Seite, während er mit seiner Hose kämpfte. »Passiert dir das öfter?«

»Ständig. Frauen, die ihren Körper für Geld zeigen oder fotografieren lassen, sind für die meisten Männer nichts anderes als Prostituierte.«

»Du kannst dich doch wehren. Ich hab's gesehen.« Pit griff zum Hemd.

Ein Schmunzeln stahl sich auf ihre Lippen. »Manchmal tue ich das. Übrigens – Kompliment. Ich war mir selbst nicht sicher, ob du es schaffen würdest, unsere Bargeldbestände zu verflüssigen. Wenn du so weitermachst, übertriffst du noch Zafirah. Die schafft die Lyse samt ihrer Kleidung und einem ganzen Waffenarsenal.«

»Jetzt wird mir klar, wie sie in meiner Wohnung so plötzlich vor mir stehen konnte.« Er schloss den letzten Knopf des blauen Hemdes. »Jedenfalls spritze ich Gift und Galle, wenn ein Kerl dich noch mal so angrapscht.«

Nasrin blies sich eine Strähne aus dem Gesicht. »Was du heute erlebt hast, ist nichts gegen das, was uns in Luxemburg bevorsteht.«

»Wieso?«, wunderte er sich.

»Weil ich keinen Schlüssel für das Schließfach meines Bruders habe. Wir müssen die Bank ausrauben.«

Das *Terra Nomis* in Esch-sur-Alzette war kein Hotel, es war ein Restaurant, das Zimmer hatte. Außen ochsenblutrot, innen mit gebrochenen Ziegelsteinen und dunklen Hölzern dekoriert, bot es den beiden Bankräubern einen sicheren Schlupfwinkel in rustikalem italienischem Ambiente. Nasrin hatte die Herberge im Internet gefunden und wegen ihrer vielen Vorzüge als Stützpunkt für die Operation Prometheus auserkoren. Sie war klein genug, um mit geringen Geldmitteln lästige Formalitäten bei der Anmeldung zu umgehen. Und sie lag in beruhigender Entfernung zum Einsatzort, um bei einer Ringfahndung nicht sofort der Polizei ins Netz zu gehen. Das Städtchen Esch an der Alzette lag nicht einmal zwanzig Kilometer vom Operationsgebiet entfernt.

Eigentlich planten sie gar keinen Bankraub, beruhigte Pit sein Gewissen. Zekarias hatte den Inhalt des Bankschließfaches im Fall seines Ablebens ohnehin seinen Schwestern vermachen wollen. Insofern holte Nasrin sich nur, was ihr zustand. Ihr fehlte lediglich der Schlüssel – wahrscheinlich hatte ihn Kahina verwahrt. Deshalb musste sich die Begünstigte auf nicht ganz vorschriftsmäßige Weise Zugang zum Erbe verschaffen.

Die zwei hatten als Paar eingecheckt, um möglichst wenig Aufsehen zu erregen. Nasrin mietete das größte Zimmer. Es verfügte über eine Chaiselongue – Pit brauchte also wenigstens nicht auf dem Parkettboden zu schlafen. Die kleinen Unbequemlichkeiten nahm er gern in Kauf. Allein durch ihre Nähe verlieh Nasrin ihm ein Gefühl der Sicherheit, das er bisher nur von Maja gekannt hatte.

Nach einer letzten Lagebesprechung zum üppigen Frühstück fuhren sie in die Ville de Luxembourg, die Hauptstadt des Großherzogtums Luxemburg. Ihr Zielobjekt war eine Institution unter den Banken des Landes, die ehrwürdige Banque et Caisse d'Epargne de l'Etat – die Luxemburger Sparkasse.

Der historische Bankpalast lag an der Place de Metz, einem linsenförmigen Platz im Südwesten der alten Festungsanlage. Mit seinem hohen Uhrenturm ragte er weit über die umliegenden Gebäude der Altstadt hinaus. Der ehemalige Schalterraum beherbergte ein Bankenmuseum. Nasrin hatte sich auf einen Besuch desselben gefreut, um das Terrain zu sondieren. Bei der Gelegenheit wollte sie sich das im Internet angekündigte Video mit den schönsten Banküberfällen ansehen, um sich davon inspirieren zu lassen. Leider hatte die Show sonntags geschlossen.

»Findest du unser Vorgehen professionell?«, brummte Pit. Sie standen wie ein Pärchen auf Stadtbesichtigung am Fuß der Treppe des Hauptportals und musterten die *Location,* wie Nasrin es genannt hatte.

Sie hob die Schultern. »Weiß nicht. Ich breche zum ersten Mal in eine Bank ein.«

»Lass uns weitergehen, sonst erregen wir noch Verdacht. Wir müssen uns endlich auf einen Plan einigen.«

Nasrin hakte sich wie selbstverständlich bei ihm ein. »Gehen wir in die Innenstadt. Ich kenne am Place d'Armes ein nettes Café.«

Sie kehrten zum Auto zurück und fuhren über den Pont Adolphe in den inneren Festungsring. In dem Straßencafé spielten sie sämtliche Varianten des Coups durch. Schließlich einigten sie sich auf einen Plan, der so abgedreht war, dass er sogar funktionieren konnte.

Gravitätisch stolzierte Nasrin in die ehrwürdigen Geschäftsräume der Luxemburger Sparkasse. Sie hatte sich für den Besuch ein figurbetontes Kostüm in ihren Lieblingsfarben Rot und Schwarz ausgesucht. Ein breiter Lackgürtel betonte ihre schmale Taille. Der schräg auf ihrem Kopf sitzende geflochtene Tellerhut machte sie noch größer, als sie ohnehin schon war. An ihrer linken Schulter hing die schwere Sacktasche, die in spannungsreichem Dialog mit dem eleganten Outfit stand. Rechts hielt Nasrin eine Evian-Flasche mit trübem Inhalt.

Sämtliche Augen im Raum richteten sich auf die extravagante Besucherin. Eine Handykamera klickte. Irgendwo gickste eine

Bankangestellte – eine häufig zu beobachtende Reaktion, wenn Prominente überraschend auf der Bildfläche erschienen. Nasrins Lächeln täuschte darüber hinweg, wie hoch konzentriert sie war. Eine einzige Unaufmerksamkeit, und ihr würden die Gesichtszüge entgleisen. Als Maske hatte sie sich die Physiognomie des weltberühmten Supermodels Naomi Campbell angelegt.

Es dauerte nicht lange, und ein hagerer kleiner Bankangestellter mittleren Alters in mausgrauem Anzug glitt herbei. *»Bonjour, Madame Campbell! Welcome in our holy halls!«*, katzbuckelte er zweisprachig, wobei sein Französisch im Vergleich zum Englisch geradezu göttlich war.

Nasrin lächelte jovial. Sie sprach nicht nur perfekt Englisch, sie ahmte sogar den britischen Akzent des Supermodels nach. »Vielen Dank für den warmen Empfang, Mister …?«

»Bertemes, Madame. Mein Name ist Ferdinand Bertemes. Ich erfreue mich des Umstands, dieses Finanzcenter zu leiten. Gestatten Sie mir die Bemerkung: Von den Fotos her habe ich Sie mir viel kleiner vorgestellt.«

»Das liegt wahrscheinlich an der Größe der Fotos.«

Er lachte gekünstelt. »Das wird es sein. Womit kann ich Ihnen dienen, Madame?«

»Ich möchte ein Bankschließfach mieten. Möglichst heute noch.«

»Haben Sie schon ein Konto bei der Banque et Caisse d'Epargne de l'Etat, Madame Campbell?«

»Nein. Aber daran soll es nicht scheitern. Ich habe zwar nur dreitausend Euro dabei, aber die können Sie gleich haben.« Sie zauberte sechs Fünfhunderter aus ihrem Sack und streckte sie Monsieur Bertemes entgegen.

»Oh, là, là, Madame!«, entfuhr es dem überraschten Filialleiter. Er hob beide Hände, als hätte Nasrin ihn mit einem Revolver bedroht. »Vor der Zahlung kommt der Akt.«

»Was? Für wen halten Sie mich?«, entrüstete sich Nasrin lautstark, damit es alle im Saal hörten. Innerlich schrie sie vor Vergnügen, weil Monsieur Bertemes sich im Überschwang seiner Beflissenheit zu einer solchen Zweideutigkeit hatte hinreißen lassen.

Der lief knallrot an. »Madame, Sie missverstehen. Ich wollte sagen: Vor der Einzahlung auf das Konto kommt der Verwaltungsakt.«

»Ach so! Jetzt haben Sie mich aber erschreckt, mein Lieber.« Nasrin pumpte alle Naivität, die sie aufbringen konnte, in ihr Lächeln. Vermeintlich erhitzt schraubte sie den Verschluss ihrer Plastikflasche auf, setzte sie an die Lippen, hielt dann aber inne.

»Stimmt etwas nicht?«, fragte sie Monsieur Bertemes, während er entsetzt die trübe Brühe in der Flasche anstarrte. »Selbstverständlich kredenzen wir Ihnen ein Wasser, während wir die Formalitäten erledigen. Oder einen Kaffee, falls Ihnen danach mehr gelüstet.«

Sie hielt dem Filialleiter die Flasche hin. »Das ist ein Powerdrink. Da steckt die Kraft eines Riesen drin. Wollen Sie probieren?«

Monsieur Bertemes' Mundwinkel zuckten unter der Anstrengung, ihnen ein Lächeln aufzuzwingen. »Vielen Dank, Madame. Ich bin Vegetarier.« Er deutete in den hinteren Bereich des Schalterraumes. »Wenn Sie mir bitte in unseren Kundenraum folgen würden. Dann leite ich – *husch!* – alles ganz schnell in die Wege.«

Während Nasrin sich durch das Papierdickicht der Antragsformulare kämpfte, warf sie immer wieder besorgte Blicke auf ihre Flasche. Seit Pit dort hineingeschlüpft war, sah er unverändert trübe aus. Sie konnte nur ahnen, wie der Ärmste sich fühlte. Selbst schuld, beruhigte sie sich. Hättest du mich allein in die Bank gehen lassen, wäre auch nichts passiert. Er wolle zur Stelle sein, falls etwas Unvorhergesehenes geschah, hatte Pit gesagt. Wir sind hier in einer Bank, dachte Nasrin, und vor mir sitzt der langweiligste Mann der Welt. Was soll da schon passieren?

»Ich hätte einen Wunsch, Monsieur Bertemes, wenn ich darf«, äußerte sich Nasrin schüchtern.

Der langweiligste Mann der Welt lächelte. »Sie dürfen bei uns fast alles, Madame. Die Sparkasse ist zu hundert Prozent kundenorientiert.«

»Freut mich, das zu hören. Könnte ich für mein Fach eine Wunschnummer haben, damit ich sie mir besser merken kann?«

»Wenn das betreffende Kundenschließfach frei ist, kein Problem. Ich kann es gleich hier im Computer prüfen. Welche Nummer?«

»Neunzehnhundertneunundachtzig. Das ist mein ... Das Geburtsdatum eines Menschen, der mir sehr nahesteht.«

Monsieur Bertemes' Finger quälten sich mit der Tastatur ab. Offenkundig lagen seine Stärken auf anderen Gebieten. »Tut mir außerordentlich leid, Madame Campbell. Das Schließfach ist bereits vergeben«, stellte er nach einiger Zeit fest.

»Und da lässt sich nichts machen? Kann man den Inhalt des Faches nicht ... umbetten?«

»Das ist leider nicht möglich. Zu jedem Fach gibt es nur einen Schlüssel. Wir können unsere Mieter ja nicht ausschließen.« Der langweiligste Mann der Welt kräuselte die Lippen.

Nasrin übte sich in Enttäuschung. Sie zog einen Flunsch und überlegte, ob sie mit dem Fuß aufstampfen sollte. Stattdessen entschied sie sich für eine reifere Unmutsäußerung. »Zu schade! Dann frage ich wohl doch erst bei den anderen Finanzhäusern nach, ob da die Eins-neun-acht-neun noch frei ist. Zum Glück herrscht an Banken in dieser Stadt ja kein Mangel.«

Monsieur Bertemes passierte, was Nasrin tunlichst zu vermeiden suchte: Ihm entgleisten die Gesichtszüge. »Madame, ich bin untröstlich. Sie zu verlieren, könnte ich nicht verwinden.«

»Heißt das, Sie werden sich umbringen, wenn ich jetzt gehe?«

Der Filialleiter senkte den Blick und lächelte devot. »Ich spiele mit dem Gedanken. Seit achtzehnhundertsechsundfünfzig erfülle ich ... nein, erfüllt die Sparkasse auch die ausgefallensten Wünsche unserer Kunden. Wäre Ihnen damit gedient, ein Schließfach ganz in der Nähe der Eins-neun-acht-neun zu bekommen?«

Nasrin warf einen verstohlenen Blick auf die Wasserflasche, die sie auf den Tisch gestellt hatte. Pit blubberte zustimmend. »Wie nahe?«, fragte sie, nachdem sie Monsieur Bertemes hinreichend lange hatte schwitzen lassen.

Der hatte inzwischen seinen Computer konsultiert. »Ich hätte die Eins-neun-acht-eins zu bieten. Das ist in derselben Reihe nur eine Winzigkeit weiter links.«

»Mein Geburtsdatum!«, quietschte Nasrin. »Die nehme ich.«

Monsieur Bertemes starrte sie eine Schrecksekunde lang an. Selbst eine Schönheit wie Naomi Campbell war gegen den Zahn der Zeit nicht gefeit. Der Filialleiter vertrieb den Unglauben aber schnell wieder aus seinem Gesicht und lächelte wie ein falscher Fuffziger. »Dann wäre ja alles perfekt. Jetzt bräuchte ich nur noch Ihren Pass, Madame.«

»Selbstverständlich«, flötete Nasrin, öffnete ihr Taschenuniversum und wühlte eine erkleckliche Weile lang darin herum. Erschrocken hob sie den Blick. »O mein Gott! Ich habe meine Papiere im Hotel liegen gelassen.«

»Ähm …«, machte Monsieur Bertemes. Er schien darüber nachzudenken, wie er der berühmten Kundin die formelle Unerbittlichkeit des luxemburgischen Bankenwesens nahebringen konnte.

»Ich muss bis morgen sowieso noch einmal wiederkommen. Können wir den … *Akt* dann nicht nachholen?«, fragte Nasrin und wählte aus ihrem reichen Repertoire das Femme-fatale-Lächeln.

Monsieur Bertemes starrte sie verwirrt an, blinzelte, sah auf sein Formular und hiernach wieder in das fragende Gesicht der Kundin. Nach reiflichem Zögern rang er sich endlich zu einer Entscheidung durch. »So machen wir's. Und Sie bekommen heute schon Ihr Kundenschließfach. Damit alles seine Richtigkeit hat, schreiben wir Ihrem neuen Konto nur einen symbolischen Betrag von einem Euro gut. Und wissen Sie was …?« Er langte in seine Hosentasche, wühlte ein Weilchen darin herum und zog eine Münze hervor. »Ihre erste Einlage schenke ich Ihnen.«

»Sie sind ein Schatz, Ferdinand«, behauptete Nasrin und sah, wie der langweiligste Mann der Welt beim Klang des eigenen Namens ein zweites Mal errötete.

Er räusperte sich verlegen. »Dann darf ich Ihnen Ihren Schlüssel aushändigen und Ihnen gleich Ihr neues Schließfach zeigen, Madame Campbell.«

»Sehr gern, Monsieur Bertemes. Ab wann sind Sie morgen Vormittag für mich ansprechbar?«

»Ich bin untröstlich, Madame. Für Dienstagfrüh ist seit Langem ein Filialleitermeeting anberaumt. Vor zwölf kann ich nicht zu Ihrer Verfügung stehen.«

»Das kommt mir entgegen. Ich richte mich darauf ein.«

Der Filialleiter rief eine Mitarbeiterin an, ließ sich einen Schlüssel mit zwei Bärten kommen und geleitete Nasrin ins Untergeschoss zu den Schließfächern. Nachdem er ihr das Prozedere gezeigt hatte, führte er sie mit der Stahlkassette in eine abschließbare Kabine und zog sich zurück.

Pit flutschte aus der Flasche, als wäre sein amorpher Leib mit Kohlensäure angereichert. Er verkörperte sich hinter Nasrin, damit er sich keine Kommentare über seine edlen Teile anhören musste.

»Hier ist es ja fast so eng wie in der Flasche«, beklagte er sich.

»Da kommst du auch gleich wieder rein. Ich wollte nur sichergehen, dass du dich da drin nicht verlierst.«

»Ich hätte doch länger versuchen sollen, unsere Bankräuberausrüstung mit mir zu verflüssigen. Bei deiner Barschaft hat's ja auch geklappt.«

»Das waren kaum zweihundert Banknoten. Du bist noch nicht so weit, Pit. Bei der Lyse zehrt jedes zusätzliche Gramm, das du auflöst, wie ein Marathonlauf an deinen Kräften. Die Masse des Werkzeugs unvorbereitet zu verflüssigen, könnte dich umbringen.« Sie lächelte. »Für deinen Slip hätt's aber wahrscheinlich gereicht.«

»Das sagst du mir jetzt erst?«, maulte er.

Sie atmete tief durch. »Du hast mir noch gar nicht gesagt, wie du mich fandest.«

»Als Naomi Campbell, meinst du? Du hättest etwas weniger dick auftragen können. Zum Schluss hatte Monsieur Bankdirektor Stielaugen wie 'ne Weinbergschnecke.«

»Alter Miesepeter. Es hat doch geklappt. Allein das Ergebnis zählt.« Nasrin öffnete den Reißverschluss ihres Taschenuniversums. »Kommen wir zur Phase zwei der Operation: das Umpacken der Wertsachen.«

Pit sah ihr über die Schulter hinweg zu, wie sie den morgendlichen Baumarkteinkauf aus dem Sack hervorkramte: Stemmeisen, Meißel, Vorschlaghammer, ein komplettes Akkubohrset, zwei Paar Gummihandschuhe und einen Scheuerlappen. In Letzteren wickelte sie das Werkzeug ein und verstaute alles in der Stahlkassette aus dem neuen Schließfach. Danach verrenkte sie den Kopf, um wenigstens das Gesicht des nackten Mannes hinter ihr zu sehen. »Fertig. Bist du so weit?«

Er seufzte. »Hab schon verstanden.«

Leichter denn je löste Pit seinen Körper auf und schoss in die Flasche.

»Und das hatten Sie alles in Ihrer Handtasche, Mistress Campbell?«, fragte in flüssigem Englisch der junge Bankmitarbeiter, der ihr beim Verstauen der schweren Kassette im Bankschließfach half. Laut seinem Namensschild hieß er Félix Nosbüsch.

Nasrin lächelte. »Frauenhandtaschen sind wie schwarze Löcher: Man sieht ihnen von außen nicht an, was sie im Lauf der Zeit verschlucken.«

Der Banker drehte den Schlüssel herum und reichte ihn dem vermeintlichen Supermodel. »Das ist der einzige Schlüssel, den es gibt. Geht er verloren, müssten wir das Fach aufbrechen. Das wird teuer. Also: nicht verlieren!«

»Danke«, sagte Nasrin, warf den Schlüssel in den Sack und deutete unter die Decke. »Warum haben Sie hier eigentlich keine Überwachungskameras, Mister Nosbüsch?«

Der junge Mann lächelte entspannt. »Weil niemand diesen Raum betreten kann, ohne draußen an mehreren Objektiven vorbeizuspazieren. Die genaue Anzahl darf ich Ihnen nicht nennen.«

»Natürlich nicht. Trotzdem bin ich ein wenig besorgt. Mein Agent meinte, ich solle das Schließfach bei einer richtigen Bank mieten, nicht bei der Sparkasse.«

Nosbüsch wirkte pikiert. »Die Banque et Caisse d'Epargne de l'Etat *ist* das älteste Finanzinstitut des Landes. Wenn wir keine *richtige* Bank sind, wer dann?«

»Bitte entschuldigen Sie, ich wollte Sie nicht in Ihrer Sparkassenehre verletzen.« Ihr immer noch ausgestreckter Zeigefinger schwenkte herum zur Schließfachtür. »Sind meine Wertsachen dahinter auch wirklich sicher? Die Tür sieht so winzig aus.«

»Da kann ich Sie beruhigen, Mistress Campbell. Die Kundenschließfächer sind so sicher wie *diese* Tür dort.« Er deutete auf den gewaltigen Einlass zum Tresorraum, eine Safetür, die so dick wie Pit breit war und Riegel von der Stärke seiner Oberarme besaß.

»Und die kriegt niemand auf?«

»Nicht außerhalb der Öffnungszeiten der Sparkasse. Glauben Sie mir, der Dieb müsste schon durch diese meterdicken Wände gehen, um hier reinzukommen.«

Die falsche Mistress Campbell lächelte erleichtert. »Nun, dann bin ich beruhigt.«

33

Elias blickte ungeduldig auf die Uhr. Er stand am Augustenburger Platz, vor dem Osteingang des Campus Virchow-Klinikum der Berliner Charité. Die Polizei hatte den Zugang zum Tatort versiegelt. Deshalb war er vor zwei Tagen auch umsonst in den Wedding gefahren. Er hatte am Samstag von der Straße her nur einige schwache, verwirrende Gerüche gewittert. Das hoffte er nun zu ändern. Am Montagmorgen mussten die Beamten wieder arbeiten.

Ein blauer Ford Mondeo fuhr in die Einfahrt der Station des Noteinsatzfahrzeugs und blieb wenige Millimeter vor dem heruntergelassenen Rolltor stehen. Ein hünenhafter Mann mit Dreiviertelglatze stieg aus. Sein Sakko war so zerknittert wie eine Reliefkarte vom Hindukusch. Sein Gesicht ebenfalls. Er mochte Ende fünfzig sein und hatte einen ansehnlichen Schmerbauch.

»Guten Morgen, Herr Meerbaum«, grüßte er mit volltönender Stimme und lächelte so verhalten wie nur vorstellbar.

Elias war es als Fernsehkoch gewohnt, von den Leuten erkannt zu werden. »Guten Morgen«, antwortete er freundlich, während sie sich die Hände schüttelten. »Kommissar Gallus, nehme ich an?« Seine Nase zerlegte das Eau de Toilette seines Gegenübers in einzelne Ingredienzen: Eisenkraut, Eichenmoos, Gewürznelke, Koriander, Moschus, Muskat, Patschuli, Pinie, Rosmarin, Sandelholz, Tabak, Zibet, Zitrone. Elias beschloss, den Mann mit dem zerknitterten Gesicht Kommissar Eisenkraut zu nennen.

»Ganz recht«, bestätigte der. »Wenn irgendein anderer mich angerufen hätte, wäre ich nicht zu dieser ... Tatortbegehung gekommen. Ich verspreche mir ehrlich gesagt nicht viel davon.«

»So geht es den meisten, die mir zum ersten Mal begegnen«, erwiderte Elias mit mildem Lächeln.

»Sie sagten, Sie wollten in den Tatort mal *reinriechen*, um mir möglicherweise zu helfen. Wie genau darf ich mir das vorstellen?«

»So, wie ich es gesagt habe.«

»Und was soll das bringen?«

Ich kann anhand des Geruchs vor meinem geistigen Auge Bilder aus der Vergangenheit heraufbeschwören, versuchte er eine präzise Antwort im Geist. Nein, zu unglaubhaft, musste er sich eingestehen und wählte eine etwas weniger phantastische Erklärung. »Ich erkenne Gerüche so gut wie Ihre Spürhunde. Der Unterschied ist: Ich kann sie auch beschreiben.«

»Ich glaube, ich geh dann mal wieder«, sagte Kommissar Eisenkraut und schickte sich an, zu seinem Wagen zurückzukehren.

»Sie haben heute zwei Spiegeleier auf Schwarzbrot zum Frühstück gegessen!«, rief Elias ihm hinterher.

Gallus blieb stehen und untersuchte sein Hemd nach Flecken oder Krümeln.

»Die Eier haben Sie mit Fleur de Sal aus dem mallorquinischen d'Estrenc, mit Rosenpaprika und mit Madagaskarpfeffer gewürzt. Die Pfefferkörner waren im Mörser gestoßen, nicht gemahlen.«

Der Kommissar drehte sich um und kehrte zurück. »Wie machen Sie das?«

Elias tippte sich an die Nase. »Ihr Duftwasser ist übrigens ein Klassiker, *Captain* von Molyneux, habe ich recht?«

»Also gut«, lenkte Gallus ein. »Ich spiele Ihr Spielchen mit. Kommen Sie!«

Er trottete zum Eingang, zerschnitt mit seinem Autoschlüssel das Polizeisiegel und schloss die Tür auf.

»Ich kenne mich aus«, erklärte Elias und betrat die Station. Als Erstes ging er in die Garage.

»Hier ...«, begann Kommissar Eisenkraut, doch Elias unterbrach ihn.

»... ist Doktor Ferdi Brahms gestorben.«

Gallus kniff ein Auge zu. »Stand das in der Zeitung?«

Elias antwortete nicht. Er hatte gerade eine schwache Witterung aufgenommen: Moos, nasser Granit und Sandelholz. Seines Wissens gab es kein in dieser Art komponiertes Parfüm. Und trotzdem roch er diese ungewöhnliche Mischung nicht zum ersten Mal.

In der Wohnung von Pit Zuckmayer hatte es nach dem Mord an Katharina Nour genauso gerochen. Elias schloss die Augen.

Sein Bewusstsein richtete sich nach innen. Verschwommene Schemen erschienen auf der Leinwand, die sein Geist entrollte. Er hatte keine Erklärung für diese Art der Wahrnehmung, die Geruch und Zeit miteinander verband. Doch ein Bär schert sich auch nicht um die Physiologie seines Riechapparates. Er nimmt die Witterung auf, folgt der Beute und reißt sie.

Die Bilder in Elias' Geist klärten sich auf. Da waren der Notarzt und ein Hüne … Nein, es war eine Frau mit männlichen Gesichtszügen, korrigierte er sich. Eine dunkelhäutige Riesin mit sechs Fingern an jeder Hand. Sie sah aus wie Grace Jones, sprach mit Doktor Brahms, der ihr den Weg verstellte – und zusammenbrach.

Elias' Puls beschleunigte sich. Dieselbe weit über zwei Meter große Frau hatte er in Pits Wohnung gesehen, zusammen mit vier anderen Riesen, einer davon ein zwölffingriger Mann. Elias erinnerte sich an Ylangs Worte über die Domen und ihre Nachkommen: *Auffallend viele haben je zwölf Finger und Zehen.*

»Wurde Doktor Brahms schon obduziert?«, erkundigte sich Elias.

»Das darf ich Ihnen nicht sagen«, antwortete Kommissar Eisenkraut.

»Jemand hat meinen Kollegen ermordet. Vermutlich dieselben Täter, die auch Ihre Kollegin umgebracht haben.«

»Bisher ermitteln wir in dem Fall nur gegen Pit Zuckmayer.«

»Das glaube ich Ihnen nicht.«

Gallus stutzte. »Und wieso nicht?«

»Weil Sie in der Wohnung von Herrn Zuckmayer Blutspuren von drei verschiedenen Menschen gefunden haben.«

»Woher wollen Sie das wissen?«

»Ich habe es gerochen.«

»Wir gehen – so viel darf ich wohl sagen – aufgrund der Tatortanalyse tatsächlich von mindestens drei Personen aus, die Verletzungen davongetragen haben. Aber im Labor waren die Blutproben von Katharina Nour und der unbekannten Person plötzlich verschwunden. Irgendein Witzbold hat sie gegen Sand ausgetauscht.«

»Sand!«, wiederholte Elias. So wie bei der Blutprobe von Pit, fügte er im Stillen hinzu.

Kommissar Eisenkraut nickte mürrisch. »Ist nicht das erste Mal.« Er berichtete von der U-Bahn-Leiche, die aus der Gerichtsmedizin gestohlen und ebenfalls durch Sand ersetzt worden sei.

»Wie aufschlussreich!«, murmelte Elias.

»Können Sie mir dazu irgendetwas Zweckdienliches sagen?«

»Nicht viel. Sie würden mich nur für verrückt erklären.«

»Käme auf den Versuch an.«

Elias blickte gedankenverloren zur Decke. »In China habe ich einmal erlebt, wie eine sterbende Frau zu Sand zerfiel. Das könnte … ein physiologisches Phänomen sein. Menschen dieser Art haben sich zu einer … Gesellschaft zusammengeschlossen. Ihre Mitglieder sind fast ausnahmslos über zwei Meter groß, und viele haben an Händen und Füßen je sechs Finger beziehungsweise Zehen.«

»Sie haben recht. Das klingt ziemlich verrückt.«

»Tatsache ist: Pit Zuckmayer hat weder Katharina Nour noch Doktor Brahms ermordet. Es waren diese Riesen.«

»Riesen? Konnten Sie auch riechen, wie die Riesen aussehen?« Kommissar Eisenkraut klang eher spöttisch als interessiert.

Elias lieferte ihm trotzdem eine Personenbeschreibung.

»Grace Jones?«, fragte Gallus ungläubig.

»Ja. Dieses singende Model aus Jamaika …«

»Ich kenne Grace Jones. Habe alle ihre Platten.« Kommissar Eisenkraut schüttelte den Kopf. »Drei amoklaufende Amazonen – Sie haben wirklich eine blühende Phantasie, Herr Meerbaum.«

»Danke. Darf ich mir trotzdem noch die übrigen Räume ansehen?«

»Machen Sie schnell, sonst überlege ich es mir anders.«

Elias machte schnell. Nachdem er auch den Flur, den Aufenthalts- und den Ruheraum inspiziert hatte, besaß er ein recht deutliches Bild vom Hergang der dramatischen Ereignisse. Er beschloss, dem Kommissar reinen Wein einzuschenken. Ihm war lieber, die Polizei fand Pit als die Domen, die ihm offenbar nicht wohlgesinnt waren. Um Pits Verurteilung machte sich Elias wenig Sorgen. Die Indizienkette der Kripo war dünn und widersprüchlich.

»Kennen Sie das Fotomodell Nasrin Nafil?«, fragte er Kommissar Eisenkraut.

»Ist das diese niedliche Schwarze?«

»Genau die. Sie war hier. Zusammen mit Herrn Zuckmayer.«

»Das Topmodel war hier«, echote Gallus einmal mehr und schnaubte. »Wird ja immer toller, Ihre Geschichte. Was noch?«

»Zuckmayer und Nafil sind äh … durchs Fenster geflohen, bevor die drei Riesinnen sie in die Finger bekommen konnten. Grace Jones hat die Tür eingeschlagen.«

»Aha!«, machte Gallus und schüttelte schon wieder den Kopf. »Wie gut, dass der Fall nun geklärt ist. Dürfte ich Sie dann bitten, den Tatort zu verlassen?«

Elias sah Kommissar Eisenkraut durchdringend an, wohl wissend, wie verstörend dieser Blick aus seinen ungewöhnlich grünen Augen auf viele Menschen wirkte. »Hören Sie, Herr Gallus. Mir ist klar, wie abenteuerlich das alles klingt. Aber die phantastischsten Geschichten schreibt nun mal das Leben. Als Kriminalbeamter Ihres Alters wissen Sie das. Besuchen Sie Frau Nafil. Möglicherweise ist Herr Zuckmayer bei ihr. Oder sie kann Ihnen sagen, wo Sie ihn finden.«

Der Polizist hielt dem Smaragdblick nur ein paar Sekunden lang stand. »Na schön«, schnaufte er. »Ich weiß zwar nicht, wer oder was mich da reitet, aber ich tue Ihnen den Gefallen. Und wenn es nur dazu dient, mir den Innensenator für eine Weile vom Hals zu halten. Der macht mir nämlich die Hölle heiß wegen dieses Vampirs von Berlin.«

»Eine Bitte hätte ich noch!«

Kommissar Eisenkraut stöhnte. »Was denn *noch?*«

»Falls Sie Pit finden, erschießen Sie ihn bitte nicht. Das wäre zwar kein irreparabler Schaden, doch es täte ihm trotzdem weh. Ersparen Sie ihm die Qual! Er ist unschuldig.«

Gallus deutete mit ausgestrecktem Arm zum Ausgang. »Jetzt aber raus hier, Sie Spinner! *Sofort!*«

34

Nasrin parkte den Wagen am Boulevard de la Petrusse, südöstlich des historischen Karrees, das neben der Staatlichen Sparkasse noch allerlei andere offizielle Institutionen beherbergte. Es war kurz nach Mitternacht. Sie schaltete die Zündung aus.

»Bist du so weit?«

»Ja«, kam Pits entschlossene Antwort vom Beifahrersitz.

Sie sah ihm in die Augen. »Wenn wir da jetzt reingehen, brechen wir das Gesetz. Vielleicht brechen wir es nur ein bisschen, aber kriminell ist unser Vorhaben allemal.«

Er zog die Mundwinkel schief. »Ich werde wegen fünffachen Mordes gesucht. Jetzt kommt eben noch ein Bankeinbruch dazu, der streng genommen gar keiner ist. Wir tun es ja für einen höheren Zweck.«

Sie reichte ihm den Schlüssel des neu angemieteten Schließfaches. »Der dürfte kaum schwerer sein als das Geldbündel, das du Samstag verflüssigt hast.«

Er nahm ihr den Schlüssel ab und löste sich in Sand auf.

Nasrin folgte seinem Beispiel, und sie glitten durch die leicht geöffneten Seitenscheiben hinaus. Über den Dächern des historischen Gebäudekomplexes vereinigten sie ihre Wolken. Es war, als ergreife Pit Nasrins Hand – er übernahm die Führung.

In das Bankgebäude drangen sie diesmal vom Innenhof des Karrees her ein. Sie sickerten regelrecht ins Erdreich und kamen im Untergeschoss der Sparkasse wieder heraus. Dort flossen sie im toten Winkel der Überwachungskameras unter der Decke entlang bis zum Tresorraum. Nasrin hatte ihm ans Herz gelegt, sich nicht mit der schweren Stahltür anzulegen. Metalle zu durchdringen, schafften nur die mächtigsten Domen, und selbst die scheiterten an Bleiwänden. Also besser kein Risiko eingehen. Der junge Bankangestellte hatte ihnen ja den richtigen Weg gewiesen: *Der Dieb müsste schon durch diese meterdicken Wände gehen …*

Pit durchdrang die massive Betonwand des Tresorraumes wie Regen, der durch einen Wollvorhang schlägt und auf der anderen Seite herabtropft. Drinnen trennten sich die beiden Sandwolken und nahmen menschliche Gestalt an.

»Alles in Ordnung?«, fragte Pit. Nasrin stand hinter ihm. Er wolle sich nicht ablenken lassen, hatte er ihr bei der Planung des Coups erklärt. Sie war daraufhin auffallend schweigsam geworden. Kein Scherz über seine alberne Schamhaftigkeit, nicht einmal spöttisches Schmunzeln kam von ihrer Seite.

»Ich bin da. Hast du den Schlüssel?«

»Ich glaube, er ist in meinem Bauch. Muss mich bei der Verkörperung irgendwie vertan haben.«

»*Was …?*«, hörte er ihre erschrockene Stimme.

Er grinste. »War nur ein Scherz. Der Schlüssel liegt nach wie vor in meiner Hand.« Pit zeigte ihn, dann trat er an die Wand mit den Schließfächern heran. Die Türen bestanden aus gebürstetem Edelstahl und wirkten höchst solide.

»Eins-neun-acht-eins«, raunte Nasrin.

»Ich war dabei, als du den Spargeltarzan bezirzt hast.« Pit hatte die Tür gefunden. Glücklicherweise gab es hier nicht wie bei einigen Banken zwei Schlösser, eines für den Kundenschlüssel und das andere für einen Bankmitarbeiter. Er konnte das Fach mühelos öffnen und zog die Kassette heraus.

Im Raum stand ein Tisch für Kunden, die auf die Diskretion der Kabine verzichten wollten, oder für Bankräuber. Dorthin schleppte er den Stahlbehälter. Nasrin tippelte hinter ihm her. Er klappte die Kiste auf und wickelte den Inhalt des Scheuerlappens aus. Sein Schatten sah ihm dabei über die Schulter. Irgendetwas kitzelte ihn am Schulterblatt.

Er reichte ein Paar Gummihandschuhe nach hinten und zog

sich das andere selbst an. Danach nahm er den kabellosen Bohrer in die Hand. Die Maschine hatte er gekauft, um das Schloss aufzubohren. Als er den Startknopf drückte, tat sich nichts. »So 'n Mist! Der Akku ist nicht aufgeladen.«

»Es steckt eben doch nicht in jedem Mann ein Heimwerker«, flötete es aus dem Hintergrund.

Pit überhörte die Spitze und überlegte, mit welchem der verbliebenen Werkzeuge er beginnen sollte. »Ist das dein Haar, das mich am Rücken kitzelt?«, knurrte er.

»Nein, nur meine Brust.«

»Das ist jetzt nicht hilfreich, Nasrin.«

»Entschuldige.« Sie trat einen halben Schritt zurück. »Also, an deiner Stelle nähme ich das Brecheisen.«

Frauen haben keine Ahnung von roher Gewalt, dachte er und griff trotzdem zum Stemmeisen.

Erstaunlicherweise behielt Nasrin recht. Pit konnte es nicht fassen, wie leicht sich das Schließfach mit der Nummer eins-neun-acht-neun aufbrechen ließ. »Sollen wir die Kassetten gleich tauschen, und du holst das Vermächtnis deines Bruders morgen ab? Oder riskieren wir einen Blick?«, fragte er.

»Lass uns hineinsehen! Sonst platze ich vor Neugier«, antwortete sie.

Er trug die Kassette – Nasrin im Schlepptau – zu dem Tisch, klappte sie auf und nahm den Inhalt Stück für Stück heraus. Dabei fühlte er sich wie in einem Agententhriller: Pässe, Mobiltelefone, Prepaidkarten, beträchtliche Mengen Bargeld in Euro und Dollar kamen zum Vorschein.

»Was sind das für Ampullen?«, wunderte er sich, nachdem er die oberste Schicht abgetragen hatte. Darunter waren mindestens hundert verschweißte Glasröhrchen zu sehen.

»Der Trank der Hoffnung«, antwortete Nasrin in seltsamem Ton. Es klang beinahe feierlich. »Damit hätte Kahina ein Jahr oder länger unabhängig von Ahiman leben können.«

»Und danach?«

»Sie wäre entweder rasend schnell gealtert oder hätte die anderen gefunden.«

»Die Opposition?«

»Ja. Oder den Hüter der Asche des Phönix. Er soll das Geheimnis des ewigen Lebens kennen.«

»Hättest du mir das vor einer Woche erzählt, wäre ich mit dir überaus verständnisvoll umgegangen und hätte dich in die Psychiatrische überwiesen.«

Nasrins Arm schob sich um ihn herum, griff in die Kassette und nahm einen dicken braunen Umschlag heraus. »Was ist das?« Das Kuvert verschwand aus seinem Blickfeld.

Während sie hinter ihm mit dem Papier raschelte, klappte er neugierig einen der Pässe auf. Er enthielt ein Foto von Nasrin und war auf eine Nelia Fynn ausgestellt. »Und?«, fragte Pit über die Schulter hinweg und öffnete den nächsten Reisepass. Er gehörte zu einer neuen Identität für Kahina. Und jetzt kommt dein Foto, dachte er und lüftete das Geheimnis von Pass Nummer drei ...

»Das müssen wir später in Ruhe ansehen«, antwortete Nasrin. »Hier sind viele handschriftliche Notizen von Zekarias. Außerdem Dutzende von Dokumenten über Blut, Blutspenden, Blutspendezubehör, Blutprodukte, Bluttransfusionen, deren Nebenwirkungen, Verteilerwege ...«

»Elias Meerbaum?«, platzte Pit heraus. Er konnte es nicht fassen. Der dritte Reisepass zeigte das Foto von Elias Meerbaum, seinem Famulus.

Nasrin brach die Regel und trat hinter ihm hervor. Neugierig betrachtete sie das Foto des grünäugigen blonden Mannes.

Aufgeregt klappte Pit die übrigen Pässe auf. Kein einziger zeigte eine Fotografie von ihm, aber zwei weitere waren für Elias bestimmt. »Das ist alles mein Freund, der Student, von dem ich dir erzählt habe. Er fährt zurzeit mit mir auf dem NEF!«, rief er bestürzt.

Nasrin war offenkundig genauso verwirrt wie Pit. Sie schüttelte bedeutsam den Kopf. »Wenn Zekarias für deinen Freund drei falsche Pässe besorgt hat, dann ist er mehr als nur ein Student. Elias könnte der wahre Prometheus sein.«

35

Als die falsche Naomi Campbell am Dienstagmorgen um acht Uhr fünfundvierzig am Eingang der Sparkassenfiliale am Place de Metz stand, war sie nervöser als tags zuvor. Ihre Faust umschloss den Schlüssel mit den zwei Bärten so fest, dass es schon schmerzte. In diesem Moment schloss ein Mitarbeiter des Sicherheitsdienstes das Finanzcenter auf. Sie beobachtete den bulligen Mann genau. Er wirkte eher müde als beunruhigt. Anscheinend hatte noch niemand den nächtlichen Einbruch bemerkt.

Zekarias' *Überlebenspaket* lag nun in dem vom Naomi-Campbell-Double vor nicht einmal vierundzwanzig Stunden angemieteten Fach. Der Baumarkteinkauf war in die Nummer eins-neun-acht-neun gewandert. Pit hatte sich ungeheuer angestrengt, die vom Stemmeisen verbogene Tür wieder einigermaßen in Form zu bringen.

»Guten Morgen, Mistress Campbell«, begrüßte eine lockenköpfige Sparkassenmitarbeiterin die Kundin überschwänglich auf Englisch. Sie konnte kaum zwanzig sein. »Gestern habe ich Sie mit meinem Handy fotografiert.«

Förmlich erwiderte Nasrin den Gruß. »Sie müssen entschuldigen, Teuerste, ich kann mir nicht merken, wer mich alles ablichtet.«

»Ich bin Marie Molitor. Wie kann ich Ihnen behilflich sein?«

»Seien Sie so lieb, Miss Molitor, und melden Sie meinen Besuch Ihrem Direktor an. Ich bin ihm noch einen Akt schuldig.«

Die junge Frau erstarrte für einen Moment, den sie wohl dazu nutzte, gedanklich die unterschiedlichen Schattierungen des englischen Wortes *act* durchzuspielen. Dann kehrte das Leben in Mademoiselle Molitor zurück, zu erkennen an einem untröstlichen Lächeln. »Der Leiter unseres Finanzcenters, Mister Bertemes, hat leider heute Vormittag einen Auswärtstermin ...«

»Ist nicht so schlimm«, kürzte Nasrin die Erklärung ab. »Dafür ist später immer noch Zeit. Dann gehe ich nur kurz an mein Schließfach.« Sie zeigte demonstrativ den Schlüssel mit den zwei Bärten.

»Ich bringe Sie zu Félix«, erbot sich Molitor beflissen.

»Félix?«

»Äh ... ich meine, Mister Nosbüsch.«

»Hat der mich auch fotografiert?«

»Das ist mein Kollege. Er betreut die Kunden bei den Schließfächern unten.«

»Haben Sie von ihm auch einen Schnappschuss auf Ihrem Handy?« Die falsche Naomi zwinkerte der richtigen Marie verschwörerisch zu.

Mademoiselle Molitor errötete.

Nasrin stieß sie leicht mit dem Ellbogen an. »Ich verrate Sie nicht.«

Die Bankangestellte führte den vermeintlichen Weltstar ins Untergeschoss. Nasrin quollen bei jedem Schritt die Schweißperlen aus den Poren. Sie kam sich vor wie auf dem Weg in den Kerker. Was, wenn ihr da unten die Polizei auflauerte? Getreu dem Motto: Der Täter kehrt stets an den Ort des Verbrechens zurück. Stimmt ja auch, dachte sie und wünschte sich, Pit wäre doch mitgekommen. Er wartete im Wagen auf sie. Sie hatten bei einer Baustelle am Boulevard de la Petrusse, kaum zweihundert Meter von der Bank entfernt, noch einen Parkplatz ergattert.

Der Blick, den Nosbüsch der sommersprossigen Marie bei der Übergabe von Madame Campbell zuwarf, sprach Bände. Süßes Paar, befand Nasrin. Pit hat mich gestern so ähnlich angesehen.

Der Banker freute sich überaus, seine berühmte Kundin so schnell wiederzusehen. Marie bat ihn darum, von ihr und Naomi Campbell ein Handyfoto zu schießen. Nasrin machte gute Miene zum bösen Spiel. Hoffentlich, dachte sie, entgleisen dir nicht gleich die Gesichtszüge.

Endlich durfte sie das Schließfach eins-neun-acht-eins öffnen. Nosbüsch und Molitor wollten ihr gemeinsam beim Herausziehen der Kassette helfen. »Das ist lieb«, lehnte sie ab, »aber ich muss es ja irgendwann selbst lernen.«

Während die beiden Täubchen vor der Kundenkabine turtelten, tauschte Nasrin drinnen zwei Plastikflaschen stilles Wasser aus ihrem Taschenuniversum mit dem Inhalt der Kassette. Zusätzlich stopfte sie größere Mengen Papiertücher in die Kiste, damit nichts klapperte oder gluckerte. Freudestrahlend riss sie die Kabinentür auf.

Davor küsste Félix gerade seine Marie. Die Ertappten liefen rot an.

»*L'amour!*«, seufzte Nasrin nur. Sie verdrehte schwärmerisch die Augen. »Machen Sie ruhig weiter. Ich bringe die Kassette derweil ins Fach zurück.«

»O nein!«, riefen beide wie aus einem Mund. Nosbüsch entwand ihr diensteifrig die Box, und Molitor wies ihr die Richtung zum Tresorraum.

Wäre ja auch zu einfach gewesen, dachte Nasrin. Sie wünschte sich, endlich wieder draußen bei Pit zu sein. Bestimmt sorgte er sich schon um sie.

Die beiden jungen Sparkassenmitarbeiter eskortierten sie zu ihrem Bankschließfach. Nosbüsch schob die Kiste hinein, und Nasrin sperrte das Fach zu. Am liebsten hätte sie den Schlüssel sofort weggeworfen. Diese Bank würde sie nie wieder betreten.

Plötzlich stieß Mademoiselle Molitor einen spitzen Schrei aus. Ihre Augen waren starr auf das Schließfach eins-neun- acht-neun gerichtet. »*Do wuer een ouni Schlëssel drun!*«, keuchte sie.

»*Houere Fuck do!*«, entfuhr es Nosbüsch.

Nasrin verstand zwar kein Luxemburgisch, doch sie hielt den Zeitpunkt für gekommen, sich schleunigst aus dem Staub zu machen. »Das sieht aber ganz schön ramponiert aus«, murmelte sie mit falscher Anteilnahme.

Der Banker war kreidebleich im Gesicht. »Ich muss Sie dringend bitten, mir nach draußen zu folgen, Mistress Campbell. Dies ist ab sofort kein Tresorraum mehr. Dies ist jetzt ein Tatort.«

Sie zog die Augen zu Schlitzen zusammen. »Ist das nicht die Eins-neun-acht-neun? Die Nummer wollte ich haben. Ich hatte Monsieur Bertemes bekniet, sie mir zu geben.«

»Dann wären Sie jetzt womöglich bestohlen worden. Bitte kommen Sie, Mistress Campbell! Wir bringen Sie hinaus.«

Das falsche Supermodel folgte den beiden aufgeregten Bankmitarbeitern nur zu gern in den Schalterraum. Auf dem Weg nach oben umklammerte sie ihre Sacktasche wie einen kostbaren Schatz. Sie war regelrecht beschwipst vom Erfolg des Coups. In der Euphorie trieb Nasrin bei der Verabschiedung ihre Rolle auf die Spitze. »Sagen Sie, Mister Nosbüsch«, flüsterte sie. »Ob ich das Schließfach eins-neun-acht-neun wohl mieten könnte, nachdem es jetzt sowieso schon ausgeräumt ist?«

Pit saß wie auf Kohlen. Warum dauert das so lange?, fragte er sich zum x-ten Mal. Ob man Nasrin verhaftet hatte? In Gedanken spulte er aufs Neue den Ablauf des Einbruchs ab: Ich habe alle Spuren beseitigt. Ich habe die Gummihandschuhe mitgenommen. Ich habe mit dem Scheuertuch die Fingerabdrücke von der Kassette abgewischt …

Aber du Idiot hast die Zehenabdrücke auf dem Fußboden nicht weggeputzt.

Gibt es eine Zehenabdruckkartei bei der Polizei?

Er hatte noch nie davon gehört. Dennoch: Einzigartige Papillarleisten hat der Mensch nicht nur an den Fingerkuppen, sondern auch an den Zehen, erklärte der Arzt in ihm. Pit geriet ins Schwitzen. Der Porsche wurde ihm zu eng. Er musste wissen, ob es Nasrin gut ging. Er wollte sie *sehen.*

Pit stieg aus dem Wagen und spähte in Richtung Bank. Der Boulevard de la Petrusse beschrieb vor dem Place de Metz eine leichte Linkskurve. Zusätzlich erschwerten ihm die Absperrungen der Baustelle und ein Lkw mit langen Armierungseisen die Sicht. Einige Passanten kamen ihm entgegen, aber keine Nasrin.

Er hielt es beim Wagen nicht mehr aus und ging auf die Sparkasse zu. Nach wenigen Metern kam die Erlösung. Da ist sie!, freute er sich über seine Entdeckung. Sie stolzierte lächelnd auf ihn zu, aufrecht, mit schwingenden Hüften und großen Schritten. Wie auf dem Catwalk. Ihre Maske hatte sie fallen gelassen, war wieder die entzückende mädchenhafte Nasrin Nafil. Sie winkte ihm zu, wies auf ihre Sacktasche und bedeutete ihm, beim Wagen zu bleiben.

Er setzte sich auf den vorderen Kotflügel und genoss den Anblick dieser hinreißenden Frau.

»Ich hab's!«, rief sie ihm zu, als sie den Baulaster passiert hatte.

Plötzlich hörte Pit hinter sich einen Motor aufbrüllen. Er warf den Oberkörper herum und sah einen schwarzen Fünfer-BMW. Der Wagen brauste mit Vollgas auf die Gegenfahrbahn, direkt auf Nasrin zu.

Offenbar lenkte Grace Jones den Wagen.

Pit fuhr herum. »Weg da! Das ist Zafirah!«, schrie er Nasrin zu.

Anstatt zur Seite zu springen oder sich in Sand aufzulösen, blieb sie wie angewurzelt stehen. Sie starrte nur das schwarze Geschoss an, das immer näher kam. Was hierauf geschah, steuerte nicht Pits Bewusstsein. Es kam aus dunklen Tiefen seines Inneren, die ihm bis dahin fremd gewesen waren.

Er verwandelte sich in eine Windbö, fegte aus den Kleidern heraus, fuhr unter den herbeirasenden BMW und schleuderte ihn wütend in die Luft.

Das Fahrzeug wirbelte über Nasrin hinweg, krachte hinter ihr auf den Asphalt, schlidderte Funken sprühend über die Straße und prallte gegen den Lkw. Die Armierungseisen bohrten sich durch die Windschutzscheibe, durch Zafirah, durch die Sitze, aber nicht durch den Kofferraum.

Auf dem Boulevard quietschten Bremsen, mehrere Fahrzeuge krachten ineinander. Rings um den silbernen Porsche taumelten Socken, ein Herrenslip, eine Jeanshose, ein olivgrünes Poloshirt und eine Jacke zu Boden. Passanten auf beiden Straßenseiten schrien erschrocken auf und deuteten auf den aufgespießten BMW, auf die braunhäutige Schönheit, über die der Wagen so spektakulär hinweggesprungen war, und zu dem splitterfasernackten Mann, der sich in diesem Moment mit der Hübschen traf. Der Flitzer packte sie gerade bei der Hand.

»Komm!«, rief Pit ihr zu. »Wir müssen hier sofort weg.«

Endlich erwachte Nasrin aus ihrer Starre. Sie lief an seiner Seite zum Wagen, klaubte mit ihm sogar noch einige Kleidungsstücke von der Straße auf und sprang in den Wagen. Der Motor des Porsche brüllte auf. Durch die Auffahrunfälle an der Baustelle war die Strecke stadtauswärts völlig frei. Nasrin trat das Gaspedal durch.

Selten hatte Pit die Beschleunigung eines Sportwagens so genossen. »Haben wir's geschafft?«, fragte er.

Sie verzog keine Miene. »Nur wenn wir aus der Stadt herauskommen.«

36

Zafirah brüllte aus dreierlei Gründen: Erstens waren Zuckmayer und das Model ihr schon wieder entwischt. Zweitens schmerzten die gewundenen Stahlspieße in der Brust höllisch. Und drittens durfte sie sich nicht befreien und die Flüchtlinge verfolgen. Zu viele Gaffer standen herum und hielten die Szene auf ihren Smartphones fest. Sie hatte zwar ihr Aussehen auf mitteleuropäisch getrimmt, um später nicht wiedererkannt zu werden, doch sich aus dem Staub zu machen war trotzdem undenkbar. Lyse in der Öffentlichkeit ist verboten, lautete eine der ehernen Regeln ihres Vaters. Niemand sollte je von den Domen erfahren.

Also brüllte Zafirah weiter. Das würde ihr mehr Klicks auf YouTube bringen. Und es half, den höllischen Schmerz zu ertragen.

Ihr Smartphone klingelte.

Zafirah nahm das Gespräch an. »Ja?«, ächzte sie.

»Kannst du reden?«, fragte eine tiefe Stimme, die fast die Membran im Handylautsprecher zerlegte. Ihr Vater.

»Geht schon, ehrwürdiger Ahiman.« Ihr tropfte schaumiges Blut aus dem Mund.

»Wenn ich störe, rufe ich später noch einmal an.«

»Ich kann hier sowieso gerade nicht weg. Was gibt es denn?«

»Wir haben die Decke aus der Wohnung des Models untersucht.« Enaks tiefer Bass brachte das Handy zum Schnarren.

»Und?«

»Es ist eine Kuscheldecke.«

»Ich will nicht respektlos sein, Ehrwürdiger, aber bringt uns das irgendwie weiter?«

»Ich denke schon, Tochter. Zwei Menschen haben mit der Decke gekuschelt.«

»Ich kann Euch so schlecht verstehen. Sagtet Ihr *in* der Decke gekuschelt oder *mit* der Decke gekuschelt.«

»Wo ist da der Unterschied?«

»Bitte fahrt fort, Ehrwürdiger.«

»Einer der beiden war Pit Zuckmayer.«

»Wie vermutet. Und was verrät die Kuscheldecke über das Model?«

»Die DNA-Analyse offenbart zweierlei: Erstens ist Nasrin Nafil ein Bastard. Ihr Vater Maged gehörte zu den Domen. Die Mutter war eine Zwergin, vermutlich irgendwo aus Afrika.«

Anders ist Zuckmayers Befreiung aus dem Gefängnis auch kaum zu erklären, dachte Zafirah, hielt aber den Mund.

»Und zweitens«, fuhr der Ahiman fort, »ist sie eng mit Zekarias verwandt …«

»*Was!?*«, röchelte Zafirah. Sie verkrampfte sich, und die Eisen in der Brust schmerzten noch mehr. Es war kaum auszuhalten.

»Ist wirklich alles in Ordnung mit dir?«, erkundigte sich Enak.

»Ich habe mir gerade ein bisschen wehgetan«, ächzte Zafirah. »Ist Nafil das Kind von Zekarias?«

»Nein, wahrscheinlich seine Halbschwester.«

»Das erklärt vieles.«

Ausgerechnet in diesem Moment kam mit lautem Tatütata auch noch der Rettungswagen der Feuerwehr angefahren.

»Hat sich Zuckmayer in Luxemburg schon blicken lassen?«, fragte der Ahiman.

Das rot-gelbe Fahrzeug hielt vor der Baustelle. Zwei Männer sprangen heraus.

»Ja«, antwortete Zafirah gehetzt, »aber wir hätten ihn nicht fassen können, ohne gegen unseren Kodex zu verstoßen.«

»Da stimmt doch irgendetwas nicht bei dir«, bemerkte Enak.

Ein Notarzt spähte durch die zersplitterte Windschutzscheibe in den BMW. Zafirah bedeutete ihm, einen Moment zu warten. Danach keuchte sie weiter ins Telefon. »Dank Zuckmayer bin ich gerade ein bisschen durch den Wind, Ehrwürdiger. Ich rufe später wieder an.« Sie legte auf und funkelte den Feuerwehrmann böse an. »Was stehen Sie da so dumm rum? Tun Sie endlich Ihre Arbeit!«

Die Rettung hatte sich hingezogen. Inzwischen waren Karneola, Methysta und Onyxia zum Unglücksort geeilt, um ihrer Anführerin seelischen Beistand zu leisten. Die drei hatten sich als Bankerinnen maskiert. Zu den kosmetischen Veränderungen gehörten die weiße Hautfarbe, südeuropäische Gesichter und schicke enge Businesskostüme. Die Feuerwehrleute waren mehr damit beschäftigt, das sexy Outfit der Rassefrauen zu bewundern, als ihre gepfählte Chefin mit der Flex loszuschneiden.

Nun lag Zafirah im Rettungstransportwagen auf dem Weg zum Krankenhaus. In ihrer Brust steckten immer noch die sieben zurechtgestutzten Armierungseisen. Der Notarzt beugte sich über sie und lächelte.

»Es ist ohnehin ein Wunder, dass Sie noch leben, Frau Rip.«

»Heißt das, ich werde durchkommen, Herr Doktor?«, fragte Zafirah und spielte die Rolle des verängstigten Unfallopfers.

»Sie haben so viel durchgestanden, was soll Sie da noch umbringen?«, machte er ihr Mut. Unvermittelt runzelte er die Stirn. »Haben Sie früher schon unter Pigmentstörungen gelitten?«

»Was für Störungen?«, rasselte Zafirah.

»Sie haben lauter braune Flecken im Gesicht.«

»Ja«, knurrte Zafirah. »Das Braun habe ich von Geburt an.«

»Dagegen kann man bestimmt etwas tun. Ich schreibe gleich eine Notiz für den behandelnden Arzt.« Er griff zu einem Klemmbrett und löste den daran befestigten Stift. »Ich habe vorhin Ihren Namen nicht richtig verstanden.«

»Rip.«

»Wie Feinripp?«

»Wie *rest in peace* – Ruhe in Frieden.«

Der Arzt sah sie fragend an. Plötzlich riss er die Augen auf, fasste sich an die Brust und kippte vornüber. Zafirah fing den Toten auf und ließ ihn auf den Boden des Fahrzeugs gleiten.

Als Nächstes richtete sie sich zum Sitzen auf. Der Schmerz raubte ihr fast die Besinnung. Das Schaukeln des Rettungswagens machte es noch schlimmer. Sie angelte sich eine Packung Kompressen und legte sie neben sich. Dann packte sie die Armierstäbe mit beiden Händen und zog sie sich aus der Brust. Dem glitschenden Geräusch folgte ein Blutschwall.

Das war der gefährlichste Moment. Zu starker Blutverlust schwächte die Selbstheilungskräfte. Sie hatte zwar schon einige schwere Verletzungen überwunden, doch unverwüstlich war sie dennoch nicht. Rasch stopfte sie die Kompressen vorn und hinten in das Loch. Ihr Körper würde sie später mit dem anderen Abfall entsorgen, den er ohnehin fortwährend nach draußen schaffte.

So geflickt, griff sie zum Handy und rief Onyxia an. »Ich bin so weit«, sprach sie ins Mikrofon und klammerte sich an den Griffen der Trage fest.

Nur wenige Sekunden später hörte sie das Quietschen von Reifen. Der Rettungswagen überschlug sich fast bei der Vollbremsung. Onyxia übertrieb es wieder einmal. Wahrscheinlich hatte sie sich dem Fahrzeug einfach in den Weg gestellt.

Die hintere Tür öffnete sich, und Methystas Stimme hallte in den Wagen. »Sie haben ein Taxi bestellt?«

»Ja«, ächzte Zafirah und quälte sich auf die Beine. »Danke, dass Sie so schnell kommen konnten.«

Methysta streckte den Kopf herein. Sie musterte die Leiche auf dem Boden. »Ist das nötig gewesen?«

Achtlos stieg Zafirah über den Toten hinweg. »Er wollte mir meine Hautfarbe wegmachen. Kannst du dir Grace Jones in Weiß vorstellen?«

37

Sämtliche Einsatzfahrzeuge fuhren in die entgegengesetzte Richtung.

»Irgendjemand hat sich garantiert unsere Autonummer gemerkt«, unkte Pit, während er auf dem Beifahrersitz akrobatische Übungen vollführte, um sich in seine Jeans zu zwängen. Er fand, Nasrin hätte ihm ruhig eine Hose mit weiteren Beinen aussuchen können.

Sie zuckte mit den Achseln. »Ich bin Zeugin eines Unfalls. Na und? Da lösen die Polypen doch nicht gleich 'ne Ringfahndung aus.«

»Warum bist du überhaupt stehen geblieben, als Zafirah dich aufs Korn nahm?«

Nasrin legte den Blinker ein und bog nach rechts in die Rue d'Anvers ab. »Ich war erschrocken. Mir sind tausend Befürchtungen durch den Kopf geschossen. Und ich dachte: Verdammt, wenn ich mich auflöse, erwischt der Wagen die Tasche, und alles könnte futsch sein!«

Er starrte sie ungläubig an. »Kein Bankschließfach der Welt ist es wert, dein Leben dafür zu opfern.«

»Der Wagen hätte mich nicht getötet. Aber Zafirah hätte die Tasche bekommen. Wäre das geschehen, könnte es viele Leben kosten. Ich hatte noch genug Zeit, mich aufzulösen und ...« Sie verstummte und riss den Mund auf.

»Und?«, versuchte Pit ihr auf die Sprünge zu helfen.

Sie warf ihm einen Seitenblick zu. »So hat es mein Bruder anstellen wollen. Er wollte den U-Bahn-Zug auf sich zukommen lassen, sich in eine Sandwolke verwandeln und danach so tun, als wäre er schwer verletzt worden. Sogar das mit den fehlenden Beinen hätte er vortäuschen können.«

Pit schauderte, als er sich an seinen Besuch in der Sicherheitszentrale der BVG entsann. »Genau das ist auf dem Video der Überwachungskameras im Bahnhof zu sehen: eine Sandwolke. Ich bin aus den Bildern nur nicht schlau geworden.«

Sie nickte. »Irgendetwas muss schiefgelaufen sein. Vielleicht hat ihn etwas abgelenkt. Oder er hat die Zeit für die Lyse falsch eingeschätzt. Jedenfalls hat ihn der Zug erwischt, bevor die Verwandlung abgeschlossen war.«

»Kommt mir vor wie russisches Roulette. Umso glücklicher bin ich, dass ich vor Zafirah am Abzug war.«

»Was du da getan hast, war einfach unglaublich.« Nasrin griff nach seiner Hand. »Danke, Pit. Jetzt bist du mein Held.«

Er verzog den Mund. »Ich habe nicht lange darüber nachgedacht. Es kam … wie von selbst.«

»Umso bemerkenswerter. Ich bin ehrlich gesagt etwas durcheinander, weil sich im Schließfach keine gefälschten Pässe für dich befunden haben. Vielleicht bist du nicht der Träger des Prometheus-Komplexes, aber eins steht fest: In dir erwacht die alte Macht der Domen. Das kann kein Zufall sein.«

»Und wenn doch?«

»Ich weigere mich, so etwas zu glauben. Mein Bruder hat dir den USB-Stick gegeben. Dafür gibt es einen Grund. Und diesen Grund müssen wir herausfinden. Tun wir es nicht oder zögern wir nur, löst Ahiman das Rätsel vor uns. Und dann gnade uns Gott.«

»Welches Interesse hatte Zekarias an einem Fernsehkoch, der sich mit Kräutern gut auskennt, Medizin studiert und mit dem Geruchssinn eines Eisbären ausgestattet ist?«, fragte Pit. Er und Nasrin saßen auf Kissen am Boden ihres Zimmers im *Terra Nomis.* Zur Stärkung hatte Nasrin Sanbitter und Grissini aus der Küche des Hotelrestaurants organisiert – ein alkoholfreies Bittergetränk und mürbe Brotstangen aus Hefeteig. Zwischen den beiden stand ein rustikaler quadratischer Tisch, auf dem sie den Inhalt des geplünderten Bankschließfaches ausgebreitet hatten.

Nachdenklich betrachtete Nasrin das Foto von Elias Meerbaum in einem britischen Pass. »Fest steht, dass Zekarias seine Erweckung zum Prometheus von langer Hand geplant hat.«

Pit nickte mürrisch. Unter den gefälschten Pässen für Elias befand sich auch ein ägyptisches Exemplar, das auf den Namen Saa El Sayed ausgestellt war. Dazu passend gab es einen Reisepass für Nasrin, in dem er als ihr Ehemann eingetragen war. Pit spürte einen Anflug von Eifersucht.

»Er hat ungewöhnlich grüne Augen«, schwärmte Nasrin.

»Es geht so. Bringt uns das irgendwie weiter?«

Sie seufzte. »Wohl eher nicht. Wir sollten versuchen, mit ihm Kontakt aufzunehmen.«

Er schnaubte. »Elias ist der Freund des berüchtigten Massenmörders Pit Zuckmayer. Nachdem zwei meiner ehemaligen Kollegen tot sind, kannst du hundertpro davon ausgehen, dass seine Telefone abgehört werden. Vermutlich observiert die Polizei auch sein Haus in Dahlem. Wir müssten schon nach Berlin zurückfahren und ihn irgendwo abpassen, wenn wir mit ihm reden wollen.«

Nasrin nickte entschlossen. »Dann tun wir das. Und unterwegs übst du schön weiter, wie man sich mit Gedankenkraft die Haare färbt und die Nase verbiegt.«

Pit blickte missmutig auf die *Beute* aus der Bank. »Ich weiß nicht, ob das so eine gute Idee ist. Nach dem Mord an Kim haben die Medien aus mir einen Vampir gemacht. Ich weiß auch nicht, wie uns das da weiterhelfen soll.« Pit deutete lustlos auf den Dokumentenstapel.

»Wir haben die Unterlagen doch noch gar nicht richtig studiert«, ermutigte ihn Nasrin.

»Was ich bisher gesehen habe, reicht mir. Zekarias hat Fakten über die Risiken von Bluttransfusionen gesammelt. Jeder Arzt, der sich fachlich halbwegs auf dem Laufenden hält, kann dir erzählen, dass es für viele Therapien längst bessere Verfahren gibt als die

Verabreichung von Blut: minimalinvasive Chirurgie, maschinelle Autotransfusion, Hämodilution …«

»Geht das schon wieder los?«, stöhnte sie und verdrehte die Augen.

»Was denn?«, quengelte er. Um sein Nervenkostüm war es nach Zafirahs Anschlag auf Nasrins Leben nicht zum Besten bestellt.

»Du lässt dauernd den Akademiker raushängen. Ich kenne Invasionen nur aus *Krieg der Sterne*. Keine Ahnung, was das mit Blut zu tun hat.«

Er räusperte sich. »Minimalinvasive Chirurgie, kurz MIC, ist der Oberbegriff für operative Eingriffe mit kleinstem Trauma …«

»Ich werde gleich zu deinem Trauma, wenn du dich nicht endlich verständlich ausdrückst.«

Pit stöhnte. »Operationen mit kleinster Verletzung von Haut und Weichteilen«, übersetzte er sein Fachchinesisch. »Das verlangt dem Operateur natürlich mehr Geduld und Fingerspitzengefühl ab, aber für den Patienten ist es sehr wohltuend, wenn einer nicht mit dem Schlachterbeil in seinen Eingeweiden rumhackt.«

»Das leuchtet mir ein.«

»Und in Verbindung mit ergänzenden Verfahren kann der Blutverlust sogar auf ein Minimum begrenzt werden.«

»Du meinst die Hämo… wie hieß das noch mal?

»Hämodilution. Das ist eine Art der Blutverdünnung. So entlastet man das Herz und gleicht vor allem den Volumenabfall infolge starken Blutverlustes aus – in vielen Fällen ohne einen Tropfen Fremdblut.«

»Du meinst, ungefähr so, als würde ich die Bremsflüssigkeit in meinem Wagen nachfüllen?«

Pit wippte mit dem Kopf wie ein Wackeldackel, womit er bedingte Zustimmung signalisierte.

»Okay«, sagte Nasrin gedehnt. Sie angelte sich eine Teigstange und biss grübelnd hinein. Krümel spritzten auf den Tisch. »Und das maschinelle Autodings?«, mümmelte sie.

»Autotransfusion. Man nennt es auch Cell-Salvage-Verfahren.«

»Jetzt bin ich genauso schlau wie vorher.«

»Ebenso gut könnte man Blutrückgewinnung sagen.« Pit führte das Glas zum Mund.

»Warum tust du's dann nicht?«

Er verzog das Gesicht und deutete entschuldigend auf sein Bittergetränk. »Mit dem Cellsaver fängst du das Blut des Patienten aus dem Operationsgebiet auf, bereitest es zur Re-Transfusion auf und führst es seinem Kreislauf wieder zu. Dadurch entfallen die mit der Verwendung von Fremdblut verbundenen Risiken: Infektion mit Erregern, Verwechslung ...«

»In Berlin hast du mir von wissenschaftlichen Studien erzählt, die belegen, dass Patienten ohne Bluttransfusion schneller gesund werden und seltener sterben.«

»Das ist richtig. Viele Menschen erhalten Blutbestandteile ohne den geringsten Nutzen für sie. Gleichzeitig setzt man sie aber dem nicht unerheblichen Risiko schädlicher Nebenwirkungen aus. Deshalb findet auch allmählich ein Umdenken bei den Medizinern statt. Aber nach dem Tod von Maja habe ich mich oft gefragt, warum das so langsam passiert. Viele Komplikationen könnten vermieden und Hunderte von Menschenleben gerettet werden, wenn die zeitgemäßen Methoden in großem Stil angewendet würden.«

»Vielleicht müsste man sie mehr publik machen.«

»Allerdings! In die Aufklärung für diese Verfahren wird nicht einmal annähernd so viel Geld gesteckt wie in die Blutspendeaufrufe. Das ist doch paradox: Viele meiner Kollegen würden sich selbst kein Fremdblut geben lassen, bevor nicht sämtliche Alternativen ausgeschöpft wären. Und trotzdem schütten sie es fässerweise in ihre Patienten hinein.« Pit zog ein Dokument vom Stapel und drehte es zu Nasrin herum, damit sie es lesen konnte. »Da steht, dass weltweit jedes Jahr über einhundert Millionen Spenden eingesammelt werden. Das ist ein Strom von grob gerechnet fünfundvierzig Millionen Litern Vollblut. Regiert da noch die Vernunft?«

Nasrin kaute eine Weile geräuschvoll auf ihrer Brotstange. »Vielleicht hat Zekarias deshalb dieses ganze Material gesammelt:

um zu beweisen, dass der Wahnsinn Methode hat. Dass hinter allem jemand steht, der von dem Strom aus Blut profitiert.«

Er nippte nachdenklich an seinem Bittergetränk. »Du denkst an die Domen?«

»Du etwa nicht? Ohne die lenkende Kraft im Hintergrund ergibt das alles keinen Sinn für mich. Wenn du sie aber in die Gleichung mit einbeziehst, geht die Rechnung auf: Die Domen haben die großen Blutspendedienste und Blutbanken auf der ganzen Welt unterwandert.«

Pit nahm den Papierstapel wieder zur Hand. Es waren mindestens fünfhundert Seiten, einige lose, andere zusammengeheftet. Wahllos blätterte er den Packen durch – und hielt plötzlich inne. »Was ist das?«

Nasrin ging vom Schneidersitz auf die Knie, beugte sich weit vor und spähte über den Rand des Zettels hinweg. »Sieht für mich aus wie ein Geheimcode.«

Pit nickte. »Der Code des Lebens.« Er deutete aufgeregt auf die große liegende Acht am Kopf des Blattes, an das mindestens noch zwanzig Folgeseiten angeheftet waren. »Das Zeichen für Unendlichkeit. In einer Statistik auf dem USB-Stick deines Bruders habe ich dasselbe Symbol gesehen. Weißt du, was ich glaube?«

»Ich verstehe von solchen Sachen nichts.«

Er tippte auf das Blatt. »Das hier ist der Prometheus-Komplex. Die Buchstaben T, G, A und C stehen für die vier organischen Basen Thymin, Guanin, Adenin und Cytosin: das Alphabet des Lebens. Jeweils drei davon bilden je nach Kombination ein anderes *Triplet,* sozusagen ein Wort. Es ist eine genial einfache Sprache, und trotzdem lässt sich damit der Konstruktionsplan jedes Lebewesens auf diesem Planeten niederschreiben – der Domen eingeschlossen.«

Auch Nasrin hatte Feuer gefangen. Sie legte ihre angebissene Grissinistange auf den Tisch und wies auf den Buchstabenblock. »Können wir feststellen, ob du diese Kombination in dir trägst?«

Er hob die Schultern. »Sicher«, murmelte er, während er weitere Seiten des Dokuments überflog. »Ein Blutstropfen genügt. Und natürlich ein entsprechend ausgestattetes Labor.«

»Kennst du eins? Ich meine, ein Labor, das uns helfen würde, ohne uns den Polypen auszuliefern?«

Pit schob die Unterlippe vor. »Vielleicht könnte ich Steffen überreden, Professor Steffen Ohrlos. Er leitet das Institut für Medizinische Genetik und Humangenetik am Campus Virchow-Klinikum. Wir rudern ab und an im Zweier auf dem Wannsee …« Er stockte. »Das passt jetzt aber nicht.«

Nasrin kroch um den Tisch herum, um besser mitlesen zu können. Auf dem Blatt reihten sich kürzere Sequenzen aus Großbuchstaben und Ziffern. »Sieht aus wie ein Börsenticker. Ist das ein anderer Gencode?«

Pit schüttelte den Kopf. »Könnte eine Liste mit Passwörtern und Codenummern sein. Sieh mal da! Das Kürzel DRK kommt mehrmals vor.«

»Deutscher Roter Kreis?«, riet Nasrin.

Er nickte.

Sie deutete auf den Zettel. »Einige Codes haben nur einen Buchstaben am Anfang. Immer das Z. Was bedeutet das?«

»Keine Ahnung. Aber ein paar andere Abkürzungen passen zu Pharmaunternehmen und großen Kliniken, die ich kenne. Das CCM hier könnte für Campus Charité Mitte stehen.«

»Denkst du, die Domen verschaffen sich mit diesen Codes Zugang zu Computern oder Datenbanken?«

»Möglich. Vielleicht sind es auch Archivnummern.«

»Oder beides. Wie kriegen wir das raus?«

Pit zog einen Flunsch, während er im Kopf eine Reihe von Kandidaten durchging. »Jo Brause«, murmelte er schließlich und nickte gewichtig. »Das ist ein alter Kommilitone, der als IT-Spezialist beim Roten Kreis arbeitet. Er ist mir noch was schuldig.«

Nasrin legte ihre Hand auf seine Rechte. »Was hältst du von einem kleinen Wiedersehensfest? Wird sowieso Zeit, hier unsere Zelte abzubrechen. Ich möchte möglichst weit weg sein, wenn Zafirah von den Toten aufersteht.«

38

Nasrin parkte den Porsche in Sichtweite der DRK-Zentrale unter einem Baum. Das Generalsekretariat des Deutschen Roten Kreises lag im Berliner Ortsteil Moabit, in der Lehrter Straße 60. Früher sei der schmucke Backsteinbau ein Militärgericht gewesen, hatte Jo Brause einmal bemerkt. Es war ein bedeckter, stürmischer Morgen, gerade passend zu Pits Stimmung.

Tags zuvor waren sie aus Luxemburg nach Berlin zurückgekehrt. Bevor sie zur Laube seines Vaters nach Britz hinausfuhren, hatten sie einen Abstecher nach Dahlem unternommen. Im Schutz der Dunkelheit waren sie an der dreigeschossigen Zehnzimmervilla von Elias Meerbaum vorbeigerollt. Im Haus brannte kein Licht. Sie hatten beschlossen, zunächst Jo Brause und Professor Ohrlos zu kontaktieren. Elias werde ihnen ohnehin kaum glauben, hatte Pit sich und Nasrin getröstet. Wenn sie konkretere Ergebnisse vorweisen könnten, würde ihn das vielleicht eher überzeugen.

Pit biss die Zähne zusammen, als er sich per Gedankenkraft maskierte. Auf der Rückfahrt nach Berlin hatte er die Umformung seines Äußeren bis zur Erschöpfung geübt. An der Körpergröße änderte er nichts – zu anstrengend, hatte Nasrin ihm abgeraten. Er begnügte sich mit etwas längerem blondem Haar, einem Dreitagebart und einer flachen, nach unten gezogenen Nase.

»Wie sehe ich aus?«, fragte er Nasrin.

»Wie eine Kreuzung aus Dirk Nowitzki und Vitali Klitschko. Und ich?«

»So als wäre ein Schönheitschirurg daran gescheitert, aus Barbra Streisand eine vierzig Jahre jüngere Whoopi Goldberg zu machen.«

Sie boxte ihm mit gespielter Entrüstung gegen die Schulter. »Willst du mich beleidigen?«

Er zog den Mund schief. »Wieso? Die Streisand ist genau so eine verrückte Nudel wie du. In *Yentl* ist sie auch in die Haut eines anderen geschlüpft.«

»Dann bin ich aber eine Vollkornnudel.« Nasrin zog ihre Streisand-Goldberg-Nase kraus.

»Lass uns gehen, sonst kriege ich ein Magengeschwür.«

Sie stiegen aus dem Wagen und überquerten die Straße.

»Dein Kolben«, flüsterte Nasrin, als sie den Haupteingang fast erreicht hatten.

Pit blieb erschrocken stehen und tastete nach seiner Nase. Sie hatte sich wieder zusammengezogen. »Mist! Das darf mir nachher nicht passieren.« Er lenkte das Bild, das er von sich hatte, in das Riechorgan. Nachdem er mehrmals daran gezupft und herumgedrückt hatte, fühlte sie sich ganz passabel an. »So in Ordnung?«

Nasrin lächelte. »Das Original gefällt mir besser.«

Sie betraten das Gebäude. In der rechten Ecke des großzügigen, mit Terrazzoboden ausgelegten Eingangsbereiches stand eine Empfangstheke.

»Sie wünschen bitte?«, fragte ein etwa sechzigjähriger Pförtner in mäßig freundlichem Ton.

Das Paar trat an den Empfang. Auf der anderen Seite des Tresens lag eine aufgeschlagene Zeitung. Sie hatten den Portier offenbar gerade beim Studium des Sportteils der *BZ* gestört.

»Mein Name ist Nowitzki«, improvisierte Pit. »Ich möchte gern Herrn Jo Brause aus Ihrer IT-Abteilung sprechen.«

Der Pförtner kniff ein Auge zu und musterte den Besucher ein zweites Mal. »Sind Se mit dem Tennisspieler verwandt?«

Pit lächelte, als werde ihm diese Frage häufig gestellt. »Weitläufig – sofern Sie den *Basketballspieler* Dirk Notwitzki meinen.«

»Ne, ick meene den Tennisstar, der den Gränd Schlämm jewonnen hat«, beharrte der Pförtner. »Wenn Se kurz warten würden, ick kick mal, ob der Brause da is.« Er nahm den Hörer von seiner imposanten Telefonanlage und wählte eine Nummer. »Pforte«, sagte er nach kurzem Lauschen. Von dem folgenden Gespräch bekamen die Besucher nur die Hälfte mit.

»Da is Dirk Nowitzki mit ’ner Frau … *Wat?* … Ja, der Tennisspieler. Sie is so ’ne Schwarze.« Der Pförtner hob entschuldigend die Hand. »Also eher kaffeebraun. Oder nee! Milchschokolade passt besser. Mit fünfzich Prozent Kakao. Oder vierzig … *Wat?* Ja, Nowitzki heißta.« Der Portier starrte empört den Hörer an. »Hat eenfach uffjelecht. Wenn ick die Dame und den Herrn bitten dürfte, sich eenen kleenen Moment zu jedulden. Der Brause kommt sofort und holt Se ab. Da drüben jibt’s Stühle.« Er stutzte. »Wat is denn mit Ihre Nase, Herr Nowitzki? Die pumpt ja wie ’n Blasebalg.«

Pit legte sich rasch die Hand auf das deformierte Körperteil. »Eine spezielle Atemtechnik. Sollten Sie auch mal probieren. Danke für Ihre Hilfe.« Er wandte sich ab und steuerte auf eine Sitzgruppe zu. »Wenn das nur gut geht!«, raunte er und brachte seinen Kolben wieder in Form.

»Ruhig Blut! Du schaffst das«, flüsterte Nasrin ihm zu.

Kurz darauf erschien ein rundlicher Rotschopf mit Sommersprossen und Nickelbrille. Er war in Pits Alter, ungefähr einen Kopf kleiner, trug ausgetretene Sneakers, Jeans und darüber ein kariertes Hemd. Als er die beiden Zweimetergäste sah, legte sich seine Stirn in Falten. »Sie sind aber nicht Dirk Nowitzki«, reklamierte er.

»Das stimmt«, gab Pit zu und reichte Brause die Hand. Dabei blickte er sich im Foyer um. Außer Jo, Nasrin und dem Portier war niemand zu sehen. Pit deutete auf Letzteren, der schon wieder die Sportnachrichten studierte. »Eine Verwechslung des Pförtners. Ich sagte ihm, mein Name sei Nowitzki, und den Rest hat er sich aus den Fingern gesaugt. Apropos Finger.« Er legte die Hände wie eine Schönheitsmaske auf das Gesicht, fuhr sich über die Schläfen und strich das Haar nach hinten. Die theatralische Geste diente nur einem Zweck: Sie sollte dem alten Kommilitonen den Schock der allzu jähen Verwandlung in Pit Zuckmayer ersparen.

»Pit?«, keuchte Brause.

»*Pscht!* Sprich meinen Namen nicht aus!«

»Wie hast du das gemacht. War das 'ne Gummimaske?«

»So etwas Ähnliches. Meine Begleiterin ist ... äh ... Ebonee Fathallah. Ich muss dich dringend sprechen.«

»Du hast Nerven, hier aufzukreuzen! Die Polizei von ganz Berlin sucht nach dir. Stimmt das, was die Medien berichten?«

»Nicht die Bohne. Da will mir einer was anhängen, weil ich im Besitz brisanter Informationen bin. Du kannst mir helfen, meine Unschuld zu beweisen. Wir müssen unbedingt reden.«

»Hast du sie nicht mehr alle? Am Ende lande ich als Komplize des Vampirs von Berlin auf der Anklagebank.«

»Du bist mir noch etwas schuldig, Jo. Als du fast von der Uni geflogen wärst, habe ich dir den Hals gerettet.«

»Das ist Schnee von gestern. Ich bin zum Spießer mutiert.«

»Der früher Drogen aus Institutsbeständen an seine Kommilitonen verhökert hat. Wie wohl dein Arbeitgeber darüber denkt?«

»Das ist Erpressung«, knirschte Brause.

»Stimmt.«

»Lass uns nach unten in den Serverraum gehen. Dort stört uns niemand.«

Der Rotschopf führte Pit – der wieder in die Nowitzki-Rolle schlüpfte – und Nasrin über eine Treppe in den Keller des Gebäudes. Mit einer Schlüsselkarte öffnete er die Tür zu einem Saal, in dem ein ganzer Computerzoo rumorte. Die meisten Geräte waren als Einschübe ausgelegt und steckten in mannshohen Regalen. Der DRK-Mann scheuchte die Besucher in den Raum.

Pit rümpfte die falsche Nase. »Du hättest nach dem Physikum nicht auf Informatik umschwenken sollen, Jo.«

»Jedem das Seine«, antwortete Brause nervös. »Wie kann ich dir helfen?«

Pit reichte ihm einen Auszug der Passwortliste aus dem Luxemburger Schließfach. Die Abschrift enthielt nur die Einträge mit dem Kürzel *DRK*. Außerdem hatte er auf dem Blatt die Nummer eines seiner neuen Handys notiert. So konnte ihn sein Freund später nochmals kontaktieren, falls sich die Bedeutung der Codes nicht sofort klären ließ.

Brause erblasste. »Woher hast du die?«

»Glaub mir, das willst du nicht wissen. Sind das Zugangscodes?«

Der Rotschopf nickte. Er deutete auf den hinteren Teil einer Zeichenfolge. »Das da sieht wie eine Archivnummer aus. Die sechsundfünfzig steht für das Jahr.«

»Neunzehnhundertsechsundfünfzig? Habt ihr so alte Dokumente im Computer?«

»Teilweise ja. Wichtige Vorgänge wurden nachträglich eingescannt oder erfasst.«

»Kann ich sie mir mal ansehen?«

Brause tippte sich an die Schläfe. »Bei dir piept's wohl.«

»Es geht um Leben und Tod, Jo.«

»Ich *kann* dich nicht in unseren vertraulichen Daten rumschnüffeln lassen, Pit. Schon allein, dass ihr hier im Serverraum seid, könnte mich den Job kosten.«

»Ich denke, du bist hier der Oberguru in der IT-Abteilung.«

»Wie kommst du überhaupt an diese Codes?« Brause hielt den Zettel hoch.

»Wie die Jungfrau zum Kinde. Die Geschichte ist zu lang, um sie auf die Schnelle zu erzählen, aber glaube mir: Ich habe mit den Morden nichts zu tun. Und meine … Freundin hier auch nicht.« Er deutete auf Nasrin. »Vermutlich hat eine verbrecherische Vereinigung euren Blutspendedienst unterwandert. Mehr will ich dazu nicht sagen, sonst ergeht es dir wie meinen Kollegen.«

»Du meinst die Kleine, der das Blut ausgesaugt wurde?« Brause wurde noch bleicher. Selbst seine Sommersprossen erblassten.

»Lass mich bitte einen Blick in euer Archiv werfen!«, flehte Pit.

Sein alter Studienfreund stöhnte. »Wo hast du mich da nur reingezogen! Meinetwegen. Ihr bekommt zehn Minuten. Und keine Minute mehr. Sollte die Polizei oder sonst jemand euch ausquetschen: Ihr wart niemals hier.«

»Wo?«

Brause lächelte gequält. »Kommt! Über die Konsole dort drüben können wir uns ins System einloggen.«

Er setzte sich an einen Tisch mit einem Monitor, einer Tastatur und einem Telefon. Bedächtig legte er den Zettel mit den Zugangsdaten neben das Keyboard, holte tief Luft und tippte wie ein Klaviervirtuose los. Seine Finger flogen förmlich über die klappernden Tasten. Er nickte. »Wie ich mir gedacht habe. Die Nummern gehören zu älteren Datenbeständen, die verschlüsselt sind. Die Passwörter liegen in einem Safe, zu dem nur der Generalsekretär den Schlüssel hat.«

Pit wies auf einen Abschnitt in der ersten Zeile. »Und was ist das da?«

Brause stöhnte. »Tu mir das nicht an, Pit!«

Der grinste. »Ich verrat's auch keinem.«

»Mag ja sein. Aber jeder Zugriff auf die Daten wird protokolliert.«

»Und? Ist das für dich ein Problem? Du bist doch hier der Herr der Bits und Bytes.«

»Ich kann ja den Code eintippen«, bot sich Nasrin an.

»Guter Vorschlag«, freute sich Brause. Er rief die Archivnummer auf. Als das Fenster mit der Passworteingabe erschien, wechselte er mit Nasrin den Platz. Mit zwei Fingern gab sie das Schutzwort ein, und eine Tabelle öffnete sich.

»Was ist das?«, wunderte sich Brause.

Pit beugte sich über Nasrins Schulter. Das Bild zeigte einen schief eingezogenen Scan. Die mit Schreibmaschine getippte Tabelle war auf den 5. Januar 1957 datiert. Sie listete Blutbestandteile und -faktoren auf. In einer Spalte stand das Gewicht jeder einzelnen Fraktion. »So etwas habe ich schon einmal gesehen, nur wesentlich neueren Datums«, erklärte Pit. »Das sind Ergebnisse von Reihenuntersuchungen der Blutspenden des Jahres neunzehnhundertsechsundfünfzig. Seltsam …«, murmelte er.

»Was?«, fragte Nasrin.

»Meines Wissens wurden einige dieser Blutfaktoren in den Fünfzigern des letzten Jahrhunderts noch gar nicht in den allgemeinen Bluttests berücksichtigt. Ich bin mir nicht sicher, ob der da überhaupt schon entdeckt war.« Er streckte die Hand aus …

»Keine Fettflecken auf den Monitor machen!«, warnte ihn Brause.

Pit ließ seinen Zeigefinger im Abstand von wenigen Millimetern über die Bildschirmoberfläche schweben. Plötzlich verharrte er auf einer Stelle in der vorletzten Zeile. Da war es wieder:

∞

»Unendlich«, sagten Nasrin und Brause wie aus einem Mund. Bei ihr klang es wie ein Ausruf, bei ihm wie eine Frage.

»Das ist ein seltener Blutfaktor«, erklärte Pit aufgeregt. Wenn tatsächlich die Domen hinter den Testreihen standen, dann hatten sie den Blutspendedienst des DRK womöglich von Anfang an unterwandert.

»Wie druckt man das aus?«, fragte Nasrin.

Brause raufte sich die Haare. »Warum nehmt ihr nicht gleich die optischen Datenträger mit dem *ganzen* Archiv mit?«

Sie drehte sich zu ihm um. »Gute Idee!«

Er stöhnte und hämmerte auf die *Print*-Taste.

»Zeig mal die nächste Datei!«, forderte Pit Nasrin auf.

So ungelenk sie sich beim Tippen anstellte, so lernfähig war sie im Umgang mit dem Programm. Ohne Brauses Hilfe gab sie die Archivnummer und das dazugehörige Passwort ein. Wieder erschien eine Tabelle. Diesmal als Dokument einer Tabellenkalkulation. Auch darin war die liegende Acht zu sehen. Und noch etwas anderes.

Pit tippte mit dem Finger auf die Stelle am Bildschirm.

Brause stieß einen kleinen Schrei aus.

»Seht euch mal die Summe der Prozentzahlen an!«, verlangte Pit.

Alle reckten die Köpfe vor.

100,001%

»Das Ganze ist mehr als die Summe seiner Teile«, murmelte Pit.

»Komm mir nicht mit Aristoteles! Das ist ein Rundungsfehler«, maulte sein Freund.

»Oder jemand hat etwas zum Blut hinzugefügt.«

Nasrin drückte die *Print*-Taste.

Brause stöhnte.

Zunehmend geschickter rief Nasrin die restlichen vier Dokumente aus dem optoelektronischen Archiv ab. Sie lieferten das gleiche Bild: Überall kam am Ende ein Quäntchen zu viel heraus.

»Dürfte ich jetzt mal an meinen Computer?«, fragte Brause entnervt.

Nasrin räumte den Stuhl.

Der Informatiker schüttelte den Kopf, überprüfte die Tabelle und schüttelte immer nachdrücklicher den Kopf.

»Was ist?«, erkundigte sich Pit.

»Nicht das Programm hat den Prozentwert ausgerechnet. In der Summenzelle steht keine Formel. Wenn ich die aufgelisteten Fraktionen addiere, komme ich auf genau einhundert Prozent.«

»Und was bedeutet das?«, wollte Nasrin wissen.

Brause rollte mit den Augen. »Die Zahl wurde per Hand eingetragen. Aus der Liste ist nicht zu ersehen, wie das überschüssige Tausendstel zustande kommt.«

»Glaubst du immer noch an Rundungsfehler?«, fragte Pit.

»Soweit ich weiß, werden dem gespendeten Blut *immer* Bestandteile hinzugefügt«, erwiderte Brause gereizt.

»Du meinst CPD-Stabilisator, Gerinnungshemmer und Nährlösung? Die machen mehr als zehn Prozent in einem Blutbeutel aus. In der Aufstellung hier sind diese Zusätze überhaupt nicht berücksichtigt.« Pit stülpte grübelnd die Unterlippe vor. Unterschlägt da jemand mit Absicht etwas?, fragte er sich. Etwas, das nicht unbedingt den Empfängern der Blutkonserven nützt? Wer behindert die Alternativen zur Behandlung mit Fremdblut? Der Mensch sei eben träge und sperre sich gegen alles Neue, begründeten manche die Verweigerungshaltung der Verantwortlichen. Außerdem ließen sich auf dem OP-Tisch mit dem Schlachtermesser in gleicher Zeit mehr Patienten abfertigen als mit dem Laserskalpell. Und gewinnorientiert arbeitende Blutsammler und -aufbereiter dachten sicher zuerst an den eigenen Profit und dann erst an das Patientenwohl. Aber reichte das alles, um den Strom aus Blut zu erklären, der jeder Vernunft hohnsprach?

»Der Trank der Hoffnung!«, drängte sich Nasrin in Pits Gedanken.

Er blinzelte. Sie hatte ihm kürzlich erzählt, die Domen würden aus Globulinen – Blutbestandteilen in verschwindend kleiner Menge – ihre lebensverlängernde Medizin herstellen. Pit nickte. »Die Domen brauchen einen nie versiegenden Strom aus Blut, um daraus ihren Lebenssaft zu gewinnen. Neulich sagtest du, sie hätten die großen Blutspendedienste und Blutbanken auf der ganzen Welt unterwandert. Jetzt haben wir den Beweis, dass sie auf diese Weise seit sechzig Jahren unauffällig ihren Nachschub sichern und nach dem Prometheus-Komplex suchen.«

»Die Domen?«, ereiferte sich Brause. »Sag mal, spinnt ihr beiden? Wer soll das überhaupt sein?«

Pit gab Nasrin einen Wink, damit sie die Kopien der Dokumente vom Drucker holte. Erst danach antwortete er auf die Frage. »Das ist eine im Verborgenen operierende Gesellschaft, die sich eine Scheibe von dem Profit abschneidet, den dein Verein mit den Blutspenden macht.«

Brause packte ihn am Arm. »Profit? Was soll das denn jetzt? Der Rote Kreis ist gemeinnützig. Er macht keinen Profit.«

»Dann nenne es eben Querfinanzierung. Eure humanitäre Arbeit verschlingt Unsummen von Geld. Gleichzeitig nehmt ihr jährlich eine Milliarde Euro durch Blutprodukte ein. Böte sich doch an, ein paar Millionen für die Altenpflege oder andere Zwecke umzuleiten, oder nicht?«

»Woher hast du diese Zahlen?«

»Aus einem gründlich recherchierten Dossier.«

»Blödsinn!«, schnaubte Brause. »Solche Pamphlete gibt es zuhauf. Aber beweisen kannst du deine Behauptungen nicht. Der DRK rettet täglich Menschenleben. Die *Blutspender* retten Menschenleben. Du als Arzt müsstest das doch besser verstehen als die beschränkten Kritiker und religiösen Fundamentalisten, die unsere Arbeit anprangern.«

»Mit solchen Argumenten tötest du *jede* Kritik an eurer Praxis. Wir sind die Guten. Wir setzen hektoliterweise Blut um, damit kranke Menschen wieder gesund werden und eigentlich sichere

Todeskandidaten eine zweite Chance auf Leben bekommen. Du weißt, wie verlogen das ist, Jo.«

»Jetzt mach aber mal halblang.«

»Als Arzt würde ich mich in den allermeisten Fällen hüten, einem Patienten den sicheren Tod vorauszusagen, nur weil er Fremdblut ablehnt und eine alternative Behandlungsmethode wünscht. Und mir wären auch die Mehreinnahmen meines Arbeitgebers schnurz, wenn ich meine Patienten dadurch einem beträchtlich höheren Risiko aussetzen müsste. Die Unversehrtheit des Menschen ist keine Handelsware, Jo. Sie sollte unveräußerbar sein.«

Die beiden funkelten sich an, als wollten sie jeden Moment aufeinander losgehen. Die Erregung seines Freundes kam Pit seltsam vor. Während des Studiums hatte Jo sich nie für andere engagiert. Das Wort *Gemeinwohl* kam in seinem Wortschatz überhaupt nicht vor. Pit war kein Psychologe. Aber aus eigener Erfahrung wusste er, wie Menschen reagierten, die etwas zu verbergen hatten und sich in die Enge getrieben fühlten. Er riss sich wütend aus dem Griff des Rotschopfs los. Im Zorn verlor seine falsche Nase die Form, die Haare schrumpften und färbten sich schwarz.

Brause riss Mund und Augen auf, auch weil nun Nasrin ebenfalls ihre Maske fallen ließ. Sie brachte die Arme zwischen die beiden Streithähne und schob sie auseinander. »Hört sofort damit auf!«

»W...was geht hier vor? Wie m...macht ihr das?«, stotterte er.

»Pure Willenskraft«, antwortete Nasrin.

Pit packte den entgeisterten Rotschopf am Unterkiefer und drehte seinen Kopf zu sich herum. »Du weißt doch irgendetwas über die Manipulationen, Jo! Ich seh's dir an. Raus mit der Sprache! Was ist hier los?«

Brause sah aus, als hätte er in eine Zitrone gebissen. Er rang erkennbar mit sich selbst. Schließlich brach sein Widerstand zusammen. »Weißt du, was die größte Sauerei ist?«, zischte er und sah besorgt zur Tür. »Ich hatte schon die ganze Zeit den Verdacht, dass sie mit dem Blut etwas machen. Etwas, das mit der ganzen Sache nichts zu tun hat. Ich rede nicht bloß von den üblichen Zusätzen. Sie *manipulieren* das Vollblut, wenn es in seine Fraktionen zerlegt wird. Ich bin bis heute nicht dahintergekommen, was da passiert.«

»Und wer könnte darüber Bescheid wissen?«

»Eigentlich nur Zeno.«

»Zeno?«, wiederholte Pit grübelnd. »Irgendwoher kenne ich den Namen.«

Sein Freund nickte, als hätte er nichts anderes erwartet. »Die Firma hat ihren Hauptsitz auf der Zenoburg, einem alten Gemäuer oberhalb von Meran. Sie stellt die technische und logistische Infrastruktur für das Einsammeln und Verarbeiten von Blut. Auf dem Gebiet ist Zeno Marktführer, eigentlich ein echter Monopolist. Auch die erforderlichen Apparate kommen von dem Laden. Die Zenoleute warten sie und tauschen regelmäßig die Filterkartuschen. Wenn du wissen willst, was genau mit dem Blut passiert, dann frag Zeno.«

Pit erinnerte sich an das schlichte Z, das wiederholt in der Passwortliste von Zekarias auftauchte.

»Was für Kartuschen?«, fragte Nasrin.

Brause zuckte mit den Achseln. »Behälter mit Rückstandsstoffen der Blutreinigung. Ich kenne mich damit nicht aus.«

»Kann ich mir die Dinger einmal ansehen?«

»Dazu müsste man die Maschinen öffnen. Die Schlüssel haben nur die Zenotechniker und …«

Das Telefon neben dem Monitor klingelte.

Brause hob den Hörer ab. »Ja?«, meldete er sich und lauschte. Sämtliches Blut wich aus seinem Gesicht. »Sind leider schon gegangen«, behauptete er. Sein Blick sprang zwischen Pit und Nasrin hin und her. »Die Herren sollen warten. Ich komme gleich zu ihnen.« Er legte auf.

»Stimmt was nicht?«, fragte Pit.

»Wo habt ihr mich da nur reingezogen! Ein Kommissar Gallus steht mit einem Kollegen beim Pförtner. Er sagt, er wolle mit dem Tennisspieler sprechen, den ich in Empfang genommen habe.«

»Jetzt mach dir nicht ins Hemd! Gibt es hier einen Hinterausgang?«

Brause nickte. »Eine Kellertreppe. Sie führt an der Rückseite des Gebäudes nach oben. Ich habe den Schlüssel.«

»Dann nichts wie hin!«

Sie eilten aus dem Computerraum in den Gang zurück. Nasrin stopfte im Laufen die ausgedruckten Blätter in ihre Sacktasche. Von der Treppe, die zum Foyer hinaufführte, hallten Schritte in den Korridor.

»Geduld scheinen dieser Gallus und der andere Polyp auch nicht zu kennen«, flüsterte Nasrin.

Brause blieb vor einer grau lackierten Stahltür stehen. »Hier geht's an die frische Luft. Oben müsst ihr euch allein durchschlagen«, raunte er, während er die Tür aufschloss und öffnete.

Nasrin huschte als Erste nach draußen.

»Danke«, murmelte Pit im Hinausgehen.

Der Rotschopf grinste von drinnen. »Jetzt sind wir quitt. Eine Bitte hätte ich noch.«

»Ja?«

»Lass dich nie wieder bei mir blicken.«

Die Stahltür krachte ins Schloss.

39

Sie ließen den silbernen Porsche stehen und flohen zu Fuß. Zwischen dem Poststadium zur Rechten und einer Tennisanlage zur Linken rannten sie auf einen Park zu. Erst im Schutz der Bäume wechselten sie vom Laufen ins schnelle Gehen.

»Wie haben die uns gefunden?«, keuchte Nasrin.

Pit schüttelte den Kopf. »Keine Ahnung.«

»Vielleicht hast du Spuren in meiner Wohnung hinterlassen.«

»Ich kenne mich ein bisschen mit Forensik aus. Habe in Hamburg in der Gerichtsmedizin gearbeitet. Jeder Mensch hinterlässt Spuren, wo immer er sich aufhält: Hautschuppen, Haare, Speichel … Es ist nur eine Frage des Aufwands, sie zu finden. Da lang!« Er deutete nach links in einen abzweigenden Parkweg.

Nasrin blickte hinter sich. Von den Polizisten war nichts zu sehen. »Ich habe die Polypen selbst in meine Wohnung gerufen. Wenn sie dort gründlich gesucht haben, sind sie vermutlich auch fündig geworden. Mein Gott, hoffentlich verdächtigen sie dich nicht auch noch, mich entführt oder umgebracht zu haben.«

»Ich fürchte eher, sie halten dich für meine Komplizin. Vergiss nicht unseren Besuch beim NEF im Wedding. Da hast du auch einen genetischen Fingerabdruck hinterlassen.«

»Na herrlich! Und was jetzt?«

»Du könntest zur Polizei gehen und behaupten, ich hätte dich samt Auto entführt.«

Unvermittelt blieb sie stehen. »Spinnst du? Ich würde dich nie verraten. Außerdem können wir Ahimans Plan nur gemeinsam aufdecken. Zekarias soll nicht umsonst gestorben sein.«

»Gehen wir weiter.«

Nasrin hakte sich bei ihm ein. »Ja, aber nicht als Powerwalker. Lass uns wieder Whoopi Streisand und Vitali Nowitzki sein.«

Sie sahen sich verstohlen um. Niemand beachtete sie. Einen tiefen Gedanken später hatten sie ihr Äußeres verändert und spazierten weiter durch den Fritz-Schloss-Park.

Pit schwirrte der Kopf. Sie hatten im Archiv des Deutschen Roten Kreises einige neue Mosaiksteinchen aufgelesen. Das Bild der großen Verschwörung war noch immer unvollständig. Nicht einmal den Namen der Domen hatten sie gefunden. Nur das Zeichen für Unendlichkeit.

Ein Jogger trabte an ihnen vorüber. Nasrin beendete ihr Schweigen, als er sich weit genug entfernt hatte. »Wir brauchen Beweise.«

»Für die Blutmanipulationen, meinst du?« Pit nickte. »Ich sähe mir gern eines der Geräte von Zeno genauer an. Wenn ich eine dieser Kartuschen bekäme, könnte ich herausfinden, was diese ominöse Firma aus dem Blut herausfiltert.«

»Dein Freund sagte, die Maschinen seien abgeschlossen.«

Pit grinste. »Das Bankschließfach deines Bruders war auch abgeschlossen.«

Nasrin jammerte den ganzen Weg von ihrem Britzer Versteck in der Laubenkolonie bis zum Blutspendezentrum des DRK, das in einem renovierten Plattenbau im Südosten Berlins lag. Sich von ihrem Porsche zu trennen, fiel schwer. Er sei verbrannt, hatte Pit ihr im besten Geheimdienstjargon erklärt: Sämtliche Polizisten der Nation würden sich auf den Wagen samt Insassen stürzen, wenn sie ihn zu Gesicht bekämen. Also fuhren die zwei mit der S-Bahn nach Köpenick.

»Soll ich nicht doch lieber mitkommen?«, bedrängte sie Pit, während die beiden sich an der Spree ein passendes Gebüsch für seine Lyse suchten. Ein Mann, der gierig an seiner Zigarette saugte, kam ihnen auf dem Uferweg entgegen.

»In Luxemburg durftest du die Führung übernehmen. Jetzt bin ich an der Reihe«, beharrte er.

»Spielen wir hier Mensch ärgere dich nicht?«

»Es besteht keine Notwendigkeit, uns beide in Gefahr zu bringen. Ich bin Arzt, und in dem Labor geht es um medizinische Geräte. Also ist das heute *mein* Auftritt.«

»Sei bitte vorsichtig!«, gab sie leise nach. Sie stellte sich ihm in den Weg und küsste ihn auf den Mund.

Pit war so überrascht, dass er nichts Dümmeres sagen konnte als: »Da ist ein Gebüsch.«

Eine Frau in fortgeschrittenem Alter ging gerade an ihnen vorüber und schüttelte empört den Kopf.

Nasrin kicherte. »Dann versande mal schnell. Ich passe so lange auf deine Sachen auf. Wenn du in zwanzig Minuten nicht zurück bist, hole ich dich.«

Er streichelte ihre Wange. »Danke, dass du so um mich besorgt bist.«

Bevor sie etwas sagen konnte, hatte er sich umgedreht und eilte auf das Gebüsch zu. Dort verwandelte er sich in eine Sandwolke. Es war mittlerweile so einfach! Leider reichten seine erstarkten mentalen Muskeln noch nicht, um ein Stemmeisen mitzunehmen. Nasrin hatte ihn sogar ernstlich ermahnt, sich nicht an der Filterkartusche zu verheben. Er müsse einen anderen Weg finden, sie aus dem Gebäude hinauszuschaffen.

Körperlos drehte er drei Schleifen über Nasrins Kopf. Sie winkte ihm zu. Dann wehte er hinüber zum Blutspendezentrum. Rasch untersuchte er die Fenster des dreigeschossigen Plattenbaus. Alle waren geschlossen. Halb durchdrang er den Wetterschenkel eines der Fenster im Erdgeschoss, halb zwängte er sich am Dichtungsgummi vorbei. Von den Straßenlaternen fiel erfreulich viel Licht ein.

Volltreffer!, freute sich Pit. Er hatte auf Anhieb einen Raum gefunden, in dem Geräte von Zeno standen. Die Maschinen waren ungefähr zwei Meter hoch und drei Meter breit. Sie dienten der Blutfraktionierung, also der Aufteilung des Vollblutes in seine Hauptbestandteile, dem Blutplasma, den roten und weißen Blutkörperchen sowie den Blutplättchen. Die verschiedenen Konzentrate wurden anschließend getrennt abgefüllt und gelagert.

Pit schwebte als dunkle Wolke vor dem Apparat. Besondere Aufmerksamkeit widmete er der großen, mit einem Sicherheitsschloss verriegelten unteren Klappe. Er hatte solche Systeme während seines Studiums kennengelernt. Über einen links angebrachten Touchscreen ließ sich der Prozess steuern. Dabei konnte die Maschine auch gleich die DNA aus den Blutproben extrahieren – ideal für die Suche nach dem Prometheus-Komplex.

Jetzt fehlt mir nur noch der Dosenöffner, dachte Pit. Er durchforschte den blitzblanken Laborraum, fand aber kein geeignetes Einbruchswerkzeug. Durch das Schlüsselloch glitt er in einen Korridor hinaus und inspizierte das angrenzende Büro. Außer einem Brieföffner von zweifelhafter Stabilität entdeckte er auch hier nichts Passendes. Ähnlich enttäuschend verlief die Durchsuchung der anderen Räume im Erdgeschoss.

Vielleicht im Keller?, überlegte er sich. Rasch schwebte er hinab ins Dunkel des Untergeschosses. Dort nahm er seine menschliche Gestalt an, weil er den Lichtschalter betätigen musste. Nach kurzer Zeit fand er im Arbeitsraum des Haustechnikers den idealen Dosenöffner: eine Brechstange.

Damit kehrte er ins Labor zurück. Hoffentlich gibt es hier keine versteckten Überwachungskameras, die mich im Adamskostüm filmen, dachte Pit. Das wäre ihm peinlich gewesen. An der verriegelten Tür – erfreulicherweise bestand sie nur aus Holz – konnte er den praktischen Einsatz des Stemmeisens erproben. Es lag gut in der Hand, und die Hebelkraft ließ sich gezielt einsetzen.

Endlich stand er vor dem Fraktionierer. Er bückte sich, um zur Tat zu schreiten. Plötzlich hörte er ein irres Lachen und schreckte hoch.

Das Geräusch drang durch die Fenster von der Straße herein. Vorsichtig spähte er hinaus. Es waren Jugendliche, die offenbar zu viel Alkohol intus hatten.

Pit kehrte zu der Maschine zurück, setzte die Klinge der Brechstange auf Höhe des Schlosses an und hebelte die Tür auf. Erstaunlich, wie leicht sich das lackierte Blech verbiegen ließ! Die Pforte zum vielleicht größten Geheimnis der Welt war gleichsam nur angelehnt.

Trotz des Halbdunkels fand er sich im Innern des Fraktionierers schnell zurecht. Er sah die Zentrifuge zum groben Trennen der Blutfraktion, die Laserschranke zum Ausloten der Grenzschichten, eine ultraviolette Sterilisierungslampe, diverse Schläuche und …

»Die Filterkartusche!«, flüsterte er. Sie sah aus wie eine Edelstahlthermoskanne.

Rasch löste er die Verbindungsschläuche und schraubte die Kartusche aus der Halterung. Sie wog auch so viel wie eine gefüllte Thermoskanne. Ihm kam Nasrins Warnung in den Sinn. Es sei gefährlich, ohne ausreichendes Training eine größere Masse aufzulösen.

»Wie kriege ich dich hier raus?«, murmelte er. Seine Miene hellte sich auf. »Na, mit der Post natürlich!«

Er schloss die verbeulte Klappe des Fraktionierers. Anders als in der Sparkasse ersparte er sich die Mühe, sie noch leidlich in Form zu bringen. Mit Kartusche und Brecheisen machte er sich auf den Weg in die Postabteilung. Die hatte er schon bei seinem ersten Rundflug entdeckt.

Dort schrieb er eine kurze Nachricht für seinen Ruderkameraden:

Lieber Steffen!

Du knackst doch so gern harte Nüsse. Anbei findest Du die Filterkartusche eines Blutfraktionierers. Irgendetwas an dem Teil ist faul. Ich schließe illegale Machenschaften nicht aus. Was eine kriminelle Gruppe seit zehn Tagen mit mir anstellt, ist jedenfalls mehr als verbrecherisch. Die Medienberichte über mich sind ein einziges Lügengebäude. Ich möchte nicht, dass du auch noch Schwierigkeiten bekommst. Deshalb sprich bitte mit niemand über die Sache. Ich kontaktiere dich, möglicherweise über einen Mittelsmann wie Elias Meerbaum (er erwähnte neulich, er habe eines deiner Seminare besucht). Im Notfall erreichst Du mich auf meinem Prepaidhandy unter der Nummer 01528 4055579.

Verzweifelte Grüße, der lange Lulatsch

Pit suchte sich ein passendes Paket. Er legte die Kartusche samt der Mitteilung hinein, füllte den Pappkarton mit Styroporflocken aus und verschloss ihn. Hiernach adressierte er die Eilsendung persönlich an Professor Dr. med. Steffen Ohrlos, Leiter des Instituts für Medizinische Genetik und Humangenetik am Campus Virchow-Klinikum. In fetten Lettern schrieb er noch das Wort Per Boten! über die Adresse und deponiert das Paket in dem großen Gitterkorb für den Postausgang.

Er rechnete sich für seinen Plan eine Fünfzig-Prozent-Erfolgschance aus. Die Sendung musste das Haus verlassen, bevor die aufgebrochene Maschine für Aufruhr sorgte. Und wie Steffen Ohrlos damit verfuhr, konnte er ebenfalls nur ahnen. Falls er sich, aufgeschreckt von den Zeitungsmeldungen, an die Polizei wandte, gäbe es beim nächsten Treffen der beiden Sportsfreunde eine böse Überraschung.

40

»Guten Morgen, Herr Meerbaum, hier Ohrlos«, hallte die Stimme des Genetikers mit hörbarer Anspannung aus dem Lautsprecher des Telefons. »Sie waren doch kürzlich bei meiner Vorlesung über Gensequenzierung. Ich hätte da noch ergänzendes Material für Ihr Hammerexamen. Wäre es Ihnen möglich, gleich vorbeizukommen und es abzuholen?«

»Für …?« Elias stutzte. Er wechselte einen Blick mit Ylang, die nur die Schultern hob; sie stillte am Frühstückstisch gerade die kleine Mai. Weil an seinen Händen Orangenkonfitüre klebte, hatte er die Freisprechtaste des Telefons gedrückt. Der Anruf des Professors kam ihm seltsam vor. Wenn überhaupt, dann wandten sich Seminarleiter nach Abschluss eines Kurses höchstens per E-Mail an die Teilnehmer. Doch Elias kannte sich aus mit der geheimen Sprache der Menschen, mit ihren unbewussten Gesten, kaum wahrnehmbaren Gerüchen und leisen Zwischentönen. Im Moment blieb davon zwar nur Letzteres, aber das genügte ihm. Ohrlos wollte mit ihm Kontakt aufnehmen und den Grund am Telefon nicht nennen. Dafür fiel ihm nur eine Erklärung ein.

Pit Zuckmayer.

»Was macht denn der Zweier?«, fragte Elias im Plauderton. Pit hatte ihn neulich zum gemeinsamen Rudern auf dem Wannsee eingeladen und dabei seinen Sportsfreund Professor Steffen Ohrlos erwähnt.

»Mein Partner ist gerade unabkömmlich. Er meinte aber, Sie könnten vielleicht einspringen«, antwortete der Genetiker.

Elias drückte die klebrige Hand auf die Sprechmuschel des Telefons. »Pit hat mit ihm Kontakt aufgenommen!«, flüsterte er seiner Frau zu. Dann sprach er weiter. »Ich nehme Ihr Angebot gern an. Und die Unterlagen hole ich gleich ab. Ich wohne in Dahlem. Es dauert also ein paar Minuten.«

»Beeilen Sie sich! Sonst überlege ich es mir anders.«

Während Elias mit der U-Bahn in den Wedding fuhr, gingen ihm die merkwürdigen Abschiedsworte des Professors nicht aus dem Sinn. *Sonst überlege ich es mir anders.* Danach hatte er grußlos aufgelegt. Die Öffentlichkeit hielt Pit nach wie vor für einen psychopathischen Killer. Hatte er den Genetiker trotzdem um Hilfe gebeten? Vielleicht wegen der Analyse des Sandes oder des eigenen Blutes? Dann stünde Ohrlos jetzt vor einem Dilemma: Half er Pit, setzte er seinen Ruf als Wissenschaftler von Weltrang aufs Spiel. Lieferte er ihn der Polizei ans Messer, würde er sich ewig als Verräter fühlen.

Elias trat seit dem Treffen mit Eisenkraut alias Gallus auf der Stelle. Fairerweise hatte sich der Kommissar wenigstens bei ihm entschuldigt, nachdem die Spurensicherung noch einmal in der Wohnung von Nasrin Nafil gewesen war. Auf einem Sofa hatten die Beamten Hautschuppen und Haare von Pit Zuckmayer gefunden.

Bei der routinemäßigen Überprüfung von Pits Freundes- und Bekanntenkreis war Kommissar Eisenkraut zur Arbeitsstelle von Jo Brause gefahren. Vor dem DRK-Generalsekretariat hatte der Ermittler den Porsche des vermissten Models entdeckt. Gallus war überzeugt, dass Pit kurz zuvor mit seinem ehemaligen Kommilitonen gesprochen hatte, der aber stritt alles ab. Der Pförtner sei auch keine Hilfe gewesen, hatte der Kommissar überraschend leutselig berichtet. Der Mann habe doch tatsächlich behauptet, den Tennisspieler Dirk Nowitzki und eine Filmschauspielerin empfangen zu haben.

Obwohl alle Welt nach dem Vampir von Berlin suchte, war Pit also immer noch in der Stadt. Elias hoffte, im Institut für Medizinische Genetik und Humangenetik endlich einen Schritt weiterzukommen. »Frag den Professor, ob wir uns bei ihm mit Pit treffen können«, hatte Ylang ihm beim überstürzten Abschied am Frühstückstisch empfohlen. Sie konnte es nicht lassen, hin und wieder in Gestalt ihres Alter Ego – des mythischen Vogels Phönix – den Himmel über Berlin zu erkunden. So auch vergangene Nacht. Zwei Personen in einem dunklen Wagen hatten die Villa Meerbaum beobachtet.

Elias stieg am U-Bahnhof Amrumer Straße aus und lief über die Föhrer Straße in südwestlicher Richtung. Das Institut von Professor Ohrlos lag am südöstlichen Rand des einstigen Rudolf-Virchow-Krankenhauses. Als Elias der Sekretärin seinen Namen nannte, wusste sie gleich Bescheid. Sie führte ihn umgehend in das Büro des Genetikers. Es sah genauso langweilig aus wie der zweistöckige Neubau, in dem es lag.

Der Professor, ein hagerer Mittfünfziger mit dunkelblondem Haar, war eine sportliche Erscheinung: eins neunzig groß, breite Schultern, geschmeidige Bewegungen. Er trug Jeans, ein hellgraues Hemd mit offenem Kragen und ein dunkelgraues Tweedsakko. Offenbar quälte ihn etwas. Das erkannte Elias nicht nur an der Miene des Wissenschaftlers, sondern er nahm es auch mit der Nase wahr. Derselbe Mensch riecht völlig anders unter Stress oder wenn er entspannt ist. Darüber konnte das Aftershave des Professors nicht hinwegtäuschen, ein metallisch kühler Duft aus Aldehyde und Elemiharz in der Kopfnote und Zedernholz als Basis.

»Herr Meerbaum! Danke, dass Sie so schnell gekommen sind«, begrüßte der Institutsleiter den Besucher.

Sie schüttelten sich die Hände.

»Das ist doch selbstverständlich, Herr Professor … Ohrlos.« Fast hätte Elias ihn Elemi genannt, weil er mit dem Duft des Harzes die Erinnerung an Räucherwerk verband. »Ich bin selbst gespannt auf das … ergänzende Material, das Sie für mich haben.«

Der Professor räusperte sich und blickte demonstrativ in Richtung Sekretärin. »Ich schlage vor, wir gehen gleich ins Labor.«

Elias folgte Elemi alias Ohrlos hinaus auf den Gang, hinunter in den ersten Stock und kurz darauf zu einer Tür, die der Institutsleiter erst aufschließen musste. Der Raum dahinter war ein Labor von vielleicht sechsmal vier Metern. Darin standen quer zur Längsrichtung mehrere hellgraue Tischreihen voller medizintechnischer Materialien und Geräte. Auf einem Tisch lagen ein etwa dreißig Zentimeter langer Edelstahlzylinder mit abgeschraubtem Boden, ein ebenfalls zylindrisches Kernelement – möglicherweise ein Filter –, elektronische Schaltungen, Leitungen, Röhrchen und andere Bauteile.

»Sie wissen, worum es geht?«, fragte Ohrlos.

»Pit Zuckmayer?«, riet Elias.

Der Professor nickte und deutete auf den Zylinder. »Das hier hat er mir heute früh mit einem Fahrradkurier geschickt. Dem Absender nach kam es vom Blutspendezentrum des DRK in Köpenick. Wir führen ab und zu spezielle Analysen für den Roten Kreis durch. Zunächst sah alles nach Routine aus. Bis ich das Paket öffnete. Drinnen befand sich eine Nachricht von Pit, in der Ihr Name steht.«

»Kann ich sie mal sehen?«

»Ich habe sie verbrannt.«

»*Was?*«

»Ja, was denken denn Sie?«, polterte Ohrlos auf einmal los. »Pit wird einiger wirklich hässlicher Taten verdächtigt. Ich lasse hier doch nichts herumliegen, wodurch man mir eine Mittäterschaft anhängen könnte.«

»Beruhigen Sie sich!«, sprach Elias beschwichtigend auf den Wissenschaftler ein. »Pit ist unschuldig. Das kann ich beweisen. Was stand denn in der Mitteilung?«

Ohrlos zitierte den Inhalt aus dem Kopf, ohne ein einziges Mal nachdenken zu müssen. »Haben Sie eine Ahnung, wen er mit der kriminellen Gruppe meint, die ihm so zusetzt?«

»Ja. Aber ich halte es für klüger, ihren Namen vorerst nicht zu erwähnen – zu Ihrem eigenen Besten, Herr Professor.«

Der schüttelte missmutig den Kopf. »Das klingt aber gar nicht gut.«

»Ist es auch nicht.« Elias deutete auf die Teile, die auf dem Tisch lagen. »Was ist das?«

Mürrisch musterte Ohrlos den Zylinder. »Eine Filterkartusche aus einem Blutfraktionierer von Zeno.«

»Und? Haben Sie schon einen Beweis für Pits Verdacht gefunden, irgendetwas, das tatsächlich auf *illegale Machenschaften* schließen lässt?«

»Bisher kann ich nur so viel sagen: In der Kartusche stecken Gegenstände, die nicht hineingehören. Das Ding ist doppelwandig ausgelegt, ähnlich wie eine Thermoskanne. Unter anderem habe ich das da in dem Zwischenraum gefunden.« Er deutete auf mehrere kleine Röhren. »Sehen aus wie Auffangbehälter. Ihr Fassungsvermögen ist allerdings sehr gering. Damit verbunden waren diverse Elektronik und ein Sender.«

»Ein *Sender?*«

Ohrlos nahm ein Bauteil von der Größe eines Schokoriegels in die Hand. »Eigentlich ein Handy mit großer Antenne und ohne Tastatur. Es sieht fast so aus, als hätte diese Filterkartusche öfter mal nach Hause telefoniert – wo immer das ist.«

»Ich wette, die Nummer steht in keinem Telefonbuch. Können Sie den genauen Zweck dieser kleinen … Extras feststellen?«

Ohrlos lächelte schief. »Eigentlich würde ich mich am liebsten den ganzen Tag damit beschäftigen. Pit kennt meine Leidenschaft für solche Tüfteleien. Wenn ich damit nichts Illegales tue, helfe ich gern.«

»Im Gegenteil: Sie tragen zur Aufklärung eines Verbrechens bei. Ich hätte eine Bitte, Professor Ohrlos. Könnten Sie mich anrufen, wenn Pit doch direkt Verbindung mit Ihnen aufnimmt? Er schwebt möglicherweise in großer Gefahr. Ich muss ihn dringend treffen, um ihm zu helfen. Wäre das hier in Ihrem Labor möglich?«

Alles im Mienenspiel des Genetikers schrie *Nein!* »Ich riskiere meine Karriere und meinen Ruf, wenn ich Ihrem Vorschlag zustimme.«

»Ohne Risiko kein Gewinn, Herr Professor«, antwortete Elias mit tiefgründigem Lächeln und deutete auf den kleinen Auffangbehälter. »In diesem Röhrchen könnte eine wissenschaftliche Sensation stecken, vielleicht sogar der Nobelpreis …«

»Jetzt machen Sie aber mal halb lang, Herr Meerbaum! Sie wollen mich doch nur ködern.«

Elias schüttelte den Kopf. »Ich übertreibe nicht. Natürlich möchte ich, dass Sie Pit helfen. Was ich gesagt habe, könnte trotzdem stimmen. Werden Sie mich anrufen, wenn Pit sich, wie auch immer, erneut bei Ihnen meldet?«

Ohrlos' Kiefer mahlten, während er mit sich rang. Plötzlich stand er auf, ging zu einem Telefon und rief seine Sekretärin an. »Nicole? Ja, ich bin's. Ich bräuchte einmal Ihr Handy. Sie finden mich im Labor C. Es ist dringend. Danke.« Er legte auf.

Elias musterte ihn fragend.

Der Professor machte eine unbestimmte Geste. »Am Dienstag war ein Kommissar Gallus von der Kripo bei mir und hat sich nach Pit erkundigt. Kann ich wissen, ob die Polizei meine Telefone abhört?« Ohrlos grinste. »Wenn wir schon konspirativ vorgehen, Herr Meerbaum, dann bitte richtig.«

41

Der Gehweg sah aus wie ein Strom aus Blut. Die terrakottaroten Steine beflügelten Pits Phantasie, seine angespannten Nerven spielten ihm Streiche. Ihn störte alles, auch das verräterische Licht der Laternen. Momentan hätte er sich in einem stockfinsteren Park am wohlsten gefühlt.

Zusammen mit Nasrin überquerte er den weitläufigen Campus des Virchow-Klinikums der Berliner Charité. Sie hatten eine weniger anstrengende Verkleidung gewählt, soll heißen: keine Veränderung der Körpergröße, keine zusätzlichen Pfunde auf den Rippen, nur einige kosmetische Korrekturen im Gesicht und bei der Haarfarbe.

Nasrins Hand tastete nach der seinen und umschloss sie. Ihre Wärme tat ihm gut. »Entspann dich! Uns erkennt niemand«, sagte sie leise.

Er lächelte gequält. »Hauptsache, ich muss keine Autogramme geben, weil mich jemand für Boris Becker hält.«

»So ähnlich siehst du ihm auch wieder nicht. Ich mache mir eher Sorgen, dass wir deinen Freund nicht mehr antreffen.«

»Steffen?« Pit lachte und sah auf seine Armbanduhr. Es war ungefähr fünfzehn Minuten nach acht. »Wenn er die Kartusche bekommen hat, brütet er die ganze Nacht darüber. Der gute Professor Ohrlos ist ein Workaholic.«

»Hoffentlich ist die Polizei diesmal nicht vor uns da.«

Der Vorfall im DRK-Generalsekretariat hatte beide verunsichert. Im Blutspendezentrum jedenfalls war Pit so umsichtig wie nur möglich vorgegangen. Er hatte zuletzt sogar das Brecheisen in den Keller zurückgebracht und die Fingerabdrücke mit einem öligen Lumpen abgewischt. Es gab allerdings eine Spur, die hatte er nicht beseitigt: seine Fußabdrücke. »Bei der nächsten Lyse nehme ich meine Kleider mit«, brummte er.

»Vielleicht fängst du mit der Unterwäsche und den Schuhen an«, schlug Nasrin vor. Den ganzen Freitag über hatte er im Gartenhaus seines Vaters geübt und einige vielversprechende Fortschritte gemacht.

Sie näherten sich dem Eingang des humangenetischen Instituts. Pit sah sich noch einmal nach allen Seiten um. Abgesehen von zwei angeregt miteinander redenden Krankenpflegern, die in Richtung Mittelallee marschierten, war niemand zu sehen.

»Abgeschlossen«, bemerkte Nasrin, die inzwischen an der Eingangstür gezogen hatte. Daneben befanden sich ein Wippschalter und ein Kameraauge.

Pit blickte direkt ins Objektiv, drückte die Wippe und wartete.

»Das Institut hat geschlossen. Kommen Sie morgen zu den Bürozeiten wieder«, meldete sich kurz darauf eine unwirsch knarrende Stimme. Es war Steffen Ohrlos.

Pit legte seine Maske ab. »Für deinen alten Sportsfreund hast du doch sicher Zeit für einen Plausch.«

»Pit!«, schnarrte der Lautsprecher. »Wie hast du das angestellt?«

»Könnten wir drinnen darüber weiterreden?«

»Komm in den Labortrakt, Raum C!« Ein Summer ertönte.

Pit zog die Tür auf und winkte Nasrin ins Gebäude. Als sie über die Schwelle trat, legte auch sie ihre Maske ab. Die beiden eilten den Gang entlang, der zu den Laboren führte. Als sie den besagten Raum betraten, fanden sie Ohrlos telefonierend vor. Er legte gerade auf.

»Hast du die Polizei gerufen?«, fragte Pit argwöhnisch.

Sein Ruderkamerad kam auf ihn zu. Er trug einen weißen Laborkittel. »Nein. Obwohl ich heute ein paarmal dicht davorstand. Ich habe mit deinem Freund Elias Meerbaum telefoniert.«

Pit erschrak. »Du hättest mich erst fragen sollen!«

»Aber du hast ihn doch selbst als Mittelsmann vorgeschlagen. Als ich heute mit mir haderte, ob ich dein Paket den Behörden übergeben soll, rief ich ihn an. Das war dein Glück, Pit, denn Elias hat mir glaubhaft versichert, dass du unschuldig bist. Und jetzt wäre ich dir dankbar, wenn du mir diese reizende junge Dame vorstellen würdest.«

Das tat Pit dann auch. Ohrlos ließ es sich nicht nehmen, Nasrin die Hand zu küssen.

»Ich habe selten ein so bezauberndes Wesen wie Sie gesehen, Frau Nafil«, schmeichelte er.

»Dann solltest du öfter mal Modemagazine lesen statt immer nur Fachzeitschriften über Genetik und regenerative Therapien«, brummte Pit.

Ohrlos zwinkerte Nasrin zu. »Hat er häufiger solche Anwandlungen?«

»Pit ist in letzter Zeit etwas angespannt. Aus gutem Grund.«

Der Anflug von Heiterkeit wich aus dem Gesicht des Professors. »Ja. Das kann ich verstehen.« Er wandte sich an Pit. »Schrecklich, was da passiert ist. Ihr wollt wahrscheinlich wissen, was ich über die Kartusche herausgefunden habe. Das Ding kommt mir ein bisschen vor wie die Büchse der Pandora.«

Pit erschauerte. »Wie meinst du das?«

»Ihr kennt den griechischen Mythos?« Ohrlos richtete seine Frage an Pit und Nasrin. Ersterer nickte, Letztere runzelte die Stirn.

»Zeus gibt der ersten Frau Pandora als Geschenk für die Menschen eine Büchse, die sie auf keinen Fall öffnen soll«, dozierte der Professor. »Pandora heiratet den Bruder des Prometheus. Nach der Hochzeit erliegt sie der Schwäche aller Frauen … Pardon! *Menschen.* Sie öffnet – was der alte Fuchs Zeus natürlich geahnt hat – das vermaledeite Behältnis, und ihm entweichen Krankheiten, Tod und alle Übel der Welt.« Ohrlos zuckte mit den Achseln. »Der Winkelzug war die Retourkutsche, mit der sich der Oberneurotiker im Pantheon an Prometheus rächte, weil der den Göttern das Feuer gestohlen hatte.«

»Ich verstehe immer noch nicht, was die Filterkartusche damit zu tun hat«, sagte Pit.

Ohrlos berichtete, was er am Vormittag schon Elias Meerbaum erzählt hatte, und schilderte anschließend seine neuesten Erkenntnisse. »Inzwischen weiß ich, dass es zwei verschiedene Arten von Zusatzbehältern gibt. Ich habe sie Typ G und V genannt. G steht für ein bestimmtes Globulin.« Er wandte sich an Nasrin. »Das ist ein Protein, ein Eiweißstoff im Blut ...«

»Ich weiß«, unterbrach sie ihn.

»Oh! Und ich dachte, Models kennen Eiweiß nur aus ihren Diätplänen«, wunderte sich der Genetiker. Erst als die Worte heraus waren, bemerkte er wohl seine politisch unkorrekte Äußerung. Er hüstelte verlegen und deutete auf die Teile, die auf dem Tisch lagen. »Nun, jedenfalls passiert, stark vereinfacht, in diesem winzigen Miniaturlabor Folgendes: Das Blut durchströmt den Filter, und ein raffiniertes technisches Verfahren extrahiert das spezifische Globulin.«

Nasrin verdrehte die Augen zur Decke. »Ihr Ärzte seid alle gleich!«

Der Professor wandte sich Hilfe suchend seinem Geschlechtsgenossen zu.

»Kannst du uns schon Genaueres über das Globulin sagen?«, fragte Pit.

Ohrlos schüttelte den Kopf. »Aus Gründen der Sicherheit analysiere ich den Inhalt der Zusatzbehälter gerade in unserem S3-Labor. Gib mir dafür noch etwas Zeit. Da der Auffangbehälter so winzig ist, könnte es sich um ein sehr seltenes, bisher nicht identifiziertes Protein handeln. Im menschlichen Blut zirkulieren mehrere Tausend verschiedene Arten, und die Forschung hat bislang erst einige Hundert bestimmt.«

»Also gut«, resümierte Pit. »Zeno siebt – illegal, nehme ich an – spezielle Proteine aus Spenderblut heraus ...«

»Den Rohstoff für den Trank der Hoffnung«, warf Nasrin grübelnd ein.

»Was meint sie damit?«, fragte Ohrlos verwirrt.

»Später!«, brummte Pit ungeduldig. »Bis jetzt habe ich von dir nichts gehört, das auch nur annähernd den Vergleich mit der Büchse der Pandora standhielte.«

»Weil ich noch nichts über den Typ V gesagt habe. Es ist kein Sammel-, sondern ein Spendenbehälter.«

Pit fröstelte. »Du meinst, es wird etwas zum Spenderblut *hinzugefügt?*«

Ohrlos nickte ernst. »Die Mengen sind sehr gering …«

»So ungefähr ein Tausendstel des Gesamtvolumens?«

Die dichten Augenbrauen des Professors hoben sich. »Woher weißt du das?«

Pit zögerte. Sollte er über seine Entdeckung im Archiv des Roten Kreises reden? *Vertrauen gewinnt nur, wer Vertrauen schenkt!,* rief die Stimme seines Vaters aus den Hallen der Erinnerung. »Ich war im Generalsekretariat des DRK. Die kriminelle Gruppe, von der ich dir geschrieben habe, hat deren Blutspendedienst unterwandert. Sie reichern seit Jahrzehnten das Spenderblut mit etwas an, das ungefähr ein tausendstel Prozent der Gesamtmenge ausmacht. Wofür steht das V in diesem Typ von Behältern?«

»Für Virus«, antwortete Ohrlos mit versteinerter Miene.

Nasrin atmete hörbar ein. »Sie schleusen Viren in die Blutkonserven?«, machte sie ihrer Fassungslosigkeit Luft.

Ohrlos nickte ernst. »Es handelt sich um abgetötete Viren, die genetisches Material enthalten. Sie können es mit einer Spritze vergleichen, Frau Nafil, die Sie beim Arzt bekommen. Der Unterschied: Die Empfänger der Blutprodukte, die mit diesen Viren kontaminiert sind, merken nichts von der DNA-Injektion. Ist dieser Umbau des Genoms dauerhaft, sprechen wir Genetiker von einer *stabilen Transfektion …*«

»Nicht so schnell!«, unterbrach Nasrin ihn. Ungläubig wechselte ihr Blick zwischen dem Professor und Pit hin und her. »Verstehe ich Sie richtig? Die Viren bauen das Erbgut von Millionen Menschen um?«

Der Wissenschaftler deutete auf Einzelteile aus dem Zylinder. »Wenn sämtliche Blutfraktionierer von Zenon solche Kartuschen enthalten, ist Ihre Darstellung zutreffend. Die Manipulation betrifft übrigens auch die Kinder der Transfusionsempfänger. Sie erben von ihren Eltern die implantierten Genabschnitte.«

»Und was passiert dann mit ihnen? Werden sie dumm? Verändert sich ihr Aussehen?« Nasrin schüttelte den Kopf.

»Das weiß ich nicht. Dazu muss ich erst eine Gensequenzierung vornehmen. Und selbst wenn ich die Molekularstruktur sämtlicher Gene kenne, weiß ich noch nichts über ihre Funktion. Es könnte Jahre dauern, dieses Rätsel zu lösen.«

Als Arzt ging Pits Phantasie viel weiter als die von Nasrin. »Es gibt keine klinischen Ergebnisse, die auf eine breite Infektion von Transfusionsempfängern hindeuten«, erklärte er und versuchte, das Unfassbare auf ein erträgliches Maß zu schrumpfen.

Ohrlos sagte nur zwei Worte. »*Kill Switch.*«

»Mörderschalter?«, übersetzte Nasrin den Fachbegriff.

»Steffen meint *genetische* Schalter«, erläuterte Pit müde. Er zog sich einen Rollstuhl heran und sank darauf nieder. Seine Knie waren wachsweich. Er beneidete Nasrin um ihre Ahnungslosigkeit.

»Und wie macht man das?«, fragte sie.

»Durch Kontakt mit bestimmten chemischen Verbindungen«, antwortete Ohrlos.

»Oder mit Blut«, murmelte Pit. Sein Mund war ganz trocken. Offenbar hatte Zekarias bei ihm auch so einen *Kill Switch* umgelegt. »Es könnte mit Bakterien oder Viren kontaminiert sein, die dann die Erbsubstanz des Infizierten angreifen«, fügte er auf den fragenden Blick seines Freundes hinzu.

Der Professor nickte. »Ungewöhnlich, aber nicht ausgeschlossen. Verschiedene Wege sind denkbar.«

Pit schüttelte den Kopf. »Millionen Menschen tragen womöglich eine Zeitbombe in sich, die hochgeht, sobald jemand den Schalter umlegt. Könntest du den Typ-V-Genkomplex mit den einschlägigen Biobanken abgleichen? Vielleicht finden sich ähnliche Sequenzen in Krankheitserregern oder bei Krebspatienten.«

»Das hatte ich sowieso vor, wenn die Sequenzierung der Viren-DNA abgeschlossen ist.«

»Aber sei vorsichtig, Steffen! Ich will nicht, dass es dir wie meiner Kollegin Kim Schneidewind ergeht. Wie lange brauchst du, um das komplette Genom des Virus aufzuschlüsseln?«

Ohrlos wiegte den Kopf hin und her. »Zwei bis drei Tage, Minimum. Da habe ich dann aber noch keine Biodatenbanken …«

»Warte!«, unterbrach ihn Pit mit erhobener Hand. Ein Schauer lief ihm über den Rücken. Er lauschte.

»Was ist?«, flüsterte Nasrin.

»Sie kommen«, raunte er.

»Wer?«, fragte Ohrlos.

»Die Domen.«

42

Nasrin war die Erste, die den Schreck überwand. Sie legte eine Hand auf den Arm des Professors, damit er sie ansah. »Haben Sie hier einen Strahlenschutzraum?«

Er schüttelte verständnislos den Kopf.

»Sie können Bleiwände nicht durchdringen«, erklärte sie.

»Wer?«

»Die Domen.«

»Das ist die kriminelle Gruppe, von der ich dir geschrieben habe«, fügte Pit hinzu und wandte sich an Nasrin. »Der nächste Röntgenraum ist zu weit …«

Ein Krachen hallte durch das Gebäude.

»Komm!«, drängte Pit, packte seinen Freund am Arm und zog ihn zur Tür. »Sie suchen nach uns. Wir müssen dich verstecken.«

»Mich? Und was ist mit euch?«

»Wir sind schwerer zu fassen als du.«

Nasrin schob den Professor von der einen Seite, und Pit zog an der anderen.

Im Korridor empfing sie das kühle Licht von Leuchtstoffröhren. Von den Domen keine Spur. Aber rechts, vom Eingang her, war Geflüster zu hören.

»Links entlang, schnell!«, befahl Pit. Das Gefühl der Bedrohung verstärkte sich, während sie durch den langen Gang hetzten. Ihre Schritte knallten auf dem glatten Boden. Unendlich erschien ihm das Lichtband an der Decke …

Plötzlich verdunkelten etwa zwanzig Meter vor ihnen Schleier die Deckenlampen.

»Verdammt, sie kommen!«, fluchte Pit, blieb stehen und sah sich nach einem Fluchtweg um. Auch von der anderen Seite näherte sich eine dunkle Sandwolke.

»Was ist das?«, keuchte der Professor.

»Damit willst du sicher keine Bekanntschaft machen«, antwortete Pit und stieß zur Rechten eine Tür auf. »Dort hinein!«

Er folgte Ohrlos und Nasrin in die Dunkelheit. Als er das Licht einschaltete, erblickte er einen mit blauem Nadelfilz ausgelegten Konferenzraum. In einer Ecke stand ein Flipchart. Jenseits des langen Besprechungstisches erstreckte sich eine Fensterreihe. Durch das Glas waren Büsche oder Bäume zu sehen. Dazwischen blitzten Scheinwerfer auf: Autos auf der Föhrer Straße. Pit packte einen der Stühle, rannte zum Fenster und warf ihn dagegen.

Der Stuhl prallte zurück und fiel zu Boden.

»Mist!«

»Bist du völlig durchgedreht?«, keuchte Ohrlos.

»Die Fenster sind mit Schlössern gesichert. Wir müssen aber ins Freie. Hilf mir!«, verlangte Pit und deutete auf einen Tisch mit trapezförmiger Platte.

Nasrin stieß einen Schrei aus.

Pit wandte sich zu ihr um. Sie starrte die Tür an. Durch das Schlüsselloch und aus den Ritzen quoll Sand.

Pit zog den Trapeztisch zu sich heran und schrie seinen Freund an. »Pack gefälligst mit an, Steffen! Du musst sofort weg hier. Unter Menschen! Dann lassen die Domen von dir ab.«

Endlich erwachte Ohrlos aus seiner Starre. Gemeinsam liefen sie mit dem Möbelstück auf ein Fenster zu und rammten die spitze Tischecke gegen die Scheibe. Ein handtellergroßes Loch brach heraus, und lange Sprünge zogen sich durchs Glas.

Einige Schritte hinter ihnen krachte es. Nasrin zerlegte gerade das Flipchart.

»Noch mal!«, feuerte Pit seinen Freund an.

Sie nahmen mit ihrem Rammbock erneut Anlauf.

Plötzlich senkte sich vor dem Fenster eine Wolke von der Decke und verwandelte sich in eine bronzehäutige Amazone. Sie griff blitzschnell unter ihren Mantel und riss ein gebogenes Kurzschwert hervor.

Pit stellte sich vor den Professor. »Lasst ihn in Ruhe! Ihr seid doch meinetwegen hier.«

»Und wegen deiner niedlichen Freundin«, antwortete von der Tür her eine Stimme, die er nur zu gut kannte. Pit fuhr herum. Es war Zafirah, flankiert von zwei weiteren Amazonen. Sie gab der Kriegerin am Fenster einen Wink. »Der Professor hat zu viel gesehen. Bring ihn zum Schweigen, Methysta!«

»Nein!«, schrie Nasrin. Sie riss einen blitzenden Stab hoch, in dem Pit ein Vierkantrohr aus dem Flipchartgestell erkannte. In der anderen Hand hielt sie einen zweiten Kampfstock.

»Töte sie nicht zu gründlich, Karneola!«, befahl Zafirah der Schwertkämpferin, die sich um Nasrin kümmerte.

Pit fühlte hinter sich den Angriff der Amazone, die offenbar Methysta hieß. Er wusste genau, aus welcher Richtung ihre Klinge kam. Bevor sie den Hals des Freundes treffen konnte, stieß er ihn weg und warf sich der Kriegerin entgegen.

Das Schwert drang an Pits Halsbeuge in den Rumpf ein, fuhr etwa bis zur Mitte seiner Brust nach unten und blieb dort stecken. Diesmal setzte er bewusst den Trick ein, der ihm bei dem Junkie das Leben gerettet hatte: Er löste nur den Teil seines Körpers auf, der mit der gegnerischen Waffe in Berührung kam.

Die Amazone war davon erkennbar überrascht. Der Getroffene zeigte keine der erwartbaren Reaktionen: Er fiel nicht tot um, er schrie nicht vor Schmerzen, er glotzte nicht fassungslos. Stattdessen hämmerte er ihr eine Faust auf die Nase.

Methystas glasige Augen verrieten dem Arzt, wie nahe sie der Ohnmacht war. Er entwand ihr im Zurückweichen das Schwert, zog es aus dem sandigen Loch in seinem Leib und stach noch in derselben Bewegung zu.

Sie starrte überrascht auf die Klinge in ihrer Brust, verdrehte die Augen und brach zusammen.

Rasch stellte Pit seinen Körper wieder her. Mit der erbeuteten Waffe in der Hand wandte er sich dem entgeisterten Freund zu.

»Versuch durchs Fenster zu entkommen! Ich muss meiner Freundin helfen.« Er ließ Ohrlos stehen.

Nasrin hielt sich mit ihren metallenen Kampfstöcken gerade zwei Amazonen vom Leib. Sie wehrte einen Schwertstoß von links ab, indem sie der Kriegerin das Vierkantrohr an den Hals schlug, und duckte sich gleichzeitig unter einem Hieb von rechts weg. Ihr zweiter Stab streifte die Nase der Angreiferin, die nicht mehr schnell genug hatte zurückweichen können und vor Schmerz aufschrie.

Zur gleichen Zeit schleuderte Ohrlos einen Stuhl gegen das Fenster. Die Sprünge im Glas wurden länger, das Loch etwas größer, doch die Scheibe hielt immer noch.

»Alles muss man selbst machen!«, klagte das Grace-Jones-Double und riss zwei Schwerter unter ihrem Mantel hervor.

»Du rührst Nasrin nicht an!«, brüllte Pit und stürmte mit seiner Waffe auf die Riesin zu.

Ohrlos warf den nächsten Stuhl.

Zafirah lachte. »Willst du mich daran hindern? Dann stirbst du eben zuerst. Mir reicht es, dein Blut zu bekommen.«

Pit ahnte, dass er für die Domen der Jackpot war, der eine aus einer Milliarde. Er blieb außerhalb der Reichweite von Zafirahs Klingen stehen und deutete mit dem Schwert auf sie. »Mein Blut nutzt dir wenig. Bevor du es in euer Labor bringen kannst, verwandelt es sich in Sand.«

Zafirah wich einen Schritt zurück. »Das sagst du doch nur, um deine Haut zu retten. Du musst ein Bastard sein. Die verfaulen normalerweise, aber die wenigsten verwandeln sich.«

Im Hintergrund klirrte es. Das Geräusch des in tausend Scherben zerspringenden Fensters war Musik in seinen Ohren. Er hob die Klinge etwas höher, um die falsche Grace Jones zu beschäftigen. Hinter ihm knirschten Glassplitter. Der sportliche Herr Professor entwischt euch gerade, freute ich Pit. Ein paar Sekunden noch, dann würden auch er und Nasrin sich aus dem Staub …

Plötzlich spürte Pit eine neue Gefahr. Sofort verwandelte er sich in eine Wolke.

Ein Dolch fuhr durch ihn hindurch, bevor seine Kleider und die Armbanduhr zu Boden fallen konnten. Der hinterhältige Angriff kam von Methysta. Unglaublich, wie schnell sie sich von der Schwertwunde erholt hatte! Fast hätte sie ihn überrascht. Ihre rasiermesserscharfe Klinge spaltete kein einziges Sandkörnchen, sondern wirbelte Pits amorphen Körper nur ein wenig durcheinander.

Er stürzte sich auf die beiden Kriegerinnen, die Nasrin hart bedrängten. Wütend fuhr er durch die Domen hindurch. Sie ließen auf der Stelle ihre Waffen fallen und brüllten, als durchströme sie pure Energie.

Nasrin verwandelte sich ebenfalls. Ihre zwei verbeulten und verbogenen Vierkantrohre klapperten zu Boden.

Pit ging mit ihr auf Tuchfühlung und zog sie mit sich zum Fenster.

»Verflucht sollst du sein, Zuckmayer! Aber du entkommst mir nicht!«, brüllte Zafirah. Während Pit und Nasrin nach draußen schwebten, verteilte sie Befehle an ihre Kriegerinnen. »Methysta, der Professor weiß zu viel. Er darf nicht leben. Hol ihn dir! Karneola, du suchst nach der Filterkartusche und nimmst sie mit. Onyxia, du kommst mit mir. Die Schonzeit für die zwei Bastarde ist vorbei …«

Steffen Ohrlos fuhr der Schreck in die Glieder, als er die Anweisungen der schwarzen Riesin hörte. Insbesondere der ihn betreffende Teil beunruhigte ihn. *Du musst sofort weg hier. Unter Menschen! Dann lassen die Domen von dir ab.* Hornochse!, beschimpfte er sich selbst. Anstatt auf Pit zu hören und abzuhauen, hockst du in diesem Gebüsch und schaust Reality-TV. Er rannte los.

Vielmehr versuchte er es. Sein Laborkittel hatte sich in den Zweigen des Busches verfangen. Steffen zappelte nur wie eine Fliege im Spinnennetz.

»Professorchen!«, rief eine lockende Stimme vom Fenster her. Er blickte über die Schulter zum Institut zurück. Es war die bronzehäutige Amazone, die längst hätte tot sein müssen.

Steffen geriet in Panik. Er riss und zerrte mit aller Kraft und kam trotzdem nicht los.

»Ach, da bist du, mein Kleiner!«, sagte diese Amethysta oder wie sie noch gleich hieß. Sie klang so freundlich, als spräche sie mit einem Welpen. Nur irgendwie passte dazu nicht der lange Dolch, den sie in der Hand hielt. Die Riesin schob die Zweige auseinander und spähte in Steffens Richtung. Noch drei Schritte, und sie wäre bei ihm.

Er wand sich wie eine Katze, die nicht länger auf dem Arm gehalten werden möchte – und plötzlich war er den Kittel los. Rasch ließ er sich auf alle viere niedersinken und kroch über die nachtfeuchte Erde auf die Lichter der fahrenden Autos zu. *Unter Menschen! Dann lassen die Domen von dir ab.*

Die Amethyst-Frau blieb ihm auf den Fersen. Aus dem Gestrüpp heraus entdeckte er an einer schattigen Stelle auf dem Gehweg der Föhrer Straße einen stattlichen blonden Mann. Nur seine Augen reflektierten ein wenig Licht. Sie strahlten leuchtend grün. In seiner Panik erkannte ihn Steffen nicht sofort. »Hilfe! Bitte helfen Sie mir!«, schrie er verzweifelt.

Der Mann kam auf ihn zu.

Steffen schöpfte Hoffnung und kroch schneller. Äste zerschrammten ihm das Gesicht. Endlich erreichte er den Rand des Gebüschs. Er stemmte sich hoch, um vor der Riesin zu fliehen. *Dann lassen die Domen von dir ab …* Plötzlich verkrallte sich etwas in seinem Haar.

»Schön hier bleiben, mein kleiner Zwerg«, säuselte aus dem Blattwerk die Amethystine und riss ihn brutal ins Dunkel zurück.

Als Elias das Klirren der zerspringenden Fensterscheibe hörte, blieb er stehen. Eigentlich hatte er den Institutseingang Föhrer Straße nehmen wollen. Er versuchte zu erkennen, was hinter dem Gebüsch vor sich ging. Da gab es einen hell erleuchteten Raum – und jemand kletterte aus dem Fenster. Offenbar ein Laborant im Kittel. Im Gebäude klapperte irgendetwas.

Eine schwache Brise streifte Elias' Gesicht. Es roch nach … *lebendigem Sand?* Dunkel, fast schwarz, wehte die seltsame Wolke über seinen Kopf hinweg. Unwillkürlich musste er an Ylang denken. Auch sie hatte er einmal in diesem Zustand erlebt.

Und dann hallte aus dem Institut eine zornige Stimme, von der sich nicht sagen ließ, ob sie einer Frau oder einem Mann gehörte. »Verflucht sollst du sein, Zuckmayer! Aber du entkommst mir nicht!«

»Pit?«, murmelte Elias. Er ging einen Schritt auf das Gebüsch zu. Wieder spürte er einen Windhauch. Er wehte ihm eine ungewöhnliche Duftmischung in die Nase: Moos, nasser Granit und Sandelholz …

Die Riesin mit den zwölf Fingern!, durchfuhr es ihn. Sämtliche Härchen seines Körpers richteten sich auf. Er fühlte das Raubtier in seinem Innern. Es wollte hinaus, wollte sich einmischen. Jahrelang hatte er es im Kerker seiner Seele gefangen gehalten. Mit jeder Metamorphose trat auch etwas zutage, das er fürchtete, das er am liebsten für immer verbannt hätte. Doch es gehörte genauso zu ihm wie die grünen Augen.

Der Laborant hatte sich im Gestrüpp verfangen. Inzwischen war noch eine zweite, deutlich größere Gestalt aus dem Fenster gestiegen, die sich dem verzweifelten Mann näherte. »Hilfe! Bitte helfen Sie mir!«, schrie er.

»Professor Ohrlos?«, flüsterte Elias. Er ging einen weiteren Schritt auf das heftig raschelnde Gebüsch zu. Dabei sah er sich nach allen Seiten um. Der Gehweg war verlassen. Nur auf der Straße fuhren einige Autos vorbei.

Als der Kopf des Genetikers unter dem Busch hervorkam und gleich darauf ein riesiger Schatten hinter ihm auftauchte, brach Elias' Alter Ego durch. Es blähte ihn regelrecht auf. Seine Finger- und Zehennägel verwandelten sich in Krallen. Das Bärenfell wuchs ihm wie im Zeitraffer. Und mit der Verwandlung gewann auch das wilde Wesen des Berserkers die Oberhand. Es brüllte wie ein wütender Kodiakbär.

Alle seine Sinne waren nun schärfer. Er sah, dass die in Leder gekleidete Gestalt eine riesige Frau war. Sie packte Ohrlos an seinem dichten Haarschopf und zog ihm mit brutaler Gewalt den Kopf zurück. Ein großes Messer blitzte auf. Sie wollte ihm den Hals aufschlitzen!

Der Berserker sprang mitten ins Gebüsch. Äste splitterten. Die

Zweige, die sich in seiner Kleidung und seinem Pelz verfingen, störten ihn nicht mehr als Spinnweben. Er landete auf dem Rücken der in Leder gekleideten Gestalt, zerrte ihre beiden Arme nach hinten, kugelte sie aus und brach ihr das Rückgrat. Sein Zorn war übermächtig. Anstatt von der leblosen Riesin abzulassen, brüllte er abermals und riss ihr den Kopf ab. Wütend schleuderte er das blutige Haupt durchs Fenster zu der Zwölffingrigen. Dann lud er sich den angststarren Professor auf die Schulter und stürmte mit ihm davon.

Hätte Pit Augen gehabt, er hätte ihnen nicht getraut. Während er mit Nasrin aus dem Konferenzraum des humangenetischen Institutes wehte, überraschten ihn zwei Entdeckungen: Erstens war Steffen – dieser Narr! – nicht geflohen, sondern hockte im Gebüsch. Und zweitens stand Elias Meerbaum nur wenige Schritte davon entfernt auf dem Gehweg. Am liebsten hätte Pit sie gewarnt, doch er hatte alle Körnchen voll zu tun, um Nasrin und sich selbst in Sicherheit zu bringen. Erst einmal weit hinauf, dachte er und stieg höher denn je über die Dächer von Berlin. Die miserable Grace-Jones-Imitatorin hatte die Jagdsaison ausgerufen. *Die Schonzeit für die zwei Bastarde ist vorbei …*

Unvermittelt spürte Pit eine Bedrohung. Er umschloss Nasrin mit seiner eigenen Wolke und zerrte sie zur Seite.

Um ein Sandkorn hätten ihn Zafirah und Onyxia erwischt. Sie stießen neben ihnen ins Leere.

Die Jägerinnen teilten sich. Sie näherten sich ihrer Beute nun in einer Zangenbewegung von oben, wohl damit Pit ihnen nicht wie schon einmal himmelwärts entkam. Könnte er doch nur Nasrin fragen, wie sie die Domen abgeschüttelt hätte!

Die breiteten sich nun gefährlich weit aus und senkten sich wie eine Glocke auf die Wolken von Pit und Nasrin herab. Er versuchte, mit ihr das lebendige Fangnetz zu durchstoßen. Ihre Sandkörnchen trafen auf die der beiden Domen.

Pit spürte eine grauenvolle Hitze. Er hatte das Gefühl, sein amorpher Leib könne jeden Moment zusammenschmelzen und als großer Glasklumpen zur Erde stürzen. Schon um Nasrins willen brach er den Versuch des Ausbruchs ab. Wenn nur *ihr* nichts zustieß! Alles andere scherte ihn wenig.

Nur einen Augenblick später gingen die Domen zum Gegenangriff über. Selbst im gestaltlosen Zustand beherrschten sie die Kunst des Kampfes meisterlich. Sie versetzten sich in Drehung. Zunächst verstand Pit nicht, was sie damit bezweckten. Dann aber spürte er die Kräfte, die immer stärker an ihm zerrten. Diese eiskalten Mörderinnen würden sie auseinanderreißen, bis nichts mehr von ihnen übrig wäre. Um zu überleben, blieben ihm nur zwei Möglichkeiten: entweder kapitulieren oder etwas scheinbar Aussichtsloses tun.

Pit entschied sich für die Verzweiflungstat.

Er zog sich um Nasrin herum zusammen und ließ sich wie ein Stein fallen, mitten auf das Becken des Westhafens zu.

Zafirah und Onyxia hatten ihnen ohnehin nur diesen Ausweg gelassen und fühlten sich in ihrer Strategie wohl bestätigt. Sie blieben über ihnen, damit sich nach den Seiten hin kein Fluchtweg öffnete. Vermutlich rechneten sie am Boden mit einer Verkörperung und anschließenden Kapitulation der Gefangenen. Doch es gab keinen Boden, sondern nur Wasser.

Bestimmt nicht das freundlichste Milieu für eine Sandwolke, dachte Pit.

Der Aufprall stand unmittelbar bevor. Er sammelte seinen Geist. Noch fünfzig Meter. Er konzentrierte alle Vorstellungskraft auf einen einzigen Punkt. Zehn Meter …

Und dann verwandelte er sich und Nasrin in Gas. Sie schossen mitten durch die Sandkörnchen nach oben. Die Wolken von Zafirah und Onyxia prasselten ins Wasser und verschlammten jäh.

Bevor die Domen sich von dem Schock erholen konnten, hatten sich Pit und Nasrin schon davongemacht.

43

Gestalt- und kraftlos wehte Pit nach Süden. Nasrin sozusagen huckepack mitzuschleppen, sie überhaupt erst in den gasförmigen Zustand zu versetzen, hatte ihn an den Rand der Erschöpfung gebracht. Er drohte auseinanderzudriften, sich mit ihr über dem Nachthimmel von Berlin zu verlieren. Reiß dich zusammen!, feuerte er sich an, und das war durchaus wörtlich gemeint.

Als endlich die Kolonie Goldregen unter ihnen erschien, war er kaum mehr als ein trüber Dunst, mit dem die Winde ihr Spielchen trieben. Er versuchte hinabzusinken, doch eine Bö schleuderte ihn wieder nach oben. Dabei dehnte er sich aus. Die Lichter der Stadt verschwammen. Er würde nicht nur sich verlieren, sondern auch Nasrin.

Seine Gefühle für diesen wundervollen Menschen waren jeden Tag ein wenig stärker geworden, ihr Umgang vertrauter, die kleinen Berührungen und Zuneigungsbekundungen zärtlicher. Fast unmerklich hatte sich seine Sympathie für sie in Freundschaft verwandelt und dann in …

Ein neuer Windstoß fuhr in Pit hinein, drohte ihn endgültig zu zerreißen. Nimm dich zusammen!, schrie abermals die Stimme in seinem Geist. Tu es für Nasrin!

Mit dem letzten Aufgebot seiner Kräfte verdichtete er sich wieder. Taumelnd trotzte er den Winden und sank mit Nasrin in den Garten des Vaters hinab. Erschöpft strömte er durch das angestellte Kippfenster ins Schlafzimmer der Laube. Dieser Ort der Ruhe und des Schlafes erschien ihm wie das Paradies. Auf dem französischen Bett gab er Nasrin und sich die menschliche Gestalt zurück.

»Pit!?«, hörte er ihre verzweifelte Stimme. Sie lehnte sich über ihn und versetzte ihm kleine Ohrfeigen. »Pit, bleib bei mir! Du darfst nicht sterben.«

Seine Augenlider flatterten. Er schaffte es irgendwie, sie zu heben, den Mund zu öffnen … *Wasser!*, dachte er, doch zu sagen vermochte er das Wort nicht. Wenigstens war Nasrin bei ihm, wenn er verdurstete. Allein der Anblick ihres dunklen Schemens tat ihm unendlich gut. Sie bei sich zu spüren, so lebendig und warm, machte ihn glücklich.

»Stirb mir jetzt nicht, Pit!«, flehte sie. »Ich brauche dich. Ich liebe dich!«

Plötzlich spürte er ihre Lippen auf seinem Mund. Es fühlte sich an, als ströme ihr Leben in seinen Körper. Nun ist alles gut!, dachte er. Danach dachte er gar nichts mehr.

Die Stimme klang irgendwie blechern. Förmlich verlas sie die neuesten Nachrichten.

> *Unbekannte brachen gestern gegen zwanzig Uhr dreißig im Bezirk Wedding in das Institut für Medizinische Genetik und Humangenetik ein. Seitdem wird der Institutsleiter Professor Steffen Ohrlos vermisst. Er soll sich zur Zeit des Einbruchs in einem Labor der Forschungseinrichtung aufgehalten haben. Der Mediziner gilt als einer der weltweit führenden Experten auf dem Gebiet der Humangenetik. Recherchen von Radio Berlin zufolge waren Ohrlos und der wegen Mordverdachts gesuchte Pit Zuckmayer Mitglieder im Ruderklub am Wannsee. Der Polizeisprecher Herman Nolte schließt einen Zusammenhang mit der Verbrechensserie des als Vampir von Berlin bekannten Arztes nicht …*

Atmosphärisches Rauschen rollte wie eine Meereswoge über die blecherne Stimme hinweg. Es folgten einige Sekunden lang Tonfetzen aus Sprache und Musik. Schließlich eroberte der englische

Musiker Phil Collins die Lufthoheit zurück. Mit Inbrunst sang er *Both Sides of the Story.*

»Beide Seiten der Geschichte?«, murmelte Pit. Er musste an die Millionen Kranker denken, die das Blut anderer Menschen für die einzig richtige Therapie hielten, um wieder auf die Beine zu kommen. Niemand sagte ihnen, dass es bessere Alternativen gab. Und vor allem kannten sie nicht die andere Seite der Geschichte, die sich für ihn immer mehr zu einem Albtraum entwickelte.

»Pit! Du bist wach!« Nasrins Stimme brachte ihn endgültig in die Wirklichkeit zurück. Sie stand in ihrem Schlaf-T-Shirt an der Zimmertür, das krause Haar zu einer wilden Mähne gekämmt, und strahlte vor Glück. Rasch kroch sie aufs Bett, kniete sich neben ihn und legte ihm eine Hand auf die Stirn. »Wie geht es dir?«

Er hob den Kopf, womit er eine Kette von Detonationen auslöste – jedenfalls fühlte es sich so an. Er grinste trotzdem mannhaft. »Blendend.«

»Du bist blass. Aber du scheinst kein Fieber mehr zu haben.« Nasrin richtete den Oberkörper auf und setzte sich auf die Fersen.

Pit ließ den Kopf in das Kissen zurücksinken. »Wie lange war ich … abwesend?«

»Es ist kurz vor vier. Samstag. Ich habe dir seit gestern öfter kleinere Mengen Wasser eingeflößt. Erinnerst du dich?«

»Überhaupt nicht.«

»Dachte ich mir. Du bist gar nicht richtig aufgewacht. Zusammengerechnet hast du ungefähr neunzehn Stunden geschlafen.«

Gedankenversunken ließ er die Linke auf ihren Oberschenkel sinken und streichelte ihn. Plötzlich merkte er, was er tat, und zog die Hand rasch wieder weg. »Entschuldige.«

Sie nahm lächelnd seine Hand und legte sie auf ihr Bein zurück. »Ich mag es, wenn du das tust.« Scheu senkte sie den Blick. »Gestern, nachdem du mich hier abgesetzt hattest … da fürchtete ich … du würdest sterben. Erinnerst du dich noch, was ich gesagt habe?«

Er blinzelte. Wie könnte ich diese Worte vergessen?, dachte er.

Ich brauche dich. Ich liebe dich! Bin ich wirklich bereits so weit, Maja loszulassen? »Ich muss wohl gerade die Besinnung verloren haben«, antwortete er ausweichend. »Wieso? Was hast du gesagt?«

Nasrin schüttelte den Kopf. »Schon gut. Nicht so wichtig. Aber versprichst du mir etwas, Pit?«

»Kommt drauf an.«

»Du hättest dich fast an mir verhoben. Tu so was nie wieder! Um ein Haar hätte es uns beiden das Leben gekostet.«

Er verzog die Mundwinkel. »Wie es aussieht, entwickle ich ungeahnte Kräfte, wenn du in Not bist.«

»Ach was!«, schmetterte sie unwirsch sein Argument ab. »Du hast uns nur deshalb verwandeln können, weil wir sowieso schon gestaltlos waren.«

»Grace Jones und die andere Schlange wollten uns zerreißen. Dann wären wir mit Sicherheit gestorben.«

»Ich möchte nur nicht, dass du deine Kräfte überschätzt. Sie müssen erst wachsen, bevor du es mit so mächtigen Gegnern wie den Domen aufnehmen kannst.«

Pit schloss die Augen, damit das Pochen hinter seiner Stirn nachließ. »Glaubst du, Steffen ist tot?«

Es schien, als wäre Nasrin plötzlich verschwunden, so still war es. Dagegen sprach allerdings, dass sein Daumen weiter ihren Schenkel streichelte und er ihre Wärme spürte. »Du hast die Nachrichten im Radio gehört?«, fragte sie schließlich.

Er sah sie wieder an. Ihr ernstes Gesicht wirkte besorgt. »Ich bin davon wach geworden. Kim war auch wie vom Erdboden verschluckt – und dann fand man sie blutleer vor dem Roten Rathaus. Und das Schlimmste: Elias Meerbaum war ebenfalls da.«

»*Was?*«

»Steffen hatte ihn angerufen. Elias stand an der Straße vor dem zersprungenen Fenster des Konferenzraumes. Auf irgendeine Weise sah er … verändert aus.«

»Wie meinst du das?«

»Ich kann es nicht genau sagen. Er kam mir größer vor und breiter. Sein Gesicht wirkte irgendwie … gestreckt.«

»Aber du bist dir sicher, dass er es war?«

»Ziemlich sicher.«

»Die Domen können mit Öffentlichkeit nicht gut umgehen. Sollten die Killerbienen ihn bemerkt haben, werden sie ihn gnadenlos jagen.«

»Ist das nicht verrückt? Zekarias hielt ihn für den Träger des Prometheus-Komplexes. Es gibt auf diesem Planeten vielleicht nur sieben oder acht Menschen wie Elias, und Ahimans Kriegerinnen töten ihn. Und zum Schluss hängen sie wieder mir alles an.« Pit schloss die Augen. »Mein Gott, wann hört dieser Wahnsinn endlich auf? Wir müssen sofort aus Berlin verschwinden. Sonst bringen sie auch noch meinen Vater um und … *dich.*«

Nasrin beugte sich über ihn und küsste ihn auf den Mund. Ihre Haare kitzelten ihn an der Brust. »Danke.«

Er zog die Stirn kraus. »Wofür?«

»Dass du dich so um mich sorgst. Den meisten Männern, die ich kenne, bin ich völlig gleichgültig. Die interessieren sich nur für meinen Körper.«

»Der ist allerdings auch allererste Sahne.«

Sie stieß ihn mit dem Finger spielerisch gegen die Nase. »Wenn, dann schon eher Mousse au Chocolat, du Schlaumeier. Und bevor du der Versuchung nachgibst, davon zu naschen, lasse ich dich wieder allein. Du brauchst Ruhe.« Sie kroch rückwärts aus dem Bett.

Pit schloss die Augen und lauschte den leisen Schritten der Frau, die gerade sein Leben auf den Kopf stellte. Ihm war überhaupt nicht nach Ausruhen zumute. Trotzdem schlief er binnen weniger Sekunden ein.

Das nächste Mal erwachte Pit von Schlüsselklappern. Durch das Fenster erkannte er nichts als Dunkelheit. Nasrin erschien in der Schlafzimmertür. Sie hatte ihr Haar wieder mit bunten Spängchen gebändigt, trug einen engen roten Pulli sowie Schaftstiefel, Jeans und eine kurze Lederjacke in Schwarz. Als die Blicke der beiden sich trafen, lächelte sie.

»Wir unternehmen eine Spritztour. Der Porsche ist ja verbrannt, sagtest du. Deshalb habe ich uns einen unauffälligen Ersatzwagen besorgt.«

Pit blinzelte und war erfreut, wie schmerzlos er seiner Verwunderung Ausdruck verleihen konnte. »Definiere *besorgt.*«

»Ein Freund hat ihn mir geliehen. Ich musste allerdings eine Kaution von fünfzigtausend Euro leisten.«

Pit fuhr aus den Kissen hoch. »Fünfzigtausend? Das ist unsere halbe Barschaft.«

»Der Schlitten ist die Identität des Typen. Ohne das Teil fühlt er sich wie ein Nichts. Für weniger wollte er es nicht rausrücken.«

»Hast du einen Ferrari vor der Laube geparkt?«

Sie kicherte. »Ich bin doch nicht blöd. Da würde ja jeder hingucken. Ist bloß ein Ford.«

Er schwang die Beine aus dem Bett. »Welcher gebrauchte Ford ist fünfzigtausend wert?«

»Ein Mustang Shelby GTO 500, Baujahr zweitausenddreizehn«

»Ein *Shelby?*«, japste er. »Und das nennst du unauffällig?«

Sie zuckte mit den Achseln. »Die sechshundertzweiundsechzig PS sieht ihm doch keiner an.«

»Mag sein, aber man hört sie. Ist dein ... *Freund* Zuhälter?«

»Nein«, antwortete sie kühl. »Und es ist *dein* Freund. Der Wagen gehört Jo Brause.«

»Wie bitte!« Er fuhr von dem Bett hoch. »Ich bin der meistgesuchte Mann Berlins. Da kannst du doch nicht einfach Jo anrufen und ...«

»Er hat *mich* angerufen«, unterbrach sie ihn. Ihre Augen funkelten gefährlich.

Pit schloss den Mund. »Verdammt! Ich habe den Zettel mit den Codes im Serverraum liegen gelassen.«

Nasrin nickte. »Und da stand die Nummer von deiner neuen Prepaidkarte drauf. Während du schliefst, hat Jo sich gemeldet und sich bei mir ausgeheult. Er wollte wissen, ob du im Blutspendezentrum des DRK eingebrochen bist. Ich spielte die Ahnungslose und fragte, warum? Die Zenoleute hätten mächtig Stunk gemacht, sagte er. Da kam mir die Idee mit der Spritztour. Wir sollten Zeno auf den Zahn fühlen.«

»Du willst nach Meran fahren? Mit einem Massenmörder, der von Europol gejagt wird? Tausend Kilometer? Über zwei Staatsgrenzen hinweg?« Der Plan gefiel ihm nicht.

»Wir bleiben in der EU. Da ist mit Kontrollen kaum zu rechnen. Und wir haben falsche Pässe. Du gibst dir die Gesichtszüge von Elias. Dann schöpft niemand Verdacht.«

»Außer wenn demnächst seine Leiche gefunden wird.«

Sie verdrehte die Augen. »Willst du etwa aufgeben, nachdem wir schon so weit gekommen sind? Wir wissen, dass Zeno Millionen von Blutspenden ausbeutet, um den Trank der Hoffnung herzustellen. Wir wissen außerdem, dass diese Firma im Erbgut der Empfänger des Spenderblutes herumpfuscht. Aber sonst wissen wir so gut wie nichts über die Viren aus den Kartuschen. Im Radio sagten sie vorhin, dein Freund Steffen sei ein Topexperte auf dem Gebiet der Humangenetik. Solche Leute – die auch noch bereit sind, dir zu helfen – wachsen nicht auf Bäumen. Also müssen wir auf anderem Weg herausfinden, was Zeno mit den Viren bezweckt. Ist an meiner Gedankenkette irgendetwas falsch, Herr Doktor?«

»Nein«, knirschte Pit. »Außer dass ich kein Doktor bin.«

Als Nasrin auf dem Parkplatz der Kolonie Goldregen den Motor des Shelby anwarf, fielen sämtliche Laubenpieper aus den Betten. Jedenfalls war Pit der festen Überzeugung, dass der bullige V8-Motor des Mustangs keine andere Wirkung haben konnte. Der Wagen war ein metallicblaues Erdbeben auf Zwanzigzollrädern – mit weißen Rennstreifen. Im Epizentrum regnete es vermutlich tote Vögel aus den Bäumen, und im Umkreis von fünfhundert Metern verstanden die Leute ihr eigenes Wort nicht mehr.

»Nett«, sagte Nasrin und drückte das Gaspedal nieder.

»Unauffällig?«, wiederholte Pit seine Bedenken vom Vortag. Verglichen mit der totalen Erschöpfung, die ihn vor sechsunddreißig Stunden fast umgebracht hätte, ging es ihm wieder recht gut. Aber das, davon war er fest überzeugt, würde sich bald ändern.

Der Ford bog rechts in den Buckower Damm ein, und Nasrin gab Pit eine Kostprobe des Beschleunigungsvermögens. Aber nur so lange, wie er nach Luft schnappen konnte. »In dreieinhalb Sekunden ist die Kiste auf hundert«, schwärmte sie. »Ist das nicht eine Freude?«

»Eher ein Nahtoderlebnis.«

Sie drosselte das Tempo und ließ den Wagen stadtauswärts blubbern. Auf der Autobahn gab sie wieder Gas.

»Erst dein Porsche und nun dieses Ding. Woher kommt deine Begeisterung für Geschwindigkeit?«, fragte Pit. Seine Rechte hatte sich im Haltegriff unter dem Dachhimmel verkrallt.

»Die verdanke ich Kahina. Meine Schwester war ein Kind der Wüste, und dort hat sie mir auch beigebracht, wie man sich in eine Sandwolke verwandelt. Wir ritten zu zweit auf einem Sandsturm. Seitdem fasziniert mich alles Schnelle.«

»Verstehe. Trotzdem wäre es hilfreich, nicht schneller zu fahren, als die Polizei erlaubt – nur falls du dich beherrschen kannst.«

Sie schmunzelte. »Ich gebe mir Mühe.«

Pit döste einige Zeit vor sich hin. Die Erschöpfung steckte ihm tiefer in den Knochen, als er es sich eingestehen wollte. Obwohl der Achtzylindermotor des Shelby geradezu krankhaft nach Aufmerksamkeit heischte, schlief Pit irgendwann ein.

Als er wieder aufwachte, galoppierte der Mustang gerade am Leipziger Flughafen vorbei.

»Guten Morgen, Schlafmütze«, begrüßte ihn Nasrin.

Er streckte sich. »Soll ich dich ablösen?«

»Bitte nicht! Aber wenn du mal musst, können wir eine kurze Pause einlegen.«

Pit nickte.

»Du…u«, sagte sie gedehnt. »Als wir vorhin in Berlin losgefahren sind, hast du das Wort *unauffällig* benutzt. Irgendwie ist da bei mir im Kopf etwas eingerastet. Ich denke schon die ganze Zeit darüber nach. Mir fällt keine heimlichere Methode ein, dieses Eiweiß für den Trank der Hoffnung aus Strömen von Blut herauszufiltern als mit der Aufbereitung von Blutspenden. Dir etwa?«

Ihre Frage verdüsterte Pits Stimmung schlagartig. Er musste sofort wieder an die Kollegen und Freunde denken, die zur Wahrung dieser *Unauffälligkeit* ihr Leben gelassen hatten. »Nein«, brummte er. »Man müsste jährlich acht Millionen Menschen ermorden, um auf andere Weise an solche Mengen von Blut zu gelangen. Das wären mehr Tote, als der Dreißigjährige Krieg gefordert hat. Unmöglich, so etwas geheim zu halten.«

»Acht Millionen? Dreißigjähriger Krieg? Ist dir das gerade eben eingefallen?«

»Ich bin eben gut im Kopfrechnen.«

»Und das soll ich dir glauben?«

»Das stimmt wirklich. Ausgerechnet habe ich's aber schon vorher. Seit ich Zekarias getroffen habe, dreht mein Hirn ständig im roten Bereich. Was mich momentan am meisten beschäftigt, ist eine deiner Äußerungen. Es war, nachdem du mich aus dem Knast befreit und in deine Wohnung gebracht hattest. Du sagtest, uns drohe eine Katastrophe, wenn Ahiman den Prometheus-Komplex in die Finger bekäme.«

»Richtig. Nur weiß ich nicht, was der Domenfürst plant. Aber muss uns das beunruhigen?«

Pit straffte den Rücken. »Wie meinst du das?«

Sie stöhnte. »Ich weiß, Elias war dein Freund, und das klingt jetzt unheimlich zynisch, aber überleg doch mal: Als die Killerbienen ihn umbrachten, haben sie den Ast abgesägt, auf dem die Domen sitzen. Es könnte weitere sechzig Jahre dauern, bis sie einen zweiten Prometheus finden. Bis dahin dürften sie alle vergreist oder gestorben sein. Sie brauchen ja immer größere Mengen vom Trank der Hoffnung, um sich jung zu erhalten. Bald werden dafür selbst hundert Millionen Blutspenden im Jahr nicht mehr ausreichen.«

»Das mag alles stimmen«, sagte Pit bedächtig, »doch mir geht nicht aus dem Kopf, wie verändert Elias aussah. Ich glaube, ich kenne inzwischen den Grund. Wenn er die ältesten Gene der Domen in sich trägt, müsste er dann nicht auch einige ihrer Eigenschaften besitzen? Das ist ja selbst bei mir so.«

»Möglich wär's. Denkst du, er hat sich wie wir einfach aus dem Staub gemacht?«

»So sah es eigentlich nicht aus. Wir sollten ihn trotzdem nicht vorschnell abschreiben. Er könnte noch leben. Und …« Pit schluckte. Die Vorstellung war zu schrecklich, um sie auszusprechen.

»… und jetzt gerade von Ahiman verhört werden?«, führte Nasrin seinen Gedanken zu Ende.

Er nickte.

Sie drückte aufs Gaspedal, und die Tachonadel des Shelby hüpfte über die Zweihundertermarke.

44

Die metallicblaue Identität von Jo Brause kam mit tiefem Bullern auf der Via Monte San Zeno südöstlich des Dorfes Tirol zum Stehen. Nasrin schaltete zuerst die Lichter des Shelby aus, dann erst den Motor. Sie beugte sich über die Mittelkonsole, um mit Pit zusammen zu dem alten Festungsbau hinabzuspähen, der über dem Tal der Passer thronte. Ihr Kopf berührte sacht Pits Kinn. Beim letzten Zwischenhalt in Meisters Hotel Irma in Meran hatte sie ihre Spängchen herausgenommen und das Haar mit einem leichten Gummi zu einem Pferdeschwanz zusammengefasst. Pit atmete ihren würzig herben Duft ein. Er widerstand der Versuchung, sie zu küssen, und deutete stattdessen aus dem Fenster.

»Sieht für mich aus wie eine ganz normale Burg.«

Aus dem Internet hatten sie erfahren, dass die Zenoburg am Eingang des Passeiertales auf einem Felsenhügel stand, der schon den Römern gefallen hatte. Deshalb bauten sie dort oben auch gleich ein Kastell. Daraus ging die gegenwärtige Burganlage hervor, die vermutlich siebenhundertachtzig Jahre alt war. Die Herren von *Zenoberg* – so ihr ursprünglicher Name – verkauften 1799 das mittlerweile verfallene Anwesen. Seitdem befand es sich in Privatbesitz. Daher gab es beklagenswert wenige Informationen über die Alpenfestung. Alle öffentlich zugänglichen Satellitenbilder waren entweder unscharf oder verpixelt.

»Ich wette, die Burg ist innen moderner eingerichtet, als sie von außen aussieht«, antwortete Nasrin.

Pit ließ die Seitenscheibe zwei Fingerbreit herab. »Sehen wir einfach nach. Aber vorher gehen wir noch mal den Plan durch.«

Sie stöhnte. »Den haben wir doch bis zum Erbrechen erörtert! Keine Minute Ruhe hast du mir nach unserem Einzug in die Luxussuite gegönnt.« Sie spielte auf ihr achtzig Quadratmeter großes Nobelquartier an, das sie unter falschem Namen gemietet hatten – alle preisgünstigeren Unterkünfte waren ausgebucht. Der Hotelcomputer führte sie als das ägyptische Ehepaar Saa El Sayed und Ebonee Yanara Fathallah. Pit hatte sich beim Check-in das Aussehen von Elias Meerbaum gegeben.

Er drückte ihre Hand. »Mach keine Dummheiten, hörst du?«

Nasrin lachte. »Das musst gerade *du* sagen.« Im nächsten Augenblick hatte sie sich in eine Sandwolke aufgelöst.

Pit folgte ihrem Beispiel, und gemeinsam schwebten sie durch den Fensterspalt in die Dämmerung hinaus. Es war kurz nach acht Uhr abends. Sie hatten mit Bedacht die Minuten des erlöschenden Zwielichts gewählt, um die Burg, bevor sie eindrangen, noch von außen erkunden zu können. Sollten sie später fliehen müssen, würde die Dunkelheit sie schützen.

Die Sandwolken von Pit und Nasrin trieben nebeneinander her wie ein Paar, das sich bei den Händen hält. Sie sanken an Büschen und Bäumen vorüber fast bis zum Fluss am Fuß des Zenoberges hinab. In dem dunklen Tal wehten sie bis unter die Burg und stiegen langsam wieder auf. Über schroffe Felsen und durch Gestrüpp hindurch gelangten sie so zwischen zwei Flankierungstürme, die aus der Burgmauer hervorsprangen. Vorbei an Fenstern, schmal wie Schießscharten, schwebten sie weiter nach oben und wechselten schließlich in die Vogelperspektive.

Die lang gestreckte, trutzige Burganlage war innen mit einer verspiegelten Glaskonstruktion vollständig überdacht. Linker Hand endete sie an einem quadratischen Turm, der früher eine zweistöckige Kapelle beherbergt hatte.

Pit und Nasrin umrundeten die Festung einmal. Die wenigen schmalen Fenster waren alle verspiegelt. So ließ sich von außen unmöglich abschätzen, wo sich lohnenswerte Ziele wie Computer oder ein Archivraum befanden. Dringen wir unten ein und arbeiten uns nach oben durch, sagte Pit in Gedanken, so als könnte Nasrin ihn hören – was leider nicht der Fall war.

Er machte den Anfang, Nasrin folgte ihm. Auf den ersten Zentimetern glitten sie ganz leicht durch das graubraune Mauerwerk, dann aber stießen sie auf ein undurchdringliches Hindernis. Pit wusste sofort, woraus die Barriere bestand: aus Blei! In Luxemburg hatte ihm Nasrin erklärt, er solle nie versuchen, Metalle zu durchdringen. Selbst die mächtigsten Domen würden an Bleiwänden scheitern.

Er versuchte es einige Meter weiter oben erneut. Mit dem gleichen Ergebnis. So ging es schrittweise bis zum Dach hinauf. Pit verließ allmählich der Mut. Offenbar waren die Wände der gesamten Alpenfestung mit Blei ausgeschlagen. Und sogar in die Fenster hatte man Bleiglas eingesetzt, das sich für ihn und Nasrin als ebenso undurchdringlich erwies.

Sollten sie aufgeben? Pit wollte sich diese Frage nicht stellen. Er wollte Ahimans Verschwörung aufdecken. Das war er den Toten schuldig: Zekarias, Kahina, Kim, Ferdi Brahms, den Gefängniswärtern, Steffen und ... Elias? Wütend glitt er unterhalb der Burg in einen Erdspalt hinein, und als dieser endete, durchdrang er den massiven Fels.

Unversehens stieß er auf Beton. Damit hatte er nun wirklich nicht gerechnet. Hieß das ...? Mehrere hektische Probebohrungen weiter unten bestätigten seine Annahme: Jemand hatte den Hügel, auf dem die Zenoburg stand, ausgehöhlt und mit einem Betonkern ausgekleidet. Die Festung war nur die Spitze eines Eisberges, dessen wahre Dimension sich dem Auge des Betrachters entzog.

Und alle diese Untergeschosse hatten die Erbauer der Anlage ebenfalls mit Blei gegen Domenspione abgeschottet.

Pit stieg wieder nach oben, durchdrang den Felsmantel und gelangte so zurück ins Freie. Inzwischen hatte die Nacht das Terrain erobert. Nasrin sickerte hinter ihm aus dem Granit. Er spürte eine seltsame Leichtigkeit, so als wäre er beschwipst. War dieses Gefühl ein Vorbote der unumkehrbaren Verflüchtigung, vor der

Nasrin ihn gewarnt hatte? Sollten sie sich zunächst verkörpern und beraten …?

Plötzlich sah Pit etwas. Es war noch schwärzer als der Hang. Unter einer Felsnase ragte ein armdickes Rohr hervor. Es bestand ebenfalls aus Blei. Aus einem Seminar über Medizingeschichte wusste er, dass schon die alten Römer Bleirohre verwendet und zugleich vor ihrer gesundheitsschädlichen Wirkung gewarnt hatten. Erst in den Siebzigern des zwanzigsten Jahrhunderts verbannte man Blei flächendeckend aus der Trinkwasserversorgung. Offenbar hatte er ein Abwasserrohr entdeckt, das möglicherweise jahrhundertealt war. Er beschloss, die merkwürdige Benommenheit zu ignorieren und einen letzten Versuch zu wagen.

Vorsichtig glitt er in das dunkle Loch hinein. Nasrin folgte ihm. Sicher wäre sie zurückgeblieben, wenn wir die Zeit schon überschritten hätten, dachte er. Über Sand, Laub, Spinnenweben und Mäusekot hinweg drangen sie immer tiefer in die Finsternis ein. Nach einigen Metern nahmen die Verschmutzungen ab. Die Enge blieb. Eigentlich hätte sie ihm Beklemmung verursachen müssen, doch er fühlte sich so unbekümmert wie eine Wolke Lachgas.

Zügig folgte er dem leichten Gefälle des Bleirohrs immer weiter hinauf, tastete sich an den Wänden entlang um Biegungen herum, stieg an einer Stelle senkrecht nach oben und stieß, nach einer gefühlten Unendlichkeit, gegen ein Hindernis. *Blei!*, blitzte es in seinem Kopf auf.

Doch es war nur Mörtel oder Putz. Jemand hatte den Zugang zum Rohr einfach zugeschmiert. Pit durchdrang die Schicht und gelangte in einen stockfinsteren Raum. Kaum war Nasrin hinter ihm herausgekommen, verkörperte sie sich.

»Bist du von allen guten Geistern verlassen?«, zischte sie wütend.

Er nahm ebenfalls seine menschliche Gestalt an. Die Leichtigkeit, die er eben noch gefühlt hatte, wich einer bleiernen Schwere. »Wieso? Wir sind doch in der Zenoburg«, antwortete er lahm.

»Noch etwas länger, und du hättest dich von deinem knackigen Po verabschieden können.«

»Findest du?«

»Darauf kannst du Gift nehmen. Ich kenne mich aus.«

»Mit knackigen Hinterteilen?«

»Quatsch. Ich rede von der Körperlosigkeit. Hast du eine Ahnung, wo wir hier sind? Unsere Stimmen hallen so komisch.«

Pit leckte sich über die Lippen. Er hätte eine Maß Bier in sich hineinschütten können, solchen Durst verspürte er. »Dürfte ein Gewölbekeller sein. Wahrscheinlich im alten Teil der Burg. Hast du einen Vorschlag, wo wir mit der Suche beginnen sollen?«

»Ja, in der Kleiderkammer.«

»Das sind ja ganz neue Töne. Ich dachte, Nacktheit gehört zu deinem Berufsbild.«

»Ich scheuer dir gleich eine.«

»Entschuldige. War nicht so gemeint.« Da Pit die Lyse mittlerweile sicher beherrschte, hatte er sich eine klitzekleine Freiheit herausgenommen: Er trug noch seinen Slip. Aufgrund der bescheidenen Sichtverhältnisse wusste Nasrin nichts davon, und er hielt den Zeitpunkt für unpassend, sie jetzt damit zu behelligen. »Ob die hier nur eine Verwaltung haben oder auch die Viren für die Typ-V-Behälter zusammenbauen?«

»Wieso?«

»Weil sie dann vermutlich in Unterdruckräumen arbeiten und spezielle Schutzanzüge tragen. Es müsste also einen Raum geben, in dem wir etwas zum Anziehen finden.«

»Bestimmt sind in den vielen Untergeschossen, die wir entdeckt haben, nicht nur Büroklammern gelagert.«

»Können wir uns schon wieder entkörpern?«

»Ja. Sobald du in deine natürliche Gestalt zurückgekehrt bist, stellt sich die Uhr auf null. Du kannst sofort mit der nächsten Lyse beginnen. Ich schlage vor, wir verwandeln uns in Gas. Unsichtbar werden wir dadurch trotzdem nicht, und wir müssen sehr aufpassen, dass wir uns nicht verflüchtigen, aber unauffälliger sind wir so allemal.«

Pit nickte. »Auf geht's! Suchen wir dir was Nettes zum Anziehen.«

Das Hauptquartier von Zeno entpuppte sich als eine Mischung aus Hightech und Mittelalter. Einige der im Zenoberg verborgenen Untergeschosse gehörten eindeutig in die Kategorie Science-Fiction. Das erste Stockwerk war mit einer Bleibarriere nach oben hin abgesichert. Pit und Nasrin umgingen das Hindernis über einen Fahrstuhlschacht.

Auf Etage minus eins lagerten – er glaubte es kaum – Büroklammern. Natürlich nicht ausschließlich. Die ganze Palette von Büromaterial, die ein umfangreicher Verwaltungsapparat brauchte, stapelte sich in Stahlregalen an den Betonwänden des Raumes. Dankenswerterweise arbeiteten die Deckenlampen mit einer permanenten Notbeleuchtung. So konnten sich die beiden Eindringlinge orientieren, ohne sich erst zu verkörpern, das Licht einzuschalten und sich dann erneut zu verdünnisieren. Pit führte Nasrin über einen kahlen Gang in weitere Kammern. Hier fanden sie Ersatzteile für Blutfraktionierer und andere medizintechnische Geräte. Aber nichts zum Anziehen.

Also durchdrangen sie den erfreulich bleifreien Boden und gelangten ins nächste Untergeschoss. Dort waren Büros untergebracht. Auf den ersten Blick deutete nichts auf kriminelle Machenschaften hin. Sogar an die üblichen Arbeitszeitregelungen schien sich Zeno zu halten: Sämtliche Räume waren menschenleer. Bis auf einen Wollschal fand sich auch hier kein Kleidungsstück. Pit zweifelte, ob Nasrin sich damit zufriedengäbe.

Die nächsttiefere Etage beherbergte einen Kontrollraum, der fast das ganze Geschoss einnahm und dadurch dessen sechseckigen Grundriss erkennen ließ. Der Saal war dem Sicherheitszentrum der Berliner Verkehrsbetriebe gar nicht so unähnlich. Mindestens zwei Dutzend Riesen saßen darin. Vermutlich Domen, dachte Pit.

Eine aus acht mal acht Monitorelementen zusammengesetzte Bildschirmwand zeigte eine Weltkarte. Darauf waren unzählige grüne und einige wenige gelb blinkende Punkte zu sehen, die meisten in Industrieländern. Pit erinnerte sich unwillkürlich an eine Äußerung seines Ruderkameraden Steffen: *Es sieht fast so aus, als hätte diese Filterkartusche öfter mal nach Hause telefoniert –*

wo immer das ist. Hier also laufen sämtliche Fäden zusammen, dachte Pit und drang abermals in den Boden ein.

In einem Rechenzentrum kam er mit Nasrin wieder heraus. Offenkundig stieg die Sicherheitsstufe, je tiefer sie in die unterirdische Anlage vordrangen. Beim Anblick der unzähligen Festplatteneinschübe hätte Pit am liebsten laut »Bingo!« gerufen. In den Daten herumzuschnüffeln würde sich bestimmt lohnen.

Er waberte unter der Decke entlang, immer sorgsam darauf bedacht, in keinen Rauchmelder zu geraten. Hinter einem hohen Regal mit summenden Rechnern entdeckte er eine Reihe mit Schreibtischen. An zwei Monitoren lümmelten ein weißer und ein schwarzer Riese. Ersterer mit sechs Fingern an jeder Hand und Letzterer mit einem Pornoheft vor der Nase. Weniger gut, beschied Pit und verdünnisierte sich.

Stockwerk minus fünf war ein Tiefenarchiv. Hier reihten sich bis unter die Decke hohe Holzregale aneinander. Bücher lagerten darin, zwischen Aktendeckeln eingeschnürte Papierstapel, in schwarzes Leinen eingeschlagene Kisten, große Mappen und etliche vergilbte Ordner. Außerdem gab es einen Automaten zur Digitalisierung solch alter Schriften. Ein Computer – ein iMac mit riesigem Bildschirm – stand gleich daneben. Wunderbar!, dachte Pit. Hier fangen wir an.

Und dann kam der Labortrakt. Im Gegensatz zum warmen Holz, Leder und Papier des Archivs wirkte darin alles kühl und steril. Die bernsteinfarbene Notbeleuchtung milderte diesen ersten Eindruck nur unwesentlich ab. Der sechseckige Grundriss der Etage war in sechs Segmente unterteilt: ein umlaufender Gang, sechs kleinere Räume und ein rundes Hochsicherheitslabor im Kern. Letzteres konnte Pit nur durch ein rechteckiges Fenster sehen, weil die Wände mit Blei verkleidet waren.

Bei der weiteren Erkundung entdeckte er eine Bürotür mit einem Namensschild, das ihm einen Schreck einjagte.

Zekarias Kidane

Nasrin hatte über ihren Bruder erzählt, er sei für die Reihentests verantwortlich gewesen, die der Suche nach dem Prometheus-Komplex dienten. Wenn er unter der Zenoburg sogar ein eigenes Büro besessen hatte, musste das Labor dabei eine Schlüsselrolle gespielt haben. Nein, hier fangen wir an, änderte Pit abermals seine Meinung und durchdrang die Wand zum Nachbarraum.

Endlich hatten sie die Garderobe gefunden! Auch darin gab Zeno sich den Anschein eines vorbildlichen Arbeitgebers: Die Umkleide war, ganz im Sinne des Arbeitsrechts, frei von Videokameras. Das Angebot an Kleidung war allerdings enttäuschend. Nicht einmal ein Kittel fand sich in den grauen Stahlschränken, nur die in Biotechlaboren übliche gelbe Schutzkleidung. Die Dinger sahen so bequem aus wie Raumanzüge. Wenigstens dürften die Kapuzen mit den Atemmasken als Verkleidung nützlich sein, dachte Pit und verkörperte sich.

»Augen geradeaus!«, zischte Nasrin hinter ihm, als er sich nach ihr umsah. Ihre Warnung konnte nicht mehr verhindern, dass er trotzdem einen Blick auf ihren vollkommenen Körper erhaschte.

»Hast du dir die Schamhaare eigentlich dauerhaft entfernen lassen?«, fragte er zur Rettung der Situation.

Sie warf ihm einen Schutzanzug an den Kopf. »Verräter!«

»Ich habe den Slip nur anbehalten, um die Codeliste deines Bruders nicht zu verlieren«, beteuerte Pit, während er in den gelben Overall kletterte.

»Lügner!«

»Na gut«, stöhnte er. »Ich hab's auch getan, weil *ich* bisher immer der Verklemmte von uns beiden war. Du bist diejenige gewesen, die ihr Evakostüm für ein göttliches Outfit hielt, dessen du dich nicht schämen musstest. Was ist passiert?«

Einen Moment lang hörte er nur das Rascheln ihrer beschichteten Kunststoffkleidung. Als sie schließlich antwortete, war der Zorn aus ihrer Stimme gewichen. »Am Anfang fand ich dich nur süß. Deine Verlegenheit beim Anblick meiner Brüste war irgendwie … niedlich. Es war ein Spiel für mich.« Nasrin trat um ihn herum und legte eine Hand an seine Wange. »Jetzt ist es kein Spiel mehr. Ich möchte dich mit meinem … inneren Wesen gewinnen und nicht, indem ich dir den Kopf verdrehe.«

Er lächelte schief. »Das hast du schon längst getan. Und ich will gar nicht, dass du ihn mir wieder zurechtrückst.«

Nasrin zog sein Gesicht zu sich heran und küsste ihn auf den Mund. Es war kein ungestümer Kuss wie bei ihrer Schwester, sondern ein sanftes Zeichen tiefer Vertrautheit, das Pit bisher nur von Maja gekannt hatte.

Leider endete der wunderbare Moment viel zu früh. Nasrin löste sich von ihm. Und da war es wieder, dieses scheue, mädchenhafte Lächeln, das er so sehr an ihr mochte! Sie deutete zur Tür. »Über uns können wir später reden. Jetzt brauche ich etwas zu trinken, und dann lass uns das Rätsel der Domen lösen.«

45

Die beiden Gestalten, die in ihren unförmigen gelben Kapuzenanzügen mit roten Gummihandschuhen in das Büro des Leiters der Prometheus-Suche stürmten, interessierten sich nur für eines: Wasser. Pit leckte sich die Lippen. Am liebsten hätte er den vollen Plastikbehälter aus der Halterung gerissen und in einem Zug ausgetrunken.

»Denke nicht mal daran!«, warnte ihn Nasrin. Ihre Stimme klang dumpf durch den Filter des Atemschutzes.

Er machte die überzeugendste Unschuldsmiene, zu der er fähig war. »Ich weiß gar nicht, wovon du sprichst.«

Kommentarlos reichte sie ihm einen erschreckend kleinen, kegelförmigen Pappbecher. »Du kannst deine Haube abnehmen. Manager vom Kaliber meines Bruders dulden keine Kameras in ihren Büros.«

Nachdem beide ihren Durst gelöscht hatten, erklärten sich ihre Gehirnzellen bereit, über andere Themen nachzudenken. Dazu gehörte auch die Frage, warum sämtliche Regale leer waren und ihr Inhalt auf dem Boden verstreut lag.

»War dein Bruder schon immer so unordentlich?«, fragte Pit.

»Im Gegenteil. Du hast ja seine Dokumente gesehen, wie akribisch er alles nachgeforscht und aufgeschrieben hat. Das hier waren andere. Vielleicht die Killerbienen.«

»Fragt sich, ob ihre Suche erfolgreich war.«

»Lass uns trotzdem mal nachsehen, ob Zekarias uns nicht irgendeine Nachricht hinterlassen hat«, schlug Nasrin vor und trat an den Schreibtisch. Sie öffnete alle Schubfächer. Abgesehen von einigen Büromaterialien waren sie samt und sonders leer.

Pits Blick fiel auf einen Notizblock neben dem Telefon. Er strich mit den Fingerspitzen darüber. Das Papier fühlte sich uneben an. Er schaltete die Schreibtischlampe an, beugte sich zum Block hinab und betrachtete die schimmernde weiße Fläche. »Ich kann's nicht glauben«, murmelte er.

Nasrin hielt sofort inne. »Was entdeckt?«

Er zog einen Bleistift aus einer Röhre mit verschiedenen Schreibwerkzeugen. »Bisher habe ich so etwas immer nur im Film gesehen. Endlich kann ich's mal selbst ausprobieren.« Pit strich mit der flachen Seite der Mine sacht über das Papier hinweg: hin und her, auf und ab. Das Blatt nahm die Farbe des Grafits an. Nur dort, wo eine Kugelschreibermine es eingedrückt hatte, blieben weiße Linien zurück. Pit spürte ein Kribbeln im Nacken. »Ist das die Nachricht, von der du gesprochen hast?«

Auf dem Zettel standen drei Worte.

Prometheus
Meerbaum
Erlöser?

Nasrin deutete auf einen leeren Kabelauslass auf der Tischplatte. »Da dürfte sein Monitor gestanden haben. Ich stelle mir das so vor: Für die Suche nach dem Prometheus-Komplex bekommt Zekarias elektronische Berichte, die er hier am Bildschirm gecheckt hat. Dabei springt ihn förmlich ein Treffer an. Das große Los. Der eine aus einer Milliarde …«

»Elias Meerbaum«, murmelte Pit.

Sie nickte. »Er notiert beides auf dem Notizzettel. Und dann gerät er ins Grübeln und schreibt das dritte Wort hin.«

»*Erlöser?* Was meint er damit? Ist das ein anderes Wort für den Prometheus-Komplex?«

»Hätte er es dann mit Fragezeichen geschrieben?«

»Du hast recht. Vielleicht hat Zekarias sich gefragt, ob Elias etwas über den Erlöser weiß – was immer damit gemeint ist.«

»Schade, dass hier kein Computer mehr steht.«

Pit lächelte diebisch. »Aber der nächste ist nicht weit. Nur ein paar Meter, wenn wir direkt durch die Decke gehen.«

»Du meinst den im Archiv? Ich nähme lieber den Lift.«

Mit einem freundlichen *Pling!* öffneten sich die Türen des Aufzugs im Stockwerk minus fünf.

Pit stöhnte unter seiner Schutzhaube. »Fahrstühle! Wie ich ihre aufgesetzte Fröhlichkeit hasse!«

Nasrin musterte ihn besorgt. »Kann es sein, dass deine Nerven flattern?«

Er schnaubte. »Deine etwa nicht?«

»Es geht so. Und du bist sicher, dass es hier keine Überwachungskameras gibt?«

»Mir sind vorhin keine aufgefallen. Seltsamerweise. Wir sollten uns trotzdem beeilen. Da drüben steht der Computer.«

Sie verließen den Lift und gingen zwischen zwei Regalreihen hindurch, die etwas weiter auseinanderstanden. An der Wand befand sich ein breiter Lesetisch samt Monitor, Tastatur, Leselampe und zwei Stühlen. Pit setzte sich hinter den Bildschirm, entledigte sich seiner roten Handschuhe sowie der Atemmaske und öffnete den Schutzanzug.

»Warum ziehst du dich aus?«, fragte Nasrin skeptisch.

»Ich muss an meine Unterhose ran«, antwortete er.

»Was immer du vorhast, kann das nicht warten?«

»Nein. Die Codes von deinem Bruder stecken im Hosenbund.« Er griff in den Overall, holte die Kopie der Passwortliste heraus, legte sie neben die Tastatur und lächelte diebisch. »Wollen doch mal sehen, ob das schlichte Z nicht unser Schlüssel zu den Rätseln von Zeno ist. Die erste Kombination ist einfach zu deuten.« Er wies auf die Zeile.

Z ZEKARIAS N@SR1N

»Das ist mein Name«, wunderte sich Nasrin.

»Nein, das ist ein Passwort, das auf deinem Namen *aufbaut*, damit es sich dein Bruder besser merken konnte. Er hat seine kleine Schwester offenkundig sehr geliebt.«

Dazu schwieg Nasrin. Was sie empfand, verriet der traurige Ausdruck, der ihr hübsches Gesicht verdüsterte.

Pit schaltete den Monitor ein. Ein geschwungenes großes Z in einem blutroten Kreis erschien. Als er die Enter-Taste drückte, poppte über dem Zeno-Logo eine Zugangsabfrage auf. Beim Benutzernamen tippte er *zekarias* ein und im Passwortfeld *n@srın.* »Bingo!«, freute er sich, als der Bildschirm ein Auswahlmenü anzeigte.

Er wählte die Rubrik *Archiv* aus, und das Programm verlangte eine *Signatur.* Pit gab die Zeichenfolge ein, die unter Zekarias' Log-in stand. Abermals öffnete sich ein kleines Fenster.

> *Streng geheim!*
>
> *Der Inhalt dieser Akte unterliegt der höchsten Geheimhaltungsstufe. Jeder Zugriff wird protokolliert. Wenn Sie die Signatur versehentlich eingegeben haben, drücken Sie auf* ABBRECHEN. *Ansonsten geben Sie das Passwort ein und wählen* ENTER.

»Sollen wir wirklich?«, fragte Pit. Unwillkürlich flüsterte er. »Wenn unser Zugriff dem schwarz-weißen Duo im Rechenzentrum gemeldet wird, bleibt uns nicht viel Zeit.«

»Sieh doch erst mal unter den anderen Signaturen nach. Vielleicht sind einige ja weniger geheim.«

Pit gab die nächste Kombination ein – und tatsächlich! Er tippte auf die Bildschirmanzeige. »Das ist eine noch nicht digitalisierte Fundstelle, ein Buch oder eine Akte. Die müssten wir hier im Archiv finden. Warte ...«

Er stand auf und eilte zum Ende der Regale zurück, wo er zuvor eine Art Wegweiser gesehen hatte: Schilder mit den Buchstaben-Zahlen-Codes der Ablagestellen. Er suchte sich bis zur richtigen Regalreihe durch, von dort zum Fach, und dann hielt er die Kladde in Händen. Früher hatten die Geschäftsbücher von Kaufleuten so ausgesehen. Als Pit den Titel las, überlief ihn eine Gänsehaut.

Er kehrte mit dem Buch zum Lesetisch zurück und legte es demonstrativ vor Nasrin hin. Als sie die Beschriftung auf dem Etikett bemerkte, entstanden tiefe Verwerfungen auf ihrer sonst so makellosen Stirn.

Ἄϊδος κυνέην

»Kannst du das lesen?«, fragte sie.

Er nickte ernst. »Da steht *Aidos kyneen.* Das ist Griechisch. Wörtlich übersetzt bedeutet es *Hundekappe des Hades.* Sagt dir der Name Hades etwas?«

Sie schüttelte den Kopf.

Pit schlug die Kladde auf und blätterte darin. »Hades war bei den Griechen der Gott der Unterwelt. Er soll eine Kappe aus Hundefell getragen haben, die ihn unsichtbar machte. Ziemlich passend für eine Gensequenz, die sich im Körper von Millionen Menschen versteckt, findest du nicht?«

Nasrins Augen weiteten sich. Ihr Blick wanderte von Pits Gesicht zu dem aufgeschlagenen Buch. »Du meinst, darin steht, was sich hinter dem tausendstel Prozent verbirgt, das dem Spenderblut hinzugefügt wird? Die Formel für das Virus?«

Er schüttelte den Kopf, während seine Finger weiterhin Seiten umblätterten und seine Augen die handschriftlichen Aufzeichnungen überflogen. »Es scheint eher so eine Art Konzept zu sein … Sieh an! Zum Schluss hat der große Impresario ein Resümee gezogen. Da steht:

> *Zusammenfassend ist festzustellen, dass die Domen trotz machtvoller Geistesgaben zu wenige sind, um das Volk der Zwerge im Handstreich zu unterwerfen. Wir können uns nur zu ihren Herren aufschwingen, wenn wir sie von innen heraus bekämpfen – mit Aidos kyneen. Die Hadeskappe soll die vierte große Aufgabe der Domen sein. Darüber dürfen wir unsere dreifache Suche nicht vernachlässigen: nach dem*

Mittel gegen unseren fortschreitenden Verfall, nach dem Träger des Lebensfeuers und nach dem Erlöser. Mit aller Weisheit unseres uralten Geschlechtes müssen wir in den kommenden Jahren aus Aidos kyneen die mächtigste Waffe schmieden, die es je auf Erden gab. Dieser Vollstrecker wird sich im Erbgut der Zwerge verbergen und dort geduldig warten. Er wird sich von Generation zu Generation weiter vermehren. Bis wir den Erlöser gefunden haben, der uns aus Abyssos befreit, dem Abgrund unserer schmählichen Gefangenschaft. Dann reißt Hades seine Kappe ab, und die Menschheit blickt ins Angesicht der Unterwelt.

Der Erhabene Ahiman Enak XII
29. Oktober 1921

Womit dann auch geklärt sein dürfte, dass *Erhabener Ahiman* ein Titel ist. Falls es derselbe Domenfürst ist, der mir die Ehre seines Besuchs erwiesen hat, lautet sein Eigenname Enak«, schloss Pit seinen Monolog.

»Ich glaube, etwas Gruseligeres habe ich noch nie gehört«, bemerkte Nasrin. Sie war ganz blass geworden.

»Geht mir genauso.« Er hob die Kladde vom Tisch auf und tippte auf Enaks programmatische Schlussworte. »Da steht zwar nichts von Völkermord, aber wenn er die Übermacht der Zwerge brechen will, bleibt ihm wohl kaum etwas anderes …«

Aus dem Buch klapperte ein silberner Schlüssel auf den Tisch.

Nasrin griff danach und musterte ihn überrascht. »Das ist ein USB-Stick.«

»Den gleichen hat mir Zekarias im U-Bahnhof zugesteckt. Garantiert hat er den da zwischen den Seiten verborgen. Allmählich wird mir seine Voraussicht unheimlich.«

»Tja, er war eben auch ein Seher, so wie mein Pit. Du mit deiner westlichen Erziehung würdest ihn wohl eher einen vorausschauenden Menschen nennen.«

»Jedenfalls scheint er genau gewusst zu haben, dass wir nicht sofort die geheime Archivsignatur öffnen, sondern erst einmal nach weniger gefährlichen Informationen suchen. Dir ist doch klar, was er uns mit dem Schlüssel sagen will.«

Sie lächelte. »Rip dir eine Kopie, Schwesterherz!«

»Warte kurz! Die Domen müssen ja nicht erfahren, wie viel wir wissen.« Pit stellte die Kladde wieder an ihren Platz. Als er zum Lesetisch zurückkehrte, saß Nasrin bereits am Monitor.

»Soll ich das Passwort abschicken?«, fragte sie.

»Einen Moment noch.« Pit steckte den Stick in den USB-Anschluss am Gehäuse. »Jetzt!«

Sie drückte die Enter-Taste.

Kaum eine Sekunde später erschien eine elektronische Akte mit dem ominösen Titel *Maßnahmen zur Umprogrammierung des genetischen Codes von Blutkühen.* Pit zeigte auf ein Diskettensymbol. »Klick da drauf! Damit kannst du vermutlich den kompletten Ordner auf dem Stick speichern.«

Während Nasrin sich um das Rippen – das Kopieren auf den USB-Stick – kümmerte, überflog Pit anhand der Dateinamen den Inhalt der Akte. Als der Speichervorgang anlief, deutete er auf bestimmte Dateien, die Nasrin jeweils mit einem Doppelklick der Maus öffnete. Offenbar bildeten die einzelnen Dokumente eine umfassende Chronologie der Genmanipulation durch Zeno. Die *Blutkühe* waren nichts anderes als Blutspender. Im Zeno-Jargon wurden sie *gemolken.* Doch das war erst der Anfang der menschenverachtenden Dokumentation. Was sich im Archiv des Roten Kreises nur angedeutet hatte, bestätigten die Protokolle von Zeno auf unfassbare Weise:

Die Domen waren in der Genforschung und Gentechnik dem Rest der Wissenschaft um mindestens fünfzig Jahre voraus. Bereits in den Fünfzigerjahren des zwanzigsten Jahrhunderts hatten sie einen genetischen Schalter entwickelt, einen *Kill Switch.* Und schon zu dieser Zeit bauten sie die Hadeskappe – einen synthetisch hergestellten DNA-Abschnitt – in die Zellen des Spenderbluts ein. Im Lauf der Jahre verfeinerten sie ihre Methoden. Als modernstes *Operationsbesteck* für den biochemischen Eingriff diente ihnen ein verändertes Schweinegrippevirus …

Nasrin klickte eine Bestätigungsmeldung weg. »Fertig. Alle

Dateien sind kopiert«, unterbrach sie Pits Lesefluss. »Haben wir noch Zeit für eine weitere Signatur?«

»Versuch's! Eine zweite Chance kriegen wir nicht. Sollten wir getrennt werden, schlägt sich jeder allein zu dem alten Abflussrohr durch.«

Sie öffnete einen Bericht. Er stammte vom Zeno-Sicherheitschef, einem Domen namens Keith O'Brien, und war erst vor zwei Wochen an den *Ehrwürdigen Ahiman* geschickt worden. Ein Foto des glatzköpfigen Commanders rechts oben über dem Text legte die Vermutung nahe, dass der Domenfürst ihn sich mit der Kettensäge aus einem Holzpflock geschnitzt hatte. Ohne jede schottische Sparsamkeit lobhudelte er seinen eigenen Erfolgen im Kampf um das weltweite Monopol im Sammeln von Blutspenden. Blutspendedienste, die noch nicht unter ihrer Kontrolle standen, und Befürworter fremdblutfreier Therapien bezeichnete das Dokument als *Störfaktoren.* Sie würden rücksichtslos bekämpft, versprach O'Brien. Selbst vor Mord schreckten der Sicherheitschef und seine Truppe nicht zurück. Das bewies der Querverweis auf eine *Schwarze Liste.*

Pit deutete auf den Link.

Nasrin speicherte zunächst den Bericht und klickte danach den Verweis an.

Hierauf gefror beiden das Blut in den Adern.

Über der schwarzen Liste stand der Titel *Sofort zu beseitigende erhebliche Störfaktoren* und das Datum 11. September. An diesem Tag war Pit mit Nasrins Hilfe aus der Untersuchungshaft geflohen. Den Rest des Blattes füllten Namen von Männern und Frauen. Die meisten waren durchgestrichen. Ergänzungen in Klammern deuteten auf die Art der *Beseitigung* hin. Gewöhnlich bedienten sich die Killer unauffälliger Methoden wie des *bösen Blicks* oder unverdächtige Blutmanipulationen. Zwei Namen am Ende der Liste waren noch nicht getilgt:

Prof. Dr. Karim Hamdi (AML)
Dr. Pit Zuckmayer (egal – Blutprobe entnehmen!)

»Dein Eintrag ist dick umrandet«, stellte Nasrin fest. Es klang so, als wolle sie nur irgendetwas sagen, um die bedrückende Stille zu beenden.

»Sieht für mich aus wie der Rahmen um eine Todesanzeige«, knurrte Pit. »Anscheinend bin ich ihnen besonders wichtig. Es ist ihnen sogar egal, wie sie mich umbringen. Hauptsache, sie kriegen mein Blut.«

»Hat das nicht Zafirah im Institut von Steffen Ohrlos gesagt?«

Er nickte beklommen. *Mir reicht es, dein Blut zu bekommen.*

»Und was bedeutet AML?« Nasrin deutete auf den Eintrag über Pits Namen.

»Könnte für Akute Myeloische Leukämie stehen, eine Form des Blutkrebses, die extrem aggressiv verlaufen kann. Die meisten Patienten weisen Erbgutveränderungen auf.«

»Das würde bedeuten, die Domen haben in den Genen dieses Professors herumgepfuscht. Wenn sein Name nicht durchgestrichen ist, dann haben sie ihn noch nicht ausgeknipst.«

»Du meinst, der genetische Schalter, der die Krankheit blockt, steht noch auf Aus? Möglich wär's. Könnte man diesen Doktor Hamdi nur warnen …« Pit sprach den Satz nicht zu Ende, weil sein sechster Sinn gerade Alarm geschlagen hatte. »Sie kommen. Nichts wie weg hier!«, flüsterte er, schnappte sich die Passwortliste und riss den USB-Stick aus dem Computer.

46

Die gelben Schutzanzüge sanken wie entfruchtete Bananenschalen zu Boden, und zwei dunkle Gaswolken stiegen daraus hervor. Während Pit sich der Decke näherte, bemerkte er durch Lücken in den Regalen hindurch vier Riesen in schwarzen Kampfanzügen. Mit ihren Helmen und Schutzmasken sahen sie eher aus wie Mitglieder eines Spezialeinsatzkommandos und nicht wie gewöhnliche Wächter. Sie schlichen auf den Lesetisch zu und blickten sich ständig nach allen Seiten um. Ihre Bewaffnung bestand aus Maschinenpistolen und japanischen Langschwertern. Letztere – die *Katanas* – hätten in einer modernen Kampftruppe nichts zu suchen gehabt. Von Zafirah und ihren Killerbienen dagegen kannte Pit bereits den Hang der Domen zu Klassikern der Waffenschmiedekunst.

Plötzlich schrillte ein Piepton durch das Archiv.

Pit hatte versehentlich den Rauchmelder gestreift.

»Dort!«, brüllte einer der Sicherheitsleute und deutete nach oben.

Das Bild des dunkelhäutigen Hünen verschwand, als Pit in die Decke eintauchte.

Im Eiltempo durchdrangen die zwei den Beton. Wenige Sekunden später dampften sie im Rechenzentrum wieder aus dem Boden. Wie üblich musste Pit einen Moment lang gegen die Störung des Zeit- und Raumempfindens ankämpfen. Sein erster Eindruck von der neuen Umgebung war ein Geräusch. Ein an- und abschwellender Alarm gellte durch den Raum. Der Lärm verstärkte das Gefühl der Desorientierung. Pit spürte noch, dass Nasrin neben ihm war.

Dann fiel auf beide jäh etwas Dunkles herab.

Es war eine Decke ähnlich dem undurchdringlichen Mikrofasertuch, mit dem Zafirah ihn fast in seiner Wohnung gefangen hätte. Pit versuchte einfach hindurchzudampfen, doch das bleigraue Gewebe hielt ihn zurück. Der Boden vibrierte unter schweren Schritten. Bestimmt waren sie schon umzingelt von Männern in Kampfanzügen. Und das Schlimmste: Aus dem Archiv drängten die Verfolger nach.

Pit packte der Zorn, weil er so naiv gewesen war, Nasrin und sich in diese Situation zu bringen. Wir können uns jederzeit gestaltlos verdünnisieren, um uns dem Zugriff der Domen zu entziehen, hatte er gedacht. Von wegen!

Wütend verwandelte er sich in eine Sandwolke und stemmte sich gegen die Fangdecke an. Sein Geist mobilisierte Kräfte, die schon einmal ein ganzes Auto in die Luft geschleudert hatten. Wie von einer Kanonenkugel getroffen, flog das bleierne Fangtuch nach oben und blieb in den Deckenplatten hängen.

Pit und Nasrin waren wieder frei. Er riss sie mit sich. Dabei nahm auch sie die für Domen leichter zu handhabende Zustandsform an – um Unauffälligkeit brauchten sie sich nun keine Gedanken mehr zu machen. Wütend durchquerte Pit der Länge nach ein Serverrack – ein Regal mit Dutzenden von Computereinschüben –, wohl wissend, dass bei jeder Durchdringung einige Sandkörnchen zurückblieben. Der Elektronik bekam der Sandsturm überhaupt nicht gut. Reihenweise crashten Festplatten: Die Schreib-Lese-Köpfe setzten geräuschvoll auf. Das helle Singen klang wie ein Chor von Moskitos. Etliche Terabyte Daten verabschiedeten sich ins virtuelle Nirwana.

Bei den Domen stieß diese Verzweiflungstat auf wenig Verständnis. Alle brüllten durcheinander. Ein Heißsporn feuerte sogar mit seiner Uzi auf die fliehenden Sandwolken, womit er den Schaden nur vergrößerte. Funken sprühten. Feuer brach aus. Ein Sirenenhorn stimmte in den Hauptalarm mit ein, und dann hallte auch noch eine freundliche Frauenstimme sehr unaufgeregt aus den Deckenlautsprechern – offenbar eine automatische Ansage.

»Dieser Raum wird in sechzig Sekunden mit Halongas geflutet. Halon gefährdet Ihre Gesundheit. Bitte begeben Sie sich ruhig und geordnet zum Ausgang.«

»Alle raus hier!«, schrie jemand.

Pit zog Nasrin mit in die Decke hinein. Was kommt als Nächstes?, fragte er sich.

Im Kontrollraum brannte nur noch die Notbeleuchtung. Der große Hauptmonitor war ausgefallen. Auch etliche Bildschirme an den Tischen des Personals zeigten nichts mehr an. Unter den Domen herrschte helle Aufregung. Durch eine Tür stürmten Männer und Frauen in Kampfanzügen herein. Eine asiatisch aussehende Wächterin deutete auf die ineinander verschlungenen Sandwolken. »Da sind sie!«

Zwei Fänger mit einer bleigrauen Decke eilten herbei. Pit wartete nicht auf sie. Er zog Nasrin mit sich, weiter nach oben.

Ohne den enervierenden Alarm hätte er im Bürotrakt keinen Unterschied zu vorher festgestellt. Die Deckenbeleuchtung brannte immer noch auf Sparflamme, und keine Domenseele war zu sehen. Hatten sie ihre Verfolger abgeschüttelt? Pit und Nasrin stiegen zum Lagergeschoss auf.

Und dann schnappte die Falle zu.

Sie waren kaum aus dem Beton heraus, da senkte sich abermals eine Fangdecke auf sie herab. Pit kämpfte noch gegen die Orientierungslosigkeit. Er spürte, wie Nasrin ihn zur Seite drängte. So entkamen sie knapp dem bleigrauen Tuch. Sein Blick klärte sich, und so sah er – viel zu spät –, wo sie da hineingeraten waren.

Auf dem Boden des Lagerraumes lagen überall Fangdecken, und vier bewaffnete Domen waren eifrig bemüht, die verbliebenen Lücken zu schließen. Vom Gang her hallten die Befehle eines Kommandeurs herein, der von seinen Leuten verlangte, sich gefälligst zu beeilen und das ganze Stockwerk zu isolieren.

Pit stieß senkrecht auf und drang in die Decke ein, über der das rettende Abflussrohr lag. Er spürte, wie Nasrin zurückblieb.

Verdammt!, schoss es ihm durch den Kopf. Der Betonkern ist oben mit einer Bleibarriere geschützt. Wir müssen den Fahrstuhlschacht erreichen.

Notgedrungen zog er sich aus dem Beton zurück und kämpfte gegen die Desorientierung an. Er hörte lautes Klirren. Als sein Blick sich klärte, entdeckte er Nasrin unter sich. Sie sah aus wie eine Leopardenfrau. Die Katzenflecken bedeckten ihren gesamten Körper. Wollte sie damit ihre Gegner einschüchtern oder nur Ihre Nacktheit verschleiern? In den Händen hielt sie ein Samuraischwert. Die vormalige Besitzerin des Katana lag zu ihren Füßen, zuckend, röchelnd und mit steingrauem Gesicht. Offenbar war Nasrin durch sie hindurchgefahren und hatte ihre Gehirnzellen entschlackt.

Zwei der verbliebenen drei Domen griffen die Katzenfrau mit ihren Schwertern an. Wäre es kein so grausamer Tanz gewesen, hätte Pit die Anmut und Grazie der Leopardin genossen. Nasrin duckte sich unter dem Hieb von rechts weg und schlitzte zugleich dem Angreifer von links den Bauch auf.

Auf den dritten Wächter, einen Riesen mit buschigen Augenbrauen hinter der Schutzbrille, stürzte sich nun Pit. Nasrin hatte ihm die Achillesferse der Domen gezeigt. Bevor der überraschte Mann reagieren konnte, war die Sandwolke schon in seinem Kopf. Pit spürte den Geist des anderen, der sich verzweifelt gegen den Überfall sträubte und selbst in die Gestaltlosigkeit zu fliehen versuchte. Er wollte sich lieber nicht vorstellen, was gerade mit den Gehirnzellen des Domen passierte. Eilig zog er sich aus ihm zurück.

In sicherer Höhe hielt er benommen inne, um sich wieder zu sammeln. Sein Gegner lag am Boden und zitterte, als hinge er an einer Starkstromleitung. Nasrin hatte in der Zwischenzeit auch die beiden anderen Wachleute unschädlich gemacht. Unter einem der reglosen Körper bildete sich rasch eine Blutlache.

Pit sank herab und verkörperte sich. Auf eine Kriegsbemalung verzichtete er. »Hoffentlich kriege ich nie Streit mit dir«, raunte er.

Sie deutete auf die scheinbar unverletzte Kriegerin am Boden und antwortete ebenso leise. »Das müsste meine Konfektionsgröße sein. Hilf mir, sie auszuziehen!«

»Was hast du vor?«

»Der Kommandeur draußen im Gang wird jeden Moment eine Vollzugsmeldung seiner Teams einholen. Also frag nicht, sondern hilf mir!«

Die große Wächterin zu entkleiden erwies sich als schweißtreibende Arbeit. Pit kam sich vor, als pelle er eine Riesengarnele aus der Schale. Nachdem sie es geschafft hatten, wiederholten sie die Prozedur bei dem Hünen, den Pit ausgeschaltet hatte. Der Domenkrieger zuckte nicht mehr. Seine glasigen Augen starrten zur Decke.

Wenige Sekunden später steckten Pit und Nasrin in schwarzen Overalls, trugen Helme und blickten durch Schutzbrillen. Nasrin deutete auf die Wächterin in Unterwäsche. »Nimm ihre Waffen! Im Nahkampf benutzt du das Schwert. Aus der Entfernung die Maschinenpistole.«

Er schüttelte den Kopf. »Ich habe keine Ahnung, wie ich damit umgehen soll.«

»Wenn du überleben willst, dann lern es!« Nasrin bediente sich bei dem katatonischen Hünen.

Pit hob die Schnellfeuerwaffe auf und betrachtete sie unschlüssig.

Nasrin legte einen Hebel um. »Jetzt ist sie auf Dauerschuss eingestellt. Die Uzi hat eine Handballensicherung: Du musst den Griff fest in der Hand halten, sonst schießt sie nicht.«

Er starrte sie fassungslos an. »Du bist ein Model! Woher weißt du das alles?«

Sie schmunzelte. »Hat mir mein großer Bruder beigebracht. Komm! Nehmen wir den Lift, bevor hier die Party beginnt.«

Pit hob das Schwert der Bewusstlosen auf, schob es in die Scheide, die an seinem Gürtel hing, und folgte Nasrin zur Tür.

»Der Fahrstuhl liegt am Ende des Gangs«, flüsterte sie und deutete nach rechts. Ringsum ertönte der immer gleiche Ruf: »Gesichert!«

Er spähte in die angezeigte Richtung. Auch der Korridor war mittlerweile mit den Fangdecken ausgelegt. Gerade wechselten zwei Domen von einem Raum zur Linken auf die andere Seite.

Vor dem Aufzug standen zwei Wachen mit Maschinenpistolen im Anschlag. Pit zog den Kopf zurück.

»Das ist Wahnsinn!«, raunte er. »Da kommen wir nie heil durch. Warum verwandeln wir uns nicht einfach wieder in Sand?«

»Weil wir uns hier wie im Hamsterrad so lange herumdrehen würden, bis uns die Puste ausginge. Du hast es doch vorhin zu spüren bekommen, als du fast zu lange mit der Verkörperung gewartet hast. Zuerst müssen wir am Lift sein, und *dann* können wir unsere Hüllen fallen lassen. Komm! Benimm dich ganz normal.«

Er hätte am liebsten gelacht, doch Nasrin war schon in den Gang getreten. »Gesichert!«, rief sie und marschierte auf die Liftwächter zu.

Pit verließ hinter ihr den Lagerraum und schloss zu ihr auf. »Gesichert!«, wiederholte er eher halbherzig.

»Ruhig Blut!«, flüsterte Nasrin.

Die Wächter am Lift musterten sie argwöhnisch durch ihre Schutzbrillen. »Stehen bleiben! Warum verlasst ihr einfach euren Abschnitt?«, rief der bronzehäutige Koloss zur Linken.

»Uns sind die Decken ausgegangen«, antwortete Pit und lief weiter. Nasrin blieb dicht an seiner Seite.

»Was für Decken? Sind wir hier beim Camping? Und bleibt gefälligst stehen, verdammt noch mal!«, dröhnte der Riese.

Im Voranschreiten durchwühlte Pit sein Gedächtnis nach dem korrekten Namen für das undurchdringliche Tuch. Zafirah hatte ihn einmal in seiner Gegenwart gebraucht. »Die Fangnetze«, erinnerte er sich laut. »Wir müssen Nachschub holen. Drückst du bitte die Fahrstuhltaste?«

Der zweite Wachmann tat ihm den Gefallen.

»Haben Sie dir ins Hirn geschissen, Tzegay?«, brüllte der Koloss seinen Kameraden an.

»Aber er braucht doch …«

»Noch ein Schritt, und das Gehirn deiner Freundin explodiert«, sagte plötzlich eine eiskalte Stimme hinter Pit. Sie blieben stehen, und er drehte sich um.

Auf Nasrins Kopf zielte der Lauf einer Uzi. Sie lag in der Hand eines grobknochigen Kriegers, der fast lautlos zu den beiden aufschloss. Der Mann mit dem kantigen Gesicht trug keinen Helm, und seine eisblauen Augen verzichteten auf den Schutz einer Brille.

»Commander O'Brien!«, gab sich Pit erfreut und wandte sich um. So plötzlich dem Sicherheitschef gegenüberzustehen, der sich als Speerspitze in Zenos Kampf gegen *Störfaktoren* sah, überraschte ihn. Und dass der Killer seine Waffe jetzt an Nasrins Nase drückte, weil sie sich ebenfalls umgedreht hatte, missfiel ihm. »Uns fehlen noch ein paar Decken ... äh ... Fangnetze. Wir wollten bloß kurz ...«

»Sparen Sie sich die Mühe, Doktor Zuckmayer. Ich habe gesehen, was Sie mit vier meiner Mitarbeiter angestellt haben. So viel Kampfkraft hätte ich Ihnen gar nicht zugetraut ...«

Mit einem freundlichem *Pling!* öffnete sich die Fahrstuhltür.

O'Brien blickte an Nasrin vorbei in den Lift. Da er niemanden sah, der aussteigen wollte, wartete er, bis die Türen sich wieder schlossen. Danach führte er seinen Gedanken fort. »Kommen Sie freiwillig mit zur Blutabnahme oder sollen wir das gleich hier mit dem Teilmantelgeschoss aus meiner Uzi erledigen? Als Notarzt in einer vom Verbrechen gebeutelten Stadt können Sie mit diesem Begriff bestimmt etwas anfangen.«

Und ob Pit das konnte! Diese Projektile waren der schiere Albtraum. Die schlimmsten, die sogenannten Dum-Dum-Geschosse, verformten sich unkontrolliert oder zerfielen gar in viele kleine Bleisplitter, wenn sie in einen Körper eindrangen. Beim Austritt rissen sie riesige Wunden. Selbst ein sonst beinahe harmloser Treffer führte oft zu derart großem Blutverlust, dass für den Verletzten jede Hilfe zu spät kam. Ein Schuss in den Kopf hätte für jeden Domen das Aus bedeutet – und für Nasrin erst recht.

»Bitte tun Sie meiner Freundin nichts! Ich bin derjenige, der auf Ihrer schwarzen Liste steht«, flehte Pit. Allein die Vorstellung, dass O'Brien abdrücken könnte, machte ihn unfassbar zornig.

Die Augenbrauen des Glatzkopfes hoben sich. »Das haben Sie

also auch schon ausspioniert. Sie sind ja ein ganz heller Kopf. Dann werden Sie sicher verstehen, dass Ihre Freundin für uns ein erheblicher Störfaktor ist. Wissen Sie, wie wir mit erheblichen Störfaktoren verfahren?«

Pit sah es, bevor der Schuss fiel. Er konnte nicht zulassen, dass Nasrin dieses Schicksal erlitt. Blitzschnell wechselte er die Gestalt und fuhr als Sandwolke in den Mund des grinsenden Kommandeurs hinein. Während Pits vorderer Teil schon in den Schädel des Domen eindrang, sah er hinten, wie Nasrin sich um die Hand mit der Uzi herumdrehte, sie packte und vier Schüsse abgab. Die Geschosse schleuderten die Liftposten gegen die Wand und sie brachen tot zusammen. Nasrin verwandelte sich in Sand.

Commander O'Brien gehörte nicht zu den Domen, die sich so leicht überrumpeln ließen wie der Mann im Lagerraum. Er hatte wohl mit einem Angriff gerechnet. Unglaublich schnell versandete auch er und zwang seinen Gegner in einen Ringkampf. Er wirbelte um Pit herum, wie es Zafirah und die andere Amazone getan hatten, aber diesmal wusste der sich zu wehren.

Er wechselte in die flüssige Zustandsform, gleichzeitig dehnte er sich aus. Dadurch band er sämtliche Sandkörnchen seines Widersachers im eigenen Körper. Sobald Pit ihn sicher im Griff hatte, zog er sich zu einer kleinen Kugel zusammen. O'Brien wehrte sich heftig, doch verschlammt, wie er war, bewegte er sich nur träge. Pit nutzte den Vorteil und verwandelte seinen amorphen Leib explosionsartig in Gas. Dessen geringere Dichte wirkte sich verheerend auf den Domen aus. Seine Körnchen spritzten nach allen Seiten auseinander.

Es hatte Keith O'Brien buchstäblich zerrissen.

Da amorphe Kämpfer für gewöhnliche Beobachter schwer zu identifizieren sind, waren die inzwischen herbeigelaufenen Wächter unschlüssig, wie sie mit der Situation umgehen sollten. Wer hatte sich da eben verloren? Der Eindringling? Oder der Commander?

Pit überließ sie ihrem Konflikt und drang in den Spalt zwischen der geteilten Fahrstuhltür ein. Daran erkannte ihn Nasrin. Sie folgte ihm in den Lift. Er hätte sich gern verkörpert und sie in die Arme geschlossen, so erleichtert war er. Doch dazu war es zu früh. Noch hatten sie die Zenoburg nicht verlassen.

Im Keller des alten Gemäuers war es unwirklich still. Und dunkel. Und verwinkelt! Pit wehte mit Nasrin im Schlepptau unter der gewölbten Decke entlang. Ihn quälte der Gedanke, den Weg hinaus nicht mehr zu finden.

Am Ende einer Sackgasse drehte er unverrichteter Dinge wieder um. Schon zum zweiten Mal. Auch der nächste Quergang war eine Enttäuschung. Die Verzweiflung lähmte ihn. Er schleppte sich nur noch dahin. Dann aber, beim vierten Anlauf, stieß er endlich auf das Abflussrohr. Schnell durchdrang er die Deckschicht und strömte in den bleiernen Schlund. Wenigstens hier konnte er sich nicht verirren.

Als er mit Nasrin das Ende des Rohres erreichte und sie keine Schar von Domen mit Fangnetzen empfing, fühlte er sich unendlich erleichtert. Die Nacht versprach zusätzliche Sicherheit. Unter sich, jenseits des Flusses, sahen sie die Lichter von Meran.

In einer weiten Rechtskurve schwebten sie zu ihrem Wagen zurück, glitten durch das Seitenfenster hinein, nahmen ihre menschliche Gestalt an, und dann küssten sie sich.

»Ich bin so froh, dass dir nichts passiert ist«, gestand Pit. Er versuchte in Nasrins Augen zu lesen, doch im Dunkeln hätte er nicht einmal erkannt, ob sie Leopardenflecken trug.

»Und ich erst«, antwortete sie. »Als du in O'Brien eingedrungen bist, fürchtete ich schon das Schlimmste.«

»Ich schlage vor, wir ziehen uns etwas an. Sonst könnten sie im Hotel schiefe Gesichter machen.«

Sie schlüpften in ihre Kleidung, und Nasrin ließ den Motor des Shelby aufbrüllen. Im Burgturm unter ihnen ging in einem Fenster das Licht an.

Über die Via Monte San Zeno bullerte die metallicblaue Identität von Jo Brause talwärts. Links zog ein Waldstück vorüber. Pit sehnte sich nach den Lichtern von Meran. Sie versprachen Öffentlichkeit. Sicherheit vor den Domen …

»Da steht ein Wagen mitten auf der Straße«, sagte Nasrin.

Beim Klang ihrer besorgten Stimme horchte Pit sofort auf. Er beugte sich im Sitz vor, so als könnten die paar Zentimeter sein Sehvermögen vervielfachen. Es war ein Geländewagen. Mehr ließ sich in der Dunkelheit nicht erkennen. Plötzlich spürte er wieder die Gefahr.

»Bleib stehen! Rückwärtsgang. Vollgas!«, rief er.

Nasrin legte eine so jähe Vollbremsung hin, dass die Reifen quietschten.

Der Offroader schaltete das Fernlicht ein.

Geblendet riss Pit den Arm hoch. »Schnell! Die haben uns entdeckt.«

Als die sechshundertzweiundsechzig PS des Achtzylinders den Wagen zum Rückzug zwangen, qualmte der Gummi. Nasrin blickte in den Rückspiegel. »Mist!«

Pit drehte sich um und spähte durch die Rückscheibe. Abermals blendete ihn ein helles Licht. Es waren die Scheinwerfer eines zweiten Fahrzeugs, das hinter ihnen die Straße versperrte. Schüsse fielen. Eine Kugel schlug in den Kofferraum ein.

Nasrin stieg erneut in die Klötze.

Pits Kopf flog gegen die Nackenstütze.

»Bereite dich auf die nächste Lyse vor!«, empfahl Nasrin. Sie schaltete die Lichter aus, warf den ersten Gang ein und drückte das Gaspedal bis zum Bodenblech durch.

Weitere zehn Prozent der Reifen verwandelten sich in Rauch. Der Mustang stürmte mit voller Beschleunigung talwärts – geradewegs auf den Geländewagen mit dem aufgeblendeten Fernlicht zu. Daneben blitzte Mündungsfeuer auf. Ein Projektil streifte das Dach.

»Was hast du vor?«, schrie Pit entsetzt. Er klammerte sich verzweifelt am Haltegriff fest.

»Dasselbe, was Zekarias mit der U-Bahn vorhatte«, antwortete Nasrin. »Kurz vor dem Aufprall verwandeln wir uns in Sand. Den Rest überlassen wir der Identität von Jo Brause.«

Nach vier Sekunden hatte der Shelby die Hundertermarke überschritten und beschleunigte ungehemmt weiter. Wäre die schmale

Bergstraße auf dem Stück nicht schnurgerade gewesen, Nasrin hätte unweigerlich die Kontrolle verloren. Immer mehr Kugeln schlugen in den Wagen ein.

»Raus hier!«, brüllte Pit.

»Jetzt weiß ich, wie sich die Kamikazeflieger gefühlt haben!«, schrie Nasrin zurück und steuerte unbeirrt auf den Geländewagen zu.

Plötzlich trafen mehrere Projektile gleichzeitig den Mustang. Die Windschutzscheibe zerstob in Abertausende von Scherben. Die Motorhaube knallte nach oben und flog davon. Feuer schlug in den Fahrgastraum. Im Licht der Flammen sah Pit, dass Nasrins rechte Hand fehlte. Blut spritzte aus dem zerfetzten Stumpf. Zwei weitere Treffer in der Schulter und der Lunge sahen aus wie Granateinschläge. Solche Wunden rissen nur Dum-Dum-Geschosse. Nasrins Blick war glasig. Ihr Kopf sank zur Seite.

»Neiinnn!«, schrie Pit. Das konnte nicht wahr sein. Das *durfte* nicht sein. Sollte dieser verdammte Hurenbock O'Brien sie noch aus dem Grab heraus ermordet haben?

Pit löste seinen Sicherheitsgurt und sah gehetzt nach vorn. Obwohl der Achtzylinder des Shelby schon längst seinen Geist aufgegeben hatte, schoss er weiter wie eine Kanonenkugel auf die Straßensperre zu. Für einen Augenblick gewahrte Pit die Fernlichter des Fahrzeugs – kaum zwanzig Meter entfernt. Er warf sich über die Mittelkonsole hinweg auf die Fahrerin, kniff die Augen zu und biss die Zähne zusammen.

Dann verwandelte er sich und Nasrin in Sand.

Sekundenbruchteile später löste sich die Identität von Jo Brause in Flammen auf.

47

Pit scheiterte daran, Tränen zu weinen, obwohl er es sich so sehr wünschte. Sandwolken regnen nicht. Er hatte Maja verloren. Nun durfte er nicht auch noch Nasrin verlieren. Erst in dem Moment, als er sie, mehr tot als lebendig, in dem brennenden Wagen gesehen hatte, war er sich seiner wahren Gefühle für sie bewusst geworden. Er liebte sie. Nicht genauso wie Maja – dazu kannten sie sich nicht lang genug. Doch es war eine tiefe Liebe, die vielleicht ihrem gemeinsamen Erbe entsprang.

Dem Vermächtnis der Domen.

Er steckte in einer Zwickmühle, hatte entsetzliche Angst, sich und Nasrin die menschliche Gestalt zurückzugeben. Im Moment befand sie sich in einem Schwebezustand, so als hätte er die Pausetaste gedrückt. Aber er durfte auch nicht zu lange warten, sonst würden sie beide gestaltlos bleiben und sich bald verlieren. Und wenn sie wieder verkörpert war – würde sie ohne ein Wunder ebenfalls sterben.

Lebte sie überhaupt noch?

Vor seinem geistigen Auge sah er ihren leeren Blick, die schweren Traumata und das viele Blut. Sollte er mit ihr zur Notaufnahme des nächsten Krankenhauses fliegen? Wie die Menschen im Allgemeinen ignorierten auch Schulmediziner allzu oft die Ausnahmen von der Regel. Und ein Domenkind wie Nasrin widersprach jeglicher Norm! Wahrscheinlich würden ihn die Ärzte hier nicht einmal assistieren lassen. Von den Selbstheilungskräften der Domen konnten sie nichts wissen, während er sie am eigenen Leib erfahren hatte ... Nein!, entschied Pit. Wenn du zu retten bist, dann werde ich es allein tun.

Er sank zum Hotel hinab, wehte mit Nasrin durch das angekippte Fenster in ihre Luxussuite und trug sie in das Schlafzimmer, das sie sich ausgesucht hatte. Einen Moment lang schwebte er noch über ihrem Bett. Er rief sich ihre Verletzungen in den Sinn und ging in Gedanken durch, wie er sie versorgen würde. Danach gab er ihr und sich die menschliche Gestalt zurück.

Sofort spürte er den üblichen Durst und die fast übermächtige Erschöpfung. Doch die Sorge um seine Gefährtin war stärker. Er musste ihr helfen. Für alles andere war später Zeit.

Nasrin war beängstigend bleich. Wie sie da so rücklings mit geschlossenen Augen auf dem Bett lag, sah sie aus wie tot. Er hob eines ihrer Augenlider. Die Pupille war weit und wirkte wie aus Glas. Pit untersuchte ihren Körper. Eine ganze Garbe hatte sie rechtsseitig durchsiebt: Die Hand fehlte, in Schulter und Brust klafften Löcher. Die Austrittsstellen am Rücken waren so groß, dass er eine Faust hätte hineinstecken können. Aus den Wunden sickerte ein wenig Blut. Schlug ihr Herz überhaupt noch? Er drückte mit der Linken die Schlagader an ihrem Oberarm ab und fühlte mit der Rechten den Puls.

Nichts.

»Tu mir das nicht an!«, flehte er und legte sein Ohr auf ihr Herz.

Stille.

»Nein«, wimmerte er. »Nasrin, *nein!*« Er schaltete die Nachttischlampe an, riss den Schirm ab und leuchtete mit dem grellen Licht in ein Auge. Kein Pupillenreflex. Er wiederholte die Prozedur mit dem anderen Auge. Wieder nichts. Zur Sicherheit führte er noch weitere Tests durch. Er berührte Nasrins Hornhaut mit einem Zipfel des Kopfkissens. Ihr Auge blieb offen. Er kniff ihr ins Gesicht. Selbst Patienten im Koma reagierten darauf mit Muskelzuckungen. Bei Nasrin zuckte nichts.

Pit verzichtete auf die weiteren Tests und tat genau das, was kein Schulmediziner an seiner Stelle getan hätte: Er behandelte Nasrins Wunden, so gut es mit der Ausstattung eines Luxushotels möglich war. Dabei leisteten ihm Haarspangen, Streichhölzer und das Nähset unschätzbare Dienste. Nasrin zeigte bei alldem nicht die geringste Reaktion. Ein einziges Anzeichen erhielt Pits Hoffnung am Leben:

Es fehlte der Sand.

Bei Zekarias, Nasrins Bruder, hatte die Versandung schon im U-Bahnhof begonnen. An Nasrins Wunden, so grauenvoll sie auch waren, ließ sich nichts dergleichen beobachten.

Nachdem er die größten Blutgefäße verödet oder zugenäht und die Verletzungen mit Fetzen seines Bettlakens abgedeckt und verbunden hatte, legte er sich neben sie. Mit der Rechten streichelte er ihr Haar, seine Linke lag unter ihrem Herzen. »Komm zu mir zurück, meine Schöne!«, flüsterte er ihr ins Ohr.

Ihr Gesicht blieb reglos.

Seine Stirn sank an ihre Schläfe, und er begann still zu weinen. Er hatte Maja zu Grabe getragen. Danach hatte er geglaubt, nie wieder eine Frau lieben zu können. Und nun, nachdem es doch geschehen war, verlor er auch diese. »Warum?«, wimmerte er. Das war nicht gerecht. Sie hatte sterben müssen, damit die Domen ihr Lügengebäude aufrechterhalten und weiter den Strom aus Blut in Gang halten konnten.

Er hob den Kopf und sah in ihr Gesicht. Es war so schön und so friedlich! So als schliefe sie nur. Er streichelte ihre Stirn. »Wir zwei hätten glücklich werden können«, sagte er leise. Eine Träne löste sich von seiner Wange und tropfte auf ihre Wimpern.

Die daraufhin zuckten.

Pit hielt den Atem an. Hatte er sich das nur eingebildet?

Plötzlich riss Nasrin den Mund auf, drückte den Rücken durch und rang nach Luft. Gierig saugte sie den Sauerstoff in ihre geschundenen Lungen.

»Nasrin!«, hauchte Pit. Seine Stimme wollte ihm kaum gehorchen. »Nasrin! Du warst tot! Du lebst!«

Sie öffnete die Augen und sah ihn fragend an. »Pit?«

Von diesem Moment an weinte er nicht mehr leise. Seine Freude überwältigte ihn. Die Tränen liefen ihm in Sturzbächen über die Wangen. Es war ein Wunder. Und es hatte einen Namen. Er wiederholte ihn, bis schließlich sie es war, die ihn tröstete.

»Weine nicht, Liebster. Ich bin nur den Kleinen Tod gestorben.« Sie hob die Rechte, um ihn zu streicheln, und verharrte mitten in der Bewegung. »Oh! Wo ist meine Hand?«

Er wischte sich die Tränen aus den Augen und lächelte – mehr oder weniger. »Die hat eine Feuerbestattung erster Klasse bekommen. Für fünfzigtausend Euro. Aber ich liebe dich trotzdem.«

Sie wollte sich aufrichten und verzog unter Schmerzen das Gesicht.

»Du hast zwei Löcher im Körper«, erklärte er ihr. »Durch eins hätte man ein zusammengerolltes Modemagazin stecken können. Sollte eine Narbe zurückbleiben, verklag mich bitte nicht.«

Ihre Linke griff nach seiner Hand und drückte sie fest. »Du hast mich gerettet«, flüsterte sie mit schwacher Stimme.

»Ich glaube eher, das warst du selbst. Oder dein Körper. Oder deine Selbstheilungskräfte. Oder dein Domenblut. Vermutlich alles zusammen.«

»Und wer hat mich aus dem brennenden Shelby befreit?«

Er zuckte mit den Achseln. »Ein netter Feuerwehrmann. Ich habe seinen Namen vergessen.«

»Ich bin so unendlich müde! Sobald es mir besser geht, würde ich mich gern bei dem netten Feuerwehrmann bedanken.«

Er strich ihr über die Stirn. »Das lässt sich bestimmt einrichten.«

»Mit einem Kuss.«

Pit beugte sich zu ihr hinab und legte seine Lippen auf ihren Mund, sanft und doch innig, so liebevoll, wie er es als ihr Arzt verantworten konnte.

Danach schmiegte er sich an sie, legte einen Arm um sie, und beide schliefen ein.

48

Zuerst hielt Pit das Klingeln seines Mobiltelefons für einen Alarm. Sofort erschienen wieder die Bilder aus der Zenoburg vor seinem inneren Auge. Er fuhr aus dem Bett hoch und streifte die Decke zur Seite. Neben ihm lag Nasrin, blass und schön – von den Verbänden einmal abgesehen. Der nervtötende Klingelton des Handys drang offenbar nicht bis in ihre Träume vor. Er deckte sie rasch zu und tappte in sein Schlafzimmer hinüber, wo er sein Gepäck abgestellt hatte. Die Nummer seiner Prepaidkarte kannten außer ihm und Nasrin nur zwei Menschen. Einer davon war Jo Brause, der in der letzten Nacht seine Identität verloren hatte.

»Hallo?«, meldete er sich.

»Bist du das, Pit?«, fragte der Anrufer.

»Steffen?«, entfuhr es Pit. Er hatte die Stimme am anderen Ende der Leitung sofort erkannt. »Du lebst?«

»Da ich gerade mit dir telefoniere, ist diese Möglichkeit nicht auszuschließen. Elias hat mich vor der Riesin gerettet.«

»Elias Meerbaum? Dann ist er auch in Ordnung?«

»Bis vor Kurzem hätte ich auf diese Frage mit Nein geantwortet. Er ist der seltsamste Mensch, der mir je begegnet ist. In den letzten Tagen ist er keine Minute von meiner Seite gewichen. Manchmal war auch Doktor Huang dabei, seine Frau. Die hübscheste Chinesin, die ich je ...«

»Ich kenne Xi«, unterbrach Pit den ungewohnt euphorisch klingenden Wissenschaftler. »Du, ich möchte das Gespräch nicht unnötig ausdehnen, weil mir diese kriminelle Gruppe auf den Fersen …«

»Du meinst die Domen? Elias hat mir so einiges über sie erzählt.«

Pit schluckte. Woher kennt er die Domen? »Äh … ja. Hast du etwas Neues für mich?«

»Und ob! Deshalb rufe ich an. Ich habe die DNA identifiziert, die aus dem Typ-V-Behälter.«

»*Aidos kyneen*«, murmelte Pit.

»Ich hab dich nicht verstanden.«

»Das ist Griechisch. Frei übersetzt bedeutet es *Hadeskappe.* So nennen die Domen den Genabschnitt, mit dem sie das Spenderblut über die Filterkartuschen kontaminieren.«

»Klingt genauso schaurig wie das, was wir herausgefunden haben: Es handelt sich definitiv um Viren-DNA.«

»Den Schweinegrippevirus. Das hast du schon in Berlin gesagt.«

»Nein. Der liefert nur das Kapsid, die äußere Hülle, das Operationsbesteck zum Implantieren in die Blutzellen-DNA, wenn du so willst. Die Gene, die wir *in* der Proteinkapsel gefunden haben, ähneln stark dem Erreger der Spanischen Grippe.«

»Die Spanische …« Pit verschlug es die Sprache. Nach dem Ersten Weltkrieg hatte diese Form der Influenza fünfundzwanzig Millionen Tote gefordert, einige Quellen nannten sogar doppelt so viele Opfer.

»Leider kann ich noch nichts zu dem *Kill Switch* sagen, der die DNA-Sequenz aktiviert«, bemerkte Steffen.

Pit erinnerte sich mit Schaudern an die programmatischen Schlussworte aus der Kladde, die sie im Archiv der Zenoburg gesehen hatten: *Dann reißt Hades seine Kappe ab, und die Menschheit blickt ins Angesicht der Unterwelt.* Ahiman plante offenbar einen globalen Völkermord, damit, wie er sich ausdrückte, die Domen sich als Herren über die Zwerge aufschwingen konnten. »Versuch, das rauszufinden! Wir müssen verhindern, dass dieser Schalter jemals umgelegt wird.«

»Was denkst du, was ich gerade tue? Ich habe da so eine Idee.

Eine kleine Testreihe. Möglicherweise kann ich dir in zwei oder drei Tagen Genaueres sagen.«

»Das wäre großartig. Aber falls du das Gefühl hast, nicht voranzukommen, dann mach einen längeren Urlaub. Am besten im brasilianischen Regenwald oder im australischen Outback.«

»Wir leben im einundzwanzigsten Jahrhundert, Pit. Wenn eine Pandemie ausbricht, bist du nirgends sicher.«

»Ist Elias gerade bei dir?«

»Natürlich. Er klebt mir pausenlos an der Backe. Wie geht es deiner süßen Freundin?«

»Sie schläft sich im Moment gesund. Letzte Nacht war sie mehr tot als lebendig.«

»Das tut mir leid. Bestell ihr gute Besserung. Dann tschüs bis demnächst. Ich gebe dir jetzt deinen Famulanten.«

Es klapperte und raschelte, dann meldete sich die sanfte und zugleich ausgesprochen männliche Stimme. »Pit! Ich bin so froh, dass es dir gut geht.«

»Dito. Danke, dass du Steffens Haut gerettet hast. Würde mich interessieren, wie du die Amazone losgeworden bist. Hast du ihr den Kopf verdreht?«

»So etwas Ähnliches. Pit, Ylang und ich müssen dringend mit dir reden. Wir können dir helfen. Es geht um die Domen. Wir wissen einiges über sie.«

»Weißt du auch, dass sie dich aus einer Milliarde Menschen ausgesiebt haben? Sie nennen dich Prometheus. Durch dich erhoffen sie sich so etwas wie Unsterblichkeit.«

»Das ist ja mal ganz was Neues.«

»Du klingst nicht gerade überrascht.«

»Bin ich auch nicht. Nur – der Name Prometheus, der fehlt mir noch in meiner Liste. Wie es scheint, wird uns bei unserem nächsten Treffen der Gesprächsstoff nicht ausgehen. Bist du nach wie vor mit dem Model zusammen?«

»Ja, Nasrin ist bei mir.« Pit zögerte. Konnte er Elias vertrauen? Er nickte. »Sie ist gestern den Kleinen Tod gestorben.«

»*Was?*«, stieß Elias entsetzt hervor.

»Sie hat eine Hand verloren. Insgesamt drei schwere Traumata!

Es geht ihr den Umständen entsprechend gut. Du hörst diesen Begriff – Kleiner Tod – also nicht zum ersten Mal?«

»Nein. Ich werde dir einiges darüber erzählen. Können Ylang und ich zu euch kommen? Wo seid ihr gerade?«

»Das ist nichts fürs Telefon, Elias. Nasrin und ich sind noch nicht außer Gefahr. Sobald sie wieder stark genug ist, müssen wir von hier verschwinden. Wie kann ich dich erreichen, ohne dass die Domen oder die Polizei mitschreiben?«

»Ich schätze, das private Genlabor, in dem wir gerade an der Viren-DNA rumtüfteln, haben sie nicht auf dem Schirm. Siehst du die Nummer auf deinem Handy?«

»Ja. Ich speichere sie gleich ab.«

»Wir können hier auch Kurznachrichten empfangen.«

»Ist okay. Wir machen jetzt besser Schluss.«

»Gut. Warte nicht zu lange, bis du dich wieder meldest.«

»Ja. Dann also … Ach, da fällt mir noch etwas ein! Ruf doch bitte meinen alten Kommilitonen Jo Brause im DRK-Generalsekretariat an. Bestell ihm, er kann die fünfzigtausend Euro behalten.«

Pit schlich sich in Nasrins Schlafzimmer. Sie lag auf dem Rücken, die Augen geschlossen, und atmete gleichmäßig. Da nur ihr Kopf unter der Bettdecke hervorlugte, war von den Wunden nichts zu sehen. Mein Gott, wie schön sie ist!, dachte Pit einmal mehr.

Er lief barfuß über das Parkett und kroch zu ihr aufs Bett. Dort setzte er sich neben sie und sah sie einfach nur an. Nein, er bewunderte sie. Bisher hatte er sich immer von ihr beobachtet gefühlt und nicht gewagt, sich an ihrer Schönheit zu berauschen. Nun trank er sie in tiefen Zügen.

Zum ersten Mal bemerkte er eine niedliche Disharmonie ihres Mundes: Die Oberlippe war rechts um eine Winzigkeit voller als links. Gerade diese kleinen Details, die er an ihr entdeckte, machten Nasrin für ihn nur noch liebenswerter. Eine Haarsträhne ragte ihr in die Stirn. Es war offenbar dasselbe widerspenstige Biest, das sie immer so leidenschaftlich aus dem Weg pustete. Er schob das Haar nach oben.

Nasrin atmete tief ein und schlug die Augen auf. Ihr Gesicht wandte sich ihm zu. Sie lächelte ihn an. »Wie lange sitzt du schon hier?«

»Erst ein paar Minuten. Vorher habe ich gelegen.«

»Neben mir?«

»Neben dir.«

»Wir haben zusammen geschlafen, aber nicht miteinander geschlafen? Das hätte ich bisher keinem Mann zugetraut.«

»Ich bin eben kein gewöhnlicher Vertreter meines Geschlechts. Da wir gerade dabei sind: Darf ich mir deine Verletzungen ansehen?«

Sie erlaubte es ihm.

Pit nahm zuerst die Kompressen an der Schulter und auf der Brust ab. Er traute seinen Augen nicht. Nasrins Körper hatte die Wunden sauber verschlossen. Sogar neue Haut war schon darübergewachsen.

»Ich glaube, ich brauche dich nicht zu verklagen«, scherzte sie.

Er schüttelte den Kopf. »Das ist unfassbar.«

»Wieso? Dein Körper hat sich doch auch gut von den Schüssen erholt, die meine große Schwester dir in den Pelz gebrannt hat.«

»Ja, aber … das war nichts gegen deine Traumata.«

»Meine was?«

»Verletzungen durch äußere Gewalteinwirkungen.«

»Du kannst dich so verständlich ausdrücken. Warum tust du's nicht?«

»Lass mich das … äh … die andere Wunde sehen.«

Sie hielt ihm den Arm hin.

Er nahm den Verband ab und stieß vor Überraschung einen kleinen Schrei aus. »Das gibt's doch nicht!«

»Fehlende Gliedmaßen brauchen etwas länger, bis sie nachwachsen«, erklärte Nasrin lächelnd.

»Darf ich sie anfassen?«, fragte Pit.

»Nur zu. Es tut nicht weh.«

Fassungslos betastete er Nasrins neue Hand. Sie sah aus wie bei einem Embryo zwischen der achten und neunten Schwangerschaftswoche, nur größer. Die Finger glichen noch Stummeln und waren untereinander durch eine Art Schwimmhaut verbunden.

»Wenn deine Heilung weiter solche Fortschritte macht, können wir bald wieder auf Reisen gehen«, sagte Pit zufrieden.

»Hast du schon ein neues Ziel ausgewählt?«

Er berichtete ihr von dem Telefonat mit Steffen und Elias. Als er die Natur des Virus erwähnte, wurde Nasrin sehr ernst.

»Auf der schwarzen Liste der Domen stand doch noch ein anderer Name.«

Pit nickte. »Professor Doktor Karim Hamdi. Zu töten durch AML. Ich habe mich auch schon gefragt, ob er uns helfen könnte. Immerhin betrachten die Domen ihn als *sofort zu beseitigenden erheblichen Störfaktor*. Vielleicht weiß er etwas, das er ihrer Ansicht nach nicht wissen darf.«

»Der Onkel von Kahina heißt Karim. Eigentlich ist er ihr Ururgroßonkel. Er soll so um die hundertfünfzig Jahre alt sein.«

»Wenn ich mich nicht irre, ist Karim im arabischen Sprachraum ein häufiger Name.«

»Schon. Aber nachdem Zekarias und Kahina für den verachtungswürdigen Ahiman tote Verräter sind, wäre es für ihn naheliegend, die restliche Familie auch noch auszulöschen. Ich finde, wir sollten Professor Hamdi unbedingt warnen. Jeder Feind der Domen ist unser Freund.«

Pit nahm Nasrins Linke in beide Hände und streichelte sie, während er darüber nachgrübelte, wie sie den Professor finden und mit ihm in Verbindung treten könnten. »Die E-Mail-Adresse von Katharina … vielmehr von Kahina …«, überlegte er laut.

Nasrin nickte. »Du meinst, kahina@hotmail.com? Ihr privater Kontakt?«

»Ja.« Er lächelte, weil ihm der Gedanke gefiel, der ihm durch den Sinn ging. »Diese Postfächer werden oft von verschiedenen Computern aus abgerufen. Angenommen, wir schicken eine Mail an Kahina. Es könnte doch sein, dass sie jemanden erreicht, der ihr nahesteht.«

»Jemanden wie ihren Onkel Karim?«

»Oder einen anderen Vertrauten, der uns weiterhelfen kann.

Ich finde, wir sollten diesen Testballon aufsteigen lassen und abwarten, welche Daten er uns liefert.«

»Ich fürchte nur, auch Ahiman oder seine Killerbienen lesen Kahinas Post mit.«

»Dann schickt der Empfänger seine Antwort besser an eine Adresse, die sie nicht kennen. Fällt dir dazu etwas ein?«

»Ich habe Zugriff auf eine Mailbox von Zekarias gehabt, die er für geheime Mitteilungen benutzte. Er hat sie bei seinen Besuchen immer von meinem Notebook aus abgefragt. Kahina kannte sie ebenfalls. Falls ein Vertrauter die Mailadressen der beiden kennt, können wir darüber vielleicht Kontakt zu ihm aufnehmen.«

»Klingt vielversprechend.«

»Ich weiß nicht, Pit. Sobald wir diesen … *Testballon* steigen lassen, erscheint er bei den Domen auf dem Schirm.«

»Hast du einen besseren Vorschlag?«

»Nein.«

Pit lächelte diebisch. »Dann tun wir es: Verschicken wir Post aus dem Jenseits!«

49

Zafirah hasste es, wenn ihr Vater sie zur Schnecke machte. Sie hasste Schnecken. Vor allem Nacktschnecken. Manchmal hasste sie sogar ihren Vater. Er hatte sie zu sich in den Salon des Penthouses am Potsdamer Platz zitiert, um ihr ein Ultimatum zu stellen.

»Heute ist Montag«, teilte er ihr überflüssigerweise mit. »Bis Sonntag hast du mir Zuckmayer gebracht. Lebendig. Tot nutzt er mir nichts, wenn er zu Sand zerfällt. Sollte stimmen, was er dir gegenüber im Institut von Augenlos bemerkt hat …«

»Ohrlos«, warf Zafirah ein.

»Was?«

»Der Genetiker heißt Professor Steffen Ohrlos.«

Enak wischte den Einwurf mit einer unwirschen Geste beiseite. »Wie auch immer. Wenn Zuckmayer dir die Wahrheit gesagt hat, dann steckt in ihm mehr von den alten Domen als in dir und deiner ganzen Killertruppe.«

Sie knirschte mit den Zähnen und verneigte sich. »Ja, Ehrwürdiger.«

Der Ahiman fuhr herum, und sein knöchellanges nachtblaues Cape blähte sich eindrucksvoll. Zafirah wusste nie, ob es ein Morgenmantel oder ein Fürstenumhang sein sollte. »Und benutz endlich deinen Kopf!«, dröhnte er. Die Teetassen auf dem Tisch klirrten, und das Fünfuhrteegebäck zerbröselte. »Wegen deiner Unbeherrschtheit haben wir Methysta verloren. Sie zählte zu meinen schönsten Juwelen. Finde heraus, wer das war! Und finde heraus, wo dieser verdammte Wissenschaftler steckt, dieser Kopflos …«

»Ohrlos«, verbesserte Zafirah ihren Vater erneut.

»So neunmalklug, wie du tust, bist du nicht. Sonst hätten die Rebellen nicht bei Zeno eindringen, unsere technische Infrastruktur lahmlegen und meinen Sicherheitschef ausschalten können. Sind wir mittlerweile schlauer, was den Zweck dieses Überfalles betrifft?«

»Der Stellvertreter des Commanders erklärte, sämtliche Zugriffsprotokolle seien zerstört. Wir wissen also nicht, ob die Eindringlinge irgendwelche Daten ausspioniert haben. Ich vermute, es ging ihnen nur um Sabotage.«

»Was ihnen ja gründlich gelungen ist. Weiß man inzwischen wenigstens, wer es war?«

»Nein. Alle Zeugen, die sie hätten identifizieren können, sind tot. Commander O'Brien ist spurlos verschwunden – wahrscheinlich hat er sich verloren. Die anderen beiden Krieger …« Sie schüttelte grimmig den Kopf. »Hätte dieser schießwütige Schotte keine Dum-Dum-Geschosse benutzt, wären sie vielleicht wieder erwacht. Die Kugeln haben seinen Männern das Herz herausgerissen.«

Der Ahiman nickte verstehend. »Sie sind schneller verblutet, als ihre Körper sich erholen konnten. Wer immer sie getötet hat, er wusste genau, was er tat.«

»Ich glaube, wir wissen inzwischen, wer es war«, meldete sich eine Stimme vom Eingang her. Karneola lächelte. »Ich hatte geklopft, ehrwürdiger Ahiman, aber Ihr wart so ins Gespräch vertieft …«

»Schon gut, Karneola. Was hast du zu berichten?«

»In Zekarias' altem Büro in der Zenoburg haben wir zwei Pappbecher gefunden und sofort auf Speichelspuren untersucht …«

»Das habe ich veranlasst«, warf Zafirah ein, nur um zu zeigen, dass auch sie ihren Kopf zu gebrauchen wusste.

Ihr Vater funkelte sie böse an und wandte sich dann wieder Karneola zu. »Die DNA der Spuren stammen von Zuckmayer und Nafil.«

Karneola verneigte sich mit unergründlichem Lächeln. »Wie immer überflügelt die Weisheit des Ehrwürdigen unsere unnützen Bemühungen.«

Der Ahiman wischte ihre Lobhudelei mit einer unwirschen Handbewegung beiseite. »Trag nicht zu dick auf, Karneola! Zumindest haben wir jetzt Gewissheit. Zuckmayer muss ein Titan sein: Er trägt die Lebensgene der ersten Domen in sich.« Enak funkelte seine Tochter an. »Deshalb bringst du ihn mir bis Sonntag. Lebendig! Zwing mich nicht dazu, diese unleidliche Angelegenheit selbst aus der Welt zu schaffen. Wenn du versagst, bist du die längste Zeit Kommandeurin meiner Leibwache gewesen.« Der Domenfürst wandte sich ab.

»Wir haben vielleicht eine Spur, die uns zu ihm führen könnte«, sagte Zafirah, obwohl sie sich diesen Trumpf für später hatte aufsparen wollen. Sie musste vor Karneola Stärke zeigen.

Er drehte sich wieder zu seiner Tochter um. »Was ist das für eine Spur?«

»Wir überwachen immer noch die E-Mail-Konten von Kahina. Heute früh ging eine Nachricht von einem anonymisierten Account ein. Der Absender hat mit *N. N.* unterschrieben.«

»*Nomen nescio?* Den Namen weiß ich nicht? Hat sich Nasrin Nafil da aus der Deckung gewagt?«

Mit Genugtuung beobachtete Zafirah eine leichte Aufhellung in der Miene ihres Vaters. Sie nickte. »Davon gehe ich aus.«

»Und was schreibt N. N.?«

»Die Mail ist ganz kurz: *Uns verbindet etwas: Wir sind Freunde von Kahina und Zekarias. Bitte schick ein Lebenszeichen an die geheime E-Mail-Adresse von Zekarias.*«

»Überwacht diese Adresse!«

In diesem Augenblick wusste Zafirah, dass sie wieder einmal geredet hatte, ohne vorher nachzudenken. Dementsprechend kleinlaut klang ihre Antwort. »Wir arbeiten fieberhaft daran, Vater. Noch kennen wir dieses E-Mail-Konto leider nicht.«

50

Städte wie Kairo waren Zafirah zuwider. Zu viele Menschen auf zu engem Raum! Das Gewimmel von Zwergen auf der Straße machte sie nervös. Doch die E-Mail im geheimen Postfach von Zekarias ließ ihr keine Wahl.

Friede!

Du, dessen Namen man nicht kennt, hast also mein Lebenszeichen gefunden. Gut! Dann komm in die Starke. Folge dem Schatten der großen Kuppel des koptischen Museums und labe Dich an den Datteln der Morgenröte.

K. H.

Wie gut, dache Zafirah, dass Zekarias sich so sicher wähnte! Seine hohe Stellung hatte ihn unvorsichtig gemacht. Er glaubte, seine private Kommunikation bleibe den Wächtern des Ahimans verborgen. Vater hätte diesen Verräter noch vor Jahresende in den inneren Zirkel aufgenommen. Nun war der Rebell tot, und N. N. – zweifellos die Mitverschwörerin Nasrin Nafil – würde es auch bald sein.

Der Code in der Antwort auf ihre Mail war für die Nachrichtenabteilung der Domen nicht schwer zu knacken gewesen. Die Initialen K. H. standen mit Sicherheit für den vorletzten Eintrag auf der schwarzen Liste: den Domen Professor Doktor Karim

Hamdi. Der arabische Name für Kairo *al-Qāhira* bedeutete *die Starke.* Dort gab es ein koptisches Museum. Der Schatten ihrer Kuppel fiel zur Zeit der Morgenröte nach Westen. Und was der Unsinn mit den Datteln sollte, würde sich bestimmt auch bald herausstellen.

Zafirah, Onyxia und Karneola durchquerten gerade eine schmale Gasse mit vier- und fünfstöckigen Häusern, die so heruntergekommen waren wie die meisten Zwerge, denen sie begegneten. Als sie an einer Kinderschar vorbeikamen, die Fangen spielte, schnappte sich die Anführerin einen etwa fünfjährigen Winzling. Sie hob den strampelnden Jungen am Kragen hoch genug, um ihn mit ihrem stechenden Blick einzuschüchtern. »Sprich, du Zwergenzwerg, wo finde ich hier Datteln?« Es war ungefähr ihr hundertster Versuch, eine Auskunft zu bekommen. Zum Glück sprach sie perfekt Arabisch.

Der Knabe trat nach ihr. »Lass mich runter, du schwarze Hexe!«

Sie schüttelte ihn, nur ganz vorsichtig, gerade stark genug, um ihn zu bändigen. »Sag mir deinen Namen!«

»Seto«, antwortete er mit trotziger Miene.

»Gut, Seto. Und ich bin, wie du ganz richtig bemerkt hast, die schwarze Hexe Firah. Willst du, dass ich dich in einen Frosch verwandele?«

»Ein Löwe wäre mir lieber.«

»Löwe ist nicht möglich. Ich bin noch in der Ausbildung und kann nur Frösche und Kröten. Wenn du mir nicht gleich verrätst, wo es hier Datteln gibt, quakst du, bis dich ein Auto platt fährt.«

»Obst gibt es bei Omar. Er hat seinen Laden drüben an der Ecke.«

Zafirah zog Seto noch näher zu sich heran – fast berührten sich ihre Nasen. »Hör mir gut zu, Zwergenzwerg! Ich will keine vergammelte Ware. Ich will mich an pflückfrischen Datteln laben. Wo finde ich die? Heraus mit der Sprache!«

Der Kleine deutete zu einem ockerfarbenen Haus auf der rechten Seite, das unter der Last des Alters zusammenzubrechen drohte. »Da im Hof steht ein Baum. Ich weiß nicht, ob noch Datteln dran sind.«

»Wohnt in der Bruchbude ein sehr alter Mann?«
»Ja! Im Hinterhaus. Tausend Jahre alt ist er.«
»Welches Stockwerk?«
»Weiß nicht. Ruf doch deine Schwester an. Die hat auch nach ihm gefragt. Sie wollte ihn besuchen. Ich finde sie viel netter als dich.«
»Meine Schwester?«
Seto nickte eifrig. »Sie war fast so schwarz wie du. Aber nur halb so grob. War der weiße Mann bei ihr ein Zauberer?«
»Wann ist sie in das Haus gegangen?«
Seto zuckte bedauernd mit den Achseln. »Weiß nicht. Wir haben gespielt. Verzauberst du mich jetzt in einen Frosch?«
Zafirah ließ den Jungen los und wandte sich ihren Kriegerinnen zu. »Sobald wir in dem Haus sind, trimmen wir uns auf Mann mit Kopfbedeckung und Bart. Dann hält man uns vielleicht für Muslimbrüder. Denen trauen die Leute jedes Blutbad zu. Und nun kommt!«

Für eine erfolgreiche Operation waren die Voraussetzungen denkbar schlecht: Der Gegner hatte einen zeitlichen Vorsprung, und sein exakter Aufenthaltsort war unbekannt.
»Bevor wir mit der Tür ins Haus fallen, könnte ich als Wölkchen das Terrain sondieren«, schlug Onyxia vor. Die drei huschten in Gestalt vollbärtiger Männer durch die Schatten einer Durchfahrt. Am anderen Ende lag ein Innenhof mit einer Dattelpalme.
Zafirah schüttelte den Kopf. »Negativ. Vielleicht brechen Nafil und Zuckmayer gerade auf. Schlimmstenfalls haben sie das Haus längst verlassen.« Sie spähte in den Hof. Er war menschenleer. Das Hinterhaus hatte drei Geschosse. »Wir teilen uns auf«, erläuterte Zafirah leise ihren Schlachtplan. »Jeder nimmt sich ein Stockwerk vor: Onyxia das untere, Karneola das nächste und ich das obere. Sobald ich die erste Tür eintrete, tut ihr das auch. Wer die Rebellen entdeckt, schlägt Alarm. Dann eilen ihr die anderen zu Hilfe. Alles klar?«
Die Kriegerinnen nickten.

»Noch was: Wir sind zwar in Ägypten, aber benehmt euch trotzdem nicht wie Trampeltiere. Ich will erst wieder etwas von euch hören, wenn wir mit der Tür ins Haus fallen.«

Onyxia und Karneola reckten zur Bestätigung die Daumen hoch.

Eine nach der anderen durchquerten sie den Innenhof. Dabei nutzten sie die Palmwedel so lange wie möglich als Deckung. Sobald alle drei das Hinterhaus betreten hatten, verteilten sie sich in den Stockwerken.

Zafirah blieb vor einer braunen Holztür im Obergeschoss stehen. Sie lächelte triumphierend. Das Schicksal hatte sie, die Anführerin, zum Schlupfwinkel des Verräters geführt. Sie fühlte es, witterte es geradezu, so wie sie im Gefängnis Moabit die Nähe eines anderen Domen gespürt hatte. Rasch nahm sie wieder ihre eigene Gestalt an. Leise zog sie die beiden Rundschwerter aus den Lederfutteralen. Dann holte sie tief Luft und sprengte mit einem einzigen Tritt die Türen aus den Angeln.

51

Durch das koptische Viertel der Kairoer Altstadt zu streifen, war für Pit wie eine Reise in die Vergangenheit. Und es an der Seite von Nasrin zu erkunden, die perfekt Arabisch sprach, erschien ihm wie ein Traum. Es war Mittwochmorgen. Die Riesenmetropole am Nil erwachte gerade erst. Vom Fluss wehte eine erfrischende Brise herauf. Kahina habe immer gesagt, dies sei ihre schönste Stunde in der Stadt, erklärte ihm seine hübsche Fremdenführerin. Die zwei waren auf der Suche nach dem Versteck von Professor Doktor Karim Hamdi.

An die vergangenen achtundvierzig Stunden erinnerte sich Pit vor allem als eine einzige Nervenanspannung. Er hatte sich um Nasrin gesorgt, hatte befürchtet, die Domen könnten sie in ihrem Hotel in Meran aufspüren, hatte gebangt, ob auf die Mail in Kahinas Posteingangskorb überhaupt eine Antwort käme, und hatte den ganzen langen Flug von Bozen über Rom bis Kairo angestrengt seine Gesichtszüge in Schach gehalten – sie reisten wieder als das Ehepaar Saa El Sayed und Ebonee Yanara Fathallah. Bei der Einreisekontrolle hatte der Beamte angewidert die seltsam kindlich anmutende Hand von Frau Fathallah gemustert. Ihrem bestrickenden Lächeln konnte er dann aber doch nicht widerstehen und winkte die beiden ins Land.

Nasrins Organismus hatte die vergangenen zwölf Stunden dazu genutzt, ihrem nachwachsenden Körperteil den letzten Schliff zu geben. Pit sah keinen Unterschied zum Original, so zartgliedrig und schön war ihre neue Hand. So siegt der Geist über die Materie, hatte sie ihrem staunenden Quasi-Ehemann erklärt.

Die beiden hatten sich für die Nacht ein Altstadthotel gesucht, das nicht viel mehr bot als Unauffälligkeit und einen Eigentümer, der für ein gutes Bakschisch sogar dem Polizeichef von Kairo eine lange Nase gezeigt hätte. Als Nasrin ihm eine Fünfzigdollarnote über den Tresen schob und ihn bat, von einer Registrierung der Gäste abzusehen, grinste er nur und sagte, er kenne das Wort *Registrierung* überhaupt nicht.

Nun waren sie also auf der Suche nach dem Besitzer des vorletzten Namens, den sie auf einer Mordliste in der Zenoburg entdeckt hatten. Seine Antwort auf Nasrins E-Mail – eine für Pit völlig unverständliche Wegbeschreibung auf Arabisch – war nach kaum vier Stunden in Zekarias' geheimem Posteingang eingetroffen.

Die vier- und fünfstöckigen Häuser in der schmalen Gasse kamen Pit wie eine Gesellschaft älterer Herren und Damen vor: schon etwas krumm, aber würdig. Bei den meisten war der Putz abgebröckelt, doch sie strahlten die Weisheit eines langen Lebens aus. Dazwischen tollten lärmende Kinder herum. Davon gab es in der Nilmetropole offenbar mehr als in ganz Deutschland.

Nasrin neigte den Kopf und lauschte. »Hier sind wir richtig.«

»Bist du sicher? Ich habe weder einen Straßennamen noch Hausnummern entdeckt.«

Sie schmunzelte. »Das war früher in Ägypten fast überall so.«

»Und wie haben sie dann die Post verschickt?«

»Hier kennen die Zusteller noch ihre Leute. Deshalb kommen die Briefe trotzdem an. In der Mail von Professor Hamdi stand: *Folge dem Schatten der großen Kuppel des koptischen Museums und labe Dich an den Datteln der Morgenröte.*«

»Das habe sogar ich verstanden: Sein Haus liegt westlich davon. Aber was soll das mit den Datteln?«

Sie verdrehte die Augen. »Steht hier irgendwo eine Dattelpalme?«

»Ich sehe nur Häuser und Kinder.«

»Dann spitz die Ohren!«

Pit lauschte. »Da raschelt irgendetwas.«

Nasrin trat einem vielleicht fünfjährigen Jungen in den Weg, der gerade mit anderen Kindern Fangen spielte, und fragte ihn etwas auf Arabisch. Er antwortete, riss sich los und rannte weiter. Sie deutete auf ein windschiefes ockergelbes Haus zur Rechten. »Da müsste es sein.«

Sie gingen auf den breiten Eingang des Gebäudes zu. Dem ausgefahrenen Straßenpflaster nach zu urteilen, hatte er früher als Durchfahrt für Kutschen gedient. Sie durchquerten die Schatten und gelangten in einen begrünten Innenhof. Nasrin wies auf die stolze Palme, die sich in der Mitte des Quadrates erhob.

»Die Datteln der Morgenröte.«

Er schüttelte staunend den Kopf. »Du bist genial.«

Sie blies sich eine Strähne aus dem Gesicht. »Nein, ich bin nur in einem anderen Teil der Welt aufgewachsen als du. Komm! Ich habe den Jungen gefragt, welches der älteste Mann ist, der in diesem Haus lebt. Er sagte: Karim. Der sei tausend Jahre alt.«

Pit riss die Augen auf. »Tausend ...?«

»Das war übertrieben«, erklärte Nasrin mit wegwerfender Geste. »Wenn Professor Hamdi Kahinas Ururgroßonkel ist, dann wurde er irgendwann im neunzehnten Jahrhundert geboren. Er dürfte so ungefähr hundertfünfzig sein.«

»Ach so! Und ich dachte, er sei richtig alt.«

Sie nahm seine Hand und führte ihn in das dreistöckige Gebäude auf der anderen Seite des Innenhofes. »Er wohnt ganz oben«, sagte sie.

»Und das ohne Fahrstuhl. Ganz schön rüstig für sein Alter.«

Das Treppenhaus sah zum Fürchten aus: abblätternde Farbe an den Wänden, ausgetretene Stufen, schmale Fenster mit gesprungenen oder fehlenden Scheiben. Im obersten Stockwerk war eine Wohnungstür zugemauert – offenkundig bewohnte Professor Hamdi die komplette Etage. Nasrin klopfte an die abgeschabte braune Holztür und rief etwas auf Arabisch.

Pit hörte, wie sich jemand näherte. Es waren nicht die schlurfenden Schritte eines Greises, der sein Lebenskonto schamlos überzogen hatte, sondern das kraftvolle, forsche Vorandrängen eines entschlossenen Mannes. Die Tür öffnete sich, und ein Riese erschien.

Der Türsturz schnitt sein Gesicht auf Höhe der Stirn ab, so groß war er. Er trug ein hemdartiges weißes Gewand, das bis zu den Knöcheln reichte, und darüber einen dunkelgrünen, ärmellosen, vorn offenen Mantel. Die Füße steckten in Sandalen. Sein Alter zu schätzen, fiel Pit tatsächlich schwer. Zwischen fünfzig und siebzig, hätte er vermutet – aber *hundertfünfzig?*

»Sind Sie Professor Hamdi?«, fragte Nasrin, mit Rücksicht auf ihren Begleiter diesmal auf Englisch.

Der Mann nickte und musterte sie eindringlich. Es war keiner jener ablehnenden Blicke, wie Fremde sie so oft zu spüren bekommen. Vielmehr versprühten seine kaffeebraunen Augen pure Neugier. Sie lagen unter einem dichten Gestrüpp aus Brauen, die so aussahen, als wären sie zum Reinigen eingebrannter Töpfe und Pfannen gemacht. Der Professor trug einen eher nachlässig gestutzten Vollbart, in dem sich – ebenso wie in seinem vollen Haupthaar – Grau und Schwarz die Waage hielten. Seine hohe Statur weckte in Pit die Assoziation an einen Albatros: knochig, breit und dennoch auf anmutige Weise leicht. Karim Hamdi hatte die gleichen Wangenknochen, die Pit auch bei Kahina aufgefallen waren.

»Nasrin?«, stieß er unvermittelt hervor. Seine Augen weiteten sich. »Nasrin Nafil! Bist *du* etwa die Unbekannte mit den Initialen N. N.?« Hamdi sprach fehlerfreies Englisch, das allerdings schwer an der Bürde seines arabischen Akzents trug.

»Sie kennen mich?«, wunderte sie sich.

»Ob ich dich kenne? Wir sind fast miteinander verwandt. Meine Ururgroßnichte und du haben denselben Vater. Kahina hat mir viel von dir erzählt. Und ich musste mir ständig Modefotos von ihrer hübschen Schwester anschauen.« Er grinste. »Womit sie mir jedes Mal große Freude bereitet hat. In natura bist du sogar noch schöner als auf den Hochglanzfotos.«

»Die sind ja auch alle gephotoshopt.«

»Wie bitte?«

»Retuschiert. Am Computer glatt gebügelt.«

»Warum drückst du dich nicht gleich verständlich aus?«

Pit verkniff sich mit Mühe ein Lachen.

»Wen bringst du mir da mit?«, fragte Hamdi, und plötzlich klang er wie ein strenger Vater, der zum ersten Mal den Freund seiner Tochter beargwöhnt.

Nasrin legte ihre Linke auf Pits Hand, um ihn am Sprechen zu hindern, und musterte den Professor aus zusammengekniffenen Augen. »Bevor ich darauf antworte: Können Sie beweisen, tatsächlich jener zu sein, der Sie zu sein vorgeben?«

Hamdi schmunzelte. »Du bist genauso argwöhnisch wie deine Schwester. Warte!«

Er streckte die Hand aus und griff – Pit traute seinen Augen nicht – an Nasrins linke Brust. Im nächsten Moment erkannte er seinen Fehler. Karim war kein lüsterner alter Grapscher, der jüngeren Frauen an den Busen fasste, sondern er langte in Nasrins Körper *hinein* …

»Pass auf!«, rief Pit aus Furcht, der Mann könnte ein Verräter, ein betrügerischer Killer des Domenfürsten sein.

»Er hält nur mein Herz. Es tut nicht weh«, erklärte Nasrin leise. Ihr Blick verband sich mit dem des alten Mannes.

Falls sie Pit mit ihrer Äußerung hatte beruhigen wollen, gelang ihr das nur bedingt. Wie hat sie das gemeint, argwöhnte er, der Alte halte nur ihr Herz? Das hier ist doch keine OP am offenen Herzen in einem sterilen Operationssaal, dies ist eine Begrüßung in einem schäbigen Kairoer Hausflur. Nur Nasrins Verhalten, das weder Furcht noch Schmerz zeigte, hinderte ihn daran, in Hamdi hineinzufahren und ihm gründlich das Hirn zu entkalken.

Atemlos verfolgte Pit das seltsame Schauspiel. Dem Junkie, der ihn in Berlin hatte erstechen wollen, war ein solcher Griff in den Körper nicht gut bekommen. Was bezweckte Hamdi damit?

Schließlich zog der Alte die Hand aus Nasrins Brust und lächelte. »Vertraust du mir nun?«

Sie schlug die Augen nieder. »Verzeiht mir mein Misstrauen, Onkel! Ich danke Euch für den Einblick in Euer Leben.«

»Sprich zu mir wie eine Tochter, nicht wie eine Sklavin!«, bat Hamdi.

»Wie wäre es, mich an euren Erleuchtungen teilhaben zu lassen?«, begehrte Pit entnervt auf. Vielleicht hatte der Rauschebart Nasrin ja hypnotisiert.

Sie wandte sich Pit zu. »Er verfügt über Kenntnisse, wie sie nur der echte Karim Hamdi haben kann: Kahinas Mutter Scherin ist seine Ururgroßnichte. Er sagt, sie sei eine Konkubine des Ahiman gewesen und mit meinem Vater Maged durchgebrannt. Er weiß sogar, wo sie sich versteckt.«

»Nur ihre engsten Gefährten kennen Scherins Zufluchtsort in der Oase Siwa«, fügte Hamdi hinzu.

Pit entspannte sich. Er konnte zwar nur ahnen, was da eben passiert war, doch solange Nasrin diesem Mann vertraute, würde er ihr Urteil nicht anzweifeln.

»Das ist mein guter Freund Pit Zuckmayer. Er ist Arzt in Berlin«, stellte sie nun ihren Begleiter vor.

»Können wir *ihm* denn trauen?«, fragte Karim.

»Er hat mir am Sonntag das Leben gerettet. Die Domen halten ihn für den Prometheus«, antwortete sie leise.

Der Alte zog den Kopf ein und senkte die Stimme. »Ich glaube, es ist besser, wir gehen hinein. Bitte entschuldigt meine Unhöflichkeit. Die Zeiten sind unsicher geworden. Zieht die Schuhe bitte erst drinnen aus. Es muss nicht jeder wissen, dass ich Besuch habe.«

Er führte die Gäste in ein großes Zimmer, das mit mehreren Schichten wunderbarer Berberteppiche ausgelegt war. Links blickte ein Fenster auf die Dattelpalme im Innenhof hinaus. An zwei Wänden standen Regale voller Bücher. Karim wies mit ausgestrecktem Arm auf eine Ansammlung von Kissen und nötigte seine Besucher, sich darauf niederzulassen, er selbst wolle erst Tee für sie bereiten. Außerdem machte er sofort klar, dass er nicht förmlich oder gar mit seinem Titel angesprochen werden wollte, man sei ja mehr oder weniger eine Familie.

Nasrin zog sich gleich an der Tür die Segelschuhe aus und bedeutete Pit, es ihr gleichzutun. Nachdem sie so der Landessitte Genüge getan hatten, begaben sie sich in die ihnen zugewiesene Ecke bei den Regalen. Pit nahm im Schneidersitz Platz. Nasrin sank anmutig wie eine Geisha auf die Knie und setzte sich auf die

Fersen. Als dann vor ihnen die Gläser mit dem dampfenden, völlig übersüßten Tee standen, ließ sich auch Karim bei ihnen nieder.

»Was führt euch zu mir?«, fragte er. Seine dunklen Augen funkelten wissbegierig.

Pit sah Nasrin an. Sie nickte ihm aufmunternd zu. »Das ist eine lange und komplizierte Geschichte«, antwortete er.

»Ich liebe lange und komplizierte Geschichten. Wenn dir ein alter Gelehrter einen Rat geben darf, junger Freund: Fang am Anfang an.«

Und so fing Pit am Anfang an. Er berichtete von dem Notruf, der ihn zu Zekarias geführt hatte, von dem schrecklichen Mord an Kahina, von der glücklichen Fügung, Nasrin begegnet zu sein, von den vielen Entdeckungen, die sie gemacht, aber auch von den vielen Fragen, die sie bisher noch nicht geklärt hatten. Schließlich erzählte er von der schwarzen Liste, auf der die Namen von Karim und ihm selbst standen.

Erstaunlicherweise wirkte der alte Mann weder überrascht noch erschrocken, sondern nur sehr nachdenklich. Er nippte ein paarmal an seinem Tee, und schließlich nickte er. »So hatte es kommen müssen. Der Ahiman will, dass alle Domen so denken wie er. Diese Akute …«

»Akute Myeloische Leukämie«, half ihm Pit aus. »Die meisten sagen einfach Blutkrebs dazu.«

Karim nickte. »Wann werde ich sterben?«

Pit räusperte sich. »Das … äh … kann ich nicht sagen. Schon bei einem normalen Patienten würde das kaum ein Onkologe oder Hämatologe vorauszusagen wagen. Aber bei einem Domen … Du gehörst doch zum alten Volk, oder?« Er blickte verstohlen auf die Hände des Gastgebers.

»Du fragst, weil ich keine zwölf Finger und Zehen habe?« Karim lächelte. »Ich bin nur fast *von reinem Blute,* wie der Ahiman sagen würde. Irgendwo in meinem scheinbar makellosen Stammbaum versteckt sich ein Zwerg. Anders kann ich es mir nicht erklären, dass ich keinen Trank der Hoffnung brauchte. Trotzdem sollte mir daher Krebs, egal in welcher Form, nichts anhaben.«

»Vermutlich hat Zeno die DNA-Abschnitte umprogrammiert,

die zum Ausbruch der Leukämie führen. Stell dir vor, Ahimans Genetiker wären gerissene Hacker, die dein Immunsystem wie eine Firewall knacken. Die Domen scheinen dem allgemeinen Stand der Wissenschaft auf diesem Gebiet um mindestens fünfzig Jahre voraus zu sein.«

»Möglicherweise sogar noch weiter. Sie haben – wie sagt man in der westlichen Welt so schön? – einen enormen Wissensvorsprung. Kannst du feststellen, ob der Blutkrebs bei mir schon ausgebrochen ist?«

»Du siehst zumindest nicht blass aus, und das ist ein gutes Zeichen«, begann Pit und ging mit Karim etliche Symptome durch: allgemeine Schwäche, Krankheitsgefühl, Nachtschweiß, Störungen bei der Blutgerinnung, Schleimhaut- oder Zahnfleischblutungen, Entzündung der Mundschleimhaut und einiges mehr. Nichts davon konnte der Alte bestätigen.

»Heißt das, sie haben mir dieses AML gar nicht eingepflanzt?«, wollte Karim wissen.

»Das kann ich ohne umfangreiche Tests nicht bestimmen«, antwortete Pit. »Jedenfalls sieht es so aus, als habe Zeno den Schalter bei dir noch nicht umgelegt, den *Kill Switch,* der die Krebs-DNA aktiviert.«

Karim schüttelte den Kopf. »Früher haben wir so etwas mit Damaszenerstahl erledigt.«

»Onkel …?«, meldete sich Nasrin zu Wort. »Ich wollte sagen, Karim.«

»Du darfst getrost bei Onkel bleiben«, beruhigte sie der Alte.

Sie bedankte sich mit einem respektvollen Nicken. »Wir haben jetzt viel über uns geredet, doch vor allem Pit weiß so gut wie nichts von dir.«

Karim legte seine Faust an die Brust. »Oh! Das stimmt. Wo habe ich heute nur meine Gedanken? Nasrin hat vorhin in mein Innerstes geblickt, aber für dich bin ich noch ein unbeschriebenes Blatt.«

Und so erzählte Karim von seiner Geburt im Jahr 1840 als Sohn zweier Domen. Sein Vater habe am Hof von Muhammad Ali Pascha, dem ägyptischen Vasallen des osmanischen Sultans, ein hohes Amt bekleidet. Er war zugleich ein treuer Diener des Ahimans

Enak. Karim dagegen habe sich in den 1920er-Jahren innerlich von dem Domenfürsten abgewandt.

Unter den Domen machte das Gerücht die Runde, ein in England eingerichteter Blutspendedienst habe Enak zu einem perfiden Plan inspiriert. Je mehr von dem Lebenssaft zwischen den Menschen zirkuliere, desto leichter falle es den Domen, eine *Hadeskappe* in diesen Strom aus Blut zu verstecken, eine Falltür, durch die ein Großteil des Zwergenvolkes ins Totenreich gestürzt werden könne. »Als ich davon erfuhr, habe ich Enak den Rücken gekehrt«, erinnerte sich Karim.

Er sei schon immer der Überzeugung gewesen: Nicht Abschottung und Inzucht würden die Domen retten, sondern die Vielfalt des menschlichen Erbes. Später habe er insgeheim Zekarias, Kahina und andere unterstützt, die wie er dachten.

»Wofür hast du deine akademischen Titel erworben?«, fragte Pit.

»Ich bin Religionswissenschaftler. Weder mein Vater noch ich gehörten je zum inneren Zirkel der Domen. Deshalb weiß ich wenig über ihre frühesten Ursprünge. Schon seit Jugendtagen erhoffte ich mir, im Geäst des Religionenbaumes zu den eigenen Wurzeln vorzudringen. Zum Teil ist mir das auch gelungen.« Er lächelte weise. »Nun ja, sagen wir, ich reime mir so manches zusammen.«

»Ich habe Pit schon erzählt, was ich darüber von Zekarias und Kahina wusste«, bemerkte Nasrin. Sie ließ ihr Teeglas kreisen und musterte skeptisch die dicke Zuckerschicht am Boden.

»Auch von den biblischen Nephilim?«

Sie nickte. »Die dem Enak geborenen, *die Starken, die von alters waren, die Männer von Ruhm.*«

»Dann hast du deinem Freund etwas Wichtiges unterschlagen. Gemäß dem Alten Testament waren die Nephilim Engelssöhne, Bastarde aus Dämonen – gefallenen Engeln – und menschlichen Frauen. Ihr Anfang liegt also jenseits der Welt.«

Pit richtete sich kerzengerade auf. »Jenseits …?« Ungläubig schüttelte er den Kopf. »Willst du damit sagen, die Domen seien *Aliens?*«

Karim breitete die Arme aus. »Oder sie waren tatsächlich himmlische Wesen. Such dir aus, welche Erklärung dir lieber ist!«

»Woran ich glaube, das sind handfeste Beweise. Ich bin Realist.«

»Ein Realist ist heutzutage ein Mensch, der so denkt, wie andere vor ihm gedacht haben und wie er von ihnen zu denken gelernt hat.«

Nasrin nahm Pits Hand. »Haben dich die letzten zwei Wochen nicht etwas anderes gelehrt? Wenn du einen Kreis um dich ziehst und behauptest, jenseits dieser Linie existiere nichts, wird es dadurch einfach verschwinden?«

Pit sah ihren fragenden Blick und verlor sich fast in ihren Augen. Sie kamen ihm vor wie tiefe, dunkle Abgründe, zu denen er hinabsteigen musste, um die Wahrheit herauszufinden. Erst dann konnte er von seinen quälenden Fragen Erlösung …

Seine Gedanken stockten jäh. Er wandte sich an Karim. »Der Ahiman sucht nach dem *Erlöser.* Sagt dir dieses Wort etwas?«

»Ich weiß nur, dass dieser Erlöser für die Domen sehr wichtig ist. Sie sehnen sich nach ihm, und zugleich fürchten sie ihn.«

»Fürchten? Das passt irgendwie nicht zu der Vorstellung, die man von einem Erlöser hat.«

»Viele sehen im Tod eine Befreiung von allen Leiden. Oder von jemandem, der sie mit Tod und Unterdrückung quält.«

»Und das heißt?«

»Der Erlöser kann jeden Domen – auch den Ahiman – in den Großen Tod schicken, in das ewige Erlöschen.«

Pit schüttelte verständnislos den Kopf. »Wer oder was ist dann der Erlöser?«

»Das habe ich bis heute nicht herausgefunden. Die ältesten Zeugnisse, auf die ich stieß, stammen aus einer Region, die in den drei großen Weltreligionen als Wiege der Menschheit gilt.«

»Du meinst das Zweistromland, das Gebiet zwischen Euphrat und Tigris, den heutigen Irak?«

»Ja. Dort solltet ihr nach dem Erlöser suchen. Ich kann euch in Bagdad mit einem Mann in Verbindung bringen, der …«

»Still!«, unterbrach Pit unvermittelt den Gelehrten. Gerade hatte ihn eine entsetzliche Ahnung aufgeschreckt.

»Spürst du Gefahr?«, flüsterte Nasrin. Sie verstand seine Körpersprache inzwischen so gut wie gesprochene Worte.

Er nickte nur, fuhr vom Kissen hoch, schlich auf Zehenspitzen zum Fenster und linste in den Innenhof. Eine bärtige Gestalt mit Turban huschte unter der Palme hervor und verschwand im Hauseingang. Pit kehrte zu Nasrin und Karim zurück. »Da schleicht jemand im Hof herum. Vielleicht sind es Zafirah und ihre Kriegerinnen in Verkleidungen«, flüsterte er und wandte sich an Karim. »Ich fürchte, mein weiser Freund, du musst uns persönlich zur Wiege der Menschheit begleiten, wenn du nicht innerhalb der nächsten sechzig Sekunden sterben willst. Kannst du dich in Sand auflösen?«

Karim lachte leise auf. »Ist die Frage ernst gemeint? Natürlich kann ich das.«

»Dann komm! Sag Adieu zu deinem alten Leben.«

Sie verwandelten sich in drei Sandwolken und zischten aus dem Fenster davon. Der letzte Zipfel von Pit wehte gerade hinaus, als die Tür zu Karims Wohnung aus den Angeln flog.

52

Das Bild erinnerte Elias spontan an einen Drachen. Dieser Eindruck entsprang nur einer Assoziation, wie sie manchmal beim Anblick einer Wolke am Himmel entsteht. Der virtuelle Körper auf dem großen Flachbildschirm bestand aus verschiedenfarbigen Kügelchen, die aneinanderhafteten wie verklebte Drops. Er drehte sich langsam um seine Längsachse wie ein Mannequin, das sich den Zuschauern am Laufsteg von allen Seiten zeigt. In einem zweiten Fenster rechts davon war die Genfolge zu sehen, der Bauplan für das komplexe Eiweißmolekül.

»Das ist die Hadeskappe«, sagte der Genetiker. Er deutete mit dem Radiergummi seines Bleistifts auf einen Abschnitt am Ende der Sequenz. »Und hier sitzt der Schalter, der sie aktiviert.«

»Beängstigend schön«, murmelte Elias. Sie saßen in einem Labor des Max-Planck-Instituts für molekulare Genetik in Berlin-Zehlendorf. Ohrlos hatte sein Renommee in die Waagschale geworfen, um von den Kollegen den leistungsfähigsten Gensequenzierer und unbegrenzt Rechnerkapazitäten gestellt zu bekommen, und das auch noch unter strengster Geheimhaltung. Er hatte das Schreckgespenst einer Pandemie nie da gewesenen Ausmaßes heraufbeschworen. Danach öffneten sich im MPIMG für ihn und seinen *Assistenten* Elias Meerbaum alle Türen.

Steffen schüttelte den Kopf. »Wenn man es sieht, ist es so offensichtlich.«

»Ach ja?« Elias zupfte sich ratlos am Hals. »Für mich ist an diesen bunten Drops überhaupt nichts offensichtlich.«

»Ich rede nicht von dem Eiweismolekül, sondern von seiner Blaupause, dem genetischen Code.« Er deutete mit dem Bleistift auf die rechts dargestellte Genfolge. »Diese Struktur dort unten kenne ich vom Bakterium *Escherichia coli*. Die Domen haben die korrespondierenden Genabschnitte zerschnitten und sich daraus einen Schalter zusammengebaut. Hier ...« Der Genetiker zeigte nacheinander auf bestimmte Punkte des Fensters. »Sie binden zwei Paare komplementärer Gene, Repressoren und Promotoren so zusammen, dass nur jeweils ein Gen in jedem Paar aktiv sein kann. So ...«

»Moment, Moment!«, unterbrach Elias den Höhenflug der Koryphäe. »Verstehe ich das richtig? Das Ding ist so eine Art Wechselschalter, der den einen Genabschnitt ab- und den anderen gleichzeitig anschaltet?«

»Genau ...« Steffen verstummte, weil gerade mit einem *Piep* auf dem Bildschirm ein Fenster aufgepoppt war.

Simulation beendet!
Relevanz 98%

Der Forscher starrte Elias mit großen Augen an. »Ich glaube, die Idee mit der Testreihe war goldrichtig.«

»Du meinst, wir haben den *Kill Switch* geknackt? Wir wissen jetzt, wie man ihn umschaltet?«

»Sieht ganz danach aus.« Der Genetiker öffnete ein Fenster, auf dem das Programm eine für Elias unverständliche Reihe von Abkürzungen und Zahlen auflistete. »Tetrazyklin«, erklärte Steffen.

Elias schüttelte ungläubig den Kopf. »Die Domen legen den Schalter mit einem *Antibiotikum* um? Das kann nicht stimmen. Millionen Menschen nehmen bei bakteriellen Infektionen Tetrazyklin. Tiere bekommen es vorbeugend verabreicht. Über die Nahrungskette nimmt es fast jeder in sich auf. Die Pandemie müsste längst ausgebrochen sein.«

»Die Simulation hat eine Relevanz von achtundneunzig Prozent angezeigt«, bemerkte Steffen und wies auf den Bildschirm.

»Das heißt, irgendetwas passt noch nicht. Wahrscheinlich reagiert die Hadeskappe nur auf ein bestimmtes *synthetisches* Antibiotikum, das die Domen eigens für diesen Zweck designt haben. Da kommen wir mit Standardtests nicht weiter. Es könnte Monate oder sogar Jahre dauern, bis wir die Strukturformel für das Tetrazyklin ausgetüftelt haben.«

Elias knabberte an seiner Unterlippe. »Vielleicht bringt uns deine Entdeckung trotzdem voran. Bei der Verordnung eines Breitbandantibiotikums müssen wir den Patienten immer auf Wechselwirkungen hinweisen: Milchprodukte meiden wegen des Kalziums; Magnesium- und Eisenpräparate sind ebenfalls problematisch ...«

»Mehrwertige Metallionen binden das Tetrazyklin«, bestätigte Steffen. »Ich weiß, woran du denkst: Wenn die Domen sich bei dem Tetrazyklin, das sie zum Umschalten benutzen wollen, nicht zu weit vom natürlichen Vorbild entfernt haben, könnten wir es blockieren.«

Elias nickte. »Der Schalter würde klemmen. Wir sollten uns überlegen, wie wir auf diesem Wege eine große Menge Menschen schützen ...«

Das Tischtelefon neben dem Monitor gab drei kurze Signaltöne von sich.

»Eine Kurznachricht?«, wunderte sich Steffen.

»Die SMS könnte von Pit kommen. Ich habe ihm die Nummer des Anschlusses gegeben.«

Steffen rief den Inhalt der Mitteilung auf das kleine Display:

*Fliegen morgen nach Bagdad. Kontaktiere Dr. Mustafa Tahir al-Shahk Ammar beim irakischen Ministerium für Altertümer. Müssen dringend den *Erlöser* finden. PZ*

Elias war wie elektrisiert. Das durch die zwei Sterne hervorgehobene Wort hatte in ihm eine Erinnerung wachgerufen, die er wohl bei seinem letzten Kleinen Tod verloren hatte.

Und nun glaubte er, tausend Dinge gleichzeitig tun zu müssen.

»Lass mich mal an das Telefon!«, verlangte er und zog sich den Apparat heran. Rasch wählte er im Menü die Option *Antworten* und tippte den Text für Pit ein.

> *Ich kenne den Erlöser. Komme mit nächster Maschine in den Irak. Wir treffen uns am Turm von Babylon. EM*

53

Mit seinen zwei Meter dreiundvierzig stach Enak aus der Menschenmenge am Berliner Flughafen Tegel hervor wie ein Fischreiher aus einer Entenschar. Er fühlte sich in größeren Ansammlungen dieser zu kurz geratenen Wesen immer wie in einem Ameisenhaufen. Es war ihm unangenehm, wenn zu viele Winzlinge um ihn herumwuselten. Er hätte natürlich einen Businessjet nach Bozen chartern können, doch das wäre noch auffälliger gewesen als seine riesenhafte Erscheinung in diesem Meer von Zwergen.

Fast vier Tage nach den beunruhigenden Vorfällen auf der Zenoburg war sein Besuch dort längst überfällig. Sollte die Polizei je in der Alpenfestung herumschnüffeln, durfte sie nur den üblichen Forschungs- und Laborbetrieb vorfinden, der zu einem Weltmarktführer wie Zeno passte. Enak stellte einem vorüberrennenden Mops von einer Geschäftsfrau ein Bein und genoss den Anblick der über den Boden kullernden Zwergin. Wahrscheinlich musste er sein unterirdisches Forschungszentrum aufgeben und in ein Ersatzlabor umziehen. Das wäre dann weniger amüsant. Die Vorbereitungen dazu waren bereits in vollem Gang.

Die Zwergin im Nadelstreifenhosenanzug funkelte ihn wütend an, während sie den am Boden zerstreuten Inhalt ihres aufgeplatzten Aktenkoffers zusammenklaubte. Laut gegen den furchterregenden Riesenrüpel aufzubegehren, wagte sie nicht. Das war typisch für diese Winzlinge.

»Da sehen Sie mal, warum das Rennen auf dem Flughafengelände verboten ist«, erklärte Enak mit dröhnender Stimme. Er drehte sich um und schlenderte mit seiner Reisetasche aus Krokoleder weiter, bevor doch noch ein Zwergenaufstand ausbrach.

Äußerlich ruhig ertrug er das stinkende Zwergenpack und vertrieb sich die Zeit bis zum Abflug mit weiteren Milieustudien. Wer zu lange nur unter seinesgleichen verkehrt, verliert leicht den Blick für die Lebenswirklichkeit der grauen Masse, machte er sich bewusst. Eingehend betrachtete er einen kleinen Jungen, der in seinem Buggy saß und in aller Ruhe Schokoladeneis auf seinem Gesicht verteilte. Als das Kind in Enaks weit auseinanderstehende Augen blickte, fing es an zu schreien.

Amüsiert wandte er sich ab, um weiterzuspazieren. Hierbei fiel sein Blick auf ein Paar strahlend grüne Augen. Der hellblonde Mann, dem sie gehörten, musterte den Kinderschreck auf seltsame Art und schüttelte verständnislos den Kopf.

Enak drehte sich zu einem Schaufenster um und beobachtete den Mann in dem reflektierenden Glas. Er kannte ihn. Es war Enkidu – der *Sprössling der Stille*. Andere nannten ihn al-Chidr – *den Grünen* – oder Elias. Er hatte viele Namen.

Es musste ein Menschenalter her sein, seit Enak ihn zuletzt gesehen hatte. Damals war ein stinkender Zwergenbastard namens Buttadeus zu ihm gekommen. Er versprach ihm die Asche des Phönix, das uralte Lebenselixier der Domen, wenn er ihm helfe, Elias zu fassen. Das Unternehmen endete in einer Katastrophe. Angeblich sei Elias gestorben, meldete der Gnom und verschwand auf Nimmerwiedersehen.

»Warum bist du hier?«, murmelte Enak, während er weiter das Spiegelbild des Hüters im Auge behielt. Der griff nach dem Bügel seines Rollenkoffers und schlenderte auf einen Check-in-Schalter zu.

Enak folgte ihm in sicherem Abstand.

Elias' kurzer Spaziergang endete unter einem Bildschirm, auf dem die Flugnummer *LH 6322* und das Ziel *Wien* stand. Am Schalter wartete keine Schlange, deshalb hatte der Fluggast nach wenigen Sekunden sein Gepäck gegen eine Bordkarte eingetauscht und schlenderte davon.

Der Ahiman ging zum Check-in-Schalter. Dahinter saß eine hübsche Brünette, die ihre Furcht vor ihm hinter einem unechten Lächeln verbarg.

»Guten Morgen, Ihr Ticket bitte«, begrüßte sie den vermeintlichen Fluggast.

»Ich möchte nur eine Auskunft«, erklärte Enak. »Der Passagier mit den grünen Augen eben ...«

»Ja, Sie haben richtig gesehen«, unterbrach ihn die Hübsche, sichtlich entspannter. »Das war der berühmte Fernsehkoch Elias Meerbaum.«

»Ah!«, machte Enak.

»Sehen Sie keine Kochsendungen?«, fragte die Brünette.

»Eher selten. Sagen Sie, hübsches Kind, wohin fliegt denn unser Fernsehkoch?«

Sie deutete nach oben und hob lächelnd den Kopf. »Vielleicht nach Wien?«

Dem Domenfürsten war die Berliner Schnoddrigkeit zwar hinlänglich vertraut, doch er hatte sich nie mit ihr anfreunden können. »Ist das sein endgültiges Reiseziel?«, fragte er kühl. Seine Augen fixierten den Blick der Hübschen.

»D...das d...darf ich Ihnen nicht sagen«, stotterte sie.

Er beugte sich weit über den Tresen. Während er mit seinem Geist in ihren Sinn eindrang, weidete er sich an dem Entsetzen in ihren braunen Rehaugen. »Mir darfst du es verraten, Kind. Wohin fliegt dieser Mann?«

Sie starrte ihn an, als wäre sie schockgefroren. Schweißperlen bildeten sich auf ihrer Stirn. »N...nach Bagdad«, stammelte sie.

Enak lächelte. »Na, siehst du! War doch gar nicht so schwer. Danke schön.«

Er wandte sich ab und ging weiter. Während er sich zum Ticketschalter der Lufthansa begab, zog er sein Handy aus der Tasche und wählte Zafirahs Nummer.

»Ja?«, meldete sie sich.

»Kannst du reden?«, fragte er.

»Ja.«

»Sagt dir der Name Elias Meerbaum etwas?«

»Der Fernsehkoch? Den kennt doch jeder.«

»Mehr weißt du nicht über ihn?«

»Und ob! Er studiert Medizin und ist Famulant bei Zuckmayer.«

»Was?«, donnerte Enak.

»Wieso fragt Ihr, Ehrenwerter …?«

»Wenn Zuckmayer und dieser angebliche Koch unter einer Decke stecken, kann dabei für uns nichts Gutes herauskommen. Besorg für dich und deine Kriegerinnen sofort Visa und Flugtickets! Notfalls bestecht die Botschaftsbeamten und chartert eine Maschine. Morgen früh müsst ihr in Bagdad sein.«

»Bagdad?«, keuchte Zafirah.

»Ja«, antwortete Enak in düsterem Ton. »Ich habe so eine Ahnung.«

»Glaubst du etwa, diese Bastarde haben den Erlöser gefunden?«

»Nachdem ich heute den Grünen gesehen habe, bin ich mir fast sicher. Er und der Erlöser haben eine gemeinsame Geschichte. Wir müssen den einen töten – ein für alle Mal – und den anderen in unsere Gewalt bringen. Ich treffe euch in Bagdad.«

54

»Meine Garderobe geht mir aus. Ich muss unbedingt shoppen gehen«, zischte Nasrin. Es war kurz nach sieben Uhr abends. Der Airbus A320 der Egypt Air befand sich gerade im Landeanflug auf Bagdad.

Aus ihren bequemen Businessclass-Sitzen reckten Pit und Karim die Köpfe vor und starrten sie verdutzt an.

Sie warf die Arme hoch. »Na, stimmt doch! Ständig muss ich mich aus dem Staub machen und meine Kleidung zurücklassen. Ich hab nichts mehr anzuziehen.«

Karim legte den Kopf an die Sitzlehne und lächelte. »Das sagen Frauen immer.«

»Etwas leiser, bitte!«, flüsterte Pit ihr zu. »Wir landen gerade in einem sittenstrengen Land. Wenn dich jemand für eine Stripperin oder ein leichtes Mädchen hält, sitzt du in null Komma nichts im Gefängnis.«

»Pah! Mir doch egal. Da halten mich keine zehn Kamele, du Verräter.«

»Ich bin kein Verräter.«

»Bist du doch. Weil du bei der letzten Lyse deine Kleidung mitgenommen hast. Und Onkel Karim sowieso. Ich war wieder die Einzige, die nackt herumhüpfen durfte.«

»Kinder!«, mischte sich Karim ein. »Ihr streitet schon wie ein altes Ehepaar. Heiratet doch erst mal, bevor ihr damit anfangt.«

Pit und Nasrin schwiegen verlegen und warfen sich verstohlene Blicke zu. Er fragte sich, ob es nicht lohnenswert wäre, das Thema weiter zu vertiefen. Oder ihr gleich einen Heiratsantrag zu machen. Sie lächelte nur auf ihre entzückend mädchenhafte Art.

Das Rumpeln und Quietschen des Fahrwerks beendete jäh den Moment des Wünschens und Hoffens. Sie waren in Bagdad gelandet.

Karim blickte auf seine Armbanduhr. »Fünfzehn nach sieben. Pünktlich auf die Minute, und das mit einer ägyptischen Fluglinie. Ich glaube, ich falle vom Glauben ab.«

Die Einreise brachte Pit wieder in der Maske von Elias Meerbaum alias Saa El Sayed hinter sich. Die Visa hatten sie erst am Vortag unter Einsatz eines erheblichen Bakschischs einem Beamten der irakischen Botschaft in Kairo abgetrotzt. Dies war vor allem Karim zu verdanken, der im Rahmen seiner wissenschaftlichen Arbeit des Öfteren in den Irak flog und den Preis des Attachés kannte.

Hinter der Zollkontrolle wartete bereits Mustafa Tahir al-Shahk Ammar auf sie. Der beleibte Archäologe und Religionswissenschaftler arbeitete für das Ministerium für Altertümer. Er hatte nach seinem Dienst in der irakischen Luftwaffe in Kairo studiert. Bei seiner Promotion begleitete ihn ein damals schon sehr weiser und erfahrener Doktorvater: Professor Karim Hamdi. Seitdem waren die beiden befreundet – obwohl Mustafa ein Zwerg war und dies nicht nur im Sprachgebrauch der Domen.

Der quirlige Chefausgräber des Iraks war ungefähr einen Meter sechzig groß und wog um die achtzig Kilo. Im Kreis der drei Zweimetergäste, die er nun empfing, machte er sich wahrlich wie ein Zwerg aus. Obschon er die Fünfzig bereits überschritten hatte, waren die grauen Haare auf seinem Kopf an einer Hand abzuzählen.

»Herzlich willkommen im Zweistromland!«, begrüßte er das Trio. »Wie war der Flug?«

»Pünktlich«, antwortete Karim. Er umarmte den Zwerg und gab ihm auf jede Wange einen Kuss. Danach stellte er seine zwei Begleiter vor.

Pit überlegte, ob er den Kleinen ebenfalls küssen sollte, nahm dann aber Abstand davon.

Nasrin blieb unangetastet. Im Irak schickte es sich nicht, eine fremde Frau zu berühren. Um nicht unnötig aufzufallen, hatte sie sich einen langen Rock und eine züchtige Bluse in frischem Rosa angezogen. Dazu trug sie einen Hidschab aus türkisfarbenem Chiffon. Allerdings hatte sie das islamische Kopftuch so lässig umgeworfen, dass sie trotzdem ein Hingucker war.

»Hat sich schon ein Deutscher namens Elias Meerbaum bei Ihnen gemeldet?«, fragte Pit den Archäologen.

Der riss seinen Blick von Nasrin los und wandte sich dem Fragenden zu. »Meerbaum? Der Name sagt mir nichts.«

»Er dürfte wohl bei Ihnen im Ministerium vorsprechen oder anrufen. Könnten Sie ihn bitte umgehend – und *diskret!* – mit uns zusammenbringen?«

Der Iraker grinste diebisch. »Klingt ja sehr geheimnisvoll.«

»Ist es auch. Und es ist *sehr* wichtig.«

»Ich leite alles in die Wege, damit er sofort zu euch gebracht wird, sollte ich mich nicht persönlich darum kümmern können. Ach, und übrigens – nennt mich Mustafa! Ihr seid Karims Freunde, dann seid ihr auch meine Freunde.«

»Danke, Mustafa.«

Der Zwerg bugsierte die Riesen und ihr Gepäck in seinen verbeulten schimmelgrünen Mercedes-Benz und chauffierte sie in sein Haus im Stadtteil Mansur, links des Tigris. Das Villenviertel habe in den Irakkriegen und durch Bombenanschläge etwas von seinem einstigen Glanz verloren, entschuldigte sich der Archäologe. Pit war von der Menge nobler Häuser und grüner Stadtoasen dennoch beeindruckt. Seine Villa habe früher einem russischen Diplomaten gehört, erklärte Mustafa, sei aber nach dem letzten Krieg irgendwie in seinen Besitz gelangt.

Durch ein Eisentor fuhren sie auf das weitläufige Anwesen. Es verfügte über einen Palmengarten und war von einer Mauer umgrenzt. Das innen wie außen hell erleuchtete Gebäude umfasste zwei Stockwerke und war in landestypischem Beige gehalten. Natürlich müssten Karim, Pit und Nasrin bei ihm wohnen, betonte der Herr des Hauses. Seine Familie zähle – mit Vater und Schwiegermutter – zwölf Personen, da komme es auf drei weitere Bewohner nicht mehr an.

Bei der Ankunft erwarteten die Gäste bereits besagte Eltern, eine Ehefrau und acht Kinder im Alter zwischen drei und sechszehn Jahren. Nasrin verliebte sich sofort unsterblich in das Nesthäkchen Shani, einen glutäugigen kleinen Wirbelwind mit dichten schwarzen Locken.

Frauen und Männer pflegten nach hiesigen Gepflogenheiten getrennt zu speisen. Da Pit aber nicht ohne Nasrin über das weitere Vorgehen sprechen wollte, traf man sich gegen zehn Uhr im Palmengarten. Der fast volle Mond warf sein silbernes Licht auf ein Ensemble aus weißen Marmorbänken. Mustafa brachte eine große Wachsfackel und Cognac mit und bat Karim, ihn nicht dem Mullah zu melden. Die Unterhaltung führten sie, wie schon den ganzen Abend, auf Englisch.

»Könntet ihr euch setzen? Dann komme ich mir nicht wie ein Zwerg vor«, bat der Zwerg und deutete auf die Steinbänke.

Sie taten ihm den Gefallen.

Er schenkte allen Gästen von dem französischen Weinbrand ein. Pit lehnte dankend ab. Mustafa zuckte fatalistisch mit den Achseln und entsorgte den Inhalt des überflüssigen Glases in seinen Schlund. »Du hast am Telefon sehr geheimnisvoll getan. Was führt euch drei ins Zweistromland?«, fragte er darauf seinen Doktorvater. Der Archäologe hatte eine helle, kratzige Stimme. Letzteres mochte den Zigaretten geschuldet sein, die er in atemberaubendem Tempo konsumierte.

»Sagt dir der Begriff *Erlöser* etwas?«, erkundigte sich Karim.

»In welchem Zusammenhang?«

»In Verbindung mit dem Turm von Babylon.«

»Nicht das Geringste.« Mustafa leerte sein eigenes Glas und schenkte sich nach.

»Gibt es dort Hinweise auf unterirdische Strukturen?«

»Unter dem Fundament der Zikkurat? Das ist nur noch ein Quadrat aus Lehm mit etwas Schutt, umgeben von Wasser. Wir haben versucht, Etemenanki – dem Turm – mit seismischen Sondierungen auf den Zahn zu fühlen. Das Geosonar ist aber an einer mächtigen Lehmschicht im Boden gescheitert. Geoelektrische Untersuchungen lieferten mehrdeutige Ergebnisse. Sie schließen größere Hohlräume unter dem Fundament zwar nicht aus, die Werte könnten aber auch von geologischen Verwerfungen herrühren. Kurz: Bei der Datenlage ist niemand bereit, die enormen Kosten für umfangreiche Grabungen in dem sumpfigen Gelände lockerzumachen. Ob der Turm unter der Erde also noch Überraschungen für uns parat hat, muss die Zukunft zeigen. Wundern würde es mich nicht.«

»Wieso sagst du das?«, fragte Pit.

Mustafa schwenkte sein Glas und sog genüsslich das Aroma des Cognacs in sich auf. »Weil uns Etemenanki schon so manches Rätsel aufgegeben hat.«

»Was bedeutet dieser Name eigentlich?«

»Etemenanki ist sumerisch und steht für *Haus der Fundamente von Himmel und Erde.*«

Pit und Nasrin wechselten einen Blick. Er musste unweigerlich daran denken, was Karim in Kairo über den Ursprung der Domen gesagt hatte: *Ihr Anfang liegt also jenseits der Welt.* »Und Babylon. Bedeutet das *Verwirrung?*«

»Im Alten Testament wird der Name von dem hebräischen *balal* – verwirren – abgeleitet. Die moderne Forschung geht aber davon aus, dass ihn eine unbekannte Urbevölkerung geprägt hat«, fügte Karim mit wissendem Lächeln hinzu.

Mustafa hatte soeben erneut sein Glas in einem Zug geleert und rülpste. »Stimmt!«

Pit und Nasrin wechselten abermals einen fragenden Blick. Könnten diese fremden Namengeber die Domen gewesen sein? »Hat der Turm von Babylon euch Archäologen noch andere Nüsse zu knacken gegeben, Mustafa?«

Der Gefragte füllte sein Glas abermals und wiegte dabei viel und doch nichtssagend den Kopf. Allmählich schien der Alkohol Wirkung zu zeigen. »Unsere österreichischen Kollegen sind auf dem Schutt herumgekraxelt und haben tonnenschwere basaltähnliche Brocken gefunden. Irgendjemand muss die Ziegel irgendwie eingeschmolzen haben, so als wolle er die Überreste der Zikkurat unter einem gläsernen Sarkophag bestatten. Dazu sind Temperaturen von über tausendzweihundert Grad Celsius nötig. Einige haben doch tatsächlich die verrückte Theorie aufgestellt, das Feuer sei vom Himmel gefallen.«

»Wie bitte?«

»Als Mede... Medeo... Medeorit.« Mustafa kippte den nächsten Cognac hinunter. »Allah ist groß!«

Zum dritten Mal wechselten Pit und Nasrin einen vielsagenden Blick.

»Warum seht ihr zwei euch eigentlich ständig so an?«, lallte der wenig trinkfeste Archäologe.

»Sag, lieber Freund«, schaltete sich an dieser Stelle Karim ein, »hast du je von einem Volk der Domen gehört?«

»Klar.« Mustafa hickste und starrte begehrlich auf die Cognacflasche.

Seine drei Gäste fuhren von den Bänken hoch und riefen alle durcheinander. »Wo?«, kam es von Pit. »Wann?«, verlangte Karim zu wissen. »Wie?«, stieß Nasrin hervor.

Mustafa hickste erneut. »Auf der Rückseide eines Lehmziegels, den wir im Schudd der Ziggurad gefunnen haben, fannen wir Keilschrifdzeichen. Wir konnen mit dem Word nichs anfannen. Dachden ... *hicks!* ... Schulligung. Dachden, es sei der Name eines unbekannden Goddes.«

»Mustafa«, rief Pit aufgeregt, »kannst du uns morgen nach Babylon fahren?«

Der Archäologe grinste wie ein Honigkuchenpferd. »Null Problemo!«

Nasrin schnaubte empört. »Das ist wieder mal typisch.«

Die drei Männer sahen sie verdutzt an.

»Na, stimmt doch«, beschwerte sie sich. »Ich habe immer noch nichts anzuziehen.«

55

Die Fahrt von Bagdad zu den Ruinen von Babylon war für Pit die längste seines Lebens. Das lag weniger an der Entfernung. Er hatte schon weitere Strecken bewältigt als diese hundert Kilometer. Die anderthalb Stunden auf den staubigen Pisten waren auch nicht gerade rekordverdächtig. Allein seine Ungeduld ließ ihn die Reise endlos erscheinen.

Er brütete unentwegt über Mustafas Vergleich mit dem Sarkophag, den nach Ansicht einiger Phantasten ein überirdisches Feuer aus den Tonziegeln geschmolzen hatte. Lag irgendwo unter dem Schutt der Jahrtausende der Erlöser begraben? Unwillkürlich drückte er Nasrins schöne neue Hand noch fester. Sie sah ihn fragend an. Er schüttelte nur den Kopf und strich ihr die widerspenstige Strähne aus der Stirn.

Mustafa war die ganze Strecke mit offenem Fenster gefahren, angeblich wegen des Zigarettenrauches, den er unentwegt produzierte. Pit vermutete den wahren Grund eher in der Alkoholfahne des Fahrers. Im Schutz seiner Gartenmauer hatte der Archäologe letzte Nacht, Muslim hin oder her, die Flasche Cognac im Alleingang geleert. Es fiel Pit schwer, den Mann, der im Irakkrieg viel Leid erfahren hatte, dafür zu verurteilen. *Wer von euch ohne Sünde ist, werfe den ersten Stein.* Wer hatte das noch gleich gesagt?

Der Diesel nagelte an einer ausgedörrten Pfütze vorbei, aus der zwei zerlumpte Frauen Salz herauskratzten. Pit lugte zwischen die Vordersitze hindurch auf das nachträglich eingebaute Außenthermometer. Es zeigte sechsunddreißig Grad Celsius an. Sie hätten sich für den Ausflug einen kühlen Tag ausgesucht, hatte Mustafa beim Aufbruch kurz nach acht Uhr bemerkt. Im Sommer seien selbst fünfzig Grad keine Seltenheit.

Zur Linken kam endlich das Ruinenfeld in Sicht. Hier und da ragten Palmen aus der gelbgrauen Wüstenei hervor. Der Archäologe steuerte seinen Mercedes auf ein tristes Lehmgebäude an einem Maschendrahtzaun zu, als wolle er es in Grund und Boden fahren. Durch das offene Fenster wies er zu einem Hügel hinüber. »Was ihr dort drüben seht, ist das Disney-Land-Schloss, das sich Saddam Hussein aus Sandstein und Marmor in der Ruinenstadt errichten ließ. Ansonsten findet ihr auf dem Gebiet des antiken Babylons vier Kategorien baulicher Strukturen: stümperhafte Nachbildungen wie die von Nebukadnezars Palast, leidlich akzeptable Restaurierungen wie das Ischtartor, Trümmer und Schutt. Das meiste ist Schutt.« Er trat auf die Bremse.

Der schimmelgrüne Benz schlidderte vom Asphalt herunter, über einen Schotterstreifen hinweg und blieb nur wenige Meter vor dem Haus stehen. Daneben saßen ungerührt zwei Wächter im Schatten einer Platane. Annäherungen dieser Art schienen ihnen vertraut zu sein, zumindest wenn Doktor Mustafa Tahir al-Shahk Ammar den Wagen steuerte.

Der Archäologe rief den Männern etwas zu. Er nahm nicht einmal die Fluppe aus dem Mund. Einer der babylonischen Stadtwächter richtete sich unter offenkundig größtem Körpereinsatz auf und schlurfte zu dem Gittertor. Mit Bewegungen, die Pit an eine extreme Zeitlupe erinnerten, öffnete er ein Vorhängeschloss, entfernte eine Kette und schob das Tor auf.

Mustafa ließ die Wächter in einer Staubwolke zurück, als er auf das Areal der historischen Stätte fuhr.

Der Mercedes bretterte immerhin noch gut anderthalb Kilometer über eine staubige Piste, bis er endlich in einen Seitenweg nach links abbog und kurz darauf stehen blieb.

»Endstation Etemenanki«, verkündete Mustafa fröhlich.

»Ich hoffe doch nicht«, brummte Pit. Er blickte sich um, konnte aber nichts entdecken, das auch nur annähernd mit einem Gebäude vergleichbar gewesen wäre. Alles, was er sah, waren Sand,

Stechginster, einige Palmen, viel Gestrüpp und trockenes Gras. Was würde sie an diesem gottverlassenen Ort erwarten, der einmal die mächtigste Stadt der Welt gewesen war? Alexander der Große hatte sie zum Zentrum seines riesigen Reiches auserkoren. Er wollte den Stufenturm – die Zikkurat – wieder aufbauen und war gescheitert. Andere hatten es ebenfalls versucht und es ebenso wenig vermocht. Die Bibel enthielt einen Fluch, dass Babylon ewig in Trümmern liegen werde. Bis auf diesen Tag hatte niemand den Bann gebrochen.

»Nehmt eure Rucksäcke und genügend Wasser mit!«, empfahl Karim.

»Und du? Soll ich etwa dein Wasserträger sein?«, scherzte Mustafa.

»Wenn es mir zu ungemütlich wird, mache ich mich aus dem Staub.«

Pit trug eine kakifarbene Cargohose, in deren Taschen er alles gestopft hatte, was er auf einer Expedition wie dieser für unverzichtbar hielt: LED-Lampe, Schweizer Messer, Schnur, eine Dose Energydrink und drei Müsliriegel. Ein kurzärmliges dunkelblaues Poloshirt, eine Baseballcap der Boston Red Sox und feste Sneakers vervollständigten seine Ausrüstung.

Nasrin sah aus wie eine indische Prinzessin. Eine Nachbarin der Ammars – die Frau eines Diplomaten aus Jaipur – hatte sie mit einem duftigen Salwar Kamiz in Nasrins Lieblingsfarbe eingekleidet: blutrot. Safrangelbe, schwarze und goldene Farbtupfer verliehen dem dreiteiligen Ensemble zusätzliche Lebendigkeit. Es bestand aus einem seitlich bis zur Hüfte geschlitzten Hemd, einer weiten Hose und einem breiten Schal, den Nasrin sich über den Kopf gelegt hatte. An den Füßen trug sie Sandalen. Die Hitze schien ihr nichts auszumachen.

Der Marsch war nur ungefähr zweihundert Meter lang. Auf dieser Strecke verlor Pit gefühlte zweihundert Milliliter Schweiß, so unbarmherzig zog ihm die stechende Sonne das Wasser aus dem Leib. Nachdem sie einige Palmen hinter sich gelassen hatten, fiel sein Blick auf mehrere nicht natürlich wirkende Hügel, die von üppigem Grün überwuchert waren. Er spürte, wie sich Nasrins Griff an seiner Hand verstärkte.

»Ist das …?«

»Ich glaube ja«, antwortete er. »Das ist der kümmerliche Rest vom *Haus der Fundamente von Himmel und Erde.*«

»Etwas mehr Respekt, wenn ich bitten darf. Ihr nähert euch einem Nationalheiligtum. Saddam wollte den Turm sogar wieder aufbauen lassen«, protestierte Mustafa augenzwinkernd und deutete auf die Erhebungen. »Die Schutthügel dort stammen von dem äußeren Backsteinmantel der Zikkurat. Die Stützschicht war knapp fünfzehn Meter dick. Die gesamte Grundfläche Etemenankis maß einundneunzig Meter im Quadrat.«

»War der Turm hohl?«, erkundigte sich Nasrin.

»Nein. Im inneren Kern wurden halb gebrannte Ziegel verbaut. Insgesamt dreiundsiebzigtausend Steine waren unten für eine einzige Lage nötig. Könnt ihr euch vorstellen, wie viele da für den einundneunzig Meter hohen Stufenturm zusammenkamen? Millionen! Die Bewohner der Gegend haben die Ruine über tausend Jahre lang als Baumarkt benutzt: Sie errichteten ganze Städte aus den Ziegelsteinen.«

Inzwischen hatten sie das Fundament erreicht. Pit und Nasrin erklommen leichtfüßig einen Schutthügel an der nordwestlichen Ecke des Gevierts, um sich einen Überblick zu verschaffen. Schatten spendete ihnen dabei die einzige Palme im Umkreis von hundert Metern. Karim und Mustafa folgten gemächlicheren Schrittes.

Von dem Backsteinmantel und der nach Süden verlaufenden großen Freitreppe zeugte nur noch ein mit grünem Wasser gefüllter, von Büschen und Schilf umsäumter Graben. Ebenso unscheinbar waren die Überreste des Kerns der Zikkurat: eine quadratische, hügelige Insel.

»Ziemlich trostlos«, bemerkte Nasrin. Sie hatte ihren Rucksack abgenommen und setzte die Wasserflasche an die Lippen.

Pit nickte. »Und trotzdem hat uns Elias gesimst: *Wir treffen uns am Turm von Babylon.*«

Japsend erreichte nun auch Mustafa die Spitze des Hügels.

Dichtauf folgte Karim. Er wirkte so unangestrengt wie ein Greis beim Entenfüttern. »Du solltest mit dem Rauchen aufhören«, empfahl er lächelnd seinem Freund.

»Das tue ich jeden Morgen«, keuchte der irakische Chefausgräber. »Es hält nur nie lange vor.« Er zog ein Päckchen Marlboro und ein Gasfeuerzeug aus der Brusttasche seines karierten Hemdes.

»Wie lange würde es dauern, hier eine Probebohrung durchzuführen?«, fragte Pit den Archäologen. Er nahm Nasrin die Wasserflasche ab und trank selbst einen tiefen Schluck.

Mustafa ließ das Feuerzeug wieder ausgehen und sah ihn verblüfft an. »*Bohrung?*«

Pit deutete mit der Plastikflasche auf die sechzig mal sechzig Meter große Insel. »Um festzustellen, ob sich darunter irgendwelche Gewölbe befinden.«

Der Iraker lachte freudlos. »Die Genehmigung bekommen wir nie.«

»Und wenn die Zukunft der Menschheit davon abhinge?«

»Vergiss es!«, antwortete Mustafa mit wegwerfender Geste. »Was ihr mir auf der Fahrt hierher über diese Hadeskappe erzählt habt, kann *ich* ja kaum glauben. Die Minister würden euch nur auslachen.« Er zündete sich eine Zigarette an.

»Bis ihnen das Lachen vergeht«, brummte Pit und musterte grimmig das trostlose Geviert. Nasrin nahm ihm wieder die Flasche ab.

»Könnte der Erlöser nicht auch irgendwo anders in Babylon versteckt sein?«, fragte Karim. »Von den Hängenden Gärten der Semiramis heißt es, sie seien mit Blei ausgekleidet gewesen, angeblich um das Wasser für die Pflanzen am Durchsickern zu hindern.«

»Wie in der Zenoburg«, murmelte Pit.

Mustafa hob die Schultern. »Niemand weiß heute mehr, ob sich die Gärten im Süd- oder im Nordpalast befanden oder sogar nur ein Mythos sind.«

»Klingt nicht sehr ermutigend«, bemerkte Nasrin.

Pit schüttelte den Kopf. »Wäre nur Elias schon hier! Er hat uns ausdrücklich diese Stelle als Treffpunkt genannt. In bin überzeugt –

wenn wir uns in das Fundament des Turmes graben, finden wir mehr als Sand und Lehm.«

»Wozu graben?«, fragte Karim die beiden.

Sie sahen sich überrascht an.

»Er hat recht«, sagte Nasrin. »Falls es unter diesem Schutthaufen einen Hohlraum gibt und er nicht zu tief liegt, dann könnten wir bis zu ihm durchdringen.«

»Halt, halt, halt!«, rief Mustafa alarmiert. »Was bedeutet *durchdringen?* Wollt ihr hier etwa mit Dynamit herumspielen? Das kann ich auf keinen Fall …«

»Halt den Mund!«, schnitt Karim ihm das Wort ab.

»Aber …«

»Ich muss dir etwas erklären, Mustafa«, unterbrach Karim ihn abermals. Er legte seinem Freund einen Arm um die Schultern und führte ihn einige Schritte auf die Seite. Es sah aus, als rede ein Vater mit seinem dicklichen Sohn über die Gefahren des Rauchens und der Filius widersetze sich ihm mit heftigem Kopfschütteln.

Plötzlich löste sich Karim in Sand auf.

Mustafa schrie erschrocken auf.

Die dunkle Wolke wirbelte um ihn herum, riss ihm den Glimmstängel aus den Fingern und schleuderte ihn hoch in die Luft.

Im nächsten Moment verkörperte sich der Domen wieder vor dem Zwerg. »Glaubst du mir jetzt?«

Mustafa verdrehte die Augen und fiel in Ohnmacht.

Der Archäologe war nur kurz besinnungslos. Nach seinem Erwachen verlangte er als Erstes eine Zigarette. Nasrin gab ihm stattdessen Wasser. Danach schüttelte Mustafa ungläubig den Kopf. »Ist das nur eine Spezialität von dir, Karim, oder können deine Freunde …?«

»Wir sind alle so gepolt«, antwortete Nasrin.

»Wie macht ihr das?«

»Mentale Stimulation der Molekularstruktur«, erklärte Karim.

Mustafa richtete sich zum Sitzen auf und lächelte erleichtert. »Und ich dachte schon, es sei was Überirdisches.«

»Es ist etwas Überirdisches«, stellte Karim klar.

Der Archäologe riss Nasrin die Flasche aus der Hand und trank sie leer. Argwöhnisch beäugte er die drei Riesen um sich herum. »Ihr wollt mir also weismachen, ihr wärt Außerirdische?«

»Lediglich ihre Nachkommen. Wir alle, du eingeschlossen, sind Kinder derselben Welt. Gemessen an den Gemeinsamkeiten, unterscheidet sich unser Wesen von dem deinen nur geringfügig. Ich erhoffe mir von diesem Ausflug, mehr über den Ursprung der Domen zu erfahren. Bist du bereit, uns zu helfen, Mustafa?«

»Nur wenn ihr nachher die Erde nicht mit euren Raumschiffen zerstört.«

Karim seufzte. »Wir haben keine Raumschiffe, Mustafa. Ich dachte, das hätte ich dir klargemacht. Wir sind die Guten. Es gibt in dieser Geschichte auch Böse, und die planen durchaus, euch Zwergen – so nennen sie euch – etwas Unerfreuliches anzutun.«

»Diese Hadeskappe, meinst du? Sie wollen eine Pandemie auslösen, die schlimmer ist als die Spanische Grippe?«

Der Ägypter nickte.

»Also gut, ich bin dabei«, beschied Mustafa und zog die Zigarettenschachtel aus der Brusttasche. »Was muss ich tun?«

Karim klopfte ihm anerkennend auf die Schulter. »Dich nur in deine Elemente auflösen. Den Rest erkläre ich dir später.«

56

Pit schraubte sich ungefähr zweihundert Meter in den Himmel empor, um das Areal rings um das Turmfundament aus der Höhe zu betrachten. Sein Blick folgte südwärts einem Graben, über dem einst die mächtige Treppenrampe von Etemenanki aufragte. Dahinter entdeckte er die Überreste von Esaĝila, dem Tempel zu Ehren des Gottes Marduk. An dieser Stelle befand sich im Glaubenskosmos der Babylonier der Mittelpunkt der Welt. Nun war davon so gut wie nichts mehr übrig. Nein, beschied Pit, wir fangen hier beim Haus der Fundamente von Himmel und Erde an.

Und so fuhr er vom Himmel in die Erde hinab.

Es fiel ihm erstaunlich leicht, die Schutt- und Sandschichten zu durchdringen. Der darauf folgende Lehmschild stellte ebenfalls keine größere Herausforderung dar. Erst als er überraschenderweise auf Fels stieß, musste er sich mehr zusammenreißen – im wahrsten Sinne des Wortes.

Immer tiefer tauchte er. Karim hatte ihn gewarnt, nicht bis an den Rand der mentalen Erschöpfung zu gehen, sonst würde ihm die Kraft für die Rückkehr fehlen. Pit spürte bereits eine trügerische Leichtigkeit – so kündige sich das Verhängnis an, hatte Nasrin ihm erklärt. Die Gesteinsschicht schien kein Ende zu nehmen. Soll ich aufgeben?, fragte er sich.

Er drang weiter hinab. Meter um Meter. Dabei kam er sich vor wie ein Taucher, der nur mit angehaltenem Atem in einer finsteren Meereshöhle nach einer Luftblase sucht und weiß, dass er nicht mehr umkehren kann. Er spürte eine seltsame Euphorie, für die es keine erfreuliche Erklärung gab. *Kehr um!*, schrie ihm sein Verstand zu. Doch er tauchte weiter.

Und plötzlich sickerte er ins Nichts hinein.

Er sah nur vollkommene Schwärze. Während er auf den Boden sank, bekam er einen ersten Eindruck von der Höhe des Hohlraumes. Auf acht oder zehn Meter schätzte er sie. Unten angekommen, nahm er seine menschliche Gestalt an.

Von der Wüstenhitze oben spürte Pit im verborgenen Reich Etemenankis nichts. Empfindlich kühl war es hier. Prüfend sog er die Luft ein. Sie erwies sich als überraschend trocken und roch – nach nichts. Offenbar bildete die Felsschicht einen wirksamen Schutz gegen eindringendes Wasser. »Ha!«, rief er und benutzte sein Gehör als Sonar. Das hallende Echo bestätigte den ersten Eindruck: Der Raum war riesig. Um die Atemluft musste er sich vorerst weniger Sorgen machen als um seinen mörderischen Durst.

Pit hatte seine Kleidung mit in die Tiefe genommen. Inzwischen gelang ihm dergleichen genauso mühelos wie Karim. Er holte die LED-Lampe aus der oberen Beintasche und schaltete sie ein. Dann blieb ihm doch die Luft weg – er hatte selten so gestaunt.

Der Raum, in dem er stand, war offenbar eine natürliche Höhle, vermutlich aus Sandstein. Pit schloss dies aus dem unregelmäßigen Grundriss und der unbehauenen Decke. Der Boden hingegen sah so eben aus wie Estrich. Und auch die Wände ragten glatt und senkrecht empor. Sie waren über und über mit Reliefs bedeckt.

Neugierig näherte sich Pit einem der großen Bilder. Darauf war ein Riese mit hoher, breiter Stirn, flacher Nase, spitzem Kinn und weit auseinanderstehenden Augen zu sehen. Seine gespreizten Hände wiesen je sechs Finger auf. In der Nacht von Zekarias' Tod hatte Pit diesen Koloss in einem Albtraum gesehen. Hier präsentierte er sich in Siegerpose: Blitze schossen aus seinen Augen, und zu seinen Füßen lagen vom bösen Blick hingestreckte Zwerge. Zwei Sonnen warfen ihre Strahlen auf die schreckliche Szene. Links vom Bild waren Keilschriftzeichen in den Stein gemeißelt, vermutlich Sumerisch oder Akkadisch.

Karim schien etwas geahnt zu haben. Wieso hätte er Mustafa

sonst angekündigt, er werde sich in seine Elemente auflösen? Ohne einen Gelehrten, der die alten Sprachen lesen konnte, wäre das Rätsel der steinernen Bildergeschichte kaum zu lösen.

Pit wandte sich um und ließ den Lichtkegel seiner Lampe weiterwandern. Dabei entdeckte er einen Alkoven, einen zur Halle hin offenen Nebenraum, in dem breite Säbel und Hellebarden in goldenen Halterungen an den Wänden hingen. Die gebogenen Klingen hatten bedrohlich aussehende Zacken, wie er sie bei den Schwertern von Zafirah und ihren Kriegerinnen gesehen hatte. Wozu diese Waffen hier wohl aufbewahrt wurden? Er konnte sich keinen Reim darauf machen und setzte seine Erkundung fort.

Nach wenigen Schritten stieß er auf eine Art Apsis, eine große, von einem Rundbogen überwölbte Nische in der Wand. Darin stand ein schlanker Sarkophag. Er war kaum fünfzig Zentimeter breit.

»Der Erlöser?«, murmelte Pit und schwenkte die Taschenlampe nach oben. Die Wölbung hinter dem steinernen Kasten schmückte ein anderes Relief, das nur sechsgliedrige Domen zeigte. Männer wie Frauen waren nackt. Sie krümmten sich vor Schmerzen. Einige lagen auf dem Boden. Über ihnen stand ein riesiger Aufseher oder Sklaventreiber. Er hielt eine sechsfache Peitsche in der Rechten und links einen Stecken mit einem Stein an der Spitze. Auch diese Szene war mit einem Keilschrifttext kommentiert.

Pit sah ein, dass er mit seinem Latein am Ende war. Er brauchte die Hilfe von Männern wie Karim und Mustafa. Außerdem machte sich Nasrin bestimmt schon Sorgen um ihn. Er schaltete die Lampe aus, verstaute sie in seiner Tasche und verwandelte sich in Sand.

Der Kundschafter aus der Tiefe verkörperte sich im Rücken von Mustafa. Der Zwerg hatte es sich zusammen mit Karim und Nasrin im Schatten der Palme bequem gemacht.

»Ich habe ihn gefunden«, verkündete Pit.

Der Archäologe fuhr herum, schrie auf und ließ vor Schreck seinen Glimmstängel fallen. »Daran werde ich mich nie gewöhnen«, keuchte er.

»Sag niemals nie«, philosophierte Pit und trat die Zigarette aus, bevor sie das Gras in Brand stecken konnte.

»Was hast du gesehen?«, fragte Karim. Vor Neugier funkelten seine Augen nicht weniger als die von Nasrin.

Pit schilderte seine Eindrücke. »Die Kammer – eigentlich eher ein Höhlendom – liegt sehr tief«, schloss er seinen Bericht. »Nimmst du Mustafa mit hinunter, Karim? Nasrin kann sich an mich dranhängen. Ich kümmere mich auch um die Ausrüstung und ihre Kleidung.«

»Was ist damit?«, wunderte sich Mustafa.

Pit grinste. »Du weißt doch, wie die Frauen sind. Ständig klagen sie, sie hätten nichts anzuziehen.«

Mustafa war Vollblutarchäologe. Er interessierte sich nur kurz für die unbekleidete Schönheit, die Pit so besorgt vor seinen Blicken verdeckte. Sobald er die Wandreliefs bemerkt hatte, vergaß er alles andere ringsum.

Kaum weniger hingerissen war Karim. Die Antwort auf die große Frage – woher komme ich? – war buchstäblich zum Greifen nahe. Nach einhundertfünfundsiebzig Lebensjahren sah er sich am Ziel.

Als Erstes nahm sich Mustafa das ausladende Relief mit dem Domenherrscher und den unterworfenen Zwergen vor. Der Keilschrifttext, bemerkte er, sei mindestens so alt wie die ältesten sumerischen Tontäfelchen, die ihm bis dahin untergekommen seien. Er müsse also aus dem vierten Jahrtausend vor Christus stammen. Zu dieser Zeit standen die in feuchten Ton geritzten Schriftzeichen – ähnlich wie die altägyptischen Hieroglyphen – für einzelne Begriffe. Manchmal habe man etwas Komplexes oder Abstraktes auch aus mehreren solcher Piktogramme oder Ideogramme zusammengesetzt. »Dieses System erleichtert einerseits die Lesbarkeit, macht eine wörtliche Übersetzung aber so gut wie unmöglich«, erklärte Mustafa.

»Ich bin begierig, deine Interpretation zu hören«, drängte ihn Karim sanft.

»Hier ist von den Domen die Rede«, begann der Archäologe im

Ton eines Dozenten. Während er sprach, leuchtete er mit dem Punktstrahl seiner verstellbaren Lampe auf bestimmte Abschnitte des Keilschrifttextes. Es handele sich dabei um eine hochstehende, uralte Zivilisation. Er richtete den Spot auf die beiden strahlenden Scheiben im oberen Bereich. »Sie kommen aus dem *Land der Zwillingssonne* – also nicht von der Erde.«

»Ich hab's gewusst«, murmelte Karim.

Mustafa lächelte jovial. »Hast nicht du mir beigebracht, dass viele Herrscher im Altertum ihre Herkunft auf himmlische Wesen zurückführten?«

Karim nickte. »Ganz genau. Darum geht es hier.«

Der Archäologe musterte seinen Doktorvater einen Moment lang betreten und räusperte sich. »Du meinst das ernst?«

»Ich habe es schon immer ernst gemeint. Fahr bitte fort, Mustafa!«

Der Lichtkreis wanderte zu einem anderen Abschnitt des Textes. »Das dort bedeutet: *Die Domen sind Geist und nur Geist. Ihre Körper jedoch sind aus dem Staub des Erdbodens gemacht. So soll die irdene Fessel, an die ihr Geist gebunden ist, sie bis in alle Ewigkeit an ihr Vergehen gemahnen.* Wird jemand daraus schlau?«

»Unser Geist beherrscht die Materie und kann sich trotzdem nicht von ihr lösen, ohne zu sterben«, erklärte Karim.

Mustafa grinste. »Herzlich willkommen im Klub der Sterblichen.«

Karim sah ihn tadelnd an. »Du bist Religionswissenschaftler und solltest wissen, dass praktisch jede Kultur den Glauben an die unsterbliche Seele kennt. Hast du dich je nach dem Grund gefragt?«

»Du meinst … die Domen haben diese Vorstellung in die Welt gesetzt?« Mustafas Blick wanderte wieder zu dem Relief.

»Du sagst es, mein Freund. Darin spiegelt sich ihr früheres Wesen wider.«

»Wenn ihr schon darüber staunen könnt, dann seht euch erst einmal das hier an«, sagte Pit und ging zur Apsis hinüber. Er schaltete seine Lampe auf Streulicht und stellte sie vor den Sarkophag.

Staunend folgten ihm die drei anderen. Nasrin und Karim veränderten ebenfalls die Lichtstreuung, sodass die Nische von einem bläulich kühlen Licht erhellt wurde.

Der Archäologe richtete den Kegel seines Strahlers auf den großen Domen mit der Peitsche und dem Stecken. »Faszinierend!« Dann widmete er sich dem nebenstehenden Keilschrifttext.

»Könntest du uns freundlicherweise an deiner Erleuchtung teilhaben lassen?«, bat Karim.

Mustafa versuchte sich an einer freien Übersetzung. »Eine Gruppe von Domen machte sich im Land der Zwillingssonne der Rebellion gegen ihren König schuldig. Für ihren Frevel verbannte er sie aus dem Licht seiner Gnade. Er überantwortete sie einem Zustand der Missbilligung und warf sie in den … Abgrund.«

»*Bis wir den Erlöser gefunden haben, der uns aus Abyssos befreit, dem Abgrund unserer schmählichen Gefangenschaft*«, warf Pit ein.

»Abyssos?«, wunderte sich Mustafa.

»Nasrin und ich haben diese Worte in einer Art Schlachtplan entdeckt. Der Erhabene Ahiman Enak XII. schildert darin, wie er das Volk der Zwerge mithilfe der Hadeskappe zu unterwerfen gedenkt. Sagt der Text noch mehr über Abyssos?« Pit deutete auf die gewölbte Wand.

Der Archäologe benutzte wieder seinen Lichtfinger. »Da steht, die Menschheit sei sehr jung gewesen, als der König die Domenrebellen in ihre Welt verbannte. Er legte ihnen die *irdene Fessel* an: Ihr Geist blieb stark, doch er vermochte sich nicht länger vom … Staub?«

»Der Materie. Oder den Elementen«, half Karim aus.

Mustafa nickte. »Ja. Daran blieben sie nun gebunden. Seitdem waren sie die Starken und Mächtigen auf Erden. Kein Pfeil konnte sie töten, kein Löwe sie schrecken, und tausend mal tausend Tage währte ihr Leben.« Der Archäologe stutzte. »Das hieße ja … äh …«

»Sie wurden zweitausendachthundert Jahre alt«, rechnete Pit kurzerhand im Kopf aus.

»Die Zeiten sind längst vorbei«, merkte Karim an. »Ohne den Trank der Hoffnung stürben viele von uns heute bereits als Kinder.«

»Wer ist diese Figur?«, fragte Nasrin und deutete auf den großen Domen mit Peitsche und Stecken.

»Wartet!«, murmelte Mustafa und scannte mit der Lampe den Keilschrifttext ab. »Dieser Mann war selbst ein Rebell. Die Königstreuen, die ihn und die anderen zur Erde deportierten, setzten ihn – wenn ich die Bildsymbole richtig übersetze – als Wächter des Hauses der Gefangenen ein. Eine Art Kerkermeister, nehme ich an. Später riefen die Verbannten ihn zu ihrem … *König* aus?«

»Zum ersten Ahiman«, präzisierte Karim. »So nannten sie seitdem ihren obersten Fürsten, der per Akklamation ins Amt gehoben wurde.«

»Wie auch immer«, sagte Mustafa und beleuchtete wieder die Figur des Ahimans. »Da steht jedenfalls, der Enak empfing die sechsschwänzige Peitsche als Symbol für das Recht zu strafen und den Erlöser zum Vollstrecken des Großen Todes.«

»Klingt nicht so, als sei der Vollstreckungsgehilfe ein Mensch oder Domen«, bemerkte Nasrin.

Pit deutete auf den Sarkophag. »Wenn er da drin liegt, muss er ziemlich dünn sein.«

»Ich bin ein Vertreter der pragmatischen Forschung. Sehen wir einfach nach«, schlug Karim vor und stemmte sich gegen den steinernen Deckel. »Könntet ihr einem alten Mann etwas zur Hand gehen?«, presste er hervor.

»Das ist ein wertvolles Artefakt!«, protestierte Mustafa.

Pit und Nasrin fassten am anderen Ende des Sarkophags an.

»Lasst ihn bitte nicht fallen! Dreht ihn einfach, damit er auf dem Kasten liegen bleibt!«, flehte der Archäologe.

Es drehte sich gar nichts. Nicht um einen Millimeter rührte sich der Deckel.

»Fass gefälligst mit an, Mustafa!«, stöhnte Karim.

»Ihr betreibt Archäologie wie im neunzehnten Jahrhundert«, beklagte sich der Chefausgräber, langte aber trotzdem mit zu.

Und dann bewegte sich die Steinplatte. Nachdem sich die jahrtausendealten Verbackungen erst einmal gelöst hatten, ließ sie sich in der Horizontalen leicht um fünfundvierzig Grad drehen. Mustafa leuchtete in den Kasten.

Vier Köpfe reckten sich, acht Augen starrten, ein großes Staunen raubte ihnen die Sprache.

»Das ist der Stecken vom Relief«, fand Pit als Erster zu seiner Stimme zurück. In dem Sarkophag lag ein goldener Stab. Er lief nach unten spitz zu. Oben ruhte in einem Nest aus knorrigen Zweigen ein unbearbeiteter Kristall. Der unregelmäßige Stein war milchig weiß und glich am ehesten einem lang gezogenen Ei. Pit griff in den Kasten …

Mustafas Archäologenherz protestierte mit einem entsetzten Stöhnen …

Plötzlich bebte die Erde. Staub rieselte von der Decke.

Pit verharrte mitten in der Bewegung.

»Was war das?«, stieß Nasrin hervor und griff unwillkürlich nach seiner freien Hand.

»Ein Erdbeben?«

Der Iraker schüttelte den Kopf. »Ich kenne dieses Geräusch seit meiner Zeit als Kampfpilot im Iran-Irak-Krieg. Noch heute hört man es in Bagdad fast jeden Tag. Das war eine Bombe.«

Pit lief ein kalter Schauer über den Rücken, als sich bei ihm wieder die Ahnung meldete, die ihn in den letzten Tagen schon mehrmals gewarnt hatte. »Sie kommen!«, raunte er.

Karim bückte sich nach seiner Lampe und leuchtete in die Finsternis hinein. »Die Domen?«

»Ich weiß nur, dass uns Gefahr droht.« Pit beugte sich hinab, packte den Erlöser und hob ihn vorsichtig aus dem Sarkophag. Er war leichter als erwartet – der Schaft bestand offenbar nicht aus massivem Gold. »Machen wir uns aus dem Staub!«

»Ich nehme Mustafa wieder huckepack«, erklärte Karim und löste sich mit seinem Freund in eine Sandwolke auf.

»Ich folge dir«, sagte Nasrin zu Pit.

Sein Geist gab den Befehl zur Lyse, doch nichts passierte. »Das gibt's doch nicht!«, keuchte er.

»Was ist los?«, fragte sie.

»Ich kann mich nicht verwandeln«, flüsterte er.

»Vielleicht ist der Erlöser so eine Art … Störsender. Lass ihn hier! Wir holen ihn später.«

Verzweifelt schüttelte Pit den Kopf. »Es gibt kein Später, Nasrin. Die Domen kommen. Sie werden ihn mitnehmen. Und dann passiert etwas Schreckliches, da bin ich mir sicher.«

»Also müssen wir um ihn kämpfen.« Sie hob ihre Lampe auf und lief zu dem Alkoven mit den Waffen.

»Bist du verrückt!?«, zischte er, eilte ihr jedoch trotzdem mit seiner LED-Leuchte und dem Stecken hinterher. »Ich kann das nicht. Ich bin Arzt. Und Basketballer. Und Ruderer. Aber kein Kämpfer.«

»Davon habe ich in der Zenoburg nichts bemerkt. Versteck den Erlöser in der Nische zwischen den Waffen.

Er schob den Stab zu einem Spieß in einer Wandhalterung.

Nasrin prüfte unterdessen die alten Kriegsgeräte. Bei seiner Rückkehr deutete sie mit ausladender Geste auf das reichhaltige Angebot. »Such dir was Nettes aus!« Sie selbst nahm sich eine Hellebarde und wog sie in der Hand. Der Schaft bestand aus einem schwarzen Holz, das verblüffenderweise die Jahrtausende unbeschadet überdauert hatte. Die einschneidige Klinge war etwa fünfzehn Zentimeter breit und oben abgerundet. »Ach, auf einem Bein steht man schlecht«, sagte sie und griff sich eine zweite identische Waffe.

Pit wählte halbherzig einen Säbel und einen Rundschild. Er spürte nun fast körperlich, wie die Gefahr nahte. Mit seinem gebogenen Schwert deutete er ins Dunkel des weiten Raumes. »Setzen wir die Lampen dort drüben ab, damit sie nicht sofort den Sarkophag und den Alkoven sehen.«

Sie platzierten die Lichter an der Stelle von Pits erster Ankunft in der Höhle und zogen sich zurück in die Schatten.

Nur wenige Augenblicke später rieselte dunkler Sand von der Decke.

57

Pit wagte nicht zu atmen, als sich Zafirah und ihre Kriegerinnen verkörperten. Sie bildeten sofort einen Kreis, ihre Gesichter waren nach außen, in die Dunkelheit gerichtet. Zwei Amazonen kannte er schon aus seinem Wohnzimmer. Drei andere – eine schwarze, eine weiße und eine braune – sah er zum ersten Mal. Hätten sie sich nicht so grimmig umgesehen, wären sie ein hübscher Anblick gewesen.

»Nett!«, sagte Zafirah und zog ihre beiden Rundschwerter unter dem weiten Ledermantel hervor.

Die vier anderen zückten ebenfalls ihre Säbel.

»Licht!«, befahl die Anführerin.

Aus den Innentaschen ihrer Mäntel förderten die Domen Leuchtstäbe zutage, knickten sie und warfen sie auf den Boden.

Pit und Zafirah sahen einander in die Augen. Sie lächelte maliziös. »Danke, dass du uns zum Erlöser geführt hast. Ohne dich hätten wir danach vielleicht noch weitere viertausend Jahre lang gesucht.«

Kraftlos ließ er das Schwert sinken. »Wie konntet ihr uns finden?«

»Das Glück ist dem Fleißigen hold. Nach eurem Amoklauf in Meran haben wir euren E-Mail-Verkehr geknackt. So fanden wir Karim Hamdi.« Sie zuckte mit den Achseln. »Dass der Ehrenwerte Ahiman auf dem Flughafen Tegel ausgerechnet dem Grünen über den Weg lief, war reiner Zufall.«

»Welchem Grünen?«

»Enkidu – dem Sprössling der Stille –, dem Hüter der Asche des Phönix. Er hat viele Namen. Du kennst ihn wahrscheinlich als Elias Meerbaum.«

Nasrin stieß einen spitzen Schrei aus.

Zafirah nickte wissend. »Mein Vater war mindestens ebenso überrascht.«

Pit schüttelte ungläubig den Kopf. »Habt ihr Elias …?«

»Wo denkst du hin? Er ist irgendwo auf dem Weg von Bagdad hierher. Wenn er ankommt, sind wir längst miteinander fertig, Zuckmayer. Als Erstes gibst du mir den Erlöser.«

Drohend hob Pit die Klinge. »Da kommt ihr leider zu spät. Karim hat ihn schon mitgenommen.«

Plötzlich verkörperte sich im Kreis der sechs Amazonen der Ahiman. Er trug einen nachtblauen Umhang und lächelte gönnerhaft. »Das hat er nicht getan«, dröhnte er. Diesmal rieselte richtiger Staub von der Decke.

»Sieh ihm nicht in die Augen!«, wisperte Nasrin.

Rasch senkte Pit den Blick und fixierte die Fußspitzen des Domenfürsten. Überrascht gewahrte er, dass Enak blutrote Slipper trug wie einst Papst Benedikt XVI. Vielleicht hatten sie denselben Schuhmacher. »Der Stab ist weg«, beharrte Pit wie ein trotziges Kind.

»Selbst ich könnte den Erlöser nicht seiner Gestalt berauben«, widersprach der Ahiman. »Er ist ein überirdischer Kristall aus Salz und anderen Stoffen, der sich unserer Macht entzieht. Du siehst, er ist völlig nutzlos für dich. Du kannst mir ruhig sagen, wo er ist.«

Pit spürte auf einmal ein heftiges Brennen im Kopf. Er hatte das Gefühl, Enak schaufele ihm glühende Kohlen in den Schädel. Unwillkürlich musste er an den grauenhaften Traum von dem bösen Blick denken. Der Fürst versuchte in Pits Gedanken einzudringen, doch der stemmte sich dagegen.

»Du bist stark«, brummte der Ahiman, und weiterer Staub regnete von oben herab. Sein Ärger schien sich in Grenzen zu halten. »Doch ich sehe trotzdem den Erlöser in deinem Geist, wenn auch verschwommen. Er ist noch hier in diesem Gelass. Ich werde ihn hinausschaffen. Und dich nehme ich ebenfalls mit, Prometheus. Damit haben wir zwei Fliegen mit einer Klappe geschlagen. Von unserer dreifachen Suche bleibt nur noch das Lebenselixier übrig, die Asche des Phönix, und die wird uns dein Freund Elias Meerbaum bald geben. Ich glaube, ich rufe das heutige Datum zum Feiertag aus.«

Mit selbstgefälligem Lächeln wandte er sich an Nasrin. »Und was fangen wir mit dir an, schönes Kind? Hättest du nicht Lust, in meine Leibgarde einzutreten?«

»Bietet Ihr ein dreizehntes Monatsgehalt?«, entgegnete sie ächzend. Obwohl sie den Blick zu Boden richtete, schienen ihre Augen dennoch Funken zu sprühen. Wahrscheinlich musste auch sie sich gegen den brennenden Geist des Domenfürsten wehren.

Auf einmal verschwand das gönnerhafte Lächeln aus Enaks Gesicht. Überrascht starrte er Pit an. »Du bist gar nicht der Prometheus?« Der Ahiman überlegte kurz. »Dann hast du für mich nicht den geringsten Wert.« Er gab seiner Tochter einen Wink. »Zafirah, schaff mir diese Bastarde vom Hals!«

Von einer Sekunde auf die andere kippte die Stimmung. Das Lauern, Taktieren und Verhandeln war vorbei. Zafirah teilte ihre Kriegerinnen auf: Drei hetzte sie Nasrin auf den Hals, und persönlich wollte sie sich mit Onyxia und Karneola um Pit kümmern. Der Ahiman verschränkte die Arme über der Brust. Er beabsichtigte offenbar, das Schauspiel ohne eigene Beteiligung zu genießen.

Pit starrte ratlos seinen Säbel an. Was hat dich nur geritten, das Ding überhaupt anzufassen?, fragte er sich und schleuderte ihn auf die Anführerin.

Zafirah wischte das Geschoss mit einer gelangweilten Bewegung hinweg.

Nasrin stürzte sich schreiend auf ihre drei Gegnerinnen. Kurz vor dem Zusammenstoß wich sie seitwärts aus und schwang ihre Hellebarde wie eine Peitsche dicht über den Bogen.

Eine Kriegerin verlor dabei einen Fuß und schrie vor Schmerzen auf. Ihre Kameradinnen glitten auseinander, um die blutrote Furie von zwei Seiten in die Mangel zu nehmen.

Pit brauchte nur einen Wimpernschlag, um sich in Sand zu verwandeln. Er stürzte sich auf Onyxia, um ihren Hirnzellen eine Schnellentkalkung zu verordnen. Doch er verschätzte sich in ihr. Sie war aus anderem Holz geschnitzt als die Wachen bei Zeno, sogar als Commander O'Brien. Pit schaffte es nicht einmal, in sie einzudringen. Vorher hatte sie bereits ihre menschliche Gestalt abgestreift und warf sich ihm wie eine Mauer entgegen.

Ihre Stärke war mörderisch. Sie wirbelte um ihn herum, zerrte an seinem staubigen Leib. Ihm war klar, dass er in diesem Kräftemessen nur den Kürzeren ziehen konnte. Sollte er dennoch überleben, würden ihm die anderen beiden Domen zweifellos den Rest geben.

»Ja, Onyxia!«, schrie Zafirah begeistert. »Treib ihn auseinander, bis er sich verliert!«

Pit reagierte instinktiv. Er verwandelte sich plötzlich in Flüssigkeit, dehnte sich aus und zog sich sofort wieder zusammen.

Auf diese Weise hatte er schon einmal einen mächtigen Gegner besiegt. Die überrumpelte Onyxia erwies sich jedoch als härterer Brocken. Sie stemmte sich mit unbändiger Kraft gegen seine Umklammerung an, drohte ihm zu entgleiten. Mit einem Ruck zerrte er sie von der Stelle, auf den Alkoven zu. Sie wehrte sich noch heftiger. Doch er hatte sie irgendwie aus dem Gleichgewicht gebracht. Miteinander ringend flogen sie auf die Wandhalterung mit dem Erlöser zu. Kurz davor verflüchtigte er sich in einer Gaswolke. Vom Schwung mitgerissen sprühte Onyxias amorpher Leib gegen den Salzkristall …

… und verging in einer blauen Lichtwolke.

Völlig erschöpft nahm Pit wieder seine menschliche Gestalt an.

»Mörder!«, schrie Zafirah und rannte mit erhobenen Schwertern auf ihn zu. Karneola folgte dichtauf.

Aus Nasrins Richtung erklang lautes Klirren. Besorgt sah sich Pit nach ihr um. Sie focht immer noch mit den drei Gegnerinnen. Die zwangsamputierte Kriegerin kämpfte auf einem Bein weiter. Nasrin sprang gerade in die Höhe und drehte sich in der Luft zwischen zwei Klingen hindurch, die über und unter ihr vorbeizischten. Gleichzeitig schleuderte sie ihre Hellebarde gegen die Einfüßige. Die gebogene Spitze der Waffe schnitt ihren Hals bis zur Wirbelsäule auf. Die Amazone fiel hintenüber und schied endgültig aus.

Dies alles hatte nicht viel länger als einen Augenblick gedauert. Und trotzdem hatten Zafirah und Karneola schon fast den Alkoven erreicht.

Pit riss den Erlöser aus der Halterung.

Die beiden Kriegerinnen kamen schliddernd zum Stehen.

»Das nutzt dir auch nichts!«, geiferte Zafirah. Ihre Stimme troff nur so von Galle. Sie warf mit der Linken ihren Säbel hoch, griff blitzschnell unter ihren Mantel und schleuderte etwas auf ihn zu.

Er versuchte auszuweichen und spürte einen reißenden Schmerz an der Schulter.

Zafirah fing ihr Krummschwert wieder auf und grinste. Ihr Wurfstern hatte Pit eine tiefe Fleischwunde am Oberarm zugefügt. »Das ist erst der Anfang«, versprach sie ihm. »Du kannst dir aussuchen, in welcher Gestalt wir miteinander kämpfen. Du wirst so oder so Sterne sehen. Karneola?«

Die Amazone ließ flugs ihr Schwert in einer verborgenen Scheide verschwinden und zog mit beiden Händen mindestens acht oder zehn Wurfsterne aus versteckten Taschen hervor.

Pit schleuderte den Erlöser auf sie. Der Kristall hatte sie noch nicht erreicht, als ihm schon sein Fehler aufging. Nun stand er mit so gut wie nichts der mächtigsten Kriegerin der Domen gegenüber.

Karneola versuchte dem Stab auszuweichen. Sie schaffte es beinahe. Ihr entsetzter Schrei ließ erahnen, was sie empfand, als der Kristall sie an den Fingern streifte. Dann verpuffte sie in einer blauen Wolke aus Licht.

Enak und Zafirah brüllten vor Zorn. »Töte ihn endlich!«, befahl der Domenfürst.

Pit sah kurz zu Nasrin herüber. Es fiel ihr sichtlich schwer, die Gegnerinnen noch länger auf Abstand zu halten.

»Stirb!«, schrie Zafirah und reckte die Schwerter hoch.

Plötzlich sprang sie aus der Dunkelheit ein Bär an. Nein, es war ein *Bärenmann.* Oder ein Berserker? Brüllend packte er ihre beiden Säbel und riss sie ihr aus den Händen. Er war mindestens so groß wie sie.

Zafirah ging in die Hocke, um dem erwarteten Angriff auszuweichen, und drehte sich zugleich nach dem neuen Gegner um. Eine der breiten Klingen zischte um Haaresbreite über sie hinweg und klirrte neben Pit an die Wand.

Ein Chor aus tausend Pfauen schien plötzlich wie aus einer Kehle zu schreien. Das Geräusch kam aus Nasrins Richtung. Nur aus den Augenwinkeln gewahrte Pit, wie dort etwas Gewaltiges aus den Schatten auftauchte. Es begrüßte die Gegnerinnen mit einem Rascheln, als öffne sich ein riesiger Fächer.

Ein Dolch zuckte gleich einem Blitz aus Zafirahs Mantel hervor, und sie stürzte sich auf den pelzigen Gegner. Der fing ihren Stoß ab und riss ihre Hand hoch. Es knackte. Sie schrie. Der Berserker durchtrennte mit ihrem Schwert den ausgekugelten Arm am Schultergelenk und schleuderte ihn achtlos weg. Zafirah brüllte vor Schmerz laut auf und versuchte sich aufzulösen. Der Bärenmann schlug abermals mit dem Säbel zu. So verlor sie auch noch den Kopf. Der Rest ihres Körpers rieselte ihm als feiner Sand vor die Füße.

»Danke!«, keuchte Pit.

Sein Retter nickte nur und wandte sich Ahiman zu.

Pit lief rasch zu dem Erlöser und hob ihn vom Boden auf, um Nasrin zu helfen. Es dauerte einen Moment, bis er sie in den Halbschatten entdeckte. Ihren Platz im Kampf gegen die Domen hatte ein mythischer Vogel mit Löwenpranken und Wolfshaupt eingenommen. Er war groß wie ein Elefant, hatte Flügel wie ein Falke, den Schwanz eines Pfaus und die Tatzen eines Löwen. Auf seiner grün schillernden Brust leuchtete ein blauer Fleck.

Die beiden Kriegerinnen schienen unschlüssig, was sie mit dem Wolfspfau anfangen sollten.

Der gefiederte Koloss warf sich herum, und sein Pfauenrad teilte die Domen in zwei Hälften.

Langsam näherte sich der Berserker dem Domenfürsten, der

von der unerwarteten Wende der Kräfteverhältnisse sichtlich überwältigt war. »Mich tötest du nicht, Enkidu«, dröhnte er so laut, dass die Waffen im Alkoven klirrten.

Der Bärenmann brüllte zurück. Eine Hellebarde rutschte aus ihrer Halterung und klapperte zu Boden.

»Wenn du uns dein Blut verweigerst, sollen alle anderen mit uns untergehen«, donnerte der Ahiman.

Der Berserker stürzte sich mit Klauen und Krallen auf ihn. Doch als er die Stelle erreichte, wo Enak gerade noch gestanden hatte, bekam er nur einige Sandkörnchen zu fassen. Die Wolke verflüchtigte sich ins Dunkel unter der Decke. Der Bärenmann starrte ihr wütend hinterher und brüllte erneut.

Ein Krummschwert fiel von der Wand.

Pit schüttelte missmutig den Kopf. »Er ist fort, Elias. Du holst ihn nicht mehr ein.«

Der Berserker verwandelte sich in den Fernsehkoch und Medizinstudenten Elias Meerbaum. »Wie hast du mich erkannt?«, wunderte er sich.

»Ich habe dich schon einmal während einer Metamorphose gesehen. Vor dem Institut von Steffen Ohrlos.«

»Ah!«, machte Elias. »Entschuldige, dass ich so rabiat war. Mein Alter Ego ist leider etwas ungestüm.«

Nasrin lief herbei und warf sich Pit in die Arme. Sie küsste ihn stürmisch. »Ich dachte, diesmal ist alles aus.« Dann entsann sie sich wohl ihres Retters und drehte sich zu dem Vogel mit dem blauen Brustmal um. »Und wer bist du?«, fragte sie.

Der Phönix verwandelte sich in eine atemberaubend schöne Chinesin.

»Xi?«, staunte Pit.

Sie lächelte auf jene stille, weise Art, die für Menschen des Fernen Ostens so typisch ist. »Du solltest uns inzwischen gut genug kennen und wissen, dass wir größere Unternehmungen nur zu zweit in Angriff nehmen.«

Pit schüttelte ungläubig den Kopf. »Wie seid ihr hier hereingekommen«?

»Leider nicht so elegant wie ihr: mit Sprengstoff. Es gibt einen geheimen Zugang in einen Tunnel, der vom Zentrum der Welt hierher führt.«

»Du meinst von Esaĝila, dem Marduktempel?«

Elias nickte. »Der Eingang lag unter einer dicken Schuttschicht. Ich musste eine Schnellgrabung durchführen.«

»Aber ...« Pit war immer noch ganz sprachlos. »Aber woher weißt du das alles?«

»Ich war einmal der Hüter des Erlösers. Erst deine letzte SMS hat diese verschüttete Erinnerung bei mir wieder freigelegt. Der Erlöser schickt Domen mit einer einzigen Berührung in den Großen Tod. Er war ein Henkerswerkzeug, um unverbesserliche, mörderische Domen zu richten. Der Kristall trennt den Geist von der Materie und schneidet so die Fähigkeit zum Weiterleben ab. Mein Vater hat ein Ungeheuer in meine Seele eingeschlossen, ein wildes Alter Ego, damit der Erlöser nie in falsche Hände gerät.« Elias deutete auf den Alkoven. »Das dort war meine Waffenkammer. Ich bin Enkidu, Gilgameschs Sohn. Er war ein mächtiger Ahiman. Ich nehme an, du weißt inzwischen, was das bedeutet.«

»Und ob! Enaks Drohung war ernst gemeint. Ich muss versuchen, ihn einzuholen.«

Nasrin drückte ihre Wange an Pits Schulter und klammerte sich an ihm fest. »Ohne den Erlöser bist du ihm nicht gewachsen.«

»Ich muss trotzdem alles Menschenmögliche tun, um ihn aufzuhalten. Ich glaube, dieser Wahnsinnige will die Hadeskappe einsetzen.«

»Da können wir dir vielleicht helfen«, erklärte Elias. »Einen halben Kilometer östlich von hier steht ein Flugzeug, das für gewöhnlich Insektenmittel versprüht. Ich habe die Tanks mit einem Mittel füllen lassen, das mehrwertige Eisenionen enthält. Es lässt sich als Aerosol über eine große Fläche ausbringen. So würde der genetische Schalter blockiert, der die Hadeskappe entfesselt. Du kannst die Maschine nicht übersehen: Sie ist zitronengelb. Hast du einen Pilotenschein?«

»Nein. Aber ich kenne jemanden.«

»Gut«, sagte Ylang und reichte Pit ihr Mobiltelefon. »Wir schaffen den Erlöser nach oben. Sobald du weißt, wo sich Enak aufhält, rufst du die erste Nummer in der Favoritenliste an – es ist die von Elias. Wir bringen den Kristall dann dorthin. Du musst den Ahiman nur eine Weile in Schach halten. Traust du dir das zu?«

Pit verzog den Mund. »Habe ich eine andere Wahl?«

58

Als der Ahiman über dem Fundament des Turms von Babylon aufstieg, bemerkte er unter sich den eigenen Schatten. Immer wenn sein Zorn im gestaltlosen Zustand entbrannte, reflektierten die Sandkörnchen kein Licht – er sah dann aus wie eine Rußwolke.

Beruhige dich!, beschwor er sich, während er nach Norden schwebte. Er kochte vor Wut. Nicht noch einmal würde er sechzig Jahre lang nach einem neuen Prometheus suchen. Schluss mit den Screenings an Abermillionen Litern Spenderblut! Schluss mit dem Warten auf den Erlöser, der das Band zwischen Geist und Körper durchtrennte!

Für jeden Domen auf Erden bedeutete dieser Schnitt unweigerlich den Tod. Bei der Ankunft der Verbannten auf Terra vor vielen Jahrtausenden war das noch anders gewesen. Damals hatte sich Enak I. eine Zwergin zur Frau genommen und einen Bastard gezeugt: den ersten Prometheus. Kurz danach warfen die königlichen Vollstrecker die Rebellen gleichsam in ein finsteres Verlies: Sie banden sie an die Materie.

Um diesen Bann zu brechen, hätte der Prometheus-Komplex nur wieder seinen ursprünglichen Platz im Erbgut der Domen einnehmen müssen. Dann hätte der Erlöser die Verfluchten von ihrer fleischlichen Fessel befreien können, ohne sie zu töten. Dies wäre das Ende von Abyssos gewesen, das Ende der Verbannung und der Beginn eines Zeitalters der Macht.

Der Ahiman war so zornig, dass die Sandkörnchen zischend

aneinanderrieben. Eine Handvoll Aufrührer und ein Zwerg hatten seine Pläne durchkreuzt. Die Rebellen wähnten sich als Sieger, aber ihnen würde bald Hören und Sehen vergehen.

Ich habe immer noch Plan B, dachte Enak, während er in den Hubschrauber eindrang, der im Norden der Ausgrabungsstätte für ihn bereitstand. Alles war penibel vorbereitet. Das Blut des Prometheus hatte er zwar nicht bekommen, doch er würde trotzdem die Hadeskappe lüften.

Enak startete das Triebwerk. Der Rotor kam schnell auf Touren. Sand wirbelte auf.

War der genetische Schalter erst umgelegt, könnte sich die Viren-DNA von *Aidos kyneen* ungehemmt entfalten. Verheerender als die Spanische Grippe nach dem Großen Krieg würde sie unter den Menschen wüten. Die Ära der Domen wird eine kurze sein, dachte Enak. Außer das Schicksal liefert uns doch noch den Erlöser und seinen Hüter aus, oder es schenkt uns einen neuen Prometheus. Mit dem Versteckspiel jedenfalls ist ein für alle Mal Schluss.

Der Helikopter hob ab.

Das Fluggerät war mit einem Tank und einer Hochdrucksprühvorrichtung ausgestattet. Zur gegebenen Zeit würde sie feinste Partikel des genetisch manipulierten Breitbandantibiotikums in der Luft verteilen. Jeder Träger der Hadeskappe, der das Aerosol einatmete, erkrankte dann binnen weniger Stunden an der teuflischen Influenza, die aus den Laboren der Domen stammte. Er würde andere damit anstecken: durch ein Husten oder Niesen, durch einen Kuss, durch Blutspenden …

In geringer Höhe veränderte Enak den Anstellwinkel der Rotorblätter. Die Maschine nahm Fahrt auf. Der Fürst lächelte diabolisch. Die Hundekappe des Hades würde unter den Zwergen grausame Ernte halten. Nur die Domen wussten, wie der Schalter zurückgestellt, die tödliche DNA-Sequenz wieder ausgeschaltet werden konnte. Die Überlebenden der Pandemie würden den Ehrenwerten Ahiman anflehen, sie zu retten, und sich ihm unterwerfen. Der Preis für ihr Weiterleben wäre bedingungsloser Gehorsam. Wer seine Blutsteuer nicht zahlen würde – einen Liter pro Kopf und Monat – müsste sterben.

Der Domenfürst kontrollierte die Instrumente und nickte zufrieden. Alle Parameter waren richtig eingestellt. Der Helikopter flog dicht unterhalb des Radars. Er hielt Kurs auf die Innenstadt von Bagdad.

59

Die schwärzlichen Sandflecken waren überall: zwei auf der Insel des Turmfundamentes, einer schwamm im Wassergraben, und drei fand Pit auf den umliegenden Schutthügeln. Waren das die Überreste entkörperter Domen? Seine Ahnung bestätigte sich, als er zu Mustafa hinabschwebte. Der saß rauchend auf einer steinernen Gestalt, so jedenfalls sah es auf den ersten Blick aus. Die Palme spendete ihm Schatten. Neben dem Stamm entdeckte Pit einen weiteren lebensgroßen Körper. Es war eine versteinerte Domenkriegerin.

Der Archäologe wischte sich gerade den Schweiß ab, als vor ihm eine dunkle Sandwolke erschien, die wie ein winziger Wirbelsturm aussah. Vor Schreck ließ er das Taschentuch fallen.

Pit verkörperte sich. »Keine Sorge, ich bin's.«

Der Iraker stöhnte. »Allah sei Dank! Ich dachte schon, diese vermaledeiten Darmwinde des Höllenfürsten kommen wieder und keiner beschützt den armen Mustafa.«

»Hat Karim hier so gewütet?« Pit deutete auf die versteinerte Frauengestalt unter Mustafas Hintern.

Der klopfte mit der Hand auf das Gesicht der mineralisierten Amazone und nickte. »Zwei Hexen hat er sofort in Stein verwandelt. Sie wollten uns mit ihren Schwertern tranchieren. Die restlichen fünf Teufelsweiber haben sich verwolkt oder wie ihr das nennt. Jedenfalls verschwand Karim ebenfalls in einer Sandwolke. Du hättest ihn sehen sollen! Wie ein Wirbelwind ist er herumgezischt und hat einen Satansfurz nach dem anderen in die Hölle geschickt.«

»Und wo ist er jetzt?«

»Hat sich verdünnisiert, nachdem eine pechschwarze Sandhose vom Turmfundament aufstieg und Richtung Norden entschwand. Er meinte: Die Wolke kenne ich, muss sofort Enak verfolgen. Behalt dein Handy im Auge! Ich melde mich. Und zack, weg war er.«

»Östlich von hier soll ein gelbes Flugzeug stehen.«

»Ja, dort drüben.« Mustafa deutete zu einem Lichtreflex und schüttelte entrüstet den Kopf. »Welcher Irre landet denn mit einem Doppeldecker mitten in einem archäologischen Grabungsfeld?«

»Der Irre und seine Frau haben Nasrin und mir gerade das Leben gerettet.«

»Ach so, das ist was anderes.«

»Kannst du die Maschine fliegen?« Pit wies mit dem Kopf zu dem Propellerflugzeug hinüber.

Der Archäologe riss die Augen auf. »Du fragst den Chefausgräber des Iraks, ob er mit diesem Zitronenfalter über die Prozessionsstraße von Babylon in den Himmel aufsteigen würde?«

»Ja.«

Mustafa zupfte sich am Bart. Dann nickte er. »Okay. Wohin geht die Reise?«

»Ich hoffe, das wird uns Karim sagen. Komm!«

Die zwei verließen ihren Aussichtspunkt und liefen, so schnell es die Raucherlunge des Irakers erlaubte, zu dem gelben Doppeldecker. Sie hatten die einmotorige Propellermaschine schon fast erreicht, als endlich Mustafas Telefon klingelte. Er blieb japsend stehen und schaltete das Handy auf Lauthören.

»Ich bin dem Ahiman ein Stück gefolgt«, schnarrte Karims Stimme aus dem kleinen Lautsprecher. »Er fliegt mit einem schwarzen Hubschrauber geradewegs nach Norden. An dem Helikopter hängt ein Ausleger mit Düsen. Ich glaube, er hat die Absicht, irgendetwas zu versprühen.«

Pit lief ein Schauer über den Rücken. »Er will die Hadeskappe entfesseln. Kannst du ihn noch einholen und ihn irgendwie davon abbringen, Karim?«

»Nein. So lange kann ich nicht gestaltlos bleiben.«

»Dann müssen *wir* ihn abfangen. Danke! Wir sehen uns in Bagdad.«

»Abfangen ist das richtige Stichwort«, hechelte Mustafa. Seine Augen funkelten vor Aufregung. »Habe ich dir schon erzählt, dass ich im Krieg gegen den Iran bei den Abfangjägern war?«

»Ja, gestern Nacht, ungefähr eine Stunde lang. Und kannst du es immer noch? Abfangen, meine ich.«

Mustafa grinste. »Fliegen ist wie Fahrradfahren: Das verlernt man nie.«

Der gelbe Doppeldecker stürmte wie ein Düsenjet über die staubige Piste – jedenfalls fühlte es sich für Pit so an. Nach beängstigend kurzer Zeit hob die Maschine vom Boden ab und stieg fast senkrecht empor.

»Ich muss gleich kotzen«, beklagte er sich. Pit trug einen Helm mit Headset – anders wäre bei dem Lärm eine Verständigung mit dem Piloten kaum möglich gewesen. Auf der Armaturentafel befanden sich ein Höhenmesser, eine Geschwindigkeitsanzeige und weitere Zweitinstrumente, die ihm Übelkeit erregende Werte meldeten. Nasrin hätte vermutlich ihre wahre Freude daran gehabt.

»Hui! Die geht aber ab! So ein Schmuckstück habe ich lange nicht mehr geflogen«, drang Mustafas begeisterte Stimme aus dem gekapselten Kopfhörer.

»Und warum fliegen wir senkrecht nach oben, anstatt dem Hubschrauber zu folgen?«, erkundigte sich Pit.

»Ich wollte nur ein Gefühl für den Zitronenfalter bekommen«, entschuldigte sich Mustafa, während er den Steigflug beendete und nördlichen Kurs einschlug. »Dein Freund hat Geschmack, was Flugzeuge anbelangt. Wir sitzen in einer Pitts Special 2B. Dem Sound und der Durchzugskraft nach zu urteilen, hat unser Vogel eine Monty-Barett-Rennmaschine mit sechs Zylindern. Das Ding dürfte mehr als dreihundert PS leisten.«

»Holen wir Enaks Helikopter damit ein?«

»Kommt auf den Typ an, den er fliegt. Unsere S-2B schafft ungefähr zweihundertachtzig km/h, auf kurzen Strecken sogar fast dreihundertvierzig. Die Helis, die bei uns Insektizide versprühen, sind gewöhnlich russische Mil Mi-34 oder amerikanische Hiller UH-12. Deren Reisegeschwindigkeit dürfte kaum mehr als einhundertsechzig betragen. Wenn sie ihr Gift ausbringen, fliegen sie normalerweise langsamer.«

»So weit dürfen wir es nicht kommen lassen, Mustafa.«

»Deswegen hole ich ja alles aus der Maschine heraus, was möglich ist.«

»Elias – der Irre, der den Zitronenfalter in Babylon gelandet hat – behauptete, wir hätten auch eine Sprühvorrichtung an Bord. Ich habe gar keine Düsen gesehen.«

»Das ist ein Kunstflieger. Er hat Spezialtanks zum Versprühen eines Gemisches aus Öl und färbenden Chemikalien, um bunte Streifen an den Himmel zu malen. Ich schätze, dein Freund hat die Anlage umrüsten lassen.«

»Hoffentlich müssen wir nicht ausprobieren, ob sie auch funktioniert.« Pit blickte durch die Plexiglaskanzel nach vorn. Da Mustafa hinter ihm saß, wurde sein Blick nur schwach von den drei rotierenden Propellerblättern verschleiert. Der Himmel erschien ihm unendlich groß. In dieser Weite musste ein Hubschrauber winzig wie eine Hummel erscheinen – und ebenso leicht zu übersehen sein.

»Vielleicht kann uns mein alter Kamerad Mohammed Ali Jawad helfen. Er ist General bei der IQAF, der Iraqi Air Force«, schlug Mustafa über die Bordsprechanlage vor.

Pit wandte sich zu ihm um. »Du meinst, er könnte den Helikopter orten und vom Himmel holen?«

»Das halte ich für ausgeschlossen. Wäre ich an der Stelle von diesem Enak, würde ich mich immer schön unter das Bodenradar der irakischen Luftabwehr ducken. Nein, ich dachte eher daran, dass die Kameraden *uns* nicht abschießen.«

»Ach so. Klingt vernünftig«, murmelte Pit enttäuscht.

»Ich werde sie trotzdem auf den Heli aufmerksam machen.«

»Dann bitte deinen Freund doch gleich, jemanden nach Babylon zu schicken, um Elias abzuholen. Er muss mir dringend den Erlöser bringen. Gegen diese Waffe ist der Ahiman machtlos.«

Mustafa schnaubte. »Die IQAF ist kein Taxiunternehmen.«

»Sag deinem alten Kameraden, dass im Vergleich zu der Bedrohung, die da auf Bagdad zukommt, die Kriege der letzten zweihundert Jahre nur Sandkastenspiele waren.«

»Ich kann's versuchen. Hoffentlich glaubt er mir.« Mustafa stellte eine Funkverbindung zur irakischen Luftwaffe her und schaffte es in erstaunlich kurzer Zeit, General Jawad an die Leitung zu bekommen. Wesentlich länger dauerte das Gespräch der beiden.

Bald bemerkte Pit einen dunklen Streifen am Horizont: das Häusermeer von Bagdad. Verzweifelt sah er sich nach Enaks Hubschrauber um. Wahrscheinlich flog er, wie Mustafa vermutete, in Bodennähe. Die Landschaft unter dem Doppeldecker war ein Patchworkteppich aus den Farben Grün und Braun in Hunderten von Schattierungen – Beigetöne überwogen eindeutig. Vor diesem Hintergrund die Hummel des Domenfürsten auszumachen, glich der sprichwörtlichen Suche einer Nadel im Heuhaufen.

Die Minuten flogen nur so dahin. Gebannt starrte Pit auf den Stadtrand von Bagdad, der viel zu rasch näher rückte. Und Mustafa palaverte noch immer mit dem General. Sein aufgeregtes Geschrei hörte sich an wie eine hitzige Kriegserklärung, nicht wie ein freundschaftliches Ersuchen um Luftunterstützung. Auf einmal beruhigte sich der Archäologe und verabschiedete sich mit einem freundlichen *Over and Out.*

»Unsere Freunde werden in wenigen Minuten mit einer Mi-35 abgeholt, die gerade in ihrer Nähe ist«, meldete er über Intercom.

»Dann gebe ich ihnen Bescheid.« Pit holte das Handy von Xi aus der Tasche, rief ihren Mann an und setzte ihn ins Bild.

»Wir warten«, bestätigte Elias. »Nasrin meint, du sollst dich auf keinen Fall mit Enak anlegen. Er ist zu mächtig, um ihn im offenen Kampf zu besiegen. Halte ihn möglichst hin, bis wir mit dem Erlöser bei dir sind. Und sobald ihr Genaueres wisst, sagt dem Hubschrauberpiloten, der uns abholt, wohin er uns fliegen soll.«

»Machen wir.« Sie verabschiedeten sich, und Pit wandte sich wieder dem Piloten zu. »Haben deine alten Kameraden uns auf dem Radar?«

»Ja. Es sind auch schon zwei Abfangjäger unterwegs.«

»Es wäre nett, wenn sie uns nicht abschießen …« Pit verstummte. Gerade hatte er rechts dicht über dem Boden eine Bewegung entdeckt. Er blinzelte durch die Sonnenbrille. *Ja!* Da flog ein Helikopter. »Sieh mal nach draußen, unter uns – auf ein Uhr!«, stieß er hervor.

»Ich sehe ihn«, bestätigte Mustafa. In ihm erwachte der Kampfpilot. »Dem fühle ich gleich mal auf den Zahn.« Er nahm Kurs auf den Hubschrauber.

Der Zeiger auf dem Geschwindigkeitsmesser vor Pits Nase hatte gerade die Marke von einhundertzweiundsechzig Knoten übersprungen – etwa dreihundert Stundenkilometer – und marschierte munter weiter. Die Flughöhe behielt der alte Jagdflieger vorerst bei. Mit der Sonne im Rücken konnte sich der Doppeldecker dem Helikopter unbemerkt nähern.

»Das ist eine Hiller UH-12E mit Sprüharmen«, meldete Mustafa.

Der Hubschrauber erreichte die ersten Häuser am südlichen Stadtrand von Bagdad und brachte sofort seine tödliche Saat aus. Entlang der Ausleger war ein feiner Sprühnebel zu erkennen. Das menschliche Auge vermag die mikroskopisch kleinen Partikel eines Aerosols nicht wahrzunehmen und so schien es, als verdunste das Tetrazyklin in der Luft.

Pit lief es eiskalt den Rücken hinab. »Die Jäger kommen zu spät.«

»Wieso?«, erwidert Mustafa. »Einer ist doch schon da. *Ich* kann ihn abdrängen.«

»Damit der Ahiman sein verfluchtes Zeug im Zickzackkurs über der Stadt verteilt? Nein. Theoretisch reicht ein einziger Infizierter, um die ganze Welt anzustecken. Schalt unsere Düsen ein! Du musst das Gegenmittel exakt auf derselben Route versprühen, die der Heli fliegt. Ich versuche, Enak aufzuhalten.«

»*Du?* Soll das ein Witz sein?«

»Wart's ab. Sobald du siehst, wo Enak landet, schickst du Elias mit dem Erlöser dorthin. Anschließend verteilst du den Rest des Blockers. Und jetzt krieg keinen Schreck, ich bin dann mal weg.«

Mustafa erschrak trotzdem, als Pit sich in eine dunkle Wolke auflöste. Er schrie wie am Spieß, während der Sandsturm durchs Cockpit fegte. Nach wenigen Sekunden hatte Pit die Kanzeldichtung durchdrungen und war nach draußen verschwunden.

60

Der Gegenwind warf Pit zurück und riss ihn fast auseinander. Er kämpfte verzweifelt dagegen an, um sich nicht zu verlieren. Kaum hatte er die Kontrolle wiedererlangt, zog er sich zusammen gleich einer zur Faust geballte Hand. Dann schoss er wie ein Falke auf den Helikopter hinab.

Der Hiller war ein eher leichtes Fluggerät. Es sah mit seiner großen Plexiglaskanzel aus wie eine Seifenblase mit Schwanz. Im Sturzflug wirbelten Pits Gedanken durcheinander. Wie knackst du diese Nuss? Lass dir schleunigst etwas einfallen! Sollte ich in die Kanzel eindringen und Enak offen angreifen, wo schon seine Amazonen mich fast pulverisiert haben? Der Domenfürst würde dich grillen …

Jäh verkürzte Pit den Winkel und fuhr nicht in die Pilotenkanzel, sondern am Rotorkopf entlang in den Motor des Hubschraubers hinein.

In der Hektik hatte er eines nicht bedacht: Die *Nuss,* die er zu knacken gedachte, war ein massiver Motorblock. Doch die vergangenen zweieinhalb Wochen hatten Pit verändert. Selbst eine Barriere aus glühend heißem Metall konnte seinen erstarkten Geist nicht mehr aufhalten. Millimeterweise drang er tiefer in den lärmenden Kolbenmotor ein.

Der Hubschrauber überflog ein Autobahnkreuz. Darauf folgte wieder ein Wohnviertel. Unentwegt zischte das Tetrazyklin aus den Düsen. Die Bewohner in den Häusern dort unten würden nicht einmal merken, wie sie es einatmeten und wie Hades seine Tarnkappe lüftete. Mit jeder Sekunde wuchs die Zahl der Menschen, die dem Herrscher der Unterwelt ins Angesicht blicken mussten, wenn es Mustafa nicht gelang, das Antibiotikum zu binden.

Während der hintere Teil von Pits Wolke wie eine Fahne im Wind flatterte, durchdrang der vordere endlich die erste Zylinderbuchse. Die Sandkörnchen verursachten einen Kolbenfresser, und die Leistung des Motors fiel ab. Der Helikopter sank, driftete dabei nach Osten ab und gelangte über unbebautes Gelände. Ideal für einen Absturz, dachte Pit und strengte sich noch mehr an.

In schneller Folge zerstörte er die Schmierung der anderen fünf Kolben, die darauf mit einem Höllenlärm blockierten: Die Kurbelwelle und Wellenlager krümmten sich wie unter Schmerzen, die Pleuel rissen ab, Bruchstücke schlugen in das Kurbelgehäuse, Öl spritzte …

Plötzlich stürzte sich Enak auf den Saboteur. Pit hatte das Gefühl, von einem Riesen am Hinterteil gepackt und in zwei Stücke gerissen zu werden. Um sich nicht zu verlieren, zog er sich aus dem Motorblock zurück.

Für einen Augenblick ließ der Angreifer von ihm ab. Pit stieg in die Höhe. Er wollte sich gerade in eine Gaswolke verwandeln, um unbemerkt zu entkommen, da entdeckte er nur wenige Hundert Meter voraus einen Palmenhain und dahinter den Tigris. Rechts davon lag ein Klärwerk. Wenn das Antibiotikum dort irgendwo ins Wasser gelangte, wäre es nicht mehr zu kontrollieren. Unzählige Organismen, die an diesem Fluss lebten, würden es in sich aufnehmen. Über die Nahrungskette nähme es seinen Weg in die Körper von Menschen im ganzen Land.

Deshalb also hatte der Ahiman von ihm abgelassen: Er wollte den Helikopter bis zum Fluss tragen, um seinen Plan doch noch zu verwirklichen. Solange er die Maschine in der Luft hält, kann er nicht unbehindert kämpfen, machte sich Pit klar. Trotz seiner Erschöpfung stieß er abermals hinab und stürzte sich auf den Domenfürsten.

Enaks Wolke verwandelte sich jäh in eine große Blase, umschloss den Angreifer und zog sich zusammen. Die Kraft des Ahimans unterschied sich gewaltig von allem, was Pit bei den bisherigen Zusammenstößen mit Domen erlebt hatte. Er kam sich vor wie ein schlammiger Schwamm in der Faust eines Riesen. So als presse der Gigant sämtliches Leben aus ihm heraus. Bevor Pit sich versah, befand er sich in der Pilotenkanzel des abstürzenden Helikopters.

In seinem menschlichen Körper.

Er keuchte laut auf. Offenbar zwang hoher Druck einen gestaltlosen Leib in seine natürliche Form zurück, so wie aus komprimiertem Kohlenstaub ein Diamant entstand. Er biss die Zähne zusammen, um sich trotz der Erschöpfung wieder in Sand aufzulösen und aus dem abschmierenden Fluggerät zu entkommen.

Es gelang ihm nicht.

»Was hast du Ungeheuer mit mir gemacht?«, schrie er zu der schwarzen Wolke hinaus.

Ein bedrohliches Knirschen ging durch den rauchenden Heli. Er kippte nach hinten und fiel nicht länger wie ein Stein. Der Domenfürst hatte sich wieder daruntergesetzt, um den Absturz hinauszuzögern.

Pit versuchte erneut die Lyse. Es war aussichtslos. Verschwommen sah er unter sich Palmen vorüberziehen. Er war gefangen in einer Kugel aus Plexiglas. Samt der tödlichen Fracht würde er in den Tigris stürzen und ertrinken. Dann hätte Enak ihm auch noch die letzte Gräueltat angehängt: den Mord an Milliarden von Menschen. Adolf Hitler, Stalin und Mao Tse-tung waren Waisenknaben im Vergleich zu Pit Zuckmayer, würde in den Geschichtsbüchern stehen …

»Nein!«, schrie Pit. Sein Zorn zerriss ihn förmlich in Millionen feiner Körnchen. Es war wie in Luxemburg, als seine Sorge um Nasrin ihm unbändige Kraft verliehen hatte. Jetzt warf er sich mit ähnlicher Wucht gegen ein Fahrzeug, das zum tödlichen Geschoss geworden war. Nur befand er sich diesmal mittendrin. Mit der ganzen Macht seiner Entschlossenheit drückte er den Helikopter nach unten.

Damit hatte Enak offensichtlich nicht gerechnet. Er reagierte zu spät. Die Kufen der Flugmaschine streiften die letzte Palme des

Haines, der Hubschrauber kippte vornüber, krachte am Flussufer zu Boden und zerbarst in tausend Teile.

Pit verkörperte sich in dem Trümmerhaufen. Er hatte weder die Kraft noch die Nerven, auch nur einen Meter weiter zu fliehen. Zu Tode erschöpft sank er auf alle viere hinab und hustete sich die Seele aus dem Leib.

»Fühlst du dich als Sieger, Pit Zuckmayer?« Die zornbebende tiefe Stimme versetzte die Sandkörnchen am Flussufer in einen wirbelnden Tanz.

»Es ist mir gleichgültig, was Sie denken, Enak. Hauptsache, die Hadeskappe kommt nicht zum Vorschein«, antwortete Pit müde. Über sich hörte er den Doppeldecker. Guter Mustafa!, dachte er, widerstand jedoch der Versuchung, den Blick zum Himmel zu heben und dabei womöglich dem Ahiman in die Augen zu sehen.

Der Domenfürst stand mit dem Rücken zum Palmenhain nur vier oder fünf Schritte entfernt. Wie in der Kammer unter Etemenanki trug er wieder den nachtblauen Umhang und die blutroten Schuhe. Ein abgebrochenes Rotorblatt lag in seinen Händen wie ein mächtiges Schwert. Er lachte leise. »Ich habe genug von dem Aerosol ausgebracht, um die Tet-Schalter Hunderter von Menschen zu aktivieren. Die Ära der Zwerge geht zu Ende. Das Zeitalter der Domen beginnt.«

»Wenn Sie sich da nur nicht irren, Sie verbitterter alter Mann!«, hustete Pit. Ihm war speiübel. Fieberhaft rang er um einen Ausweg aus seiner schier hoffnungslosen Lage. Er brauchte Zeit, musste Kraft schöpfen, musste den Domenfürsten irgendwie hinhalten, bis Elias mit dem Erlöser kam.

»Zoll mir gefälligst den Respekt, der mir zusteht!«, donnerte Enak. Er trat zwei Schritte auf Pit zu und hob sein seltsames Schwert.

Unwillkürlich zog Pit den Kopf ein und sah aus den Augenwinkeln ängstlich zu dem Riesen auf.

Der Ahiman deutete die Geste wohl als Zeichen der Unterwerfung und zögerte. »Wie hast du das eben gemeint?«

Stumm starrte Pit auf seine sandbedeckten Hände. Ein heißes Kribbeln kroch seinen Nacken hinauf.

»Wie konntest du so schnell ein Gegenmittel auftreiben?«, keuchte Enak. Er hatte Pits Gedanken erkannt. Zornig funkelte der Fürst den kreisenden Doppeldecker an.

Pit erschauderte. Bin ich so leicht zu durchschauen?, fragte er sich. Rasch formte er aus seinem Willen einen Schild, hinter dem er seinen Geist verbarg. Die Geheimnisse in seinem Kopf waren seine Lebensversicherung. »Sie haben verloren, Enak. Den Piloten zu töten, ändert nichts daran. Das Gegenmittel wirkt bereits.« Mit seiner Behauptung hoffte er, den immer tiefer kreisenden Mustafa aus der Schusslinie zu nehmen.

Der Ahiman deutete mit einem leisen Lachen zu dem Doppeldecker hinauf. »Weißt du, warum ihr Menschen so beschränkt seid? Ihr zieht nur kleine Kreise. Euer Leben ist zu kurz, um in großen Dimensionen zu denken. Heute ist vielleicht eine Runde an dich gegangen. Doch eure Gier nach dem Blut eurer eigenen Art hat euch überall auf diesem Planeten angreifbar gemacht. Es wird einen anderen Tag geben und eine andere Flugmaschine in einem anderen Land. Und dann bist du nicht da, um für die Zwerge zu kämpfen, weil dein armseliges Dasein hier und jetzt endet.« Enak holte mit dem Schwert aus.

Abwehrend riss Pit den Arm hoch. »Warten Sie! Wenn Sie mich töten, bekommen Sie weder den Erlöser noch den Prometheus.«

Der Domenfürst zögerte abermals. Sein Geist tastete so brutal nach Pits Gedanken, dass dieser meinte, ein Laserstrahl fahre seine Gehirnwindungen nach. Umso trotziger schottete er seinen Sinn gegen den Eindringling ab.

»Öffne dich mir!«, dröhnte Enak. »Sonst …«

»… verlieren Sie auch die zweite Runde«, fiel Pit ihm ins Wort. Es war ein gefährliches Spiel, dieses mächtige Wesen zu reizen.

»Wo sind der Erlöser und sein Hüter?«, brüllte der Fürst, während der Zitronenfalter über seinen Kopf hinwegbrauste.

Pit konzentrierte sich auf seine Hände. Er zählte die Sandkörnchen auf den Fingernägeln, nur um die Antwort nicht zu denken:

Sie sind auf dem Weg hierher, um dich zu töten. »Vielleicht verrate ich es Ihnen, wenn Sie mir eine Frage beantwortet haben.«

Die Spitze des Breitschwertes sank zu Boden. »Du willst *mich* etwas fragen?« Enak wirkte belustigt. »So dreist war noch keiner in den letzten neunhundertsechzig Jahren. Was möchtest du wissen?«

Pit erschauderte. Die Erkenntnis, einen fast tausendjährigen Gegner vor sich zu haben, lähmte ihn. Gab es irgendeine List, die der Domenfürst nicht kannte? Schinde Zeit!, ermahnte er sich. »Wer oder was bin ich?«, fragte er nach reiflichem Zögern.

»Du meinst, weil du Geistesgaben besitzt, die sonst nur Domen besitzen?«

»Ja. Vor drei Wochen war ich noch ein Mensch wie jeder andere. Dann bin ich Zekarias und Kahina begegnet, und alles hat sich geändert.«

»Haben sie ihr Blut mit dem deinen vermischt?«

»Alle beide«, antwortete Pit wahrheitsgemäß. Vielleicht brachte ihm die Ehrlichkeit ja einen Bonus ein. Aus den Augenwinkeln sah er, wie der Ahiman verstehend nickte.

»Sie haben in dir etwas geweckt, das vom Tag deiner Geburt an in dir schlummerte: das Erbe der Domen. Unsere weltweiten Screenings der Blutspenden zeigen, dass etwa jeder hundertste Zwerg solche Gene in sich trägt.«

»Ein Prozent der Weltbevölkerung?«, staunte Pit. Demnach wäre die Domen-DNA ebenso häufig wie die Blutgruppe AB Rhesus negativ.

»Nicht bei jedem ist unser Vermächtnis so gut erhalten wie bei dir«, schränkte Enak ein. »Eigentlich würde das Domenblut nur einzelne Abschnitte dieses Erbes freischalten. Aber an dir haben zwei von uns herumgepfuscht. Zekarias war einer der Großen und selbst Kahina besaß einen machtvollen Geist. Vielleicht hat ihnen auch noch der Zufall geholfen. Du bist zweifellos mächtiger als die meisten Bastarde, die aus Verbindungen von Domen und Zwergen hervorgingen. Deshalb und weil Zekarias dich zu sich gerufen hat, hielten wir dich für den Träger des Prometheus-Komplexes.« Enak lächelte diabolisch. »Womit sich der Kreis schließt. Wo finde ich Elias Meerbaum und den Erlöser?«

Wieder spürte Pit den fremden Geist, der wie eine glühende Harpune nach seinen Gedanken fischte. Hinter sich hörte er den Doppeldecker, der sich vom Fluss her im Tiefflug näherte. Dieser verrückte Mustafa! Diesmal brauste er so dicht über sie hinweg, dass sogar Enak den Kopf einzog. Sand wirbelte auf …

… und vermischte sich mit Pits Wolke.

Einen Moment lang war Pit in dem Gewirbel unsichtbar. Doch zur Flucht hätte diese Finte nicht gereicht. Dazu war er noch immer zu schwach. Er musste wieder zurück in seinen Körper, musste dem Fürsten Mann gegen Mann gegenübertreten.

Fieberhaft suchte er in den rauchenden Trümmern des Helikopters nach einer geeigneten Waffe. Das andere Rotorblatt war zu schwer für ihn. Da! War das nicht eines der beiden Hilfspaddel, die zur Stabilisierung des Rotorkopfes dienten? Der rechteckige kleine Flügel hing an einer Stange. Sieht aus wie eine Streitaxt, dachte Pit und verkörperte sich.

Sofort spürte er die Gefahr und duckte sich.

Das Schwert des Domenfürsten sauste so knapp an Pits Kopf vorbei, dass er den Luftzug im Nacken fühlte. Er schnappte sich die Behelfsaxt, rollte zur Seite weg und kam zwischen den Trümmern wieder auf die Füße. Über dem Palmenhain, im Rücken von Enak, nahte einmal mehr der Doppeldecker.

»Deine Reaktionen sind erstaunlich! In welchem Kampfsport hat man dich ausgebildet?«, brüllte Enak.

»Im Rudern«, antwortete Pit und stürzte sich auf den Gegner.

Die Waffen klirrten aneinander. Pit verlor fast seine Streitaxt. Das Rotorblatt war viel schwerer als das Hilfspaddel. Er taumelte keuchend zur Seite.

Enak lachte. »Ein netter Zeitvertreib! Komm! Versuch's gleich noch einmal!«

Wütend stürmte Pit erneut auf den Domenfürsten los, täuschte einen Hieb gegen dessen Haupt an und ließ seine Axt im letzten Moment nach unten fahren. Das Metall fuhr unterhalb der rechten Schulter durch Enaks Körper hindurch, richtete aber keinen Schaden an – der Ahiman hatte seine Brust versandet.

»Daneben!«, spöttelte der Riese.

Pit hatte seinen ungebremsten Schwung noch nicht ganz abgefangen, da spürte er schon die Riposte des Gegners. Das Breitschwert drohte ihn der Länge nach zu zerteilen. Blitzschnell bildete er für die Waffe eine Gasse aus Sand. Das Rotorblatt glitt durch ihn hindurch und bohrte sich zwischen seinen Beinen in die Erde.

Keuchend taumelte Pit zurück. Die vielen Gestaltwechsel forderten ihren Tribut. Seine Ferse stieß gegen ein Trümmerstück. Er versuchte den Fuß zu heben, um darüber hinwegzusteigen, doch sein Hosenbein hatte sich verfangen. Rücklings fiel er in den Staub und verlor seine Axt.

Der Doppeldecker brauste über die Kämpfer hinweg. Diesmal kam die Hilfe des alten Jagdfliegers zu spät. Pit fehlte die Kraft, sich abermals mit dem Sand zu vermischen und sich davonzustehlen. Er hatte den Bogen überspannt. Bevor der aufgewirbelte Staub sich ganz gelegt hatte, spürte er bereits die Gefahr.

Aus der Wolke tauchte Enaks riesenhafter Schemen auf. »Ha!«, lachte er euphorisch! »Ist dir etwa schon die Luft ausgegangen, du verdammter Bastard?« Er hob das Schwert hoch über den Kopf.

Die Ahnung des drohenden Unheils hatte Pit verlassen. Er fühlte sich seltsam ruhig. Vielleicht, so dachte er, überkommt einen dieser Friede, sobald man das Unausweichliche akzeptiert.

»Mach dich bereit, den Großen Tod zu empfangen!«, verkündete Enak feierlich. Seine Klinge ragte steil in die Luft.

Pit kniff die Augen zu. Er hörte ein gehässiges Kichern. Der tödliche Hieb ließ quälend lange auf sich warten. Stattdessen vernahm er ein Keuchen.

Zum ersten Mal seit ihrer Begegnung wagte er, Enak offen in die Augen zu blicken. Sie waren weit aufgerissen. Sein Gesicht glich einer steinernen grauen Maske grenzenlosen Erstaunens. Aus seiner Brust ragte ein weißer Kristall. Nicht ein Tropfen Blut klebte daran.

Dann verpuffte der Ehrenwerte Ahiman Enak in einer blauen Wolke aus Licht, und der Erlöser fiel zu Boden.

Als der glitzernde Funkenregen sich setzte, erschien dahinter eine hochgewachsene Gestalt. Sie trug ein blutrotes Gewand.

61

»Nasrin?« Pit hatte eigentlich mit Elias gerechnet oder gar mit dem wilden Berserker. Und nun stand dort dieser Engel, der viel zu schön erschien, um ein so mächtiges Wesen wie Enak in den Großen Tod zu schicken.

»Pit! Du lebst!«, rief sie, als ihre Blicke sich trafen. Sie lief auf ihn zu, warf sich neben ihm auf die Knie und küsste ihn so stürmisch, als müsse sie einen brennenden Durst löschen. Irgendwann schien ihr das gelungen zu sein, denn ihre Lippen lösten sich von seinem Mund, wenn auch nur ein kleines Stück. Sie hielt weiter sein Gesicht, streichelte mit dem Daumen seine Wange und lächelte. »Ich bin so froh!«, sagte sie leise. »Wir fürchteten schon, zu spät zu kommen. Ich liebe dich, Pit, so sehr, dass ich vor Glück zerspringen könnte.«

Er richtete sich zum Sitzen auf, umfasste sanft ihren Kopf und sah ihr in die tränenfeuchten Augen. »Dann heirate mich, Nasrin!«

Sie blinzelte. »Du möchtest … dein Leben mit mir teilen?«

Pit kniete vor ihr nieder und nickte. »Tausend Jahre und noch viel länger. Willst du meine Frau werden, Nasrin, Tochter von Maged und Nardos Nafil?«

»Ja!«, hauchte sie. Die Tränen rannen ihr in Strömen über die staubigen Wangen. »Ich will. Ich möchte die Deine sein. Tausend Tode könnten mich nicht davon abhalten.«

Sie umarmten sich, küssten sich erneut, drückten sich, streichelten sich – leider viel zu kurz. Denn plötzlich brandete tosender Applaus auf.

Erst jetzt gewahrte Pit das eigentlich Offensichtliche: Nasrin war nicht allein, sondern mit Elias, Xi und Karim gekommen. Mustafas nervtötende Tiefflüge hatten von der im Schutz des Palmenhaines landenden Mil Mi-35 der irakischen Luftwaffe abgelenkt. Nasrin war mit dem Erlöser vorausgeeilt, um ihren Liebsten aus den Fängen des Domenfürsten zu retten.

Elias grinste. Er hatte einen Arm um Ylangs Schulter gelegt. »War das eben ein offizieller Heiratsantrag?«

Nasrin und Pit strahlten selig. Sie half ihm auf die Beine. Seine Knie fühlten sich immer noch wachsweich an. »Und ihr seid unsere Trauzeugen«, antwortete er. »Wenn Nasrin einverstanden ist«, fügte er rasch hinzu.

Sie schlang ihm einen Arm um die Hüfte und lächelte glücklich. »Gern. Irgendwie sind wir ja alle eine Familie.«

Der Doppeldecker brauste über ihre Köpfe hinweg und wackelte zum Gruß mit den Flügeln.

»Ja!«, rief Pit zum Himmel hinauf und winkte. »Du und deine Familie seid ebenfalls eingeladen.«

Epilog

Pit schleckte den Sahneklecks ab, den die Hochzeitstorte auf Nasrins Nasenspitze hinterlassen hatte. Die Gäste in dem großen Festsaal johlten vor Vergnügen.

Nasrin zog die Nase kraus. »Ich könnte zerschmelzen vor Glück.«

Er strich ihr die widerspenstige Strähne aus dem Gesicht. »Bitte nicht!«, flüsterte er ihr ins Ohr. »Dazu fühlst du dich im festen Aggregatzustand viel zu gut an. Lass mich lieber die Panade sein, die deinen Körper umhüllt.«

Sie kicherte. »Das kitzelt bestimmt. Wir sollten das unbedingt ausprobieren. Aber erst möchte ich Hochzeit feiern.«

Also feierten sie im Schloss Cecilienhof im Kreis der Menschen, die ihnen lieb und teuer waren. Elias und Xi hatten die kleine Mai mitgebracht, Mustafa seine Familie samt Schwiegermutter und Vater, und die übrigen zweihundert Gäste kamen mit viel guter Laune. Alle verspürten ein Gefühl der Erleichterung.

Die Wochen nach dem Anschlag auf den Irak hatten die Menschheit in Atem gehalten. Pit und seine Freunde waren sehr diskret vorgegangen, als sie die Verschwörung der Domen den Behörden gegenüber aufdeckten. Doch irgendwo zwischen dem Nahen Osten und Deutschland hatte die Presse trotzdem Wind davon bekommen. Daraufhin rollte eine Woge von Medienberichten rund um den Globus, und sie war noch immer nicht abgeebbt.

Die Gefahr einer Pandemie schien dank des heldenmütigen Einsatzes des ehemaligen Jagdfliegers Doktor Mustafa Tahir al-Shahk Ammar abgewendet zu sein. Dem Archäologen waren sämtliche

Freveltaten in den Ruinen von Babylon vergeben worden. Der Staatspräsident hatte ihm zu Ehren eigens einen neuen Orden kreieren lassen. Damit verbunden war der Titel *Held von Bagdad*, über den sich Mustafa mehr freute als über das Lametta.

Die anderen fünf Weltretter – Pit, Nasrin, Elias, Xi und Karim – hielten sich im Hintergrund. Oder wenigstens versuchten sie es, denn jeden Tag sickerten weitere Einzelheiten durch. Zu viele Politiker, Militärs, Geheimdienstler und Polizeibeamten waren in den Fall involviert, um ihn auf Dauer geheim zu halten.

Pit erfuhr die endgültige Entlastung von allen Anklagepunkten. Seiner Rehabilitation waren Razzien im Berliner Hauptquartier des Domenfürsten sowie auf der Zenoburg vorausgegangen. Die beschlagnahmten Akten und Datenbestände deckten die Verschwörung des Ahimans auf. Noch waren nicht sämtliche Details seines infamen Planes ergründet, doch einige Fakten standen bereits fest.

Enak und seine Anhänger hatten sich als einzig rechtmäßige Herren der Welt gesehen. Wäre es ihnen gelungen, das globale Massensterben der Erdbevölkerung herbeizuführen, hätte ihnen diesen Rang niemand mehr streitig machen können. Mit Zeno als ihrem wirtschaftlichen Arm wollten sie für die Überlebenden eine groß angelegte Impfkampagne ins Leben rufen. Dabei wäre fast jedem Erdbewohner eine Variante der Hadeskappe eingepflanzt worden. Diese genetische Zeitbombe hatten die Domen aus ihrer eigenen DNA erschaffen. So wie sie regelmäßig den Trank der Hoffnung brauchten, um nicht rasend schnell zu vergreisen, hätten auch die Menschen täglich ein Mittel zum Überleben benötigt. Einziger Lieferant wäre Zeno gewesen. Damit hätte das Volk der Domen die totale Kontrolle besessen. Wer es gewagt hätte, sich ihnen zu widersetzen, wäre binnen weniger Stunden elend zugrunde gegangen.

Besonnene Medienvertreter hatten zunächst weder von diesem menschenverachtenden Plan noch vom wahren Ausmaß des Anschlags in Bagdad berichtet. Doch es gibt immer eine Journaille, der nur die Sensation heilig ist. Sie schürte Ängste vor dem Weltuntergang und Hass gegen die Domen. In fast allen Ländern setzte daraufhin eine Stadtflucht ein. Die Menschen verkrochen sich in dünn besiedelte Gegenden, um sich nicht mit dem *Hadesvirus* zu infizieren – diesen reißerischen Namen hatte Deutschlands größtes Boulevardblatt geprägt. Erst als namhafte Wissenschaftler immer häufiger von Entwarnung sprachen, kehrten die Menschen allmählich in ihre Häuser zurück.

Ein Gutes hatte die Panikmacherei. Sie trat eine öffentliche Diskussion um die leichtfertige Verwendung von Blut los. Rund um den Globus entdeckten die konservativen Parteien und religiösen Gruppierungen das Thema für sich. Der Deutsche Bundestag rief die Enquete-Kommission *Blut* ins Leben. In unzähligen Talkshows des Fernsehens stritten Vertreter des öffentlichen Lebens um die Frage, ob die Aufnahme fremden Blutes in den eigenen Körper nicht als Form des Kannibalismus zu ächten sei. Noch war nicht abzusehen, ob und wann die Verantwortlichen ihre Bedenken bändigen und sich von lieb gewonnenen Gewohnheiten verabschieden würden.

Wie so oft waren die einfachen Menschen entschlussfreudiger als ihre führenden Köpfe. In großer Zahl verlangten sie von den Ärzten Behandlungsmethoden ohne Fremdblut. Etliche Patienten gaben sich als Zeugen Jehovas aus, um mit den religiösen Vorbehalten der Glaubensgemeinschaft die Überredungsversuche der ewig gestrigen Mediziner im Keim zu ersticken. Alternative Therapien gab es ja genug, sie waren bisher nur an den Universitäten zu wenig gelehrt und in der klinischen Praxis selten angewendet worden. Manche Besorgte übernahmen sogar die Speisevorschriften orthodoxer Juden: Kein Fleisch, das nicht ordentlich ausgeblutet war, kam mehr auf ihren Teller.

Gegen Mitternacht zeichnete sich beim Hochzeitsfest eine Zäsur ab: Da waren auf der einen Seite die Hyperaktiven, die bis zum Morgengrauen tanzen würden, und andererseits die Betagten, Müden und Nachdenklichen. Zur letzten Kategorie gehörte auch Pit. Er saß ein wenig abseits im Saal und sah Nasrin zu, die wie ein Derwisch tanzte. Ihm wäre nie der Gedanke gekommen, es könne irgendwo im Universum eine schönere Braut geben als sie.

»Darf ich dich in deinen Betrachtungen stören?«, hörte er auf einmal die Stimme seines Chefkochs. Elias hatte sich bei der Zusammenstellung des Hochzeitsmenüs selbst übertroffen, und das wollte etwas heißen.

Pit blinzelte seinen Freund an. Es kam ihm vor, als werde er aus einem wunderbaren Traum gerissen. »Ja, natürlich, was gibt's?«

»Ich will mich nur von dir verabschieden. Mai ist gerade wach geworden und brüllt wie am Spieß. Sie verlangt nach der Brust ihrer Mutter und ihrem Bett. Meine beiden Schätze warten schon draußen auf mich. Ich soll dich von Ylang grüßen. Ihr müsst uns unbedingt in den nächsten Tagen besuchen, sagt sie.«

»Versprochen.« Pit erhob sich und umarmte Elias. In den vergangenen vier Wochen hatte sich ihre kollegiale Kameradschaft zu echter Freundschaft entwickelt. »Es gibt noch so viele Fragen, die ich dir stellen muss. Über dein früheres Leben und so ...«

Elias' grüne Augen funkelten wie zwei Smaragde. »Ich habe kein früheres Leben, nur frühere Tode. Denen ist so manche Erinnerungslücke geschuldet. Allerdings habe ich nun dank dir ein gutes Stück meiner Vergangenheit zurückerhalten.«

»Du meinst deine Rolle als Hüter des Erlösers?« Elias hatte den Kristall mittlerweile an einem sicheren Platz versteckt.

»Ja. Meine *aufgezwungene* Rolle, wohlgemerkt. Mein Vater hat das Ungeheuer in mir erschaffen und es in die Kammer eingesperrt, damit es jeden zerreißt, der den Stab zu stehlen versucht. Stattdessen bin ich in die Wildnis geflohen, wo ich wie eine Bestie unter Bestien lebte.«

»Als König der wilden Tiere, hat Xi neulich gesagt.«

»Mag sein. Glücklicherweise hat Schamkat – meine Ylang – mich gezähmt. Danach übernahm ich eine neue Aufgabe: Ich hütete fortan die Asche des Phönix, das Lebenselixier.« Elias bot Pit lächelnd die Hand zum Abschied. »Aber das ist eine andere Geschichte, die ich dir ein andermal erzähle. Es ist schon spät.«

Pit schlug ein, hielt seinen Freund jedoch fest. »Eins wüsste ich noch gern. War dir bekannt, dass die Domen immaterielle Wesen aus den Tiefen des Universums sind? Dass sie auf zellulärer Ebene unbewusst ihre Bindung an die Materie kontrollieren und viele sogar ihre Gestalt verändern können?«

»Nein. Ich hatte fast alles vergessen. Natürlich wussten Ylang und ich um die Fähigkeit, unsere Molekularstruktur umzuwandeln. Wir sind Nachkommen der Domen – auch das war uns bekannt. Ich habe einmal mit eigenen Augen gesehen, wie Xi durch Feuer den Kleinen Tod erlitt und sich in aschefeinen Sand verwandelte. Die meisten dieser Zusammenhänge waren für uns unerklärlich. Deswegen habe ich ja meine Stiftung ins Leben gerufen und studiere Medizin, um Antworten auf meine vielen Fragen zu finden.«

»Ich hätte eine Bitte an dich, sozusagen ein zweites Hochzeitsgeschenk.«

Elias musterte Pit mit fragendem Blick. »Gefällt dir unsere Blumenvase nicht?«

»Wer schenkt denn heute noch eine Vase zur Hochzeit?«

»Es ist eine Ming aus der Mitte des sechzehnten Jahrhunderts.«

Pit blinzelte. »Äh ...« Ihm verschlug es die Sprache.

»Ich will nicht drängen, Großer, aber worum wolltest du mich bitten?«, hakte Elias nach.

»Äh ... Nasrin und ich möchten das Vermächtnis von Zekarias antreten. Wir wollen Leben statt Tod bringen.«

»Ein Vorhaben, das eines großen Arztes würdig ist. Was genau habt ihr vor?«

»Seit Menschengedenken verbieten die Ahimane den Domen, sich mit uns Menschen zu verbinden. Einige haben es trotzdem getan, und wenn ich mir meine wunderbare Frau so ansehe, scheint es ihnen gut zu bekommen. Sie brauchen nicht einmal den Trank der Hoffnung. Hilf mir, die Domen von dieser Fessel zu befreien!«

»Sie müssen nur ihre Vorbehalte bezwingen und *Zwerge* heiraten.« Elias malte Anführungsstriche in die Luft, als er die abwertende Bezeichnung der Domen für Menschen aussprach.

»Das ist uns klar, und wir werden alles tun, um sie zur Abkehr von Enaks Politik der Inzucht zu bewegen. Doch das wird frühestens der nächsten Generation nutzen. Karim schätzt, dass es weltweit sieben bis acht Millionen Domen gibt, die vom Trank der Hoffnung abhängig sind. Wäre es nicht genauso ein Völkermord, sie einfach sterben zu lassen?«

»Was schlägst du vor?«

»Du hast mir in den letzten Wochen viel von deiner Stiftung erzählt, von der Asche des Phönix«, raunte Pit. »Ich denke, wir können auch Zugriff auf die Daten von Zeno bekommen. Außerdem kennst du das Geheimnis des Erlösers oder kannst ihn zumindest analysieren. Er scheint ja so eine Art Katalysator zu sein, der im Körper der Domen radikale Veränderungen hervorruft. Vielleicht lässt sich das alles zusammenführen, um sie vom Trank der Hoffnung zu entwöhnen. Es wäre schon ein Fortschritt, wenn wir den rapiden Verfall ihrer Zellen verlangsamen könnten, sodass sie nicht schneller altern als wir übrigen Menschen.«

Elias klopfte ihm auf die Schulter und schob seine Lippen dicht vor Pits Ohr. »Genau das, mein Lieber, haben Ylang und ich auch schon besprochen. Lass uns nächste Woche darüber reden, wie wir das Projekt angehen. Gute Nacht.«

Sie umarmten sich nochmals, und Elias verließ den Saal.

»Plant ihr eine Verschwörung?«, fragte plötzlich jemand hinter Pit. Er fuhr herum. »Nasrin! Du hast doch eben noch getanzt.«

Sie trat auf ihn zu, schmiegte sich an ihn und machte einen Schmollmund. »Bin ich keine Gefahr für dich?«

Er blinzelte irritiert. »W…wieso?«

»Könnte ich dir gefährlich werden, hättest du gemerkt, wie ich mich anschleiche.«

»Ach so!« Er lachte. »Ich glaube, mein sechster Sinn ist auf diese Art von Gefahren nicht geeicht.« Pit küsste ihre wundervollen Lippen.

Sie stellte sich auf die Zehenspitzen. »Dann bist du mir jetzt also ausgeliefert?« Ihr heißer Atem kitzelte sein Ohr.

»Sozusagen«, räumte er ein und spürte, wie seine Lebensgeister erwachten. Verlegen blickte er in den Saal. Die Gäste tanzten, sangen und waren fröhlich. Außer Karim, der sich gerade von Mustafa eine mimische Darstellung der Luftschlacht gegen Enak vorführen ließ, sah niemand zu ihnen herüber.

»Gut«, flüsterte Nasrin. »Dann überrasch mich!«
»Ich? Dich? Wie?«
»Du hast mir doch etwas versprochen: Sei die Panade, die meinen Körper umhüllt.«
Pit lachte vor Glück. Sich hüllenlos mit Nasrin in einem Raum zu befinden, war schon aufregend gewesen, doch was sie ihm nun verhieß, fegte alle Scheu beiseite. Er löste sich mit ihr in eine Wolke auf und entführte sie ins Hochzeitsgemach, wo sie sich, eng umschlungen, verkörperten.
Im Festsaal blieb nur ihre Kleidung zurück.

Anmerkungen des Verfassers

Die vorliegende Geschichte ist reine Fiktion. Gleichwohl halte ich es für unverantwortlich, in einem Roman so etwas wie Wahrhaftigkeit vorzugaukeln, ohne wenigstens die realen Aspekte der Handlung hinreichend genau recherchiert zu haben. In diesem Sinn gründlich zu arbeiten, trägt meiner festen Überzeugung nach zur Glaubwürdigkeit der *ganzen* Geschichte bei. Fakten, die viele Leser kennen, sollten stimmen, sonst ist auch die Fiktion nicht mehr stimmig.

Deshalb habe ich mich, insbesondere im medizinischen Teil des Romans, bei Experten rückversichert. Für ihren fachlichen Rat danke ich vor allem Prof. Dr. med. Arndt Büssing vom Lehrstuhl für Medizintheorie & Komplementärmedizin der Universität Witten/Herdecke sowie der jungen Ärztin Magdalena Schöner. Sollten Schulmediziner trotzdem Anstoß an einigen Schilderungen meiner Geschichte nehmen, dann ist das allein meinem Drang nach Querdenkertum und künstlerischer Freiheit geschuldet.

Der Gedankenaustausch mit Ärzten und Krankenpflegern zum Thema Blut war für mich sehr inspirierend. Blut ist ja ein Lebenssaft, der die Menschen von jeher fasziniert. Er gehörte in alten Zeiten so selbstverständlich zu religiösen Opferzeremonien wie der Weihrauch zur katholischen Liturgie. Abergläubische Vorstellungen von blutsaugenden Unholden lassen sich bis ins alte Griechenland zurückverfolgen. Man hat Bünde mit Blut besiegelt, Flüche oder Liebesschwüre mit Blut geschrieben, und spätestens seit Old Shatterhand und Winnetou kennen wir die Blutsbrüderschaft.

Zu Beginn des 21. Jahrhunderts haben Vampire Hochkonjunktur. Sie beißen sich durch alle Medien. Mich widern sie an. Vor allem die mit der Vampirwelle einhergehende Verherrlichung des Dämonischen finde ich abstoßend. Meiner festen Überzeugung nach kann man das Böse auf Dauer nicht als etwas Gutes verkaufen, ohne das Denken und Fühlen der Menschen zu verändern. Dieses Prinzip der Prägung hat sich in der Werbung und der politischen Propaganda bewährt – wieso sollte es in der Unterhaltung folgenlos bleiben? Mit diesem Gedanken im Sinn nahm ich mir vor, eine Geschichte über den Missbrauch von Blut zu schreiben, ohne einen einzigen Untoten auftreten zu lassen.

Was fasziniert mich an dem Thema Blut? Es ist eine einfache Frage: Wie lässt sich erklären, dass in der modernen Medizin nach wie vor Ströme von Blut zu therapeutischen Zwecken eingesetzt werden, obwohl es in den meisten Fällen bessere Alternativen gibt? Bei den Recherchen zu diesem Thema ist mir eine seltsame Diskrepanz aufgefallen.

Eine junge Ärztin sagte mir, auf der Universität habe sie so gut wie nichts über die Alternativen zur Behandlung ohne Fremdblut gelernt. Auch Krankenpfleger bestätigten diese Lehrpraxis.

Auf der anderen Seite gibt es ein wachsendes Angebot an Behandlungsmethoden, die auf Fremdblut verzichten. Wissenschaftliche Studien belegen, dass diese Alternativen den Patienten in vielen Fällen nur nützen: Sie erholen sich schneller von operativen Eingriffen, die Sterblichkeitsrate sinkt, Nebenwirkungen lassen sich minimieren, und einige Fehlerquellen wie die Verwechslung von Blutkonserven entfallen ganz. Warum setzen sich diese neueren, besseren Methoden so langsam durch? Das zu erörtern wäre meiner Ansicht nach eine öffentliche Diskussion wert. Es geht immerhin um Tausende von Menschenleben. Das ist keine Übertreibung, wie aktuelle Zahlen belegen. In ihrem *Blood safety and availability* betitelten Faktenblatt Nr. 279 berichtet die Weltgesundheitsorganisation WHO (Stand Juni 2013):

- Von den 107 Millionen Blutspenden, die jährlich weltweit gesammelt werden, stammen ungefähr 50 % aus Ländern mit niedrigem oder mittlerem Bruttosozialprodukt *(low- und middle-income countries).*
- 25 der Länder sind nicht in der Lage, die gesammelten Blutspenden auf einige oder alle Erreger von HIV, Hepatitis B, Hepatitis C und Syphilis zu testen.
- Von 24 % der Blutspenden in Ländern mit niedrigen Einkommensverhältnissen kann nicht mit Bestimmtheit gesagt werden, ob sie sich an die gängigen Qualitätsstandards halten. Sie nehmen an der Überprüfung zur Qualitätssicherung durch unabhängige Instanzen nicht teil. Setzt man diese Zahl zu den vorangegangenen ins Verhältnis, so muss man wohl von Millionen unzureichend getesteter Blutkonserven ausgehen.

Fest steht: Ohne Blut kann kein Mensch existieren. Es ist das Symbol für Leben schlechthin. Für diese Bedeutung des Blutes scheint es ein archaisches Bewusstsein zu geben, dem sich niemand zu entziehen vermag. Werden womöglich deshalb immer noch Ströme von Blut gesammelt und wieder verabreicht? Oder halten andere Interessen den roten Fluss in Gang? Immerhin werden damit ja jedes Jahr Hunderte von Millionen Euro umgesetzt.

Stecken gar die Domen hinter allem?

Ich gebe zu, diese Erklärung ist dem Hirn eines Phantasten entsprungen. Doch manchmal bringt ja gerade die phantastische Überspitzung den Denkapparat in Schwung. In diesem Sinn: Frohes Denken!

Das Geheimnis der Unsterblichkeit

*Cover- und Preisänderungen vorbehalten

Hier reinlesen!

Jan Aalbach

Phoenix

Thriller

Piper Taschenbuch, 512 Seiten
€ 14,99 [D], € 15,50 [A], sFr 21,90*
ISBN 978-3-492-26964-3

Als er die Einladung des verschrobenen Milliardärs Bromberg erhält, ahnt Elias Meerbaum nicht, was ihn erwartet. Denn Bromberg sucht nach der legendären Asche des Phoenix, einer Substanz unvorstellbarer Kraft, deren uralte Rezeptur nur jemand entschlüsseln kann, der die seltensten Kräuter und merkwürdigsten Zutaten kennt – jemand wie Elias. Doch dieser erkennt bald, dass sich hinter der Asche des Phoenix ein Geheimnis ungeahnten Ausmaßes verbirgt …

Leseproben, E-Books und mehr unter **www.piper.de**

ENTDECKE
NEUE WELTEN
MIT PIPER FANTASY
Mach mit und gestalte deine eigene Welt!
PIPER
www.piper-fantasy.de